KB152324

扶摇皇后

부요황후 7

ⓒ천하귀원 2020

초판1쇄 인쇄	2020년 8월 24일
초판1쇄 발행	2020년 9월 8일

지은이	천하귀원 天下歸元
옮긴이	김지혜

펴낸이	박대일
편집	이문영 · 박지해 · 임유리 · 신지연 · 곽현주
마케팅	임유미 · 손태석
일러스트	리마
디자인	박현주

펴낸곳	파란미디어
출판등록	2004년 9월 14일 제313-2004-00214호

주소	03992 서울시 마포구 동교로23길 14 국제빌딩 6층
전화	02.3141.5589 영업부 070.4616.2012 편집부
팩스	02.3141.5590
전자우편	paranbook@gmail.com
카페	http://cafe.naver.com/paranmedia
페이스북	http://www.facebook.com/paranbook

ISBN	978-89-6371-813-2(04820)
	978-89-6371-770-8(전13권)

扶摇皇后

7

부요황후

천하귀원天下歸元 지음 | 김지혜 옮김

파란

차례

FU YAO HUANG HOU（扶搖皇后）

Copyright ⓒ 2018 by Tian Xia Gui Yan
All Rights Reserved.
Published in agreement with Xiaoxiang Academy(Tianjin) Culture Development
Co., Ltd. c/o The Grayhwak Agency Ltd., through Danny Hong Agency
Korean translation copyright ⓒ 2020 by Paran Media

암야의 귀매

"니미럴, 네놈한테 황후가 필요하든 말든 그게 내가 알 바냐?"

발끈한 맹부요가 쪽지를 발밑에 내던지고는 잘근잘근 짓밟았다.

"뭐 대단한 계책이라도 들었을 줄 알았더니 헛소리나 찍찍하고 자빠졌…… . 가만, 짐? 짐?"

넝마가 된 쪽지를 허겁지겁 주워 들어 몇 번이고 다시 읽어본 그녀가 멍하니 중얼거렸다.

"짐?"

이때 암매가 한마디를 툭 던졌다.

"헌원국의 허수아비 황제는 퍽…… 독특한 인간이라더군."

"아아…… ."

맹부요는 이마를 짚었다.

"진짜…… 장난 아니게 독특하네요."

말끝마다 폐하, 폐하, 잘도 부르더니만 실상은 제 놈이 폐하였을 줄이야. 섭정왕 그 쩌는 변태의 광휘 아래서 자라난 새싹답게 역시나 진일보한 변태로구나.

달빛 완상하며 술잔 기울이니, 달은 황조의 달이요, 술은 귀비의 술이라. 절화반류의 흥취를 한껏 즐기매, 꽃은 헌원화요, 버들가지는 맹가의 것이로다. 그 겹겹 미혹의 올가미에 붙들리지 않을 재간 어이 있으랴.

"그자가 뭐라던가?"

암매가 눈을 빛내며 물었다.

"조건 수락할 마음이 생기거든 췌방재 후원으로 오라던데요."

맹부요의 맥없는 대답에 암매의 입꼬리가 말려 올라갔다.

"사내 몸으로 황후 노릇이라도 해 주려고?"

그러자 똥통 위에 책상다리를 하고 앉아 있던 맹부요가 정색을 했다.

"그 자식한테 나는 너무 과분하다고요."

"그렇겠지."

암매가 대꾸했다.

"귀하의 품격에 맞는 상대는 아직 세상에 태어나지도 않았을 테니까."

맹부요는 일순 눈을 치떴으나 아픈 사람하고 입씨름 벌일 의욕이 영 나질 않았다. 그냥 다음 질문으로 넘어갔다.

"대체 무슨 속셈으로 이런 조건을 내건 걸까요?"

"최근 헌원 황실에서는 간택 절차가 한창이야."

암매가 말했다.

"후궁을 더 늘려야겠다는 거지. 지금도 적은 인원은 아니지만, 황후 자리가 계속 공석이다 보니 황실의 체통 운운하는 소리가 나오는 모양이더군. 췌방재는 현시점에 간택 가능성이 제일 높은 처녀들이 머무는 곳이고."

"하, 지금껏 황후도 안 뽑고 뭐 했대요?"

"사람이 너무 숨 막히게 살다 보면 뭐라도 반항을 해 보고 싶어지는 법이거든. 광대놀음을 한다거나, 사기극을 벌인다거나, 아니면 황후 책봉을 거부한다거나."

암매가 담담히 대꾸했다.

맹부요는 한숨을 폭 내쉬었다. 그러고는 무언가 생각이 많은 눈치로 바깥에서 나는 소리에 귀를 기울이고 있다가 입을 열었다.

"밤이 오기 전에 분명히 황궁 전체를 다시 한번 뒤질 거예요. 한 번은 요행히 눈을 피했어도 또 그러기는 힘들 텐데, 열은 좀 내렸어요?"

그러자 암매가 건조하게 답했다.

"어두워지기 전에 발작이 한 번 올 거야. 그러니 나는 신경 쓰지 말고 혼자 가."

"아하."

대뜸 통통 더미 아래로 내려선 맹부요가 원보 대인을 품에 챙겨 넣으며 말했다.

"그럼 나는 이만."

그녀가 출입문 쪽으로 걸음을 옮기는 내내 암매는 똥통 옥좌 꼭대기에 앉은 채로 꼼짝도 않고 그저 그녀를 내려다보고만 있었다. 문간에 당도한 그녀가 뒤를 돌아보며 진지하게 물었다.

"이봐요, 그래서 훼방재는 어디 붙었는데요?"

묵묵히 있던 암매가 피식 웃음을 흘렸다. 표정에 웃음기가 어리는 즉시 그의 얼굴이 화사하게 피어났다. 유리알 같은 눈동자와 불꽃처럼 새빨간 입술이 다소 초췌하던 안색을 순식간에 덮어 버린 덕분이었다. 그 눈동자 안에서 반짝이는 빛은 또 어찌나 찬란한지, 눈이 부셔서 똑바로 보기가 힘들 지경이었다.

절색이로다, 절색이야! 사람 혼을 아주 쏙 빼 놓는구나. 죽어도 저 웃음을 보며 죽을 수 있다면 그까짓 황후쯤 풍류로다, 생각하고 한번 해 볼 만하지⋯⋯.

그러나 애석하게도 그 황홀한 미소가 맹부요의 시야에 머문 시간은 찰나에 불과했다. 순식간에 날 선 냉담함을 회복한 암매가 말했다.

"날 위해 희생할 필요는 없어. 헌원민이 내건 조건이라면 쉽지 않을 게 뻔한데, 왜 굳이 흙탕물에 발을 담그려 하지?"

그 말에 픽 웃은 그녀가 콧잔등을 찡그리며 본인을 가리켰다.

"내가 형씨 생각해서 이러는 것 같아요? 착각하지 말아요. 헌원성이 발 뻗고 자는 꼴은 배알이 뒤틀려서 못 보겠는 것뿐이니까. 꽁지 빠지게 쫓겨 다닌 것도 모자라 황천 문턱까지 갔다 왔는데 이대로 그냥 끝내라고요? 어림없는 소리! 헌원민이 날 이용하겠다면야, 나라고 그 자식 이용 못 할 거 있어요?"

그러고는 손을 휘휘 내저으며 기세등등하게 말했다.

"재미있는 길 놔두고 왜 군이 불구덩이에 뛰어들어요? 자, 거기 암매, 그리고 원보, 두 형씨들! 이 몸이 조만간 제비집 먹여 주리다!"

소맷부리와 바짓단을 질끈 조이고, 무기를 꼼꼼히 챙기고, 췌방재를 찾아 긴긴 모험 길에 오를 준비를 마친 그녀가 물었다.

"어느 방향이에요?"

암매는 그런 맹부요를 오래도록 바라보다가 그녀가 문을 나서기 직전에야 답을 줬다.

"바로 옆 건물."

"……."

순간 휘청했다가 가까스로 벽을 짚은 맹부요가 원한에 찬 눈으로 뒤를 돌아봤다.

나쁜 자식. 사람이 진짜 이러기냐…….

❁

담 하나를 넘자 간택을 위해 입궁한 처녀들이 지내는 췌방재가 나왔다. 까치발을 들고 바람벽 안쪽을 넘어다보며, 맹부요가 싱글벙글 말했다.

"아아, 호의호식아, 안락한 잠자리야, 이 몸이 오셨단다…….."

"그러고 보니 물어본다는 걸 깜빡했군. 어젯밤 침상은 어디서 난 거지?"

봐도 봐도 재질이 괴이쩍다는 생각을 지울 수가 없었던 암매가 물었다. 그러자 맹부요가 그를 향해 싱긋 웃더니 흔쾌히 답을 알려 줬다.

"똥통 빠개서 만들었어요."

이번에는 암매 쪽이 휘청하자 맹부요가 잽싸게 부축해 주는 시늉을 했다.

"에그, 형씨, 괜찮아요?"

잠시 후, 심호흡으로 어렵사리 평정심을 되찾은 암매가 답했다.

"멀쩡해."

이어서 맹부요가 착잡한 투로 말했다.

"그나저나 그 모양새로 어떻게 나다녀요."

그녀는 반나체로 있는 상대의 늘씬한 몸매를 애써 외면하느라 얼굴이 딱딱하게 경직된 상태였다.

"이럴 줄 알았으면 광대 놈 옷이라도 한 꺼풀 벗겨 올걸. 꽃분홍 바탕에 진녹색 모란이랑 금강앵무가 수놓인 그 장포, 되게 좋아 뵈던데."

자기가 말해 놓고 자기가 부르르 진저리를 치는 사이, 암매가 옆에서 끼어들었다.

"시력이 안 좋나? 저기 담장 쪽 넝쿨에 걸려 있는 천 꾸러미 안 보여?"

"잉?"

하고 고개를 돌린 맹부요는 짙은 녹음 아래로 우거진 넝쿨 사이에서 암매가 말한 꾸러미를 발견할 수 있었다. 안에서 나온 것은 태감들이 입는 옷 두 벌이었다.

암매에게 옷을 입혀 주고 나서 넝쿨을 잡아당기자 담 너머에서 누군가 벽면을 똑똑 두드리는 소리가 났다. 담을 넘어간 두 사람 앞에 나타난 것은 아담한 원락. 태감 복장을 한 사내가 넝쿨로 뒤덮인 꽃시렁 밑에서 둘을 기다리고 있었다.

암매와 맹부요를 발견한 사내는 대단히 민첩한 발놀림으로 조용히 길을 터 주더니 굳게 닫힌 방문을 가리키며 들어가 보라는 시늉을 하고는 곧장 원락 밖으로 사라졌다. 반쯤 열린 대문을 통해 힐끔 내다본 바깥에는 시위와 태감들이 진을 치고 있었다.

맹부요가 섭정왕 또는 광대 황제의 함정일지도 모른다는 의심을 하고 있을 때, 암매가 그녀를 다짜고짜 끌고서 방문 앞으로 향했다.

꽃살문이 '끼익' 하고 열리자 나긋한 밀어가 흐르는 황홀경이 두 사람 앞에 펼쳐졌다.

"폐하······."

"내 귀염둥이 보물단지······. 우리 수수秀秀, 폐하라고 더 불러 보거라······."

"폐하! 폐하······, 소녀의 이름은 자아紫兒라 말씀드렸을진대 어찌 자꾸만······ 잊어버리시는지······."

"오, 그래, 자아. 마음에 쏙 드는구나······. 자, 다른 자세로도 해 보자꾸나……."

"앗흥! 미워 죽겠어……."

암매는 즉각 고개를 틀어 외면했으나 맹부요는 아예 느긋하게 감상할 요량으로 싱긋 웃으면서 의자를 끌어다가 앉았다.

그녀의 품 안에서 머리를 쏙 내민 원보 대인이 눈앞의 광경을 한 번, 또 한 번 뚫어져라 쳐다보더니 갑자기 앞발을 뻗어 맹부요의 눈을 가렸다. 정작 자기는 활활 타오르는 눈빛을 한순간도 다른 데로 돌리지 않고서.

하지만 털이 보송보송한 앞발은 맹부요에 의해 가차 없이 내쳐졌고, 이어서 그녀는 우월한 덩치를 십분 활용해 녀석을 두 손바닥 사이에 놓고 물샐틈없이 감싸 쥐었다. 원보 대인이 손 안에서 격렬하게 저항하자 귓속말을 한마디 소곤거려 주는 것도 잊지 않았다.

"착하지, 저런 몹쓸 거 보면 눈에 다래끼 난다."

그러고 나서 본인은 신나게 다래끼를 키우러 갔으니, 원보 대인으로서는 비분을 금할 길이 없는 상황이었다.

내 앞발은 기껏해야 맹부요 눈 반쪽밖에 못 가리는데 맹부요 앞발은 어째서 나를 꽁꽁 싸매고도 남는단 말인가.

한편, 새 체위에 붙일 이름을 고심하고 있던 맹부요는 다음 순간 돌연 눈앞에 나타난 시커먼 물체로 인하여 시야에 크나큰 방해를 받고야 말았다. 옆에 계시던 어느 분께서 다치지 않은 쪽 손을 뻗어 그녀의 눈을 가린 것이다. 희미한 약재 냄새가 코 끝을 스치는 동시에 차분한 음성이 들려왔다.

"몹쓸 거 보면 다래끼 난다더군."

이에 맹부요는 아무런 대꾸 없이 씩씩거리며 상대의 손을 눈앞에서 걷어 냈다.

두 사람 더하기 원보 대인이 이렇듯 옥신각신하는 사이, 병풍 너머에서도 인기척을 감지했는지 광대 놈이 냅다 몸을 날려 병풍에 찰싹 달라붙더니 한창 춘화도 구경에 열을 올리던 둘을 향해 반갑게 인사를 건넸다.

"왔구나!"

누가 보면 식당에서 밥 먹다가 마주친 줄 알겠다.

반면 여자 쪽은 화들짝 놀라 목소리를 덜덜 떨었다.

"폐하, 이 상황에……, 무슨……."

병풍 너머에서 사람 그림자를 발견한 여자가 '꺄악!' 하면서 펄쩍 뛰었다.

맹부요는 반사적으로 그쪽을 외면하려 했지만 얼굴이 완전히 돌아가기 직전, 병풍을 짚고 있던 헌원민이 번개처럼 여자를 향해 팔을 뻗는 모습이 시야 끄트머리에 걸렸다.

허공에 하얀 직선을 그으며 뻗어 나간 팔은 단번에 여자의 목을 움켜쥐었다. 이어서 헌원민이 요염하게 웃으며, 지극히 다정하고도 부드럽게 손가락에 힘을 주는 게 보였다.

까득.

목이 꺾이는 소리. 실내의 정적 속에 울려 퍼진 그 소리는 천둥만큼이나 충격적이었다. 여자는 목구멍에서 '끅끅' 하는 소리를 내뱉었다. 커다랗게 팽창된 눈이 헌원민의 달콤한 미소를 한 번 더 응시했다. 곧이어 고개가 기묘한 각도로 축 늘어졌다.

그녀는 그렇게 죽었다. 조금 전까지만 해도 살을 섞으며 자신을 황후로 맞이하겠노라 약속하던 제왕의 손에. 극도의 흥분과 환희로 물든 단꿈의 정점에 올랐다가 그 욕망의 꼭대기에서 추락하여.

온갖 기만과 농간이 난무하는 황실 암투극의 첫 번째 희생양, 우문자宇文紫.

괴괴한 적막이 흘렀다. 실내를 가득 채운 정사의 잔향 사이로 희미한 피비린내가 퍼져 나갔다. 헌원민은 아무렇지도 않은 듯 하늘거리는 향 연기에 휩싸인 채 꽃처럼 웃고 있었다.

맹부요의 눈에 비친 그는 식인화食人花였다.

직전까지 자신과 한 침상에서 뒹굴던 여자를 일거에 목 졸라 죽일 수 있는 사내란 대체 어떤 종류의 인간이란 말인가. 헌원이라는 성씨를 가진 자들은 하나같이 어떻게 생겨 먹은 종자들이기에.

저들에 비하면 태연의 제심이나 무극의 덕왕, 천살의 전남성은 핏덩이 시절의 원보 대인만큼이나 순진하고 깜찍한 수준이다.

맹부요는 긴 한숨을 내쉬었다.

환경이 사람을 만든다더니…….

급기야 그녀는 본인의 선택을 살짝 후회하기 시작했다. 보아하니 이 집구석 흙탕물에 발을 들이는 건 호랑이한테 고기 내놓으라고 한다거나 고기한테 호랑이 내놓으라고 하는 정도가 아니라, 아예 호랑이를 출가시켜 평생 풀만 뜯어 먹고 살게 하는 것보다도 더 험난한 시련을 각오해야만 할 일인 듯했다.

요염한 미소를 입가에 건 헌원민이 나긋하게 말을 붙였다.

"이 여인이 죽지 않으면 무슨 수로 폐하께서 짐의 황후가 되시겠나이까. 그러니 따지고 보면 폐하, 너 때문에 죽은 거랍니다."

맹부요가 짧은 침묵 끝에 대꾸했다.

"너, 언젠가 반드시 내 밑에 깔려서 묵사발이 될 줄 알아."

"기꺼이."

헌원민이 싱긋 웃었다.

"지난번 주먹맛도 참 황홀했어. 도저히 잊을 수가 있어야 말이지."

그러더니 두루마리 하나를 던져 주며 말했다.

"우문자의 신상 자료야. 짐은 인피면구부터 만들러 가야 하니 토씨 하나 빼먹지 말고 외워 둬. 후우, 이놈의 팔자. 세상 어느 황제가 가면 하나까지 제 손으로 만드나. 아, 그리고 우문자는 짐의 총애를 넘치게 받아 앞으로 사흘간 침상에서 못 내려오는 걸로 해 둘 테니 자료는 그 안에 꼭 숙지하도록."

"대체 나한테 바라는 게 뭔데?"

꼼꼼하게도 작성된 자료를 손에 든 채, 맹부요는 속으로 시간을 계산하고 있었다.

아침에 맥을 잡아 본 결과 암매는 지금 외상이 문제가 아니었다. 헌원성의 화살에 실려 있던 진력이 아무래도 오래된 내상을 건드린 듯한데, 회복하려면 시간이 꽤 걸릴 것 같았다. 저렇게 앉아 있는 것도 아마 정신력으로 버티는 중일 터였다. 몸을 추스를 시간을 줘야만 했다.

이 빌어먹을 황궁 한복판에 갇힌 건 어차피 돌이킬 수 없는 현실, 조바심 낸다고 뭐가 해결될 것도 아니고 이렇게 된 이상 아무리 가느다란 동아줄인들 일단은 잡아 보는 수밖에.

"간단해. 이번 간택은 급이 아주 높거든. 귀貴, 숙淑, 현賢, 덕德 중 비어 있는 귀비와 덕비 자리를 채우고 황후를 뽑을 거야. 그런 고로 지금 췌방재에 머무르고 있는 처녀 여덟 명은 전부 섭정왕의 먼 친척 아니면 심복의 여식들이지. 짐의 주변에는 지금도 별의별 세작들이 차고 넘쳐. 기존에 있던 현비와 숙비도 섭정왕의 끄나풀이고. 물론 단순한 비빈들이야 평소에 멀리하면 그만인데, 황후가 생겨 버리면 골치가 아파지거든. 황실 규례에 따라 황후는 언제든 짐의 공간에 들이닥칠 수 있고 합방도 한 달에 최소 네 번은 필수지. 짐의 자유가 대폭 제한된다는 말씀. 그래서 섭정왕의 하수인들에게는 그 자리를 내어 줄 수가 없는 거야. 적어도 현재로서는."

맹부요가 픽 코웃음을 쳤다.

"나야 그냥 지나가던 나그네 신분인데 내가 여길 뜨고 나면?"

"그거야 그때 가서 생각할 일이고. 누가 알아, 아예 눌러앉고 싶어질지?"

헌원민이 의미심장한 미소를 지으며 말했다.

"그리고 귀비가 되든 황후 자리를 꿰차든 간에 한가하게 노닥거릴 시간은 없을 거야. 당장 현비하고 숙비부터 잽싸게 처리해 줘야 할 테니까."

맹부요는 나른하게 하품을 깨물며 생각했다.

내 팔자야, 하다 하다 이제 후궁 암투에까지 끼게 생겼구나.

"개중에 우문자를 고른 이유는?"

"섭정왕의 먼 친척인데, 여덟 명 중에 핏줄로만 따지면 섭정왕과 제일 가까우면서도 살던 곳이 제일 먼 여자거든. 북방 장녕부長寧府 출신이야. 나머지 일곱은 곤경에 본가를 둔 심복들의 여식인지라 자라는 과정을 가까이서 지켜봤겠지만, 우문자에 대해서만큼은 섭정왕도 아는 게 별로 없지. 유일하게 공략 가능한 구석이랄까. 게다가 말이야……."

헌원민이 눈을 찡긋했다.

"근래 짐이 하루가 멀다고 총애를 퍼부은 탓에 침상에서 내려오질 못해서 다른 사람들과 친해질 기회랄 게 없었거든."

"헌원성은 완전히 방심 중인 건가?"

맹부요는 상대의 끈적한 눈길을 못 본 척 화제를 돌렸다.

"그렇게 큰 허점을 허락하다니."

"허점을 허하긴 무슨."

헌원민의 입매가 호선을 그렸다.

"궁궐 전체를 자기 사람들로 꽉 채우다시피 한 데다 간택 후보 여덟 명도 전원 본인 영향력 아래 있는데 걱정할 게 뭐 있나."

그가 교활한 여우처럼 눈웃음을 쳤다.

"하지만 사람을 쓸 때 중요한 건 양이 아니라 질인 법. 짐이 궐에 들어온 지가 몇 년인데 그동안 내 식구 몇 명 못 키웠을까. 게다가 섭정왕 전하께서는 요즘 워낙 바쁘시거든."

교태 어린 웃음을 머금은 그가 손가락을 뻗어 맹부요를 가리켰다.

"자객 신경 쓰시랴, 거기다 따님까지 신경 쓰시랴."

"헌원운은 왜?"

맹부요의 눈썹이 꿈틀 올라갔다.

설마 토깽이 군주한테까지 손을 댔다고?

"잠시 앓아누운 것뿐이야."

헌원민이 웃음 섞어 말했다.

"얼마나 꽁꽁 싸매 뒀는지, 비집고 들어갈 틈바구니 하나 만들기가 보통 일이 아니더라고."

무슨 틈바구니를 어떻게 비집고 들어갔는지는 딱히 캐물을 마음도 안 들었다. 어차피 그 비슷한 종류의 술수라면 맹부요 본인이 더 전문가였으니까.

심계로나 무공으로나 어디 하나 빠지는 구석이 없는 헌원성에게 유일한 약점이 있다면 그건 바로 금쪽같은 딸이었다. 그러니 헌원운이 목표물이 되는 거야 어쩔 수 없는 일이었다.

"실수로라도 죽이지는 마. 착한 애니까."

맹부요가 한숨을 내쉬었다.

"걔 잘못되면 나도 협조 안 해."

"알다가도 모르겠군. 아무런 상관 없는 남을 왜 못 챙겨서 안달인지."

헌원민이 눈썹을 까딱했다.

"그거, 황후로서는 실격이야."

그러자 피식 웃으면서 일어난 맹부요가 그대로 발걸음을 옮겼다.

"그럼 딴 데 가서 알아보든가."

"종월이 어디 있는지 궁금하지 않아?"

도로 돌아선 맹부요가 눈썹을 치켜세웠다.

"나도 모르지만."

천연덕스럽게 어깨를 으쓱하는 헌원민한테 대고 맹부요가 대번에 주먹질을 했다.

"……네가 황후가 되어서 둘이 힘을 합치면 설마 사람 하나 못 찾겠어?"

맹부요는 '쳇' 하고 콧방귀를 뀌며 두루마리를 주워 들었다. 그런 다음 한쪽에 묵묵히 앉아 있던 암매를 향해 홱 고개를 돌렸다. 그녀의 얼굴에는 어느새 능란한 미소가 덧그려져 있었다.

"춘매春梅 요것아, 아씨 안 챙기고 뭐 하니. 미래의 황후마마께 당장 차 한 잔 내오지 못할까!"

"……."

❀

신판 '우문자'와 '춘매'는 그날 밤 헌원민이 떠나간 원락에 그대로 남았다.

날이 어두워지자 암매는 예고대로 발작 증세를 보였다. 신음은 이를 악물고 참는 것 같았지만, 침상 위에서 연신 뒤척거리는 게 많이 힘겨워 보였다.

맹부요는 그런 암매의 곁에서 머물며 밤새 약을 발라 주고, 찬 수건을 대 주고, 물을 먹여 줬다. 열이 걷잡을 수 없이 오르자 아예 옷을 벗기고 물수건으로 몸을 닦아 주기 시작했다. 전생에 아픈 엄마를 돌봐 본 경험 덕에 맹부요의 손놀림은 능숙했다. 남녀유별이고 뭐고를 따질 상황이 아니었다. 그녀의 눈앞에 있는 사람은 남자가 아닌 환자일 뿐이었다.

찬물을 먹은 수건이 살갗 위를 느릿느릿 미끄러지며 땀을 훔쳐 내는 동시에 체내에서 들끓는 열기를 앗아 가길 잠시, 뒤척임의 빈도가 서서히 줄어드는 모양새를 보니 어느 정도 정신이 돌아오고 있는 것 같았다.

수건이 앞가슴에 닿았을 때였다. 암매가 돌연 팔을 뻗어 맹부요의 손을 낚아챘다.

서로 난처해지는 걸 피하고자 등잔불은 꺼 둔 상태였고, 덕분에 미처 대처할 틈도 없이 손을 붙잡힌 맹부요는 또 손가락을 깨물리는 줄 알고 소스라쳤다. 그러나 암매는 그녀의 손을 가슴에 가만히 갖다 대고는 무언가 한마디를 작게 중얼거렸을 뿐이었다.

무슨 소리를 하는 건지 들어 보려고 귀를 가까이 가져가던 맹부요는 그윽하고도 청신한 체취가 훅 끼쳐 오는 통에 일순 가슴이 쿵쿵 들뛰는 걸 느끼고는, 그제야 자세가 너무 야릇하다는 생각에 허겁지겁 상체를 뒤로 물렸다. 하지만 손은 여전히 암매에게 짓눌려 그의 가슴에 붙어 있었다. 덕분에 그녀는 허리를 엉거주춤하게 굽힌 자세로 침상 앞에 붙잡혀 있을 수밖에 없었다.

손바닥 밑에서 전해져 오는 심장 박동은 몹시도 다급했다. 적막의 밤을 세차게 가로지르며 광활한 대지로부터 묵직한 공명을 끌어내는 급류가 바로 이러할까. 그러면서도 그 급류는 무언가 털어놓지 못할 사연으로 말미암아 근신과 절제에 묶여 있는 듯한 느낌이었다.

또다시 제멋대로 뛰기 시작한 맹부요의 가슴이 일순간 암매의 심장과 같은 박자를 공유했다.

같은 심정, 그러나 다른 시름. 겨울밤 소슬한 찬 바람도 쓸어 가지 못할 만큼 깊은 고독과 불안.

입을 앙다문 맹부요가 상대의 손을 풀어내리려는 찰나, 암매가 홀연 그녀를 놓아주더니 아주 길고 긴 탄식을 뱉었다. 맹부요는 순간 상대가 깨어난 줄 알고 흠칫했으나, 파르르 떨리는 속눈썹과 이마에서 배어나는 땀방울을 자세히 보니 아직 의식이 완전히 돌아오지는 않은 것 같았다.

그녀는 물수건을 손에 쥔 채 어둠 속에 앉아 한참이나 암매를 물끄러미 내려다봤다. 대체 어떤 꿈을 꾸기에 그리도 허탈하고 구슬픈 한숨을 내쉬었을까 생각하며.

자정이 넘어가면서 암매의 기력이 많이 쇠한 게 눈에 보이자 맹부요는 그에게 진기를 나눠 주기로 마음먹었다. 지금 같은 위기 상황에서 진기를 소진하는 건 치명적일 수 있는 일이었다. 그러나 그녀는 망설이지 않았다. 진기가 아무리 귀중한들 그보다 우선인 건 사람이었다. 암매가 체력을 회복하면 둘 다 운신의 폭이 훨씬 넓어질 테고, 무엇보다 저렇게 힘겨워하는 모습을 계속 구경만 하자니 가슴속 쥐꼬리만 한 양심이 맹부요 대왕님을 달달 볶아 대는 것이었다.

그런데 등에 손바닥을 붙이고 진기를 밀어 넣으려 하자 암매가 경련하듯 몸을 크게 움찔하는 게 아닌가. 혼미한 중에도 그녀의 의중을 눈치채고 힘이 흘러 들어오는 걸 거부하는 듯했다.

그 이후로도 세 번을 더 시도했으나 결과는 모두 실패.

어차피 받을 마음이 없는 거라면 계속 시도해 봤자 아픈 사람 괴롭히는 꼴밖에 안 되겠다는 생각에 결국은 단념할 수밖에 없었다.

이날 밤 맹부요는 불 꺼진 방 안에서 한시도 눈을 붙이지 않고 암매의 등이 오르락내리락하는 모습을 지켜보았다. 그녀는 점차 평온해지는 숨소리를 통해 암매가 고비를 넘겼음을 확인하고 나서야 비로소 긴 한숨을 내쉬었다.

맹부요 판 '우문자'가 후궁계에 정식으로 발을 디딘 건 그로부터 사흘 뒤의 일이었다. 췌방재에 기거한 지 사흘째 되던 날, 헌원민이 완성된 인피면구를 들고 찾아왔다.

"더럽게 느려 터져서는. 가면 하나 만드는 데 무슨 사흘이 걸려. 덕분에 내내 침상에만 누워 있느라 뼈마디가 다 납작하게 눌린 것 같네."

맹부요가 역용을 하면서 빈정거리는 소리에 헌원민이 냉큼 손을 뻗었다.

"어디 얼마나 납작해졌는지 좀 만져 볼까!"

결말은 맹부요의 발길질에 인정사정없이 짓밟히는 거였지만.

칸막이로 가려 놓은 옆방에는 암매가 잠들어 있었다. 물론 원래 신분이 아닌 후궁 간택을 위해 입궁한 수녀[1] 우문자의 시비 춘매로 신분 세탁을 한 상태였다. 춘매는 월등한 신장을 도저히 감출 수가 없었기 때문에 우문자가 쾌차하자마자 '그간 아씨를 돌보느라 너무 무리했던 탓에' 몸겨누운 것으로 처리되어 있었다.

그렇다고 앞으로도 영영 자리보전만 시킬 수는 없는 노릇인지라 본디 맹부요는 걱정이 이만저만이 아니었다. 다행히도 암매는 며칠 더 몸을 추스르고 나면 하루에 반 시진 정도는 축골術縮骨術을 써서 체구를 줄일 수 있을 거라고 했다. 춘매가 피치 못하게 등장해 줘야 할 상황이 와도 어찌어찌 대처가 가능하리라는 뜻이었다.

옆방에 가서 암매를 들여다보고 난 헌원민이 묘한 표정으로 맹부요의 눈 밑 그늘을 훑어보더니 새침하게 새끼손가락을 세우며 말했다.

"둘이 뭐 했어? 이토록 절륜한 짐도 잠자리 상대 눈 밑을 그

---

1 秀女. 후궁 간택을 위해 후보로 입궁한 처녀들을 이르는 말.

리 시커멓게 만들어 본 적은 없거늘."

"예, 예, 정력왕이신 거 알겠고요."

맹부요가 대뜸 발길질을 했다.

"가라, 좀! 오늘 '총애'는 이걸로 됐다고. 여기서 더 총애받았
다가는 다른 여자들한테 머리채 잡히게 생겼으니까."

"그거 좋네, 실력 발휘하는 거 구경도 할 겸."

잔뜩 들뜬 헌원민이 덧소매를 휘저으며 교태를 부렸다.

"처음 만났을 때부터 비빈들 사이에 풀어놓으면 저승사자로
군림하겠구나 했지. 흐응, 나한테는 그 주먹맛 언제 다시 보여
줄 거야?"

"지금 당장!"

그녀가 상대를 걷어차 엎어뜨리는 동시에 '퍽퍽' 소리가 작렬
했다. 좋아 죽겠다고 콧소리를 흘리는 황제 놈을 가까스로 쫓
아 보낸 뒤, 맹부요는 지난 사흘간 손도 대지 않았던 문을 '끼
익' 열어젖혔다.

맹부요는 햇빛을 만끽하며 '뻐근한 느낌 탓에 걷기는 힘들어
도 나는 지금 몹시 만족스럽다'는 자세로 허리께를 짚었다. 그
리고 '폐하의 화끈한 총애로 말미암아 콧대가 하늘 높은 줄 모
르고 치솟은 수녀'의 자태를 뽐내며 햇빛 아래로 걸어 나가 담
장 너머로부터 힐끔힐끔 날아드는 착잡한 눈빛들 앞에 섰다.

마침내 맹부요 대왕이 거침없이 내디딘 가식과 허세의 첫걸
음. 그것은 이제부터 격렬하게 펼쳐질 궁중 암투의 정식 개막을
알리는 신호탄이었다.

"어머, 언니. 몸이 안 좋다는 소리가 있더니, 그새 많이 나아졌는가 보죠?"

아니나 다를까, 뜰을 벗어나기도 전에 '우연히 근처를 지나던' 미인 하나가 나름 방긋방긋 웃으며 인사를 건네 왔다. 눈가에 어설피 걸린 그 웃음이란 것이 어떻게 봐도 작위적이어서 문제였지만.

성마른 성격에 연기력은 삼류. 식별 완료.

"아휴, 이리 상냥히 물어봐 주니 한결 나아지는 것 같기도 하고."

맹부요가 찌푸린 표정으로 허리를 붙들고 탄식했다.

"아이, 참……. 어쩜 그리 집요하게 괴롭히시는지……."

은근슬쩍 흘린 마지막 한마디에 얼굴색이 돌변한 상대가 턱을 치켜들면서 '흥' 콧방귀를 뀌더니 가자미눈을 뜨고 말했다.

"경망스럽기는. 그러다가 꽃 꺾는 이만 있고 두고두고 보아 줄 이는 없을까 봐 걱정이네요. 행여 간택에서 떨어져 출궁하게 되면, 다 버린 몸으로 어디 시집이나 가겠어요?"

"그것도 일리가 있네요!"

덕분에 큰 깨달음을 얻었다는 식으로 답한 맹부요가 미간을 찌푸리고 잠시 고심하는가 싶더니, 이내 손바닥을 '짝' 하고 마주쳤다.

"정 안 되면 그 시집, 언니네 아버지한테라도 갈까 봐요! 화花씨 집안 어르신이 또 곤경 바닥에서 알아주는 풍류객이시잖아요. 처첩 열 명이 아주 그냥 하나같이 호강에 겨워 얼굴에서

윤이 번질번질 난다던데, 거기 열한 번째로 들어가면 다른 건 몰라도 언니한테서 어머니 소리는 들어 볼 수 있지 않겠어요?"

"이……, 이……, 부끄러운 줄도 모르고!"

얼굴이 새파랗게 질린 상대방은 소맷자락을 신경질적으로 떨치면서 자리를 떴고, 맹부요는 그 모습을 보며 심드렁한 표정으로 어깨를 으쓱했다.

전투력이 형편없군. 갑갑하다, 야.

이때 어디선가 참한 웃음소리가 끼어들었다.

"그간 얼굴 볼 기회가 별로 없어서 몰랐는데, 이제 보니 입심이 대단하네요."

소리를 따라 고개를 돌린 맹부요는 새하얀 옷을 빼입은 여인이 등나무 아래 단정히 서서 자신을 향해 미소를 보내고 있는 걸 발견했다. 정확히 30도 각도로 올라간 입꼬리 하며, 딱 절반만 드러나 보이는 하얀 앞니 하며, 어느 모로 보나 흠잡을 데 없는 미소였다.

숨어서 기회를 엿볼 줄도 알 정도면 꽤 이성적, 눈빛은 침착, 미소는 적절, 연기력은 얼추 중상급. 식별 완료.

"설雪 언니도 참, 애써 좋게 표현해 줄 거 없어요. 나야 사람 상대로는 사람 말을 하지만 그게 아닐 경우는…… 원체 말이 막 나가는지라."

맹부요가 짐짓 겸손하게 웃어 보였다.

"학자 집안 출신답게 품위가 넘치는 언니랑은 다르죠."

"아무리 품위가 넘친들 폐하의 총애는 우문자 언니의 만분지 일도 못 받는걸요."

어사대부御史大夫 간이석簡易石의 여식, 간설簡雪이 자못 염려스러운 표정으로 맹부요의 얼굴을 살피며 사뿐사뿐 다가오더니 시녀에게 명해 손바구니를 하나 가져오게 했다.

"몸에 좋은 것들이에요. 안색이 많이 창백한데, 귀한 몸 잘 챙겨야죠."

맹부요는 손바구니를 바로 받아 드는 대신 쓱 훑어보기만 하고서 미소 지었다.

"이거 감사해서 어쩌면 좋을지. 소안小安!"

부름을 받고 달려온 사람은 며칠 전 헌원민의 명으로 맹부요와 암매를 마중 나와 있던 태감. 현재 그는 맹부요 곁에서 잡다한 시중을 전담하고 있었다. 매사에 극도로 조심하는 인물로, 듣자 하니 찢어지게 가난한 집에서 태어나 어린 나이에 궁에 들어왔다는데 무슨 이유에선지 낯빛이 피로에 절어 있는 날이 많다는 점이 좀 특이했다.

소안이 조용히 허리를 숙이자 맹부요가 말했다.

"바구니가 유난히 어여쁘게도 생겼구나. 이름난 장인의 손에서 나온 것이 틀림없어. 선물만으로도 면목이 없건만, 어떻게 언니가 아끼는 바구니까지 꿀꺽할 수 있겠니. 소안, 내 처소에 가면 지난번에 하사받은 물고기 장식 바구니가 있을 게야. 그거 가져오는 김에 폐하께서 주신 진주분도 좀 챙겨 오고."

"이러면 내가 미안해지는데……."

간설은 미소가 살짝 경직됐을지언정 애써 참한 모습을 유지하며 고맙다는 인사와 함께 바구니를 받아 들었다. 맹부요는 종종걸음으로 내빼는 그녀의 뒷모습을 쳐다보며, 따분하다는 듯 기지개를 켰다.

으이구, 연기만 중상급이면 뭐 하나. 술수랍시고 쓰는 게 허접하기 그지없는데. 저 정도 잔꾀는 직접 머리 짜낼 것도 없이 드라마 〈황제의 여자〉나 〈궁심계宮心計〉[2]만 봐도 얼마든지 가져다 쓸 수 있는걸.

선물에는 아무 짓을 안 하되 바구니에 독침을 심어 두고, 나중에 틈을 봐서 바구니만 쥐도 새도 모르게 처리하면 절대 덜미 잡힐 일이 없는 수법. 시도 자체는 좋았다만 바구니를 내미는 동시에 눈빛이 확 바뀌어 버리면 어쩌자는 건지. 제대로 배우려면 한참 멀었다!

슬슬 안으로 들어가려던 그녀는 쾌청한 하늘에서 쏟아지는 햇살을 보고는 마음을 바꿔 소안에게 주전부리를 좀 내오라고 한 뒤 정원에 앉아 생각에 잠겼다.

이 정도 수준의 암투가 시시하게 느껴지는 건, 아마도 최근 몇 해 동안 너무 쟁쟁한 인물들 사이에서 극단적인 사건을 연이어 겪었던 탓이 아닐까.

전북야는 어쩌고 있으려나. 새 황제 폐하께서 돌봐야 할 일이 어디 한둘이겠어, 지금쯤 머리에 쥐가 날 지경이겠지?

---

2 양쪽 모두 유명한 궁중 암투극으로 〈황제의 여자〉의 원제는 〈금지욕얼金枝欲孽〉이다.

전북야를 떠올리자 문득 뭔지 모를 찜찜한 기분이 밀려들었다. 찜찜함의 정체를 놓고 한참 고민하던 맹부요는 그제야 자신이 작별 인사 한마디 없이 휑하니 전북야를 버리고 왔음을 상기해 냈다. 그대로 골똘히 생각을 이어 가던 그녀는 곧 지극히 비양심적인 결론에 도달했다.

다 자업자득이지. 그러게 수하 녀석한테 헛짓을 왜 시켜?

이어서 떠오른 건 여태 연락이 닿지 않는 무극국 은위들이었다. 헌원국은 국경 지대 경계가 워낙 삼엄하기도 하고, 거기다가 최근에는 주변국에 발부되는 통행패마저 급격히 줄어든 상황이었다. 추적, 암살, 정탐, 호위의 전문가라는 양반들이 하필이면 이 나라 저 나라 대중없이 떠돌아다니는 그녀를 만나 잡히지 않는 뒤꽁무니만 졸졸 쫓아다니고 있으니 은위들도 참 딱하게 됐다. 장손무극이 돌아와서 이 사실을 알게 된다면 지난번처럼 볼기짝에 큰 재앙이 임할 터인데…….

하아!

장손무극이 생각나자 한숨이 절로 나왔다.

맹부요는 참깨 전병을 붓 삼아서 돌탁자에 무언가를 끄적거리기 시작했다. 큰 동그라미 하나, 작은 동그라미 하나, 더 작은 동그라미 하나, 그러고 나서 불꽃놀이 빵…….

뭐 하는 거냐고는 묻지 마시라, 본인도 모르니까. 그냥 개발새발 낙서다.

맹부요는 손가락 끝에 침을 묻혀 낙서하는 동안 전병에서 우수수 떨어진 깨알을 하나하나 주워 먹었다. 이것들이 곧 나의 번뇌이니라 생각하고, 번뇌를 모조리 배 속에 욱여넣을 요량으로. 마침내 탁자 위가 깨끗해지고 나서 새 전병을 하나 집어 들려는데, 어째 느낌이 싸했다.

아까는 분명 네 개 아니었나? 이게 왜 두 개밖에 안 남았지?

그때 머리 위로 뭔가가 부스스 떨어져 내렸다. 정수리를 더듬어 본 결과 손끝에 잡힌 것은 참깨 한 알. 참깨를 잠시 응시하던 그녀가 이내 씩 웃으며 위쪽을 올려다봤다.

"어느 배고픈 고양이께서 남의 뜰에 숨어드셨나?"

"나요! 나요, 나요, 나요, 나요!"

나뭇잎이 요란하게 바스락거리더니 그 사이에서 동그란 얼굴이 빼꼼히 등장했다. 눈도 동글, 입도 동글, 턱도 동글, 귀도 동글…….

맹부요는 순간 눈앞이 아찔해지고야 말았다.

저쪽 세계에서 도라에몽[3]이 넘어온 건가?

참깨 알갱이 일곱 개와 다수의 과자 가루를 흘리며 미소 지은 도라에몽이 우물우물 말했다.

"우읍, 왜 언니 간식은 내 거보다 훨씬 맛있어요?"

맹부요는 또 한 번 눈앞이 아찔해졌다.

제발 얘도 황후 후보라고는 하지 말아 줘라. 일국의 국모가 이렇게까지 정상 범주를 벗어나도 돼?

---

3 일본 만화가 후지코 F. 후지오의 만화에 등장하는 고양이 로봇으로 일본의 국민 만화 캐릭터이다.

가만, 이번에 입궁한 수녀들 중에 제일 어린 게 양위장군揚威將軍 댁 열여섯 살짜리 막내딸 당이광唐怡光이라 했던가…….

그때까지도 머리 위에는 참깨가 쏟아져 내리고 있었다. 도라에몽 당이광이 응얼거리는 중간중간에도 부지런히 전병을 베어 먹고 있는 탓이었다.

상대의 공격 범위를 다급히 탈출하려던 맹부요의 귓가에 당이광이 중얼거리는 소리가 들렸다.

"쩝쩝……. 언니 가슴 되게 크네요. 어떻게 하면 저게 저만해지지……."

맹부요의 눈이 자기 가슴으로 향했다.

크다니, 그럴 리가? 나 75B인데? 아까 그 둘은 최소 80D랑 85F는 되어 보이더구먼. 대문 넘어 들어오기도 전에 가슴은 벌써 침상 앞에 있겠던데 얘는 대체 눈이 어떻게 생겨 먹은 거야?

보는 눈이라고는 전혀 없는 미련퉁이 도라에몽은 여전히 왕가슴의 비결을 연구 중이었다.

"우음……, 어떻게 저렇지……."

맹부요는 급기야 공황 상태에 접어들었다.

저건 아무리 봐도 황궁이 아니라 어린이집에 가 있어야 될 물건이 아닌가…….

머리 위에는 과자 가루가 한층 더 무서운 기세로 쏟아지고 있었다. 턱에 구멍이라도 난 모양인지 먹는 게 반 흘리는 게 반이면서도 당이광은 낚싯대를 열심히 흔들며 다음 사냥감을 낚아 보려 분투 중이었다.

아까도 바로 저 낚싯대를 써서 감쪽같이 전병을 빼돌렸던 것
인가.

맹부요는 정수리 위쪽에서 사뭇 위협적으로 왔다 갔다 하는
바늘을 노려보며 혹시 귓불이라도 낚이는 게 아닐까 걱정하다
가 나머지 참깨 전병을 몽땅 집어서 허겁지겁 낚싯바늘에 끼워
줬다.

"제발 부탁이니까 내려와서 좀 먹을래? 목덜미 안쪽에 참깨
가 한 바가지는 차겠거든?"

뭐라 뭐라 우물거리고 나서 나머지 전병을 볼이 불룩해지도
록 입에 욱여넣은 당이광은 손바닥 크기에 육박하는 밀가루 덩
어리를 두어 번 만에 씹어 삼키는 기적을 행했다. 그러고는 나
무에서 훌쩍 뛰어내리더니 맹부요를 쳐다보며 물었다.

"더 없어요?"

착지 동작을 보아 하니 의외로 무공을 익힌 아가씨가 아닌
가. 눈을 반짝 빛낸 맹부요가 가까이 오라는 손짓을 하며 미소
지었다.

"있다마다! 나무에는 왜 올라가 있었는지부터 얘기해 봐. 그
럼 더 줄게."

"우리 집이 보여서……."

손가락에 붙은 참깨를 날름날름 핥아 먹고 있는 당이광은 누
가 봐도 열여섯이 아니라 여섯 살짜리였다.

"높은 가지까지 올라가면 보이거든요."

눈을 몇 번 깜빡거리는 사이 당이광의 눈가에 금방 눈물이

그렁그렁하게 차올랐다.

"집에 가고 싶은데……."

그러더니 좀 안기면 안 되겠냐는 식으로 가슴께를 연신 힐끔거리질 않겠나. 기겁을 한 맹부요가 다급히 소리쳤다.

"소안! 당 소저 눈물 뚝 그치시게 전병 바구니째 들고 와!"

말을 마친 그녀는 치맛단을 추켜잡고 걸음아 날 살려라 줄행랑을 놨다. 젖비린내 풀풀 나는 꼬맹이의 눈빛을 보아 하니 아무래도 달래 달라고 덥석 안길 것만 같아 겁이 났던 것이다.

후닥닥 처소로 뛰어 들어가 문을 쾅 닫고서 문짝에 기대 숨을 헐떡헐떡 몰아쉬며, 그녀는 처음으로 강적을 만났음을 실감했다.

빌어먹을! 헌원 황궁은 완전히 내 세상일 줄 알았는데 한낱 도라에몽한테 무릎을 꿇다니.

옆쪽에서 나지막한 웃음소리가 들려왔다. 고개를 돌린 맹부요의 눈에 들어온 건 저만치서 문틀을 짚고 서서 웃는 듯 마는 듯 한 표정으로 그녀를 쳐다보고 있는 암매였다.

순간 얼굴이 화르르 달아오른 그녀가 생각했다.

설마 다 본 건 아니겠지? 마당 저 끝이었는데?

"꼬맹이가 보는 눈이 형편없기는 하군."

암매의 말이 귀에 꽂히기 무섭게 발끈한 맹부요가 쏘아붙였다.

"그쪽보다는 크니까 됐잖아요!"

쿵.

참깨 전병 먹다 말고 참깨가 목구멍에 걸린 원보 대인이 뒤로 넘어가는 소리였다. 암매 역시 움찔 어깨를 굳히더니 창백하던 낯빛을 어렴풋한 붉은빛으로 물들였다.

맹부요는 즉각 본인의 실수를 깨닫고 쥐구멍을 찾아 주변을 뱅뱅 돌았으나 결국은 구멍 찾기에 실패, 잽싸게 내실로 잠입을 시도했다. 그러나 하필 암매가 떡 버티고 서 있는 위치가 바로 내실 입구였다.

그녀는 애써 당당한 척 곁을 비집고 지나가고자 했다. 바로 그때 암매가 느닷없이 팔을 뻗어 그녀의 허리를 감았다. 월등한 신장으로 내실 입구를 틀어막고 있던 암매는 그 간단한 동작 하나로 맹부요의 도주를 가볍게 봉쇄했다.

순식간에 그의 품 안으로 끌려 들어간 맹부요가 벗어나 보려 발버둥을 쳤지만, 허리를 휘어잡은 악력을 도저히 이길 수가 없었다. 암매가 그녀의 머리카락 위에 턱을 올리고는 속삭이듯 말했다.

"가까이 다가가선 안 된다고 생각했었어. 나 때문에 경험하게 될 것이라고는 인간의 간악한 본성과 어두운 음모가 전부일 테니……."

맹부요는 더 이상의 밀착을 막고자 그의 허리를 밀어내면서 생각했다. 여기 와서 만난 작자들 중에 나한테 광명이라든지, 정의라든지, 긍정이라든지, 고매한 도덕성과 관련된 걸 경험시켜 준 사람이 누구 하나 있는 줄 아느냐고. 그러면서도 입으로는 뾰족한 소리를 내뱉었다.

"알면 당장 떨어지든가!"

"그런데 생각이 바뀌었어."

암매는 그녀의 말을 완전히 무시한 채 어깨에 손을 올렸다.

"세상에는 태생적으로 암흑을 깨부수기 위해 존재하는 사람이 있더군. 너처럼 말이야. 누구 곁에 있든 어차피 거짓과 음모를 맞닥뜨리게 될 거라면, 어둠으로부터 결코 자유로울 수 없는 운명이라면, 네 옆자리를 내가 차지하지 못할 이유는 또 뭐지?"

"또 열나는 거 아니에요? 도대체 무슨 소리를 하는 건지 모르겠네."

이마를 짚어 보려던 맹부요의 손이 도중에 암매에게 붙잡혔다. 그녀의 손바닥을 자기 얼굴에 갖다 댄 암매가 더할 나위 없이 또렷한 발음으로 말했다.

"그래, 열이 나. 심장에. 덕분에 정신은 아주 멀쩡한 상태고."

손에 닿은 피부는 뜨겁기는커녕 서늘하다고 느껴질 정도의 온도였다. 아득한 산꼭대기에 하얗게 쌓인 눈을 떠올리게 하는 감각.

눈앞의 남자는 농염한 야성미를 가졌으면서도 항상 이처럼 무심하고도 차가운 분위기를 풍겼다. 하지만 이 순간 그의 숨결은 뜨거웠고, 그 열기는 맹부요를 바라보는 눈빛과 그녀의 손을 강하게 감아쥐고 있는 손길에서도 마찬가지로 타오르고 있었다.

매끄러운 살갗과 살갗의 접촉부에서부터 번져 나가기 시작한 열기가 종국에는 텅 비어 싸늘했던 가슴속마저 데우기에 이르렀다.

적막 속에서 서로를 마주 보고 선 남녀. 여인은 남자의 얼굴을 손으로 감싼 채 넋을 잃은 듯 말이 없었고, 공기 중을 조용히 떠도는 숨결에는 형용할 수 없는 그윽함이 깃들어 있었다.

맹부요의 손을 향해 고개를 조금 더 돌린 암매가 따스하고도 부드러운 입술을 손바닥에 살며시 눌렀다. 은근한 온기와 서늘함을 동시에 품은 입술은 비단결, 혹은 장미 꽃잎의 감촉이었다. 만약 꽃이나 비단이 아니라면 그것은 필시 애끓는 속내가 구구절절 적힌 한 줄기 월광일 터였다.

손바닥 가장자리를 스쳐 안쪽으로 미끄러져 들어간 그의 입술이 심장과 가장 긴밀히 연결된 곳에 써 내려가고자 하는 고백인즉슨, 과거 속에 고이 간직해 두었던 지난날의 면면이요, 향로 안 침향목 가루에 점점이 찍힌 눈물 자국이요, 옻칠 된 상자 속 낡은 옷가지 사이에 아련히 배어 있는 향기요, 옛집 벽모퉁이를 얼룩덜룩하게 물들인 이끼의 흔적이요, 세상에겐 잊혔으나 그는 잊지 못하였기에 그녀와 나누고 싶은 기억이었다.

내 입술이 비록 이 손바닥에 세상 여느 낙인과 같이 진한 흔적을 새기지는 못할지라도, 부디 그대의 가슴속에는 영원토록 머무를 수 있기를.

잠자리가 수면을 스치듯 가벼운 입맞춤. 그러나 그 안에 실린 것은 간절함의 무게를 감히 가늠도 할 수 없는 염원이었다.

맹부요의 손을 놓아준 암매는 일말의 지체도 없이 옷자락을 휘날리며 자리를 피해 버렸다. 홀로 남게 된 맹부요는 멍하니 제자리에 서 있다가 손을 천천히 말아쥐었다.

손바닥에 남아 있던 축축한 감촉은 체온을 이기지 못하고 금세 흔적을 감추었다. 하지만 놀란 가슴은 쉽사리 안정을 찾지 못했다.

한참이 지나서야 주먹을 스르르 푼 그녀는 천장을 올려다보며 피식 웃음을 흘렸다.

어째 하나같이 기습적으로 분위기 잡는 데는 선수인지.

한편 탁자 위에서는 앞발로 턱을 괸 원보 대인이 맹부요를 보며 고민에 빠져 있었다.

저놈의 도화살을 우리 집 그 양반한테 일러바쳐, 말아?

주인님의 권익 수호를 위해 노력하는 애완신수의 독보적 존엄을 생각하면 마땅히 알려야 할 것 같고, 주인님을 향한 애절한 진심과 맹부요의 연적으로서 응당 가져야 할 배타성과 이기심의 각도에서 고려해 볼 때는 불필요한 일인 것 같고, 이거 참 어려운 문제로다…….

❀

그날 밤, 헌원민이 또 한 번 췌방재에 나타나자 맹부요는 일단 그를 방 안에 가둬 놓고 한바탕 늘씬하게 두들겨 팼다. 그 뒤 존귀하신 등판에다 발을 올려놓고 취조를 시작했다.

"당이광은 대체 후보들 사이에 왜 끼어 있는 거야? 설마 개가 섭정왕이 원하는 황후상에 들어맞는다고?"

여왕님 발밑에서 황홀한 듯 신음하던 창기 놈이 눈웃음을 살살 치며 말했다.

"정답, 딱 들어맞다마다! 일급 무관 집안 출신이기는 한데 네 살 때 말에서 떨어지면서 머리를 다쳤거든. 거기다가 하필 또 무공을 할 줄 아는지라 어느 집에서 데려가도 골칫거리인 거지. 그런데 그게 황후 자리에 앉혀 놓으면 반대로 아주 편리한 점이 된단 말이야. 단순 무식해, 한번 누구한테 들러붙으면 떨어질 줄을 몰라, 무공 익혀서 힘도 세, 그런 애한테 코 꿰면 짐은 인생 그대로 종 치는 거라고."

광대 황제에게 집착하는 어린 황후를 상상하는 사이, 맹부요의 입가에 야릇한 미소가 어렸다.

고거, 고거, 그림이 꽤…….

웃는 모양새가 과하게 음흉했던 모양인지 황제로부터 의혹에 찬 눈길이 날아들자, 맹부요는 언제 그랬냐는 듯 표정을 굳히고는 목청을 높였다.

"그래서 지금 그 처치 곤란 골칫덩이를 나한테 떠넘기겠다고? 밀어내도 안 밀려, 욕도 안 먹혀, 때려도 소용없어, 심계도 안 통해, 음모 따위 세워 봐야 십중팔구 헛수고로 끝날 애를? 하늘이시여!"

"필승불패 백전백승의 영명한 위용을 자랑하시는 폐하께 그까짓 당이광 하나가 문제이겠나이까?"

헌원민이 교태로운 자세로 몸을 일으켰다.

"신첩이 폐하를 위해 최선봉에 서서 길을 열고 적군의 기세를 꺾겠사옵나이다⋯⋯."

그가 갑자기 상체를 세우는 통에 등판에 올라앉아 있다가 발라당 나동그라진 맹부요 대왕이 벌컥 성을 내려다가 말고 순간 눈썹을 꿈틀했다. 상대의 말투에서 수상한 낌새를 챈 탓이었다.

"으음? 또 무슨 꿍꿍이속이지?"

"내일 대전에서 섭정왕과 짐의 참관하에 정식 간택이 있을 예정인지라."

헌원민이 요염하게 웃으며 맹부요 대왕의 어깨를 두드렸다.

"짐의 삼궁육원⁴을 부탁하지. 닥치는 대로 불사르고, 죽이고, 탈탈 털어 버려!"

---

4 三宮六院. 궁궐 안에서 황제의 후궁들이 기거하는 구역. 또는 그곳에 사는 비빈들을 통틀어 가리키는 말.

황후 간택

헌원 소녕 12년.

오랫동안 옆자리를 비워 두었던 황제 헌원민이 마침내 섭정왕과 신료들의 간곡한 권유를 받아들여 조정 고관의 여식들 중 천성이 온유하고 현숙하며, 품행이 방정하고 행실이 선량하면서도 자태가 아름답고 거동이 음전한 8인을 선발, 11월 24일 황궁 승명전承明殿에서 간택례를 치르겠노라 선포했다. 또한 그 선발 대상이 황후와 비妃이므로 식례 자체의 의의가 대단히 중한바, 섭정왕이 특별히 전 과정에 배석하기로 했다.

수녀 여덟 명은 각각 군사와 경제 방면의 고관대작 또는 고귀한 혈통의 왕공거경을 친정으로 두고 있었으며, 그들 가문과 헌원민 사이에는 당연하게도 아무런 접점이 없었다. 여덟 명 중에서 황후, 귀비, 덕비가 결정되면 나머지 처녀들은 헌원민의 눈에 들었을 경우 후궁으로 책봉하고, 마음에 차지 않는 데다 승은을 입은 이력도 없다면 다른 황족과 혼인시킬 예정이었다.

간택례 당일, 수녀들이 타고 있다는 표시로 좌우에 홍등을 내건 마차들이 덜컹덜컹 바퀴 소리를 내며 신안문神安門을 통과했다. 맹부요는 안내역을 맡은 태감을 따라 나머지 일곱 처녀와 함께 승명전에 들었다.

눈을 납작 내리깔고서 황제와 섭정왕에게 차례로 예를 올리는 동안, 본디 남 앞에서 머리 조아리기를 극히 혐오하는 맹부요 대왕은 헌원민에게 한 번 절할 때마다 이 수모를 반드시 갚아 주리라 맹세했다. 헌원성에게 절할 때는 매번 '염병'을 읊조렸다. 읊조림의 횟수가 지나치게 많았던 모양인지 옥좌 위의 헌원민이 연신 콜록거렸다.

헌원성이 비스듬히 몸을 기울이며 걱정스러운 양 물었다.

"폐하, 옥체에 미령한 곳이라도?"

이에 손을 휘휘 내저은 헌원민이 이쪽저쪽 눈치를 살피며 애써 웃어 보였다.

"좋아서 그러지요. 다들 빼어난 미인인 것을 보니 앞으로 창극 상대역 걱정은 없겠습니다."

좌중의 얼굴에 비웃음이 떠올랐다.

헌원성이 온화하게 말했다.

"금일 황후를 간택하고 나면 조만간 국혼을 올리게 될진대 창극은 이제…… 그만두셔도 되지 않겠는지요."

"아."

헌원민이 느른하게 한마디를 흘렸다.

"그리하겠습니다."

그가 쟁반 위에서 여의를 집어 들고는 헌원성 쪽으로 고개를 돌렸다.

"섭정왕께서 보시기에는 어느 가문의 여식이 좋을 듯합니까?"

연장자로서 점잖고 인내심 있는 모양새를 유지하며 헌원성이 빙긋이 미소 지었다.

"하나같이 훌륭한 규수들이니 폐하의 의중에 따르면 되겠으나, 신이 보기에는 개중에도 양위장군의 말녀 이광이 양순하고 천진하여 폐하의 뜻에 흡족하지 않을까 생각됩니다."

그러자 대기 중이던 태감이 냉큼 한 걸음 앞으로 나와 당이광의 이름이 새겨진 패를 헌원민에게 올렸다.

명패에 눈길조차 주지 않은 헌원민이 심드렁하게 말했다.

"섭정왕께서 좋다고 하면 좋은 거겠지요."

여의를 명패 위에 올리려는 그의 손동작을 보고 헌원성이 회심의 미소를 짓는 찰나, 홀연 헌원민이 동작을 멈췄다. 헌원민은 자기한테 무슨 일이 일어나고 있는지 전혀 자각이 없는 당이광을 보며 싱긋 웃었다.

"당 씨?"

그 시각 당이광은 완전히 다른 생각에 빠져 있었으니…….

"당 씨?"

그녀의 머릿속을 온통 점령하고 있는 것은 맹부요한테서 얻어먹었던 참깨 전병의 그림자였다.

"당 씨?"

마지막으로 살짝 목소리를 높인 헌원민이 흥미롭다는 듯 옥좌에서 일어나 층계 아래로 걸음을 옮겼다. 그가 헌원성 앞을 지나치면서 눈을 가리는 찰나, 맹부요가 허공에다 대고 은밀히 손끝을 튕겼다.

"으아앗!"

무언가가 꼬리뼈를 강타하는 걸 느낀 당이광이 앞으로 고꾸라졌다. 그녀는 학 모양 청동상을 엎어뜨렸고, 동상이 우당탕 구르는 걸 태감이 허겁지겁 달려들어 붙들었다. 난장판이 된 대전 한복판에서 당이광은 울음을 터뜨리고야 말았다.

"으어엉……. 무르팍이야……."

헌원민이 친히 그녀를 일으켜 세워 화장이 다 뭉개진 얼굴을 요리조리 훑어보고는 입꼬리를 말아 올렸다.

"과연 천진하군요. 천진하기 이를 데 없습니다!"

미간을 꿈틀한 헌원성이 이내 웃는 낯으로 말했다.

"어사대부의 여식 간설도 좋을 듯합니다. 심성이 진중하고 단정하며 부녀자의 덕목을 두루 갖추어 곤경에서도 현숙하기로 이름이 난 규수이지요."

태감이 이번에는 간설의 이름패를 올렸다.

한껏 화려하게 치장한 다른 수녀들과 달리 연녹색 바탕에 은빛 대나무 자수가 놓인 옷으로 청아한 분위기를 살린 간설은 그 와중에도 전혀 동요하는 기색 없이 허리를 우아하게 살짝 굽혔을 뿐이었다. 곱게 틀어 올린 머리채 위에서는 지나치게 호화롭지는 않으나 신경 써서 고른 것이 분명한 최상품 녹주옥 비녀가 그녀의 청초한 이목구비에 반짝이는 광채를 던지고 있었으니, 하관이 뾰족한 탓에 다소 해쓱한 인상이던 얼굴이 그 덕분에 한결 생기 있게 빛나 보였다.

헌원성은 그녀를 보며 조용히 효용 가치를 가늠 중이었다.

머리 굴리는 게 의뭉스럽기는 하지만, 그만큼 상황 파악도 빠를 테니 나쁘지 않은 선택이리라.

곧 눈길을 헌원민에게로 돌린 헌원성이 부드럽게 미소 지었다. 평온한 눈빛 아래 목적이 뚜렷한 심산을 숨긴 채로.

헌원민 역시 두 번째 후보가 퍽 마음에 드는지 당이광을 두고 간설 쪽으로 다가가고 있었다. 간설은 그가 말을 붙이기도 전에 벌써부터 뺨이 발갛게 달아올라 고개를 떨궜고, 보호 본능을 물씬 자극하는 그 자태에 순간 눈빛이 흔들린 헌원민이 손을 뻗어 그녀의 턱을 살며시 들어 올렸다.

그 광경을 지켜보며 눈을 반짝 빛낸 헌원성이 미소를 머금고서 찻잔을 입가로 가져갔을 때였다.

"으에췩!"

간설이 별안간 재채기를 터뜨렸다.

엄숙한 간택례 도중에 터져 나온 그 소리는 흡사 우레와도 같은 기세로 대전 안에 있던 모두를 휘청하게 했다.

헌원민은 아래로 뻗었던 손을 천천히 들어 올리며 당혹한 표정을 지었다. 손바닥에 콧물이 한 바가지였다.

간설은 얼굴이 순식간에 잿빛이 됐지만, 그 뒤로도 이어지는 재채기를 어떤 수로도 멈출 수가 없었다. 결국 죽고 싶을 만큼의 비통함에 눈앞이 캄캄해진 그녀는 차라리 까무러치기를 택했다.

태감이 허둥지둥 갖다 바친 수건으로 손을 닦고 난 헌원민이 헌원성 쪽을 돌아보며 싱긋 웃었다.

"과연 단정하군요. 단정하기 이를 데 없습니다!"

헌원성은 반쯤 비운 찻잔을 내려놓은 뒤, 나인들의 부축을 받아 한쪽으로 물러나는 간설을 한 번, 이어서 헌원민을 한 번 쳐다보고는 미간을 살짝 찌푸렸다.

맹부요는 눈을 지그시 감고 묵상 중이었다.

간 소저, 사람이 어찌 그리 생각이 없으신가. 남 물먹일 계획이 있었으면 역공에도 대비를 했어야지.

내가 준 진주분, 그거 버릴 거면 본인이 직접 들고 나가서 멀찍이 내다 버리지 그랬나. 하층민들의 팍팍한 삶을 몰라도 너무 모르시네. 시녀 아이가 설마하니 그 좋은 분을 진짜로 버리려고? 당연히 감춰 놓고 쓰지.

옆에 있는 시녀가 쓰면 곧 주인아씨도 쓴 게 되는 건데, 사실 그거 가려움증 가루였거든. 평소에는 몰라도 폐하 앞에서는 우아한 코찔찔이 신세일 수밖에 없을 게야. 우리 고혹적인 폐하께서는 용뇌향龍腦香에다가 그 가루랑 상극인 약재를 섞어서 바르고 다니시니까.

가련하게도, 이제 평생 '콧물 황비' 소리 들을 일만 남았구먼, 하하하.

이때부터 헌원성은 차 마시는 걸 멈추고서 자세를 바로 하고 앉아 장내를 주시하기 시작했다. 자신이 밀던 후보 둘이 연이어 석연치 않게 낙마하자 수상쩍다는 생각이 든 것이다. 하지만 그 뒤로는 별다른 문제가 발생하지 않았다.

잠시 후, 한 바퀴를 죽 둘러보고 난 헌원민이 딱히 마음에 드는 여인을 찾지 못한 듯 미간을 찌푸리며 고개를 갸울이자 헌원성이 머뭇머뭇 말했다.

"폐하, 보시기에 흡족한 규수가 없거든 금일은 귀비와 덕비만 결정한 뒤 이후에 네 명의 비 중에서 적당한 인물을 골라 황후로 책립하심이⋯⋯."

그 말이 떨어지자마자, 내내 심드렁하게 서성거리던 헌원민이 갑자기 눈을 질끈 감고 뒤로 돌아서더니 손에 있던 여의를 등 뒤 태감이 받쳐 든 쟁반 위로 휙 내던졌다.

"누구 명패 위에 떨어지는지 봅시다!"

깡.

여의가 쟁반을 때리는 소리에 좌중이 움찔했다.

운에 맡기겠다?

눈썹을 일그러뜨리던 헌원성이 이내 표정을 풀었다.

그도 나쁘지 않겠군, 누가 되든 어차피 결과는 같을 테니.

우문자와 화지용花芷蓉 중간에 떨어진 여의는 자리를 제대로 잡지 못하고 끄떡거리고 있었다. 바짝 긴장해 등허리를 세운 화지용은 여의의 흔들림을 한순간도 놓치지 않으려 눈을 부릅 떴다. 그런데 웬걸, 여의가 홀연 툭 튀듯 움직여 우문자 쪽으로 가는 게 아닌가.

"우문자!"

바늘 하나 떨어지는 소리도 들릴 만큼 조용한 대전 안에 태감의 쉰 목소리가 카랑카랑하게 울려 퍼지자 나머지 수녀들이 '후우' 하고 긴 숨을 내뱉었다. 황후 자리가 반갑지 않아서, 자기 이름이 불리지 않아서 안도의 한숨을 내쉬었다기보다는 결정이 나기까지 그 과정이 워낙 지루하고 험난했기에 과정 자체가 끝났다는 데 안도한 것이었다.

어여쁘신 황제 폐하께서는 숨 못 쉬고 기다리는 여인들의 마음도 모르고 무슨 시간을 그리 질질 끄시는지.

좌우지간 결판이 났다는 사실에 실망감이 반, 홀가분함이 반인 수녀들 사이에서 딱 한 사람, 화지용만은 분한 표정으로 금쟁반 위의 옥여의를 노려보고 있었다.

분명히 자기 쪽으로 오던 게 저절로 방향을 바꾸다니, 이 무슨 해괴한 조화란 말인가.

맹부요는 태연자약하게 옥여의를 받아 들었다.

"성은이 망극하옵나이다."

그녀가 눈길을 들어 자신을 일으켜 세워 주러 다가온 헌원민을 올려다봤다. 하나는 생글생글, 다른 하나는 방글방글. 교차하는 눈빛 속에서 정다운 이야기가 오갔다.

'닥치는 대로 불사르고, 죽이고, 탈탈 털어 버리는 거 알지?'

'오냐, 힘써 보마.'

헌원성은 모락모락 향내가 오르는 찻잔을 곁에 두고 생각에 빠져 있었다. 헌원민이 유독 우문자를 총애한다는 사실이야 그도 모르지 않았다. 보아하니 방금도 황후 자리를 우문자에게 주고자 나름 잔재주를 부린 듯했다. 딱히 문제 삼을 일은 아니었다.

명색이 헌원이라는 성을 달고 태어난 놈이 그 정도 심계도 없어서야 되겠나. 본인이 총애하는 여인을 택했으니 적어도 훗날 불화를 이유로 황후를 피해 다니거나 합방을 거부하지는 못할 것이다. 더군다나…….

헌원성은 희미한 수증기에 휩싸인 채 생각했다. 자신이 이미 당이광과 간설을 언급한 이상 꼭 황후로서가 아니더라도 그 둘은 반드시 궁에 남게 될 것이라고.

헌원민도 눈치가 있다면 알고도 모른 척 양보해 준 걸 느끼고 있을 터, 그렇다면 귀비와 덕비는 벌써 정해진 것이나 마찬가지였다.

빈틈없이 계산을 마친 헌원성 쪽과 달리 헌원민은 그저 마누라 얻은 게 신이 나는지 귀비고 덕비고 나 몰라라 당장 맹부요를 데리고 자리를 뜨려 했다. 사례司禮태감이 열심히 헛기침을 해 댔으나 헌원민은 도무지 눈치가 없었다. 결국 보다 못한 예부상서禮部尚書가 한 걸음 나서서 소맷자락을 슬며시 잡아당겼다.

"폐하, 나머지 비들은……."

"아…….."

그제야 생각났다는 듯 헌원민이 소맷자락을 휙 떨치며 말했다.

"섭정왕께서 알아서 하십시오! 천진한 건 천진한 대로, 단정한 건 단정한 대로. 짐이 보기에는 다 좋습니다."

그가 다시 맹부요를 대전 안쪽으로 잡아끌자 민망해서 견딜 수 없다는 양 소매로 얼굴을 가린 맹부요가 고개를 틀어 섭정왕에게 도와 달라는 눈짓을 보냈다. 헌원성도 도저히 그 꼴을 보고만 있을 수가 없었던지라 '크흠' 하고 헛기침을 뱉은 뒤 입을 열었다.

"폐하, 어딜 가십니까?"

"노래하러 갑니다!"

헌원민이 흐뭇한 표정으로 그를 돌아봤다.

"그러고 나서는…… 찬찬히 대화를 좀 나누고요."

여기저기 무차별적으로 터져 나오는 헛기침 소리 속에서 헌원성이 점잖게 미소 지었다.

"폐하, 그래도 명색이 황후마마이신데 이대로 곧장 보천궁寶泉宮에 들어서야 얼마나 섭섭하겠습니까."

그러자 헌원민이 한숨을 내쉬며 맹부요의 손을 놓아주고는 인상을 찌푸렸다.

"책립식은 언제 한답니까? 오늘?"

"민간에서도 신부를 맞이해 당일에 혼례를 올리는 법은 없습니다. 납채며 사주단자 교환이며 거쳐야 할 단계가 많지요. 일반 백성들도 그러할진대 황가에서는 오죽하겠습니까? 정석대로라면 궁중에서 본가로 두 명의 사절을 파견해 황후를 모셔

와야 하지만, 멀리 장녕부까지 다녀오기에는 폐하께서 마음이 몹시 급해 보이시는지라, 곤경에 가까운 친지라도 있으면 좋으련만…….”

헌원성이 웃음 띤 얼굴로 맹부요 쪽을 쳐다봤다.

“그나마 제가 먼 친척 오라비 격은 되니 섭정왕부를 본가인 셈 치면 어떨까 싶군요. 친누이라 생각하고 남부럽지 않게 채비를 시켜 보겠습니다.”

그러고는 예부에 명을 내렸다.

“조만간 있을 국혼에 앞서 각국 황실에 초청장을 보내도록 하라.”

이어서 빙긋이 웃으며 자리에서 일어난 그가 맹부요를 향해 허리를 굽혀 보였다.

“섭정왕부에서 황후가 나오다니, 실로 크나큰 영광입니다.”

맹부요도 우아한 자세로 예를 표하면서 다소곳이 답했다.

“저야 감사할 따름인걸요. 수고스럽겠지만 잘 부탁드립니다.”

팔뚝에 오스스 돋은 닭살을 남몰래 쓸어내리던 그녀는 문득 심각한 문제 하나를 깨달았다.

이 집안에는 자식이 아닌 형제에게 황위를 물려주는 전통이 있지 않나. 헌원성하고 헌원민 둘 다 문의 태자랑 같은 항렬로 알고 있는데. 뭐야, 그럼 헌원민하고 결혼하면 내가 종월한테는 작은어머니뻘 되는 거야? 어……, 허허, 흐흐흐…….

그 청초한 백의를 휘날리며 ‘작은어머니’ 소리를 할 독설남을 상상하자 입가에 절로 므흣한 웃음이 걸렸다. 그런 그녀를 어이없다는 듯 힐끔거린 헌원민은 생각했다.

저게 지금 제정신인가. 헌원성이 예비 황후를 굳이 자기 집으로 불러들이겠다는 건 의심 가는 구석이 있다는 뜻이건만, 무슨 위기가 닥칠지 모르는 판국에 저 음흉한 미소는 대체……

❀

헌원 소녕 12년 11월 24일, 북방 장녕부의 명문세가 우문씨 집안에서 새 황후가 배출되었다. 예비 황후는 섭정왕과 먼 친척 관계로, 당분간 왕부에서 머무르다가 열사흘 후에 섭정왕의 친누이에 준하는 혼수와 의전을 갖추어 입궁해 국혼을 올릴 예정이었다. 황후와 함께 입궁할 여타 후궁으로는 귀비 당이광, 덕비 화지용, 그리고 귀, 숙, 현, 덕에는 포함되지 못했으나 따로 옥비玉妃 봉호를 받은 간설이 있었다.

책봉례 준비가 막바지에 이르자 곤경의 크고 작은 거리에는 초롱이 내달리고 오색 띠와 붉은 비단이 주렁주렁 장식되었다. 특히 섭정왕부 정문에서 황궁에 이르는 짧은 구간에는 색색 천막을 설치하고 곳곳에 봄날 못지않게 화려한 꽃 장식을 하느라 불철주야 작업이 한창이었으니, 과연 황실 혼례는 달라도 뭔가 달랐다.

바로 그 꽃 장식의 규모가 워낙 엄청났던 탓에 국혼일 전에 장식을 완성할 책임이 있는 사례감司禮監은 궁 밖 인력 시장에 까지 나가서 일손을 구하기에 이르렀다.

인력 시장에서는 장정들이 일렬로 죽 늘어서 있으면 지린내 풀풀 나는[5] 태감이 입술을 까뒤집어 치열을 살피고 등허리를 툭툭 때려 보는 등 가축을 고르는 듯한 광경이 펼쳐졌다. 그런 취급에도 지원자들이 벌 떼처럼 앞다퉈 몰려들었다. 일단 황실에서 내놓는 일거리라 하면 먹을 것과 입을 것이 보장되고 품삯도 짭짤한 데다가 나름 자긍심도 느낄 수 있기 때문이었다.

이날도 사례감 조趙 공공은 날이 밝기가 무섭게 인력 시장에 나가다가 도중에 섭정왕부 집사를 만났다. 함께 시장으로 향해 열 명 정도를 고른 뒤 이들을 데리고 자리를 뜨려는 참인데, 구석진 곳에 서 있는 소년 하나가 조 공공의 눈에 들어왔다.

까무잡잡한 피부에 건장한 체격, 날카로운 인상, 얼굴에 그어진 흉터. 길바닥 생활이 길었던지 얼굴 꼴은 말이 아니고 옷은 이미 본래 색깔을 알아볼 수 없었다. 거기까지는 인력 시장에서 흔히 볼 수 있는 밑바닥 인생의 전형이었다.

그러나 딱 한 가지, 등에 메고 있는 채찍이 눈길을 끌었다. 철사가 감긴 검은색 채찍 자체에는 독특한 부분이 없었으나 보통은 허리에 차고 다니는 물건을 어울리지 않게 등에 짊어지고 있는 게 괴이쩍었던 것이다.

호기심이 동한 조 공공이 소년에게 다가가 물었다.

"그 채찍을 어찌하여 등에 메고 있는 게냐?"

---

5 환관들은 생식기를 제거하는 과정에서 요도 손상을 입어 요실금인 경우가 많았다고 한다.

소년이 고개를 들었다. 꾀죄죄한 얼굴에서 유독 형형하게 빛나는 눈동자가 흡사 야수의 눈을 보는 것 같았다. 조 공공은 자기도 모르게 뒷걸음질을 치고 말았다.

눈빛을 금세 갈무리한 소년이 까끌까끌하게 갈라진 목소리로 말했다.

"일할 사람을 찾소이까?"

조 공공은 고개를 가로저었다. 오늘 필요한 열 명은 벌써 다 채운 뒤였으므로. 그러자 소년은 대번에 볼일이 없다는 듯 반대쪽으로 고개를 틀었다.

그 모습에 재미있는 녀석이라는 생각이 든 조 공공은 소년이 메고 있는 채찍을 향해 손을 뻗었다. 움직임을 감지한 소년이 확 돌아보면서 손가락을 꿈틀하는 순간, 다행스럽게도 옆에 있던 사내가 눈치 빠르게 조 공공을 끌어당기면서 실실 웃음을 보냈다.

"공공, 녀석의 채찍에는 손대지 않으시는 게 좋습니다. 저랑 좀 아는 사이인데, 며칠 전에 호국사 앞에서 소소한 잡기로 엽전 몇 닢 벌어먹다가 불량배한테 흠씬 얻어터진 일이 있었거든요. 약골인 줄 알았더니만 채찍에 손을 대니까 사람이 돌변해서는 놈들 다리를 모조리 분질러 놨지 뭡니까. 그러니 다른 데는 다 건드려도 채찍은 건드리지 마십시오."

이에 한층 흥미가 동한 조 공공이 빙긋이 웃었다.

"얼마나 대단한 물건이기에 그리 애지중지인고?"

이번에는 말만 했지 채찍을 건드리려는 시도는 하지 않았고,

소년도 천천히 손가락에서 힘을 풀었다. 소년의 체격을 유심히 훑어보며 힘 좀 쓰겠다고 생각하던 조 공공이 다시 말을 붙였다.

"일을 주마. 같이 가겠느냐?"

그러자 소년이 눈을 들어 조 공공을 흘긋 쳐다보며 물었다.

"어디로 가는 거요?"

"황궁이니라."

조 공공은 소년의 입이 귀까지 찢어지리라 예상했으나, 돌아온 대답은 즉각적인 거절이었다.

"됐소이다."

기가 찬다는 표정을 한 조 공공이 곁에 있는 섭정왕부 집사에게 말했다.

"이李 집사, 이 녀석 황소고집인 것 좀 보게. 퍽 재미있구먼. 섭정왕부에도 사람이 필요하다 했지? 같이 가자고 한번 해 보겠나?"

이때 '섭정왕부'라는 소리에 고개를 퍼뜩 든 소년이 다급하게 외쳤다.

"가겠소!"

조 공공과 이 집사가 동시에 움찔한 직후, 조 공공이 씁쓸하게 웃으며 말했다.

"외지에서 흘러 들어온 떠돌이마저도 황궁보다는 섭정왕부가 낫다는 걸 아는군……."

그러더니 소년의 어깨를 툭툭 쳤다.

"왕부 일이 끝나거든 황궁 잡역부로도 들어와 보거라. 나는 조씨 성을 쓰고, 이곳 시장에는 평소에도 자주 들르느니라."

상대를 자세히 뜯어본 소년이 고개를 끄덕였다. 한 달이 넘는 유랑 생활 중에 처음으로 호의를 베풀어 준 사람이었다. 세파에 시달려 싸늘하게 날이 섰던 소년의 눈빛이 조금이나마 누그러졌다.

소년의 정체야 말할 것도 없이 소칠이었다. 채찍 하나 메고서 세상을 정처 없이 떠돌아다니는, 맹부요를 찾아 죗값을 치르기 전에는 영영 자기 자리로 돌아갈 수 없는 소칠.

전북야에게서 내쳐졌던 날 소칠은 유산 꼭대기에 올랐다. 하지만 발밑에 내려다보이는 광활한 세상 어디에서 맹부요를 찾아야 할지는 막막하기만 했다.

처음에는 나라 안부터 뒤져 볼 작정이었으나, 전북야가 어마어마한 인력을 동원하고도 아무런 소득을 얻지 못했다는 걸 알고는 타국으로 눈을 돌렸다.

단순한 자에게는 단순한 자 나름의 생각이 있고, 때로는 그 단순한 생각이 문제의 핵심을 관통하기도 하는 법. 소칠의 눈이 제일 먼저 향한 곳은 바로 대한과 맞붙어 있는 헌원국이었다.

사람을 찾으려거든 가까운 곳부터 뒤지는 게 기본 아니겠는가. 국경을 넘기 위해 얼마나 애를 썼는지는 구구절절 언급하지 않아도 되리라.

대한을 떠나올 때 워낙 격앙된 상태였던 터라 그는 노잣돈 챙길 생각 따위는 아예 해 보지도 못했고, 그 때문에 헌원국에 잠입한 지 얼마 지나지 않아 빈털터리 신세가 됐다. 그때부터 곤경에 당도하기까지는 유랑, 구걸, 주인 모를 밭 서리가 일상이었다. 곧장 곤경으로 방향을 잡은 이유는 남의 나라 왕도에 풍파 일으키기가 취미인 황족 사냥꾼 맹부요가 갈 곳이야 한 군데밖에 없다고 생각했기 때문이었다.

은자는 없는데 밥은 먹어야겠고, 그러다 보니 생활, 여행, 용돈 벌이에 빠질 수 없는 필수 수단을 동원하기에 이르렀다. 바로 행인들 앞에서 재주 부리고 엽전이라도 얻기. 곤경 바닥에서 잔재주로 돈을 벌자면 호국사만 한 장소가 없었고, 그는 마침내 그곳에서 '글을 깨친 토끼' 이야기를 들었다.

소칠은 원보 대인을 본 적이 없었지만, 전북야의 말을 통해 그 신통방통한 생쥐의 존재를 알고는 있었다. 그간 만남의 인연은 얻지 못했어도 빛나는 명성은 익히 들어 온바, 시장판 사람들이 묘사하는 '대구의 달인, 니 어미 선생'의 인상착의를 듣는 순간 원보 대인을 떠올리기는 어렵지 않았다. 비로소 돌파구를 얻은 셈이었다.

원보 대인이 있는 곳에는 자연히 맹부요도 있을 터. 원보 대인이 군주의 애완동물로 들어갔다면 맹부요도 섭정왕부에 머무르는 중일 게 확실했다.

맹부요의 행방을 알아낸 소칠은 긴긴 탄식을 흘렸다. 대한에서 헌원까지 두 달 넘게 이어진 떠돌이 생활. 그는 더 이상 대한국의 신진 관료도, 황제가 가장 신임하는 측근도, 나이가 어리고 성정이 불같다는 이유로 매사 흑풍기 동료들의 양보를 받던 부지휘관도, 새 황조가 들어선 이래로 주변 모두가 치켜세워 주고 비위를 맞춰 주던 '소칠 장군'도 아니었다. 지금의 그는 죄인, 방랑자, 채찍을 메고 두 다리로 주야장천 천하를 헤매는 평민에 불과했다.

지난 두 달 동안 비에도 젖어 보고 눈에도 묻혀 봤다. 쉬지 않고 길을 재촉하다가 병도 났고 밤길을 가다가 낭떠러지에서 떨어져 보기도, 먹을 것이 없어 밭작물 서리를 하다가 주인 집 개에게 쫓겨 보기도 했다.

고되고, 아프고, 지치고, 힘겨운 시간들이었으나 그는 이를 악물고 상처투성이 몸을 일으켜 몇 번이고 다시 걸음을 내디뎠다. 처음 서리를 하다가 밭 주인에게 들켜서 욕을 바가지로 얻어먹고 나서는 한동안 비참한 기분을 추스르지 못했지만, 거기에도 점차 요령이 붙었다. 나중에는 겨드랑이 아래에 옥수수대를 끼고 옥수수를 뜯어 먹으면서 내달리는 동시에 쫓아오는 개를 붙잡아 다른 쪽 겨드랑이로 목을 부러뜨리는 경지에 이르렀다. 그것도 껍질을 벗겨서 구워 먹으면 기름기 좌르르한 특식이었으므로.

그 정도 고생은 사실 아무것도 아니었다. 정말 견디기 힘들었던 건 외로움이었다. 버림받았다는 생각, 뼛속까지 스미는 외로움.

한밤중 산속에서 홀로 적적히 모닥불을 피워 놓고 가느다랗게 늘어진 그림자를 쳐다보고 앉아 있노라면, 저 멀리 산봉우리의 늑대가 달을 향해 내지르는 울부짖음이 인적 없는 골짜기에 메아리치는 걸 듣노라면, 그의 가슴속에도 늑대의 울음소리처럼 거친 야성의 공명이 일었다. 당장이라도 자리를 박차고 달려 나가 달을 향해 목을 길게 빼고서 포효하고 싶었다. 세상 살이의 비애와 무리에 섞이지 못한 외톨이 늑대의 외로움을 목 구멍 밖으로 토해 내고 싶었다. 아주 오래전에 그랬듯이.

그는 늑대 아이였다. 아주 어려서 부모를 여의고 숙부에 의해 산속에 버려진 걸 지나던 암컷 늑대가 거둬 자기 새끼처럼 길렀다. 그는 그 늑대가 자기 어미인 줄로만 알았다. 늑대의 젖을 먹고, 늑대에게서 사냥을 배우고, 늑대 형제들과 함께 뒹굴고, 눈이 오면 눈밭에서 토끼를 잡고, 맨발로 설원을 내달리며 형제들보다도 빠른 족적을 새기고, 보름달이 뜨면 가슴속이 뻥 뚫리도록 울부짖었다.

그렇게 몇 해를 보냈을까, 산에서 마주친 사냥꾼이 그를 인간 세상으로 데려왔다. 늙은 사냥꾼이 제일 먼저 가르친 것은 밥 먹는 법과 말하는 법이었다. 처음 만났을 때 그는 생고기를 먹고 늑대처럼 울부짖는 것밖에 할 줄 몰랐으므로.

식사 예절과 사람 말을 얼추 익혔을 즈음 늙은 사냥꾼이 세상을 떠났고, 그는 사냥꾼의 아들에 의해 다시 한번 버려졌다. 버르장머리 없이 사납기만 한 늑대 새끼, 사람 쳐다보는 눈깔도 딱 이리 같은 게 그냥 뒀다가는 언젠가 사달을 내고야 말리라는 게 이유였다.

문틈으로 그 말을 듣자마자 미련 없이 사냥꾼의 집을 떠나 산으로 돌아갔다. 자신의 혈육이었던 늑대 무리를 찾아서. 하지만 어미는 이미 사냥꾼의 손에 죽은 뒤였고 지난날 함께 흙바닥을 뒹굴던 형제들은 어느덧 우람한 몸집의 성체로 자라나 있었다.

앞발로 흙바닥을 긁으면서 적의에 찬 포효를 토하는 형제들을 보며, 그는 이제 돌아갈 수 없으리란 걸 깨달았다. 사람의 세상에도, 늑대의 세상에도, 어디에도 그의 집은 없었다. 한낱 떠돌이에 불과했던 삶, 그나마 산속을 마음껏 내달리던 자유마저도 종국에는 인간의 손에 빼앗기고 만 것이다.

그러다가 전북야를 만났다. 밤을 틈타 바람처럼 질주하는 본능도, 거친 야성 속에 도사린 영리함도 늑대를 꼭 닮은 흑풍기를 만났다. 집이 생기고 주군이 생겼다. 그의 주군은 늑대 무리의 우두머리, 영원토록 빛날 왕이었다. 그는 우두머리 늑대를 숭배하듯 전북야를 숭배했다. 다른 자들은 모두 만만한 약체에 불과했다.

사납고 고집스럽던 소년 소칠은 자신의 영혼과 의지 전부를 전북야에게 맡겼고, 모든 열정과 용맹을 흑풍기에 바쳤다. 그의 눈은 야수의 그것과 마찬가지로 오로지 앞만 볼 줄 알았다. 때로는 고개를 틀어 주위 풍경도 살폈어야 했건만 앞이 아닌 다른 곳은 거들떠볼 필요를 느끼지 못했다. 그 결과, 뼈아픈 실수를 저지르고야 말았다. 자기 자신조차도 도저히 받아들일 수가 없었을 만큼 끔찍한 실수였다.

잠들 때도, 아침에 깨어날 때도, 길을 걸을 때도, 세수할 때도, 그날 전북야가 보여 줬던 표정과 눈빛이 항상 그를 따라다녔다. 말로는 감히 형용할 수조차 없는 그 표정이 떠오르노라면 가슴이 갈기갈기 찢기는 듯한 후회가 몰려왔다. 그 낯선 감정에 대한 공포로 인해 그는 급기야 개울물 앞에서 세수조차 할 수 없게 됐다.

밤이 오면 외로움이 가장 그를 힘들게 했다. 뾰족한 얼음 알갱이를 품은 바람이 모닥불을 이 끝에서 저 끝까지 휩쓸고 지나면서 고된 세상 가운데 허깨비처럼 일렁이던 한 줌 온기마저 앗아 가고 나면 그는 차갑게 식은 잿더미 옆에서 추위에 질려 눈을 떠야 했다.

그렇게 잠에서 깨면 부스스 자리를 털고 일어나 근처 제일 높은 산봉우리에 올라가서 대한국 방향을 하염없이 바라보곤 했다.

폐하께서는 뭘 하고 계실까. 내 야간 당번은 분명 기우 대장을 비롯한 동료들이 대신 서고 있겠지.

그런 생각을 하다 보면 흑풍기가 사무치게 그리워졌다. 흑풍기 동료들과 오래 떨어져 있어 본 적이 없는 그에게 유랑 기간은 일평생처럼 길었다.

그는 마침내 평생 처음으로 자기 자신을 명확히 보게 되었다. 유년 시절의 경험 탓에 세상 사람 모두를 적대시하는, 그들의 배려 덕을 보면서도 혼자만 잘난 줄 아는 고집 센 늑대.

지난 열여섯 해 동안은 주군과 동료들의 관용하에 마음 내키는 대로, 세상을 미워하며 거칠 것 없는 늑대의 생애를 살았지만, 이제부터는 밑바닥의 밑바닥에서부터 시작해 사람이 되는 법을 배워야 했다.

입을 굳게 다문 소칠은 자기 돈으로 산 작업용 공구를 짊어지고 집사를 따라 섭정왕부에 들어섰다. 등에는 전신을 통틀어 유일하게 타인의 접촉이 허락되지 않는 물건인 채찍을 메고서.

훨씬 나은 기회를 제 손으로 날려 버렸다는 사실은 꿈에도 모른 채, 소칠은 섭정왕부야말로 맹부요에게서 가장 가까운 곳이라고 철석같이 믿고 있었다.

❀

소칠이 단기 잡역부 신분으로 집사를 따라 왕부 대문턱을 넘던 시각, '춘매'를 옆에 낀 맹부요는 헌원국의 새 황후로서 융숭한 의전을 받으며 황궁과 곧장 연결된 붉은 문을 통해 왕부에 들어서는 중이었다. 당당하게 붉은 문을 통과하는 찰나, 그녀는 갖은 애를 쓰다 못해 철성까지 팔아먹고서야 어렵사리 문을 지날 수 있었던 며칠 전의 자신의 떠올리며 무량한 감개에 젖었다.

세상사 한 치 앞을 모른다더니, 그까짓 황궁 한 번 들어갔다가 왔다고 본인은 어느새 황후가 되어 있고, 섭정왕부는 친정집이 되어 있는 것이다.

주변을 살피던 그녀는 이내 붉은 문 바로 옆에 남겨진 기호를 발견했다. 철성의 무사 탈출을 알리는 표식이었다.

또 다른 누군가의 도움이 있었던 듯한데, 은위들이 드디어 곤경에 입성한 걸까?

섭정왕부 부관이 깍듯한 태도로 그녀를 안내한 곳은 군주의 처소에서 멀지 않은 이심거怡心居였다. 당분간은 이곳이 그녀의 임시 거처가 될 것이다.

그 순간 맹부요는 알지 못했다. 저만치 앞쪽에 지난 두 달여간 그녀를 찾아 헤맨 소년 하나가 그녀를 등지고 서 있음을.

때때로 삶에는 당사자들조차 모르는 해후와 엇갈림이 끼어드니, 이를 지켜보고 있는 것은 오직 운명뿐이리라.

군주의 처소에서 가까운 곳에 맹부요가 지낼 곳을 마련한 섭정왕은 딸에게도 미리 '예비 황후에게 두루두루 신경을 좀 쓰라.'라는 당부를 해 둔 뒤였다. 하여, 아월[6] 오라버니와 관련된 일만 아니라면 부왕의 말을 고분고분히 잘 듣는 토깽이 군주는 차 한잔 곁들여 담소라도 나누자며 맹부요를 자기 거처로 초대했다.

하지만 토깽이 군주는 싹싹하고 수완 좋은 안주인과는 영 거리가 멀었으니, 차를 마시면서도 정신머리는 엉뚱한 데 가 있고, 담소를 나누면서도 동문서답만 빵빵 날리는 것이었다.

군주는 그새 더 수척해진 모습이었다. 그도 그럴 것이 월 오라버니는 돌아오지 않고, 사라진 영물 토끼는 아무리 사람을 풀어 수소문해 봐도 종적을 찾을 길이 없는지라, 근래 들어서는 온종일 맥없이 늘어져서 눈물만 그렁그렁 매달고 있는 게 일이기 때문이었다.

---

6 이름 앞에 '아'를 붙인 것으로 종월을 친근히 이르는 호칭.

맹부요는 그 눈물을 보며 《홍루몽》의 여주인공 임대옥[7]도 울고 가겠다는 생각을 했다. 그러나 마음이 약해진 것도 잠시, 그녀는 결심을 다잡았다.

어린 새도 알을 깨고 나오지 않고서는 성장할 수 없지 않나.

온실 속 화초로 귀하게만 자란 아가씨를 위해 그 허구의 성을 무너뜨려 주는 게 꼭 잔인한 짓이라고만은 할 수 없었다. 현실을 직시해야 할 날은 어차피 오게 되어 있으니까.

군주의 처소에 머무르는 한 시진 동안 맹부요가 늘어놓은 온갖 잡설 중에는 '예전에 어디선가 들어 본' 타국 왕족의 일화도 있었다. 어느 나라 왕족의 후예가 왕위를 탐내는 세력가에게 쫓기면서 서로 지모와 무력을 겨루다가 결국은 양쪽 다 파국을 맞는다는 내용이었다.

푹 빠져서 이야기를 듣던 군주는 과연 느낀 바가 있는지 두 손을 가슴 위에 포개면서 땅이 꺼져라 한숨을 내쉬었다.

"그래도 세상 모든 이야기의 결말이 다 그렇지는 않겠죠."

"이거 말고 또 무슨 결말이 있을 수 있을 것 같은가요?"

맹부요가 어이없다는 양 웃었다.

"두 사람은 불구대천의 원수, 어느 쪽도 물러날 수가 없는걸요. 비단 그 둘만이 아니라 고금에 수많은 권력 투쟁 중 끝이 좋았던 예가 하나라도 있나요? 내가 죽거나, 아니면 네가 죽거

---

7 林黛玉. 청나라 소설 《홍루몽》에 나오는 비련의 여주인공. 처연한 병약미를 대표하는 인물이다.

나, 결론은 둘 중 하나죠."

"왜 꼭 누군가 죽어야만 해요?"

토깽이 군주가 멍하니 읊조렸다.

"평화롭게 해결할 방법도 있을 텐데."

"군주께서는 마음씨도 참 고우시네요."

토깽이 군주 쪽으로 상체를 기울인 맹부요는 젖먹이에게서나 날 법한 보송보송한 향내를 맡으며 생각했다. 인생 진짜 불공평하다고.

어떻게 사람이 평생을 비누 거품 안에서 동동 떠다니며 살 수가 있지? 안 될 일이야, 암, 안 될 일이고말고. 그 거품, 이 마귀할멈께서 터뜨려 주마.

"애석하지만 평화로운 해결 같은 건 절대 불가능해요. 예의상 한 수 접어 준다는 그런 짓은 바보가 아닌 이상에야 철천지원수를 상대로는 안 하죠. 그 한 수로 인해 본인만이 아니라 혈육들의 목숨까지 날아갈지도 모르는데."

싱글싱글 웃으며 독이 든 씨앗을 심고 난 마귀할멈이 자리에서 일어나면서 말했다.

"이만 가 봐야겠네요."

상대가 던진 마지막 한마디에서 미처 헤어나지 못하고 있던 토깽이 군주가 멍청히 대꾸했다.

"네? 아, 네……."

배웅 같은 건 맹부요 역시 기대하지 않았다.

짠한 것. 저 머리로는 아마 한 번에 한 가지 생각만 하기도 버거울 터, 지금은 마귀할멈에게서 받은 독사과 맛을 보는 데 집중하도록 내버려 두는 편이 좋으리라.

그날 밤 맹부요가 문이 굳게 닫힌 이심거에 앉아 암매를 향해 의미심장한 미소를 보내는 사이, 매일 그렇듯 군주의 처소에 들른 섭정왕은 딸과 긴 이야기를 나누는 중이었다. 침상 앞에 앉아 귀한 딸의 머리카락을 쓰다듬는 헌원성의 손길에서는 깊은 애정과 함께 안타까움이 묻어났다.

난산을 겪으면서 태어나 몸이 유독 약한 데다가 심성마저 다부지지 못한 아이. 사형 월백에게 사정을 해 제자로 들여보내고, 어려서부터 온갖 방도를 써서 약한 체질을 보완해 준 끝에 일신의 무공은 얻었지만, 배짱만은 무슨 짓을 해도 키워 줄 수가 없었다. 가끔은 내가 전생에 무슨 죄를 지었기에 그나마 하나 있는 딸자식이란 것이 이리도 나약해 빠졌을까, 하는 생각마저 들었다.

딸아이만 멀쩡했더라도 진작에 헌원민에게서 황위를 빼앗았을 것이다. 어디서 신하 된 자가 황위를 넘보냐느니, 진짜 헌원씨 혈통이 아닌 자는 황제가 될 수 없다느니……. 주름이 자글자글한 벼슬아치 놈들이 구실이랍시고 대는 것들은 그가 듣기에 하나같이 헛소리에 불과했다.

자고로 황권이라 함은 힘 있는 자의 차지인 법. 언젠가 작심하고 그 자리에 손을 뻗칠 날이 왔을 때도 늙은이들 짖어 대는 소리를 가만히 들어 줄 것 같은가?

지금껏 그치들을 살려 둔 건 손에 피를 묻히기가 귀찮아서일

뿐이었다. 하지만 현 상황에서 그에게 황위란 덧없는 물건에 지나지 않았다. 뒤를 이을 후계자가 없기 때문이었다.

당장이라도 황제가 되는 거야 어렵지 않지만, 언젠가 그가 죽고 나면 고독한 옥좌에 홀로 남겨질 딸아이는 어찌한단 말인가. 칼바람이 몰아치는 조정 한복판에서 황족들의 온갖 흉계에 휘말릴 아이는 얼마나 참혹한 결말을 맞이하게 될 것인가. 딸을 하염없이 바라보던 헌원성의 입에서 한숨이 새어 나왔다.

그러자 헌원운이 쭈뼛쭈뼛 눈을 들어 부왕을 올려다봤다. 바보가 아닌 이상에야 그녀도 부왕이 내쉬는 한숨의 의미를 모를 수가 없었다. 나이에 비해 너무 빨리 흰머리가 늘어 가는 부왕을 볼 때마다 자신이 더 용감해지고 더 강인해져서 걱정을 덜어 드려야 한다는 의무감이 들었다. 하지만 외조부께서는 항상 정반대의 말씀을 하셨다.

'운아, 너는 강해질 필요가 없다. 헌원국 황가에는 먼 옛날 세상을 지배했던 신의 피가 흐르니, 그 정통성을 계승하지 못한 자는 옥좌를 손에 넣은들 결국 비참한 종말을 맞게 되느니라. 네 아비가 돌이킬 수 없는 파멸의 길로 접어들지 않으려면 차라리 네가 연약한 아이로 있는 편이 낫단다. 너도 민이나 월이와 영영 적이 되고 싶지는 않겠지?'

아월 오라버니와 적이 되느니 차라리 죽어 버리고 말겠다는 게 그녀의 생각이었다.

"아버지, 아월 오라버니는 왜 돌아오지 않는 거죠?"

같은 질문만 족히 만 번째였다. 도무지 마음에 차지 않는 딸을 응시하는 사이, 헌원성의 눈동자에 실망감이 스쳤다. 최근 안 그래도 심기가 편치 못한 그는 아직도 그놈의 아월 오라버니한테 빠져서 허우적대는 헌원운이 심히 마뜩잖았다.

그간 너무 오냐오냐 응석받이로만 키웠던가.

아무래도 정신을 번쩍 들게 해 줄 필요가 있어 보였다.

"너는 놈이 돌아와서 이 아비를 죽일 날이 그리도 기다려지더냐?"

"어……, 어……."

헌원운은 할 말을 찾지 못했다.

"놈과 내가 물과 기름임을 정녕 몰라서 놈을 데려다 놓으라고 아비를 들볶는 게야? 두 집안 사이의 원한이 바다처럼 넓고 산처럼 높거늘, 그건 어찌 극복할 테냐? 작위만 돌려주면 해결될 것 같더냐? 놈에게 시집이라도 가게?"

헌원운은 멍하니 입을 벌린 채 한마디도 못 하고 그저 아버지를 쳐다보고만 있었다.

"놈이 너를 받아 줄지 말지는 차치하고서라도 일단 그 생각 자체가 우습고 유치하기 짝이 없구나. 작위를 돌려줘라? 아월이 퍽도 달랑 작위 하나로 만족하겠구나. 그럼 문의 일가의 복수는? 잊지 말거라, 본디 지금 저 옥좌의 주인이었어야 할 아월의 아비를 죽인 사람이 바로 나란걸!"

"아버지……."

한참 넋이 나가 있던 헌원운이 갑자기 고개를 틀어 아버지를 똑바로 마주 봤다.

"돌아오라는 설득 같은 건 애초에 하지도 않으신 거, 맞지요?"

짧은 침묵 끝에, 헌원성이 자리에서 일어섰다.

"그 문제는 더 이상 신경 쓰지 말고 몸이나 추스르거라. 세상사가 다 네 생각처럼 단순한 것은 아니니."

"대답 안 하셨잖아요!"

침상에서 내려온 헌원운이 차가운 옥석 바닥에 풀썩 꿇어앉더니 섭정왕의 소맷자락을 결사적으로 붙들고는 그를 올려다봤다.

"돌아오라고 설득하려는 게 아니었다면, 지금 무슨 신분으로 살고 있는지, 비밀 거점이 어디인지 다 알려 드렸는데……, 대체……, 대체 오라버니한테 무슨 짓을 한 거예요?"

그녀의 여윈 몸은 위태로운 잔월을 보는 듯했고 필사적으로 쳐든 목은 달빛보다도 더 창백했다. 투명에 가깝도록 가녀린 턱과 짙은 속눈썹 아래 영채 어린 눈동자, 비록 반짝임은 예전과 같을지언정 이 순간 그 눈동자는 충격과 공포로 인해 그렁그렁하게 젖어 들어가고 있었다. 그녀는 눈물로 흐릿하게 번져 가는 초점을 다잡아 가며 태산처럼 강건한 자신의 아버지를 올려다봤다.

딸을 등진 채로 꼿꼿이 서 있던 헌원성은 목구멍까지 나온, '응당 해야 할 일을 했을 뿐이다.'라는 말을 가까스로 삼키고서 대신 길고도 억눌린 탄식을 뱉었다. 뒤로 돌아선 그가 딸을 침상 위로 안아 올리며 말했다.

"우리 순둥이, 아무 일도 없었다. 찾아내지조차 못했어."

"정말로 오라버니한테 몹쓸 짓을 했군요?"

헌원운은 마침내 모든 것을 알아 버렸다.

'순둥이'라는 애칭은 뭔가 그녀를 속여야 할 일이 있을 때 아버지가 쓰는 말버릇이었다. 헌원성의 소매를 틀어잡고 있던 그녀의 창백한 손에 파르스름한 핏줄이 솟았다. 얼굴은 순식간에 눈물로 범벅이 됐다.

"날 속였어! 속였어! 거짓말쟁이! 거짓말쟁이! 사기꾼!"

요 며칠 내내 앓아누워 있었던 탓에 거칠게 갈라진 목소리가 그녀의 외침을 더욱 처절하게 만들었다. 한 마디 한 마디에 서린 비분, 의혹, 실망이 날카로운 돌멩이가 되어 사방으로 쏘아져 나갔다.

인간사 애환과 바깥세상의 알력 다툼으로부터 격리된 채 언제나 평온하고 조용하기만 하던 규방, 그곳에 화려하게 드리워진 비단 휘장이 돌팔매질에 두들겨 맞는 사이, 향로 안에서 풀썩풀썩 피어오른 붉은빛 침향목 가루가 그녀의 가냘픈 어깨를 삼키듯 에워쌌다.

지금껏 어떤 상황에서도 침착을 잃어 본 적이 없는 헌원성 역시 손을 미세하게 떨기 시작했다. 하지만 떨림은 일순간뿐이었다. 금세 평정을 회복한 그가 이내 헌원운의 손을 천천히 뿌리쳤다. 그러고는 딸을 등진 채 담담한 목소리로 말했다.

"운아, 너는 내 딸이고 황족의 후예다. 이제껏 네가 외면하고 싶어 하는 일을 굳이 직시하라 강요하지 않았던 건 너라는 딸이 내게 너무나 귀해서였느니라. 그런데 지금 보니 잘한 일이 아니었구나. 알아야 할 것을 알려 주지 못할 이유가 무어란 말이냐. 너를 백지상태로 두는 것이야말로 아비로서 미안한 일이거늘."

"알든 모르든, 그런 게 다 나랑 무슨 상관이야……."

헌원운이 물기 가득한 눈으로 아버지를 노려봤다.

"또 거짓말하려는 거죠? 또 속이려고! 온 세상 사람을 다 속이고 있다는 외할아버지 말씀이 맞았어! 어머니 돌아가시기 직전에도 그 손 붙들고 뭐라고 했어요, 평생 혼자 산다고 했잖아. 그래 놓고 1년도 안 지나서 첩을 셋이나 들였어! 어머니한테도 그러더니 이번에는 나야! 온갖 거짓말로 날 꾀어서 아월 오라버니를 사지에 밀어 넣게 했어. 나더러 이제 오라버니 얼굴을 어떻게 보라고……."

"운아!"

헌원성이 노호를 터뜨리자 격분해 오열하던 헌원운이 흠칫 입을 다물었다. 항상 점잖고 온화하던 부왕이 수염이며 머리카락까지 빳빳하게 곤두세우고서 부들부들 떨고 있었다.

핏기가 싹 가신 얼굴, 눈썹 언저리에 뚜렷하게 드러난 노기.

헌원운은 자신이 흥분한 와중에 절대 건드려서는 안 될 부왕의 아픈 곳을 찔렀음을 깨닫고 황망히 입술을 달싹였다. 분개한 헌원성이 손찌검을 할 기세로 팔을 들어 올리자 겁에 질린 그녀는 바르작바르작 침상 모퉁이까지 물러나 몸을 웅크렸다.

손을 들어 올렸던 헌원성은 겁먹은 딸의 사슴 같은 눈망울을 보는 순간 가슴 한구석이 아프게 죄어드는 걸 느꼈다. 그 눈망울이 이미 떠나 버린 여인과 너무나도 닮아 있었다. 티 한 점 없이 맑고 깨끗했던, 온 마음을 다해 지켜 주고 싶었던…… 그의 왕비. 평생을 통틀어 그가 유일하게 사랑한 여인.

숨이 끊어져 가는 그녀의 손을 붙들고 남은 생에 다른 처첩은 절대 없으리라, 그녀의 아이를 목숨 바쳐 지키리라 약속했건만…….

첫 번째 약속은 지킬 수가 없었다. 그에게는 후계자가 필요했기에. 그 이후로 그는 감히 그녀의 무덤을 찾아가지 못했다. 기일이 돌아와도 홀로 방 안에 틀어박혀 향을 태우는 게 고작이었다. 현실과 허구의 경계를 흐트러뜨리며 너울너울 피어오르는 연기 속에서, 그는 자신을 향한 원망에 찬 그녀의 눈동자를 만나곤 했다.

그녀에게 진 빚이 너무도 많다는 걸, 이제는 갚을 길조차 없다는 걸 알면서도 미어지는 가슴을 부여잡고서 그녀를 저버렸건만, 그토록 간절히 바랐던 후계자는 끝내 얻을 수가 없었다. 강철 같은 손아귀에 타인의 운명을 틀어쥔 그였으나, 증오로 날카롭게 갈린 상대의 송곳니는 그의 급소에도 영원히 아물지 않을 치명상을 남기고 말았던 것이다.

헌원성은 쳐들었던 팔을 천천히 내려놓았다. 억장이 무너져 내렸다.

지금껏 저 황궁을 손에 넣고자 얼마나 치열하고도 절박한 머리싸움을 해 왔던가. 한데, 그토록 어렵게 얻어 낸 결과물을 봉헌받을 사람은 정작 엉뚱한 곳만 보고 있으니.

자신은 무엇을 위해 그리 노심초사했던가. 대체 무엇을 위해…….

두려움과 분노가 혼재하는 딸의 눈빛을 응시하며, 헌원성은 그다지 맑지 못한 머리로 생각했다.

너마저도 이제 나를 미워하는구나. 그래, 마음껏 증오하거라…….

"네가 그리도 염려하고 싸고도는 아월 오라버니는 한 번이라도 널 챙겨 준 적이 있더냐?"

냉정을 되찾은 그가 밖을 향해 걸음을 옮기며 피로한 투로 말했다.

"네 아비가 어째서 더 이상 자식을 보지 못하는지는 알고? 하나 있던 네 남동생이 어쩌다가 요절했는지는 아느냐? 운아, 이제 보니 너도 냉혹한 황가의 일원이기는 하구나. 그 냉혹함은 오로지 너를 아끼고 사랑하는 부왕에게만 발휘되는 모양이지만."

"아…….."

헌원운은 뻣뻣하게 굳은 채 눈물조차 흘리지 못했다.

규방 안에서 부녀간의 반목이 절정을 향해 치닫고 있을 때, 맹부요는 담장 꼭대기에 팔을 걸치고서 열심히 그들의 대화를 엿듣고 있었다. 저만치 앞쪽 아담한 건물에서 어렴풋이 흘러나

오는 울음소리에 귀를 기울이는 그녀의 얼굴에 속상하면서도 한편으로는 즐거운, 상당히 복잡 미묘 한 표정이 스쳤다.

뒤편에서는 나무에 기대 팔짱을 낀 암매가 웃음기 어린 눈으로 그녀를 올려다보고 있었고, 더 멀리 떨어진 뜰 출입구 쪽에는 소안이 서 있었다. 그 외에 섭정왕부에서 붙여 준 하인들은 죄다 바깥채에 몰아넣고 안채 출입은 엄금해 둔 뒤였다. 그래야 담장 타기를 비롯한 각종 비행을 마음 편히 저지를 것이 아닌가.

군주의 원락에서 문이 벌컥 열리는 소리가 들리더니 헌원성이 총총히 밖으로 걸어 나오는 게 보였다. 평소 점잖은 훈장님 같던 걸음걸이가 지금은 조급한 걸 넘어 살짝씩 비틀거리기까지 하고 있었다.

저거 혈압 올라서 중풍이라도 온 거 아닌가 생각하던 맹부요는 다시금 걸음걸이를 유심히 살피다가 이내 고개를 갸웃했다.

급히 내딛는 걸음이라기에는 말도 안 되게 묵직한 힘이 실려 있는데, 특별한 외가공外家功이라도 익힌 건가?

진작 몸을 숨겼어야 할 그녀가 헌원성이 익힌 무술의 내력을 알아내겠다고 뭉그적거리고 있자, 밑에서 지켜보던 암매 쪽이 더 마음이 급해져서는 그녀의 다리를 두 팔로 덥석 안아 담장 아래로 끌어당겼다.

하지만 맹부요는 고집스럽게 제자리에서 버텼고, 무릎 부근을 끌어안은 암매는 막 목욕을 마치고 나온 그녀가 춥지도 않은지 고작 홑치마 한 겹 차림이란 걸 알아챘다.

치마폭이 하체를 빈틈없이 감싸고 있기는 했지만, 워낙 바짝

붙은 자세이다 보니 얇은 천 너머로 매끈한 살결이 고스란히 느껴졌다. 그 살결이 발산하는 은은한 향내 탓에 암매는 흡사 자잘한 꽃송이로 가득한 꽃밭에 있는 듯한 기분이었다. 옷감의 성긴 조직 사이로 언뜻언뜻 보이는 희고도 영롱한 살빛은 너무나도 나긋하고 섬세해 애처롭기까지 했다.

감미롭고도 고아한 노랫가락 같은 것이 밤의 가느다란 균열을 따라 조용히 흘러와 이미 명료해진 감정에 스며듦을 느끼며, 암매는 생각했다.

이대로 언제까지고 품에 가둬 둘 수 있다면.

맹부요는 여전히 헌원성을 노려보는 중이었다. 그녀가 집에서 키우는 강아지한테 하듯 암매의 머리를 툭툭 쳤다. 놓으라는 뜻이었다. 하지만 암매는 팔을 풀지 않았고, 맹부요 대왕께서도 거기에 대해 딱히 신경을 쓰시지는 않았다. 파구소 6성 3단계 달성에 큰 도움이 될 것 같은 보법을 연구하느라 바빴으므로.

그러다가 문득, 무릎 뒤쪽에 압박감이 느껴졌다. 무언가가 바싹 다가붙은 것 같았다. 얇은 치마 너머에서 그녀 자신의 살결만큼이나 매끈한 피부의 감촉이, 그 옥석처럼 서늘한 온도가 전해져 왔다. 게다가 뭔가 간질거리는 느낌도 들었으니……. 어느 분의 지나치게 길고 풍성한 속눈썹이 옷감을 뚫고 들어와 무릎 뒤쪽을 살살 쓸고 있었던 것이다.

아마도 꽃잎의 감촉이라 표현하면 적당할까. 봄의 막바지에 강 건너 꽃나무에서 날아내려 나풀나풀 수면을 스치다가 손안으로 흘러 들어온, 처음 봉오리를 터뜨렸던 때의 아름다움 그대로인 꽃잎.

순간, 맹부요의 가슴에도 꽃잎의 나부낌을 닮은 요동이 찾아들었다. 간지러움을 참지 못하고 웃음을 흘리는 바람에 자세가 살짝 흐트러졌다.

체중을 담벼락에 의지한 채 아래를 내려다본 그녀는 여인 차림새를 한 암매가 자신의 다리를 조심스럽게 끌어안고서 무릎 뒤쪽에 얼굴을 붙이고 있는 걸 발견했다. 그 모습이 눈에 들어오자 몸속 어딘지 모를 곳이 아까보다 더 간질간질해졌고, 미세한 떨림이 그녀를 관통하는 찰나, 담장 꼭대기 기왓장이 '빠각' 소리를 냈다.

저 멀리서, 헌원성이 즉각 담장 쪽으로 고개를 돌렸다. 질겁한 맹부요는 급하게 아래로 뛰어내린다는 게 그만 자기 다리가 암매에게 붙들려 있다는 사실을 깜빡했다. 다리에 급작스럽게 힘이 실리자 부상에서 회복되기 전인 암매는 맥없이 뒤로 쓰러졌고, 그 와중에도 팔을 풀지 않는 바람에 맹부요까지 덩달아 쑥 끌려 내려가서는 한 뭉텅이로 나뒹굴고 말았다.

혈관에 오지랖이 흐르는 맹부요가 추락과 동시에 전광석화처럼 떠올린 것은 아직 다 낫지 않은 암매의 등이었다. 상처를 깔아뭉갤 수는 없다는 생각에 그녀는 허공에서 잽싸게 몸을 한 바퀴 틀어 아래쪽을 선점했다.

등이 땅에 닿은 직후, 묵직한 무게감과 함께 암매가 그녀를 덮쳤다. 상태가 좋지 못한 암매는 넘어지는 순간 눈앞이 핑 돈 탓에 몸이 쓰러지는 방향을 통제하지 못했다. 그 결과 완성된 것은 두 사람의 얼굴이 닿을 듯 말 듯 아슬아슬하게 포개진 자세였다.

암매는 머리만 여자처럼 틀어 올렸을 뿐이지 화장기 하나 없는 얼굴인데도 압도적인 어여쁨을 자랑했다. 맹부요는 그런 암매를 보며 못마땅하다는 식으로 눈을 한 번 부라리고는, 자신을 짓누르고 있는 몸뚱이를 밀쳐 내려 했다.

그런데 이때, 암매가 그녀 위에 엎드린 채로 작게 숨을 몰아쉬었다. 맹부요는 훅 끼쳐 오는 남자의 향기를 느꼈다. 처음에는 맑은 향이 두약꽃을 닮았나 싶더니 이내 꽃내음보다 훨씬 유혹적이라는 생각이 들었다.

밤에 속한 사내. 그의 주위에 떠도는 신비롭고도 매혹적인 기운은 마치 일렁이는 밤빛이 물길을 따라 세차게 흐르는 소리와 같이 맑되 아득하였고, 사방을 빈틈없이 메운 그 소리에 상대방은 속절없이 포위당해 버리고 마는 것이었다.

거기에 더하여, 과하지는 않으나 놓아주기 싫다는 의지만은 분명히 느껴질 정도의 힘으로 허리를 휘어잡은 손, 감았던 눈을 떠 눈길을 맞춘 순간의 그 깊은 눈빛, 그녀의 다리를 감고 어깨를 거머쥔 자세까지, 그 모든 것들이 소리 없이 말하고 있는 단어는 하나였다.

미련.

그윽한 향기 속에 밤 깊어 가니, 오동나무 가지에는 조각달 걸렸고 누호의 물도 다하였구나. 일생 온기를 탐하지 않고 먼 곳에만 머물렀으나 이 순간 북받치는 마음을 가누지 못하노라.

핏기 없는 얼굴의 암매는 눈을 감고 숨을 몰아쉬며, 아래 깔린 맹부요가 상처를 건드릴까 무서워 자신을 매몰차게 밀쳐 내지 못한다는 사실에 내심 기뻐하고 있었다. 그는 그 틈을 타 밤의 어둠 속을 떠도는 온갖 내음들 사이에서 맹부요의 향기를 포착해 냈다.

으음, 그녀의 향취는 산속 절벽에 핀 이름 모를 꽃을 닮아 있었다. 고결하면서도 무던한, 요원하면서도 친근한 꽃. 아득히 멀리 피어 있는 그 모습은 생기가 넘치되, 감히 범접할 수 없는 고아함을 품고 있었다.

마침내 암매가 눈을 떴다. 맹부요를 응시하는 그의 눈빛은 더없이 귀한 보배를 보는 것과 같았다.

다리 아래 강물은 차가운 달빛에 식었으나, 강가에는 작약한 송이 조용히 피어났음이라.[8]

그는 적막하게 퇴색한 풍경 한복판에 홀로이 붉게 피어난 꽃송이를 보고 있었다.

"얼마나 다복한 생을 타고나야 서로 안고 잠들 기회를 얻을 수 있는 것인지……."

입자 고운 사포에 부드러운 손길이 스치는 소리인 양 살짝 잠긴 음성에는 밤의 심장 박동마저 몇 박자 느려지게 했을 만큼 혼을 쏙 빼놓는 운율이 녹아 있었다. 멀리서는 어느 사찰에

---

8 남송 때 문인 강기姜夔의 〈양주만揚州慢·회좌명도淮左名都〉 중 일부 구절을 변형한 것이다.

선가 흘러나온 종소리가 푸른 수면 위에 우아한 치마폭 펼쳐지
듯 번져 왔다.

맹부요의 가슴이 '쿵' 하고 들뛰는 찰나, 원락 밖에서 발걸음
소리가 나더니 누군가의 외침이 담장을 넘어 날아들었다.

"섭정왕 납시오!"

득달같이 들이닥친 소리에 맹부요는 암매를 밀쳐 내려 했다.
그새 원락 입구 쪽에서 헌원성의 웃음 섞인 말소리가 들려왔다.

"황후마마께 저녁 문안도 올릴 겸, 아랫것들이 마마를 모시
는 데 빈틈은 없는지 살피고자 왔느니라."

그래도 헌원성은 예의를 지킨답시고 문간에서 더 들어오지
않고 서 있는데, 내원 집사로 있는 요姚씨 부인이 되레 앞장서
서 뜰 안으로 고개를 디밀고는 이곳저곳을 두리번거리다가 말
했다.

"황후마마께서는 시녀 아이와 함께 정원에서 달구경 중이신
가 봅니다."

이에 소리 죽여 한숨을 내쉰 맹부요가 여전히 아무 말 없이
눈동자만 형형하게 빛내고 있는 암매를 붙잡아 일으키며 쏘아
붙였다.

"그렇게 얌전히 있을 것이지, 무슨 사달이냐고요! 얼른 몸집
부터 줄여요. 진짜 큰일 나지 않으려면 섭정왕이 반 시진 안에
꺼져 주기만 바랄 수밖에 없겠네."

그러나 세상사가 어디 바라는 대로만 흘러간다던가.

헌원성은 대청에 자리를 잡고 앉아서 온갖 잡다한 이야기를

늘어놓느라 시간 가는 줄을 몰랐다. 그 곁에서 다소곳이 눈을 내리깔고 시중을 드는 '춘매'는 겉으로만 봐서는 그저 예쁘장하게 생긴 시녀일 뿐이었다. 헌원성도 특별히 눈길을 주지 않는 데까지는 좋았다.

그런데 슬슬 일어나 줘야 할 작자가 갑자기 오주 7국 기인들의 일화를 줄줄 읊기 시작하는 게 아닌가.

시간은 째깍째깍 흘러가는데 헌원성의 이야기는 도무지 끝이 나질 않았다. 듣고 있는 맹부요는 속이 문드러지는 중이었다. 암매의 축골술이 제한 시간을 넘겨 풀려 버리면 그길로 다같이 골로 가는 거다.

그녀는 최대한 태연한 표정으로 헌원성의 이야기에 맞장구를 치는 한편, 쫑긋 세운 귀로는 암매의 동정을 시시각각 살폈다. 그렇게 반 시진이 흘렀을 무렵, 뼈와 뼈가 미세하게 마찰하는 소리가 들렸다.

까득!

천 리를 뒤져 자취를 찾다

맹부요에게 그 소리는 뇌성벽력이었다. 귀가 다 먹먹할 만큼 쩌렁쩌렁한.

축골술이 풀렸다.

한창 이야기꽃을 피우던 헌원성이 돌연 입을 딱 다물더니 의심스러운 눈초리로 주위를 둘러봤다. 맹부요는 무릎 위에 뒀던 손을 능청스럽게 들어 올려 짐짓 난처한 양 쳐다보면서 혼잣말을 흘렸다.

"호갑투는 영 적응이 안 된단 말이야. 또 부러졌네."

맹부요 왼손 중지의 호갑투가 부러져 나간 것을 확인한 헌원성이 마침내 탐색의 눈초리를 거둬들였다. 맹부요는 행여나 그 '까득' 소리가 또 날까 걱정이 이만저만이 아니었다. 호갑투 핑계를 계속 댈 수는 없지 않나.

나지막하게 몇 번 콜록거린 그녀가 소맷자락으로 입을 가리고 웃으면서 말했다.

"부끄럽습니다. 곤경 날씨에는 좀처럼 익숙해지기가 힘들더니 풍한이 오려는가 봅니다."

그러고는 '춘매'를 향해 고개를 돌렸다.

"소안자에게 가서 인삼안양환人參安養丸을 내오라 이르거라."

가볍게 고개를 숙인 '춘매'가 돌아서서 걸음을 옮기려는데, 헌원성이 별안간 끼어들었다.

"풍한이라니 아니 될 말씀이십니다! 그럴 게 아니라 앞채에 가서 왕부 의관을 불러오너라."

망했구나.

암매는 딱 보기에도 이미 한계였다. 저대로 뜰을 나섰다가는 중간에 홀로 덩그러니 심각한 사태를 맞이할 수도 있었다. 맹부요 본인은 헌원성에게 붙들려 있는 처지였으니 재깍 도와주러 갈 수도 없을 것이다.

"그리 심하지 않습니다. 궐에서 받아 온 처방대로 약도 지어 먹고 있는걸요. 다른 약재를 더 썼다가 약성이 서로 충돌할까 저어됩니다. 야심한 시각에 의원을 오라 가라 하기도 거북하고요."

맹부요는 거북이라는 단어를 발음할 때 일부러 더 힘을 꽉꽉 줬다.

섭정왕, 당신이 이 시각까지 내 처소에 있는 것도 몹시 거북하단 말이다!

그러나 헌원성은 무슨 소리인지 전혀 못 알아먹은 양 미소를 지었을 뿐이었다.

"따지고 보면 제 친척 누이가 되시지 않습니까. 한집안 식구끼리 거북할 일이 무에 있다고요."

온화한 말투로 이야기를 마친 그가 암매를 향해 호통을 쳤다.

"무얼 꾸물거리느냐!"

맹부요는 미치고 팔짝 뛸 지경이었다. 관자놀이에서 불뚝거리는 핏줄을 애써 억누르며 느린 걸음으로 암매에게 다가간 그녀가 말했다.

"춘매야, 이렇게까지 권하시는데 다녀오……."

굳어 있던 헌원성의 표정이 스르르 풀렸을 때였다. 맹부요의 몸이 갑자기 휘청하면서 '춘매' 쪽으로 쓰러질 듯 기우는 게 아닌가. '춘매'가 급하게 손을 내밀었으나, 그사이 균형을 회복한 맹부요가 한 일은 대뜸 '춘매'의 뺨을 때리는 것이었다.

"미련한 것! 탁자 아래 안식향 향로 두지 말라고 몇 번을 말해! 발에 걸리기 딱 좋다고 하지 않았더냐! 당장 치우지 못해?"

대단히 기술적으로 날린 따귀였다. 소리는 찰지되 정작 때린 곳은 허공이요, 더하여 손가락마다 끼워져 있던 홍보석 법랑 호갑투가 암매의 옷깃을 위에서 아래로 쪽 찢어 놓기까지.

암매가 옷깃을 여미느라 허둥거리자 맹부요가 또 한 소리를 했다.

"부끄러운 줄도 모르고, 어느 안전이라고 추태를 보이는 게야. 안자女子! 끌고 나가서 상궁한테 데려가거라. 따끔하게 버릇을 고쳐 놓으라고 해!"

그녀가 다다다 쏘아붙이기가 무섭게 안자가 얼른 허리를 숙이더니 '춘매'를 마구잡이로 끌고 나가면서 타박을 놨다.

"곁에서 모신 지 하루 이틀도 아니면서 아직도 이렇게 덜렁거리면 어쩌자는 게야? 궐에만 가 봐라, 넌 그길로……."

멀어져 가는 안자의 목소리 사이로 여인의 흐느낌이 어렴풋이 들려왔다. 노기등등한 채 헌원성을 향해 돌아선 맹부요가 애써 미소 지으며 말했다.

"민망한 꼴을 보이고 말았습니다. 장녕부에서 데려왔는데, 아이가 여물지를 못해요. 그래도 어려서부터 제 시중을 들었던 시녀인지라 집 생각이 나서 곁에 남겨 두었건만……."

눈시울을 붉히는 맹부요를 보며, 헌원성은 언젠가 들었던 이야기를 떠올렸다.

장녕부를 대표하는 권문세가의 적출 장녀이기는 해도 어미를 일찍 여윈 탓에 첩실들에게 치여 제대로 된 대접을 못 받고 컸다던가. 그래서인지 꽤 성깔이 있다더니, 과연 듣던 대로였다. 급조한 미소를 입가에 건 그가 답했다.

"워낙에 덕이 있으신 분이라 아랫것들에게도 너그러우시군요. 어떤 마음이신지 알겠습니다."

곧이어 한 손으로 탁자를 짚은 맹부요가 다른 손으로 입가를 가리고 하품을 하면서 자명종을 흘깃 곁눈질했다. 물론 입꼬리에는 여전히 웃음기를 머금은 채였다.

"안식향 때문인가, 눈꺼풀이 어찌 이리 무거운지……."

그러자 뒤늦게야 든 자각에 화들짝 놀란 헌원성이 시간을 확인하고는 멋쩍게 웃어 보였다.

"옥체를 염려하다가 시간마저 잊고 말았습니다. 용서하십 시오."

"용서라니, 당치 않습니다."

맹부요도 예의를 차려 답했다.

"말씀 한마디 한마디가 참으로 인상 깊었습니다. 정식 입궁 뒤에도 두루두루 가르침을 부탁드립니다."

그러고는 시녀를 불렀다.

"왕야를 배웅해 드리거라."

축객령이 떨어졌으니 헌원성도 더는 버틸 재간이 없었다. 자리에서 일어선 그가 빙긋이 웃으며 말했다.

"그럼 일찌감치 쉬십시오. 의관의 거처를 내원으로 옮겨 마마께서 언제든 편하게 쓰실 수 있도록 해 두겠습니다."

얼른 좀 꺼져 줬으면 하는 마음에 잽싸게 알겠노라 답한 맹부요의 속도 모르고, 헌원성은 당부랍시고 한참을 더 주절거렸다. 맹부요는 손톱이 살갗을 파고들도록 주먹을 틀어쥐었으나 겉으로는 조바심을 전혀 드러내지 않고 하나하나 맞장구를 쳐 줬다. 단정한 걸음걸이에 얼굴에는 미소를 띠고서 헌원성을 중문 밖까지 배웅했다. 그녀는 뒤쪽 방에서 나는 소리에 온 신경이 쏠려 있는 와중에도 문간을 틀어막듯 그대로 버티고 서서 꼼짝 않고 자리를 지켰다.

아니나 다를까, 몇 발자국 가다 만 헌원성이 기습적으로 뒤를 돌아보더니 웃으며 말했다.

"들어가셔서 일찍 쉬시지요."

번개처럼 맹부요의 표정을 살핀 그는 태연자약한 모습을 확인하고 나서야 한결 마음이 놓이는지 다시 걸음을 옮겼다. 맹부요가 중문을 느릿느릿 닫아걸며 소리쳤다.

"안자야, 창가의 발을 내려라. 춘매는 정리 끝났으면 화장 지우게 물 떠 오고!"

낭랑하게 퍼져 나가던 목소리가 맞물린 문짝에 막혀 뜰에 갇힌 직후, 뒤로 돌아선 맹부요가 방 안을 향해 몸을 날렸다. 소리 죽여 방문을 열자 여자 옷을 그대로 입고서 문짝 뒤에 서 있는 암매가 눈에 들어왔다. 맹부요는 그때껏 자그마한 체구를 유지하고 있는 그의 모습에 발을 동동 굴렀다.

"왜……, 왜, 왜……, 왜 아직도 그러고 있는데요!"

그 순간 '투둑투둑' 하고 관절이 펴지는 소리가 울리더니 암매가 가느다란 목소리를 흘렸다.

"혹시라도 다시 올까 봐……."

말을 마치기도 전에 그의 몸은 이미 나무토막처럼 굳어 뒤로 넘어가고 있었다. 맹부요가 허겁지겁 팔을 뻗어 쓰러지는 몸을 붙잡았다. 그녀가 뭐라고 말을 할 새도 없이 암매의 입에서 뿜어져 나온 선혈이 그녀의 옷을 섬뜩한 붉은색으로 물들였다.

당황한 맹부요가 허겁지겁 암매의 대혈을 짚은 후 그를 침상으로 데려갔다. 처치를 시작하려는데 등 뒤쪽에서 문 열리는 소리가 나더니 소안이 들어왔다.

"섭정왕이 원락 밖에서 수하에게 뭔가 분부를 내리는 듯했사

온데, 거리 탓에 내용은 듣지 못하였습니다."

"폐하께 연통을 넣을 방도가 있느냐?"

뒤를 돌아보는 맹부요의 눈에는 어느덧 핏발이 새빨갛게 서 있었다.

"여전히 의심을 거두지 못한 것 같으니 오늘 밤 안에 뭔가 또 행동을 취할 거다. 자객 핑계로 거처를 옮겨야 한답시고 쳐들어오는 방법이 제일 가능성이 크겠군. 대책을 세워야 해."

잠시 고민하던 소안이 대답했다.

"방도는 있으나 다만……."

맹부요가 짜증스러운 투로 상대의 말을 잘랐다.

"헌원민을 내 앞에 데려다 놓기만 한다면 무슨 수를 쓰든 상관없다. 약속이고 뭐고 내가 당장 여길 뜨는 걸 원치 않는다면 어떻게든 해내. 최대한 빨리!"

소안은 잠깐 고민하는 듯이 보였지만 곧 허리를 숙여 인사를 하고 밖으로 나갔다.

❁

그날 밤, 모두가 잠 못 이루는 시각.

"자객이다!"

쩌렁쩌렁한 고함이 섭정왕부를 뒤덮고 있던 정적을 깨뜨렸다. 강렬한 빛줄기가 밤하늘을 가르면서 어둠에 잠겨 있던 왕부 전체를 환하게 밝혔다. 그 즉시 일사불란한 대응이 재빨리 이루어졌다. 각각 배정받은 자리에 모습을 드러낸 시위들은 하나같이 복장을 완벽하게 갖춘 모습이었다. 침소에서 급히 달려 나온 섭정왕은 장포에 달린 단추 하나 풀려 있지 않았으며, 눈빛 또한 아예 잠자리에 누운 적이 없는 사람처럼 또렷하게 살아 있었다. 그들이 눈 깜빡할 새에 왕부 전체를 포괄하는 천라지망을 완성했다.

'자객'의 동선 또한 평범하지 않았다. 어디에나 있는 듯, 또는 어디에도 없는 듯한 자객을 떠들썩하게 뒤쫓는 시위들의 추격전은 왕부 앞뜰에서 뒤뜰로, 뒤뜰에서 다시 내원으로, 내원에서 진짜 목적지까지 이어졌다.

"황후마마, 내원에 자객이 숨어든 까닭으로 안전을 위해 피신해 주시기를 간청드립니다. 마마의 처소를 소란케 한 죗값은 후일 반드시 치르겠나이다."

시위들이 이심거를 포위한 직후, 웅혼한 내력이 실린 헌원성의 음성이 후원 전체에 울려 퍼졌다. 하지만 이심거에서는 아무런 움직임이 없었다.

눈썹을 꿈틀한 헌원성이 잠시 후 한 번 더 같은 말을 외쳤다. 언뜻 듣기에는 그리 크지 않은 목소리였지만, 거기에 실린 깊은 울림은 왕부만이 아니라 황궁에까지 전해졌을 정도였다.

이번에는 반응이 있었다. 외침이 울려 퍼진 지 얼마 지나지 않아 이심거 안에서 나른하니 교태로운 여인의 목소리가 흘러나온 것이다.

"더할 나위 없이 안전한 거처를 두고 한밤중에 이곳저곳 옮겨 다닐 이유가 무엇입니까? 본 궁은 이대로 있겠습니다."

꿈틀 곤두선 눈썹 아래, 헌원성의 눈동자에 의심이 스쳤다. 그가 낮게 깔린 목소리로 말했다.

"마마께서 왕부에 머무르시는 이상 소신에게는 마마를 보호할 책임이 있으니, 이를 어찌 소홀히 하겠습니까? 국혼이 머지않은 시점에 왕부 안에서 불미스러운 일이라도 당하신다면 소신은 만 번을 죽어도 그 죄를 씻지 못할 것입니다. 그러니 부디 피신해 주십시오!"

정적이 흐르길 잠시, 이심거 안의 맹부요가 대답했다.

"만약 무슨 일이 생기거든 그 책임은 본 궁이 지도록 하지요."

헌원성의 눈 안에 떠돌던 의심의 기색이 한층 짙어졌다.

딸의 처소에서 나오던 길에 이심거 담장 꼭대기에서 모종의 움직임을 그가 직접 목격했다. 한순간에 불과했지만, 그 자리에는 분명 무언가가 있었다.

우문자의 거처에서도 괴이쩍은 소리를 들었다. 당시에는 정체를 알 길이 없어 그냥 넘겼지만, 지나고 나서 돌이켜 보니 아무래도 관절이 꺾이는 소리였던 것 같았다.

우문자가 낸 소리는 절대로 아니었다. 그렇다면 대체 누구였을까? 그때 실내에 있었던 사람 중에 그가 데려간 수하들을 빼면 남는 건 우문자 곁에서 시중을 들던 인물들이었다.

담장 꼭대기에서 목격한 검은 그림자에 괴이쩍은 소리까지, 이쯤 되면 긴장하는 게 당연하지 않나. 우문자 본인은 딱히 의심할 만한 구석이 없어 보이고, 그가 기억하는 신상 자료와도 모든 부분이 일치했다.

하지만 시종들은?

거기에 이 시각 한사코 문을 열어 주지 않으려는 우문자의 태도가 더해지면서 헌원성의 의심은 점점 더 깊어지고 있었다. 조금 전까지는 한 덩이에 불과했던 의혹이 지금은 가슴속을 가득 채운 먹구름으로 불어나기 시작했다. 이대로 그냥 넘어갈 수는 없었다.

"농담이시겠지요. 연약한 여인의 몸으로 방 안에 숨어든 자객을 어찌 당해 낼 수 있겠습니까?"

헌원성이 목소리를 높였다.

"소신에게는 마마를 안전하게 모실 책임이 있는바, 이는 결코 가벼운 사안이 아닙니다. 부디 피신해 주십시오!"

그의 수신호가 떨어지자 시위 수천 명이 한목소리로 외쳤다.

"부디 피신해 주십시오! 부디 피신해 주십시오!"

귀청이 떨어질 것처럼 우렁찬 울림이 원락을 통째로 집어삼키자 처마 아래 매달린 풍경이 작게 댕그랑거렸다.

"아이참."

자포자기한 듯한 목소리에 이어 맹부요가 한숨을 섞어서 하는 말이 들려왔다.

"그럼 왕야 한 분만 들어오세요."

헌원성이 움찔하는 찰나 맹부요가 덧붙였다.

"본 궁의 먼 오라버니 되는 분께야 감추지 않아도 괜찮겠지요. 어휴, 정말이지……. 이건 좀 그렇지만……, 일단 들어오세요!"

더듬더듬 이어지는 말을 들으며 눈을 번뜩이던 헌원성이 짧은 고민 끝에 답을 내놨다.

"명을 따르겠나이다."

그러자 곁에 있던 왕부 시위장이 얼른 한 걸음 다가서면서 나지막이 말했다.

"왕야, 행여 옥체라도 상하시면······."

"걱정할 것 없다."

입가에 걸린 점잖은 미소와 달리 헌원성의 말투에는 은근한 자만심이 묻어 있었다.

"단 한 수만으로 본 왕의 숨통을 끊어 놓을 수 있는 자는 세상천지에 존재하지 않느니라. 설령 사형이 나선다 해도 불가능한 일이지."

그는 주위를 대낮처럼 밝힌 횃불 무리를 뒤로하고 홀로 이심거의 출입문을 밀어젖혔다. 출입문이 소리 없이 열리면서 드러난 '목目' 자 구조의 원락 안은 암흑 그 자체였다. 담장 밖 불빛은 기껏해야 문 근처 몇 발자국 정도만 비추고 있었다. 더 안쪽은 미지의 어둠에 깊게 침잠해 있었다.

헌원성은 이유 없이 빨라지는 심장 박동을 느꼈다. 하지만 이내 자신을 다잡았다.

튀어나와 봐야 뭐 대단한 게 나오려고? 필살의 일격? 자객? 은밀히 심어 놓은 밀정?

그게 뭐가 됐든 끝장내 줄 용의라면 얼마든지 있었다.

검은색 비단신과 무늬가 들어간 돌바닥이 만날 때마다 발소리가 아득히 멀리까지 퍼져 나갔다. 원락 안은 이상하리만치 조용해서 첫 번째 중문을 통과하기도 전부터 제일 안쪽 채에서 나는 웃음소리가 귓가에 들려올 정도였다.

문득 제자리에 멈춰 선 헌원성이 어둠 속에서 눈을 가늘게 좁혔다.

웃음소리?

등불 하나 없이 암흑에 잠긴 원락, 담장 밖을 포위한 군사들의 살기가 주변을 싸늘하게 채운 가운데 갑자기 웃음소리라니. 위화감이 들지 않을 수가 없었다. 헌원성은 코웃음을 쳤다.

이것도 다 작전인가? 찜찜해서라도 제 발로 나가게 만들겠다?

전신의 진기를 끌어올린 그는 옷자락을 펄럭 떨치면서 발걸음에 속도를 붙였다. 그가 밟고 지난 자리를 따라서 석재 표면에 실금이 번져 나갔다.

제일 안쪽 건물에 당도하기까지는 그리 긴 시간이 걸리지 않았다. 사람 그림자는 여전히 눈에 띄지 않았다. 그가 나타나자 웃음소리가 뚝 그쳤다. 뜰 안은 텅 빈 듯 조용했다. 그러나 한편으로는 벽 모퉁이, 담장 뒤편, 꽃나무 사이 할 것 없이 사방에서 감시자의 그림자가 일렁이고 있는 것만 같았다.

헌원성은 숨을 깊게 들이쉬었다. 특별한 움직임 없이도 이만한 긴장감을 조성하는 걸 보면 상대는 심리전의 고수인 듯했다. 그는 고분고분히 상대의 손안에서 놀아날 생각이 없었다. 그의 입에서 기습적인 외침이 터져 나왔다.

"황후마마, 무례를 용서하십시오!"

팔을 뻗는 동작이 먼저, 외침은 그 이후였다.

'황후', 두 글자가 온전히 입 밖으로 나오기도 전에 그는 이미 굳게 닫힌 내실 문을 향해 일 장을 날리고 있었다.

콰앙!

육중한 문짝이 벽을 때리자 충격으로 집채가 통째 휘청였다. 겉으로 드러난 위력보다 교묘한 힘 조절이 관건이었던 일 장은 외벽에 붙은 창문을 하나도 빠짐없이 활짝 열어젖혔고, 그 결과 건물 내부 풍경이 헌원성의 날카로운 눈앞에 낱낱이 드러났다.

치익.

심지가 타는 소리와 동시에 등불이 건물 내부를 포함한 뜰 전체를 환하게 밝혔다. 곧이어 여인의 나긋한 속삭임이 들려왔다.

"왔잖아요! 빨리 일으켜 줘요. 체통 없이 이게 뭐람……."

나른하게 풀린 깔깔거림 사이에는 드문드문 남자의 굵은 웃음소리도 섞여 있었다. 헌원성은 제자리에서 멍청히 굳어 버리고 말았다.

환한 불빛 아래, 흥분이 채 가시지 않은 얼굴을 한 남자가 침의 한 장만 무성의하게 걸친 채 터벅터벅 창가로 걸어 나오더니 서리가 하얗게 앉은 창틀에 팔꿈치를 올리고는 씩 웃었다.

"어찌 그리 살벌하게 서 계십니까. 농담이라도 한마디 건네야 하려나."

뒤쪽에서 '우문자'가 몸을 일으켜 앉는 게 보였다. 엉망이 된 머리 모양, 붉게 달아오른 눈꼬리. 나름 단정한 자세를 보이려고는 하는 모양이었다. 하지만 제 깐에도 민망한지 입은 차마 열지 못하고 있었다.

예상 밖의 난처한 광경을 맞닥뜨린 헌원성은 한참을 멍청히 서 있고 나서야 퍼뜩 눈길을 거두고는 허리를 굽혔다.

"무례를 범했습니다! 하온데, 폐하께서 왜 여기에……."

"와 있은 지야 벌써 한참인걸요."

손가락 하나를 세워 뺨을 짚고서 눈동자를 데구루루 굴리던 헌원민이 생긋 미소 지었다.

"흐음……. 아까 짐의 황후를 붙잡고 늘어놓던 이야기도 전부 다 들었으니까요."

움찔하는가 싶던 헌원성이 못 미더운 투로 말했다.

"한참 전부터 계셨다고요."

"그렇다니까요."

헌원민이 요염한 웃음을 흘렸다.

"하루라도 안 보고는 못 사는 사이인지라 왕부로 넘어오는 행렬에 시위인 척 섞여서 들어왔지요. 왕야께서는 문 앞에서 행렬을 맞이하자마자 운아를 보러 가셨으니 아마 짐을 발견할 새가 없으셨겠지만."

헌원성은 앞뒤 정황을 맞춰 보는 중인지 아무런 대꾸 없이 눈만 형형하게 빛내고 있었다. 그가 드디어 입을 열었다.

"폐하, 예법에 어긋나는 행동입니다. 터무니없는 것도 정도가 있……."

"그만, 되었습니다!"

헌원민이 손을 내젓자 어설프게 어깨에 걸쳐져 있던 장포가 바닥으로 떨어졌다. 그는 홀딱 벗은 몸으로도 당당하기만 했다.

"왕부 안쪽은 어차피 황궁에 포함되는 개념 아닙니까? 짐이 황궁 안에서 황후를 만나겠다는데 안 될 건 또 무어란 말입니까? 춘매야, 마마를 목욕탕으로 모시거라! 안자, 너는 옷을 가져오고. 섭정왕과 이야기를 나누려면 뭐라도 걸쳐야지."

"예."

간드러진 목소리로 답한 시녀가 안으로 들어와서 우문자를 일으켜 세웠다. 예쁘장한 용모의 시녀는 다름 아닌 춘매였다. 춘매가 잽싸게 우문자의 옷매무새를 정돈해 주고, 안자가 연신 하품을 쏟아 내는 헌원민에게 의복을 걸쳐 주었다.

헌원성은 한 걸음 뒤로 물러나 방 세 칸을 전체적으로 쓱 훑어봤다. 창문이란 창문은 전부 활짝 열려 있는 덕에 사각지대 같은 건 없었다.

작은방에는 한 귀퉁이가 젖혀진 이부자리가 깔려 있었다. 아마 춘매가 조금 전까지 자던 자리인 것 같았다. 안자도 눈에 잠이 가득 찬 모습이었고, 내실 입구에는 숙직을 서야 하는 그를 위해 나지막한 평상이 놓여 있었다.

모든 게 지극히 정상적이었다. 이렇게 되면 더 이상은 눌어붙어 있을 핑곗거리가 없었다. 헌원성이 한 걸음 더 뒤로 물러서며 말했다.

"밤이 늦었습니다. 내일 조회를 생각해서라도 일찍 쉬십시오. 신은 이만 물러가 보겠습니다."

"이야기라도 좀 나누다가 가시지 않고요?"

순간 멈칫한 헌원민이 실망한 투로 물었다.

"아까 황후에게 오주 일곱 나라 기인들의 일화를 소개해 주지 않았습니까? 부풍국 무녀까지 듣다가 말았던 것 같은데, 뒷이야기가 궁금해서 말입니다."

어쩐지 신바람이 난 그가 자기 뺨을 찰싹찰싹 두드리며 말했다.

"잠자리를 하고 나면 꼭 기운이 펄펄 솟더라고요. 아, 맞다. 양기를 돋워 잉태를 도와준다는 비방이 있는데……."

"폐하, 옥체 보중하십시오. 신은 이만 인사드리겠습니다."

듣다 못한 헌원성이 점잖되 단호하게 말을 잘랐다. 가볍게 허리를 숙여 보이고 난 그가 문밖으로 나가자 하룻밤 내내 바삐 뛰어다녔던 시위들이 지시에 따라 마지못해 해산하는 소리가 들렸다.

헌원민은 창가에 그대로 서서 어둠 속으로 사라지는 헌원성의 뒷모습을 빤히 지켜보고 있었다. 세 겹 출입문이 헌원성의 등 뒤에서 차례로 닫히고 나자 헌원민의 눈빛에 싸늘한 조소가 어렸다. 하지만 그것도 한순간에 지나지 않았다. 그는 금세 눈빛을 바꾸고 뒤로 돌아 소맷자락을 휘저으면서 침상 위의 '우문자'에게로 달려들었다.

"자아, 나의 황후여, 그럼 다시 한번 뜨거운 사랑을……."

퍼억.

맹부요는 발차기 한 방으로 상대를 거꾸러뜨렸다. 그녀는 오밤중에 갖은 고생을 마다하지 않고 달려와 준 광대 폐하를 발로 자근자근 짓이기며 말했다.

"연극은 어디까지나 연극일 뿐이니까 은근슬쩍 엉겨 붙을 생각 마. 확 잘라 버리는 수가 있어."

그녀는 끈질기게 질척거리는 광대 황제를 걷어차 날려 버렸다. 그러고는 급히 금박과 옥석, 상아로 장식된 침상의 상판을 열었다. 안에서 반쯤 혼절한 상태인 암매가 모습을 드러냈다.

그녀는 암매를 안아 올려 밖으로 끌어냈다. 문득 조금 전 침상 위에서 망할 광대 놈과 그렇고 그런 장면을 연출하면서 짜냈던 교성이 떠올랐다.

밑에 있던 이 딱한 인사가 혹시 들었으려나. 에이, 못 들었겠지? 못 들은 거 맞겠지?

망신도 이런 개망신이 없다. 살다 살다 그런 소리는 처음 내봤는데, 그게 하필 남 듣는 데서라니. 사람 급 떨어지는 거 한순간이구나…….

암매는 한 번씩 속눈썹을 파르르 떨긴 했지만, 아직 정신이 돌아오지는 않은 것 같았다. 가까스로 한숨 돌린 맹부요가 부상 부위를 살피려는데 불쑥 끼어든 헌원민이 암매를 받아 들며 말했다.

"내가 할게."

"네가?"

맹부요가 눈을 흘겼다.

믿을 사람이 따로 있지.

"그럼 본인이 하게? 남녀유별이라는 말 몰라?"

빌어먹을 광대 놈아, 그 입에서 남녀유별 소리가 나오냐?

맹부요는 '에라.' 하고 비켜나긴 했지만, 대신 눈에 안 띄게 숨어 있던 원보 대인에게 눈짓을 보냈다. 대들보에 올라가서 잘 감시하라고.

어쩔 수 없는 일이었다. 사방이 온통 함정인 헌원국, 여기서는 모두가 가면 아래에 자기 속내를 감추고 있었다. 상대가 누구든 전적으로 신뢰해서는 안 되며, 한순간이라도 경계를 늦추는 건 금물이었다.

맹부요는 찬 바람을 타고 너울거리는 등잔불 앞에 턱을 괴고 앉았다. 자신의 황궁 잠입을 돕느라 섭정왕부에서 쫓겨난 철성과 여전히 연락이 닿지 않은 무극국 은위들을 떠올리다가 문득 낯선 고독감에 사로잡혔다.

그때까지만 해도 그녀는 알지 못했다. 본인 같은 사고뭉치에게 고독이란 결코 오래 허락될 리 없는 사치란 걸.

그 시각, 바로 옆 나라에서는 칠흑의 눈동자를 가진 사내가 헌원국에 감도는 심상치 않은 풍운을 훑어보면서 그녀에게 다가올 준비를 하고 있었다.

❀

세상은 넓고 삶의 방식은 다양한 법.

헌원국 섭정왕부에서는 피 말리는 탐색전과 한 치의 양보도 없는 기 싸움, 은밀한 물밑 작업, 예측 불허한 변수의 개입이 난무하고 있던 그때, 저 멀리 또 다른 나라의 수도는 한 인물의 공헌 덕분에 순조로운 황조 교체기를 보내고 있었다. 본래대로라면 전란의 불길에 희생당했어야 할 운명을 모면하고 과거의 평화와 번영을 그대로 유지하면서. 물론 이는 황성 안에서 한시도 쉴 줄 모르고 정무에 힘쓰는 중인 제왕의 유별난 근면함이 일궈 낸 결과이기도 했다.

'부지런히 나랏일을 보다'라는 뜻인 황궁의 근정전은 이름 그대로 밤새 등불이 밝혀져 있을 때가 많았다. 귀띔 한마디 없이 줄행랑을 놓은 어느 양심 불량한 자가 황제 폐하에게서 잠을 앗아 간 탓이었다.

대한 영계 원년 11월 26일, 밤. 사경[9]이 지나도록 근정전에는 불이 밝았다.

몸소 야간 경비를 서던 기우는 도통 꺼질 줄을 모르는 등잔불과 책상에 머리를 박고 있는 검은색 그림자를 쳐다보며 천삼백 번째 한숨을 내쉬었다.

이때 저만치 앞쪽에서 태감 하나가 그의 직속 수하인 정보사 사관을 대동하고 다급히 걸어오는 게 보였다. 사관의 표정이 심상치 않은 걸 알아챈 기우는 눈을 가늘게 좁혔다. 그의 앞까지 다가온 사관이 난감한 표정으로 서신 두 통을 내밀었다.

"이거 하나는 신입이 멋모르고 문서 보관함 맨 밑에 깔아 놓

---

9 새벽 1시에서 3시 사이.

는 바람에 오늘에야 확인했습니다. 대인, 폐하께 잘 좀 말씀드려 주십시오…….”

기우는 묵묵히 서신을 건네받으며 고개를 끄덕였다. 폐하께서는 근래 심기가 영 불편하신지라 구구절절 말이 길어져 봐야 어차피 들어 주실 리도 없었다. 근정전 안으로 들어간 그가 서신을 전북야에게 바치며 말했다.

“폐하, 정보사에서 전서구를 통해 받아 본 밀서입니다.”

눈썹을 잔뜩 찌푸리고서 무언가 생각에 빠져 있던 전북야가 눈을 반짝 빛냈다. 하지만 봉투를 찢어 내용을 빠르게 훑어보고 난 그는 서신을 탁자 위에 메다꽂듯 내던졌다.

“헌원 황제가 황후를 들이는 것까지 짐이 알아야겠더냐? 이딴 것도 첩보랍시고 전서구를 날려?”

기우는 아무런 대꾸도 하지 않았다.

각국 황족들의 동향 일체도 정보사의 감시 범위에 포함인 것 같긴 하다만…….

“폐하, 한 통이 더 있습니다.”

편지 뭉치를 내던지는 전북야의 동작에서 더는 살펴볼 의향이 없음을 알아챈 기우가 나머지 서신의 존재를 짚어 줬다. 미간에 내 천 자를 새기고서 마지못해 두 번째 서신을 뜯은 전북야는 작성 일자가 눈에 들어오자마자 인상부터 팍 썼다.

“이건 왜 이제야 올라왔지?”

기우가 미처 입을 열기도 전에 갑자기 전북야의 눈빛이 날카로워졌다. 서신을 급하게 한 번 읽고 난 그는 처음으로 다시 돌아가 글자 하나하나를 잡아먹을 듯 노려보다가 한참 만에야 겨우 종이에서 눈을 뗐다.

실내에 적막이 내려앉았다. 부자연스러우리만치 완벽한 적막이.

철퍽!

전북야가 무서운 힘으로 집어 던진 서신이 흡사 강철판처럼 공기를 가르고 날아가 기우의 얼굴을 후려쳤다. 이어서 쩌렁쩌렁한 포효가 근정전 전체를 뒤흔들었다.

"이걸 왜 이제야 올려!"

같은 말이었지만, 어투는 아까와 천양지차였다. 화가 나다 못해 새파랗게 질린 전북야는 눈에 핏발을 잔뜩 세우고서 온몸을 부들부들 떨고 있었다.

이렇게 중요한 정보를 한 달이나 묵혀 두다니!

기우는 조용히 꿇어앉아 상체를 납작하게 숙였다. 서신의 내용이라면 이미 확인한 뒤였다. 정보사의 수장으로서 모든 책임은 그의 몫이었다.

바닥에 엎드린 채로, 그가 씁쓸하게 입을 열었다.

"온전치 못한 몸뚱이로는…… 더 이상 정보사 일을 맡아 보지 못할 듯합니다. 오늘의 죄를 일벌백계로 엄히 다스리시어 신의 관직을 박탈해 주십시오."

움찔한 전북야가 허전하게 빈 채로 바닥에 늘어져 있는 기우의 옷소매를 내려다봤다. 뼈대가 다 드러나 보일 정도로 여윈 어깨와 어느덧 서리가 드문드문 내려앉은 귀밑머리가 눈에 들어왔다.

그 순간 과거의 기우가 어렴풋하게 머릿속에 떠올랐다. 수려하고 늠름한 자태를 자랑하던 사내, 흑풍기 안에서도 누구보다 영준하던 통령, 갈아사막 처녀들의 우상, 부풍 소당족燒當族 최고의 미인으로 꼽히는 목진진木眞眞이 목숨처럼 아끼던 대모갑을 선뜻 내주었을 만큼 빼어났던…….

속세에서의 시간은 찰나일지언정 그사이에도 세상사 변천은 다사다난하니, 지난날 그 소년은 세고의 풍파에 휘말려 사라져 버렸구나.

기우의 일 처리에 구멍이 난 건 부요가 사라진 이후로 근심이 깊은 주군에게 혹여나 변고가 생길까, 밤낮으로 곁을 지키느라 정보사를 돌볼 겨를이 없었기 때문이었다. 고작 몇 달 사이에 기우는 제 주군보다도 훨씬 초췌해져 있었다.

"일어나라."

시끄러운 속을 부여잡고 있던 전북야가 잠시 후 피로감이 배어나는 투로 말했다.

"이 또한 하늘의 장난이겠지……."

그러나 기우는 몸을 일으키는 대신 머리를 조아렸다.

"폐하, 죄를 지었으면 벌을 받는 것이 도리입니다. 정보사 주관의 직을 내려놓고자 하니 윤허하여 주십시오."

"너까지 나를 떠나겠다는 것이냐?"

씁쓸한 눈으로 기우를 내려다보던 전북야가 뒤로 돌아섰다. 벽에 커다랗게 걸린 강역도 위에 그의 길고도 무거운 그림자가 드리웠다. 10만 리 강산은 광활하건만, 등잔 앞에 홀로 선 이는 쓸쓸하기만 했다.

그 뒷모습을 바라보던 기우는 결국 눈물이 터졌으나 안간힘을 다해 울먹임을 삼키며 말을 이었다.

"존엄한 조정에서 사지가 온전치 못한 자를 관직에 앉히는 것은 법도가 아니라 알고 있습니다. 차라리 이 목숨을 버릴지언정 저 때문에 폐하께서 세인들의 비웃음거리가 되는 것은……."

"감히 누가 누굴 비웃는다더냐?"

전북야가 당장에 뒤돌아섰다.

"너는 공덕각功德閣에 이름을 올린 이 나라의 공신이고 후세에도 길이길이 존경받을 명장이다. 목이 달아나고 싶어서 안달이 나지 않고서야 누가 감히 그런 널 비웃어?"

"폐하."

기우가 조용히 말했다.

"한왕의 영지에 가 있겠습니다."

전북야는 흠칫했다. 기우가 지금 하는 말이 제 주군을 위해 오래도록 고심한 결과임을 깨달았기 때문이었다.

긴 세월 자신의 곁을 지켜 온 수하를 멍하니 쳐다보다가 주춤주춤 뒤로 물러나 쓰러지듯 옥좌에 앉은 전북야는 얼마 못 가 눈시울이 붉어지고야 말았다.

"소칠은 언젠가 꼭 돌아올 녀석입니다. 세상 경험을 쌓고 훌쩍 자라서 올 테지요. 소칠이 있으니…… 신은 마음이 놓입니다."

다시 한번 머리를 조아리고 나서 얼굴을 든 기우가 엷게 웃어 보였다.

"그간 수하들을 시켜 소칠의 뒤를 밟고 있었습니다. 헌원국 쪽에서 넘어온 소식에 따르면 섭정왕부에 들어갔다고 합니다. 폐하……."

"음?"

이야기를 듣다가 문득 묘한 느낌을 받고서 머릿속으로 그 느낌의 정체를 파악하느라 바쁜 참이던 전북야가 무성의하게 대꾸했다.

"한왕은 헌원국에 있습니다. 그리고……."

경천동지할 기우의 한마디가 조금 전 전북야가 받았던 느낌이 단순한 착각이 아니었음을 증명해 줬다.

"신의 짐작으로는 헌원국에서 갑작스럽게 책립한다는 황후가 아무래도 한왕이 아닌가 싶습니다."

그 소리에 옥좌에서 벌떡 일어난 전북야가 눈앞에 산처럼 쌓여 있던 상소문 더미를 한 방에 뒤집어엎었다.

"맹부요, 누구 마음대로!"

❀

전북야가 책상을 엎던 그 시각, 아득히 멀리 떨어진 산봉우리에서는 자욱한 구름과 한들거리는 꽃송이에 둘러싸인 누군가가 엎어진 탁자를 일으켜 세우고 있었다.

"사매, 그간 실력이 일취월장했군. 조금만 지나면 나는 아예 적수가 안 되겠어."

정자 안, 입가에 웃음을 건 장손무극이 태연의 횡포에 더는 탁자라고 부르기도 힘든 몰골이 된 탁자를 똑바르게 세워 놓고는 팔을 뻗어 바깥쪽을 가리켰다.

"패배를 인정했으니 이제 그만해도 되겠지?"

맞은편에 서 있는 태연은 동그란 얼굴이 노여움으로 새파랗게 질린 모습이었다. 그녀가 이를 바득바득 갈며 말했다.

"장손무극, 그 비위 상하는 짓거리 좀 집어치울 수 없어? 몇 번을 말해야 알아들어, 양보 따위 필요 없댔잖아!"

장손무극은 미소로 답을 대신한 후 태연을 내버려 두고 홀로 난간 쪽으로 걸어갔다.

그는 저 멀리 아득한 어딘가를 바라보며 미간을 살짝 찌푸렸다. 사방에 흐드러지게 핀 순백색 설련화 사이로 산등성이 안개가 너울너울 떠도는 풍경이 그의 용모에 고아한 풍치를 더해 준 덕일까, 이 순간 장손무극은 흡사 선계에서 내려온 존재처럼 보였다.

"양보가 좋든 싫든 그건 네 마음이지만, 양보를 할지 말지는 내 마음이지."

그는 언제나 그래 왔듯 이번에도 무심한 말 한마디로 태연의 속을 완전히 뒤집어 놓았다. 난간으로 가기 전 보여 주었던 미소를 그대로 머금고 그가 소맷자락을 날리며 돌아섰다.

"정 분하거든 저 위쪽 바위에서 뛰어내리기라도 하든가."

장손무극은 화를 감당 못 해 부들부들 떠는 태연을 뒤로하고 회랑 모퉁이를 돌았다.

그 앞에 검은 옷에 높은 관을 쓴 노인이 나타났다. 장손무극이 미소 띤 표정의 노인을 향해 깍듯하게 허리를 숙였다.

"존사님."

노인은 분명 웃는 얼굴이었지만 그 눈빛은 어떻게 보면 웃음기로 가득 찬 듯, 또 어떻게 보면 텅 비어 있는 듯도 했다.

"오늘도 태연과 비무를 했더냐?"

장손무극이 빙긋이 웃으며 답했다.

"사매의 실력이 일취월장하는 것을 보니 저도 기쁩니다."

그 즉시 노인의 미간에 주름이 잡혔다.

"태연의 재능에는 한계가 있느니라. 탁월한 자질로 사문을 한층 더 빛내 줄 재목은 못 되지."

장손무극은 묵묵히 듣고만 있었다.

그를 바라보는 노인의 눈 안에 산등성이 안개를 닮은 무언가가 떠돌았다. 노인이 차분히 물음을 던졌다.

"여전히 싫은 게냐?"

일순 멈칫한 장손무극이 대답했다.

"사숙 쪽 천행자天行者 일맥이야말로 속세에서 많은 경험을 쌓았으니……."

"그건 내가 판단할 문제이니라."

무심히 말을 자른 노인이 잠시 장손무극을 응시하다가 한층 더 건조해진 투로 말했다.

"무극, 너는 줄곧 내가 가장 아끼는 제자였다. 한 번도 스승을 실망시키는 일이 없더니 1년여 만에 어찌 딴사람이 된 게냐?"

"면목 없습니다."

장손무극이 옷자락을 펄럭 날리며 꿇어앉았다. 차갑고 축축한 백옥석 바닥에 무릎을 꿇은 채로 그는 더 이상 아무런 말도 하지 않았다.

노인은 고개를 숙여 애제자를 내려다봤다. 물 흐르듯 순종적인 모습이지만, 흐르는 물에는 본디 빈틈이 없는 법이다. 노기가 담긴 눈빛을 내보이던 노인이 잠시 후 매몰차게 소맷자락을 떨쳤다.

"그대로 앉아서 잘 생각해 보아라! 무엇이 옳은 선택인지 깨우치기 전까지는 일어나지 말지어다."

눈밭에서 밀려드는 습한 냉기 한복판에 새하얀 옷자락을 넓게 펼치고 앉아 있던 장손무극이 빙긋 웃으며 허리를 숙였다.

"그리하겠습니다."

행운은 항상 맹부요의 차지요, 불운은 언제나 그녀의 추종자들이 감내해야 할 몫이라.

상을 엎을 자는 상을 엎고, 무릎을 꿇을 자는 무릎을 꿇고, 두 군왕이 그녀를 황후로 맞이하겠다는 일념으로 제각기 역경과 맞서 싸우는 때에 정작 당사자는 엉뚱한 나라에 가서 황후 생활 맛보기 편을 즐기고 있었다. 맹부요는 그 모든 의심, 시험, 쌍방 간의 정탐 속에서도 섭정왕부에서 열사흘을 무사히 넘겼다.

헌원성은 우문자로부터 어떠한 의문점도 찾아내지 못했으며, 그날 밤 담장 위에서 포착됐던 움직임과 뼈마디가 꺾이는 소리의 정체 역시 헌원민의 등장으로 말미암아 명확히 설명되었다.

사실 헌원민이 그 두 가지 의혹에 대해 직접적인 해명을 내놓은 것은 아니었다. 그는 영리하게도 답안을 공백으로 남겨 두어 헌원성이 알아서 상상력을 발휘하도록 했고, 이는 구구절절 변명을 늘어놓는 것보다 훨씬 더 확실한 효과로 이어졌다.

확실히 헌원민도 만만한 자는 아니었다. 그날 밤 왕부로 넘어온 그의 곁에는 춘매와 체형이 흡사한 궁녀 하나가 딸려 있었다. 바로 그 궁녀에게 암매의 얼굴에서 벗겨 낸 인피면구를 씌워 헌원성 앞에서 춘매 연기를 시킨 것이었다.

맹부요는 그간 의도적으로 납작 엎드려 있던 헌원민이 마침내 충분한 힘을 비축하는 데 성공했고, 이제 헌원성을 상대로 최후의 일전을 준비하는 중임을 눈치챘다. 황후 책봉을 급하게 밀어붙이는 걸 보면 헌원성 쪽에서도 이미 낌새를 챈 것 같았다. 두 사람은 각자 더 많은 자유와 시간을 쟁취하기 위해 싸움을 벌이고 있었다.

헌원민이 가짜 황후에게 바라는 것은 황궁 안에서 그의 팔다리에 채워진 족쇄를 풀어 주는 역할이었다. 그녀에게 큰 그림 전체를 노출하지는 않을 것이었다. 맹부요 역시 알고 싶은 마음이 없었다. 그녀의 신경은 오로지 자신의 은인이자 친구인

종월에게만 쏠려 있었다. 지금 하는 모든 일의 궁극적인 목적은 종월을 구출하는 것이었다.

때때로 그녀는 수심에 잠기기도 했다. 일단 헌원성을 제거한다 치자. 그러면 종월과 헌원민이 남는데 그 둘도 병존할 수 없는 존재이기는 마찬가지 아닌가. 공동의 적이 사라지고 나면 당장 내분이 일어날 터, 과연 그 끝은 어떤 모습일까?

패권 다툼이란 무릇 바둑을 두는 것과 같아 단 한 번의 실수로 모든 것을 잃을 수도 있는 법이었다. 이번 대국에서 맹부요는 기사가 아닌 바둑돌이 되고자 했다. 어차피 목적은 결정적인 순간이 도래했을 때 종월에게 도움을 주는 것이므로. 한낱 바둑돌 역할이라 해도 기왕 하기로 했으면 강력한 바둑돌이 되어야 한다는 게 맹부요의 철학이었다.

이 어둡고 피비린내 나는, 온갖 음모가 판을 치는 오주대륙에서 멈추지 않고 앞으로 나아가려면 반드시 강해져야만 했다. 그녀는 수련에 더욱 박차를 가하는 한편, 헌원성의 민첩하고도 위력적인 걸음걸이로부터 얻은 깨달음을 차근차근 자기 것으로 소화했다. 이제 파구소 6성 3단계 '운보雲步'의 경지를 바로 코앞에 두고 있었다.

🌸

헌원 소녕 12년 12월 6일, 길일을 맞아 국혼이 거행되었다. 맹부요는 오밤중부터 이부자리에서 끌려 나와 고문에 가까운 몸단장을 당해야만 했다.

얼굴을 말끔히 닦아 낸 후 금실로 솜털을 정리하고 고운 진
주분을 얇게 펴 발랐다. 은 재질의 작은 가위로 본래도 가지런
하니 수려하게 뻗은 눈썹을 조금 더 섬세하게 다듬고, 손가락
굵기의 자죽 붓에 안료를 묻혀 조심조심 눈썹을 그렸다. 머나
먼 산등성이의 빛깔을 닮은 짙은 청색은 몽환적이면서도 고귀
한 아름다움을 가지고 있었다.

눈썹을 완성한 붓으로 눈꼬리를 살짝 올려서 긋자 봉황이 날
개를 펴고 날아오르는 궤적인 양 유려하고도 섬세한 선이 만들
어졌다. 심해 진주를 갈아서 만든 연보랏빛 분말을 유지에 섞어
눈가에 소량 발라 찬란하게 반짝이는 눈매에 깊이감을 더했다.

다음으로는 끄트머리가 주걱처럼 생긴 금비녀를 홍옥, 청옥,
유리구슬이 알알이 박힌 작은 함에 살짝 넣었다가 꺼낸 뒤 묻
어 나온 내용물을 손바닥에 쓱 한 번 문질러 덜어 내고서 양쪽
뺨에 톡톡 얹듯이 발랐다. 그윽한 향기가 물씬 풍기는 동시에
얼굴빛이 한층 생기 있게 살아났다.

입술에 연지를 바르고, 장미유를 묻혀 머리카락을 빗고, 밝
은 황금빛 바탕에 오색 꿩과 해룡 문양이 들어간 봉포[10]를 걸치
고, 머리를 틀어 올리고, 봉황관을 썼다. 물총새 깃털로 가운
데를 채운 구름 모양 장식, 진주와 보석으로 만든 열여덟 송이
매화, 차랑차랑하게 늘어진 보석 술을 입에 물고 있는 용과 봉

10 鳳袍. 황후가 입는 정복.

황……. 봉황관은 눈부시게 아름다웠으나 사람 잡기 딱 좋은 무게였다.

사경에 기상한 그녀가 단장을 모두 마치기까지는 무려 두 시진이 걸렸다. 맹부요는 무거운 머리와 그보다 더 무거운 봉황관을 손으로 떠받쳐 들어야 했다. 목 위에 얹힌 관의 무게와 얼굴에 칠한 향분 무게 정도면 당장 압사당해도 이상할 게 없겠다는 생각을 했다.

젠장, 이게 지금 사람이 할 짓이냐. 내가 다시는 황후 따위 해 먹나 봐라.

이어서 그녀는 손으로 얼굴을 더듬어 봤다. 별로 칭찬해 주고 싶지는 않지만, 헌원민의 가면 제작 솜씨는 종월과 비교해도 크게 손색이 없을 정도였다. 두 사람의 손을 거친 인피면구는 매미 날개처럼 얇고 진짜 얼굴과 전혀 구분이 안 갈 만큼 정교했다. 또, 무슨 약품 처리를 했는지는 몰라도 모공을 통해 공기가 드나드는 덕분에 가면 위에 바로 화장을 하는 데도 무리가 없었다.

언젠가 한 번 종월이 약상자 정리하는 모습을 우연히 본 적이 있었는데, 그 상자에서 나온 인피면구 중에는 손에 올려놓았을 때 지문이 비쳐 보일 정도로 얇은 데다가 물방울을 떨어뜨리면 반대편으로 스며 나오기까지 하는 것도 있었다. 그쯤되면 가면을 만들었다기보다는 기적을 행했다고 말해야 옳을 것이다.

본인의 솜씨가 퍽 흡족했는지, 몸치장을 맡은 상궁이 맹부요를 전신 거울 앞으로 데려갔다. 커다란 구리거울을 마주한 맹부요는 순간 멍해졌다. 그 안에서는 빈틈없이 화려하게 꾸며진 여인이 찬란한 광채를 발하고 있었다. 여인의 미모 덕에 온 방 안이 다 환해진 것 같았다. 너무 빛이 나서 눈이 시릴 지경이었다. 이때 구리거울 안에 또 다른 이의 모습이 더해졌다.

시녀복을 입고 있으나 유리알처럼 반짝이는 눈동자는 감추지 못한 '시녀'의 묘한 눈길이 황후 복식을 갖춘 맹부요의 몸 위를 훑고 지났다. 그 깊고도 아득한 눈길은 당장이라도 눈앞에 있는 여인을 삼켜 버릴 듯 파도치고 있었다.

맹부요는 '춘매'를 향해 속도 없이 헤벌쭉 웃어 보였다. 그녀가 기분이 좋은 데는 다 그럴 만한 이유가 있었다.

헌원성이 쳐들어왔던 날, 그녀의 안전을 위해 제한 시간 반 시진이 넘도록 무리하게 축골술을 시전한 암매는 안 그래도 온전치 못했던 몸에 설상가상으로 또 한 번 타격을 입었다. 이는 지금껏 맹부요에게 큰 근심거리였다. 어쩌면 치유 불가능한 후유증이 남을지도 모른다는 생각에 몇 번이고 맥을 짚어 보려 했으나 암매는 번번이 그녀의 손길을 거부했다.

암매가 우문자의 몸종으로서 누구보다도 바삐 뛰어다녀야 할 혼례 당일을 버텨 낼 수 있을지, 맹부요는 걱정이 이만저만이 아니었다. 그런데 반갑게도 오늘 궁에서 몸단장을 도울 상궁을 보내 준 덕에 '춘매'는 손 하나 까딱할 필요가 없어진 것이다. 이제 춘매에게 남겨진 임무는 수레에 편히 앉아서 황궁으로 넘어가는 것뿐이었다.

근심에서 벗어나 홀가분해진 맹부요는 성가신 황후 역할에
도 별다른 불만을 제기하지 않고 있었다. 그녀는 두꺼운 화장
에 갇힌 얼굴을 연신 긁적거리며 생각했다. 헌원성이 너무 여
우만 아니었어도 요 며칠 사이에 어떻게든 왕부에서 도망쳤을
텐데 아쉽다고.

하아, 생각을 말자. 기왕 판을 벌였으면 끝을 내야지.

원락 밖에서는 섭정왕이 진작부터 예부상서와 어사대부를 달
고 와서 신부의 출문을 재촉하고 있었다. 맹부요는 정원에 놓인
탁자 앞에서 자신을 황후로 책립한다는 헌원민의 칙지를 받았
으나, 제대로 거들떠보지도 않고서 곁의 시자侍者가 받쳐 들고
있는 금쟁반 위에 툭 던져 놨다.

그녀가 알기로 책봉서 같은 건 손에서 멀리할수록 좋은 물건
이었다. 지난번 대한에서 번왕 책봉이랍시고 하나 받았다가 헌
원국까지 흘러오지 않았나. 아무리 남의 이름으로 되어 있다고
해도 또 덥석 주워 들었다가 이번에는 부풍에라도 떠밀려 갈지
누가 아느냐는 말이다.

책립례 다음은 봉영례였다.

내원에서 가마를 타고 출발한 맹부요는 왕부 앞뜰 가림벽 즈
음에서 어가로 옮겨 탈 예정이었다. 가마가 느릿느릿 앞뜰을
향해 가는 동안 그녀는 심드렁하게 창문 가리개를 걷어 올리고
바깥 풍경을 내다봤다. 길 양편에서 밤새 꽃 장식을 꾸미던 일
꾼들이 황후가 탄 가마를 발견하고는 저마다 꽃나무 뒤편이나
담벼락 너머로 물러나 무릎을 꿇는 게 눈에 들어왔다. 그 순간

맹부요는 언뜻 익숙한 뒷모습을 본 것도 같았으나 가마가 계속 움직이고 있는 탓에 재차 확인할 기회를 얻지 못했다.

뒷모습의 주인공은 바로 소칠이었다. 그는 삐딱하게 기울어진 꽃 장식을 손보면서 한창 생각에 빠져 있었다. 왕부에 들어온 지도 시일이 꽤 지났건만 맹부요는 대체 어디 틀어박혀 있는 건지 코빼기도 보이지를 않았다. 머릿속이 하도 복잡한지라 황후의 가마고 뭐고 신경 쓸 겨를이 없는 참인데, 옆에 있던 잡부 하나가 얼른 그를 끌어당기면서 소곤거렸다.

"이봐, 황후마마 행차하시는데 무릎 안 꿇어?"

살벌한 눈빛으로 상대방을 흠칫 움츠러들게 만든 소칠은 땅바닥을 보면서 천천히 무릎을 꿇었다. 저만치 앞쪽을 지나는 가마에서 한순간 그를 훑고 지나는 눈빛이 느껴졌다. 소칠이 무심히 고개를 들었을 즈음 눈빛은 이미 사라진 후였고, 그는 다시금 일터로 돌아갔다.

가마가 가림벽 앞에 멈춰 섰다. 그곳에서는 황금빛 어가가 미리 당도해 맹부요를 기다리고 있었다.

가마에서 내린 그녀를 반겨 준 것은 감히 기침 한 번 뱉지 못하고 고개를 푹 수그린 채 서 있는 태감과 궁녀들이었다. 문밖에서 악단이 연주하는 악기 소리가 들려오고는 있었지만, 잔치 분위기보다는 황가의 장엄한 품격만이 느껴질 뿐이었다.

피식 웃음을 흘린 맹부요는 장난기가 동한 김에 뒤쪽에서 다른 수레를 타고 따라오는 '춘매'를 향해 뒷짐 진 손의 검지와 중지를 펼쳐 가위 모양을 만들어 보였다. 오주대륙에서 오로지 그녀만이 쓰는 승리의 손동작이었다.

그 광경에 소칠이 벌떡 허리를 세웠다.

저 손 모양!

반도성에서 최후의 일전이 벌어졌던 당시 폐하 곁에서 저 손 모양을 본 적이 있었다. 성루 가장자리에 팔을 걸치고 아래를 내려다보던, 검푸른 옷의 소년. 사욱을 눈 하나 깜짝하지 않고 처치한 소년이 폐하를 향해 만들어 보인 손 모양이 바로 저거였다!

맹부요!

소칠은 꽃가지를 손아귀에 거머쥔 채로 얼어붙고 말았다.

맹부요가……, 맹부요가 헌원국 황후라니? 저대로 헌원국 황제한테 시집가 버리면 우리 폐하는?

미리 대기 중이던 황실 시자가 건넨 여의와 사과를 몹시 떨떠름하게 받아 든 맹부요가 소칠이 보는 앞에서 어가에 올라탔다. 가리개가 내려지는 순간, 소칠은 맑은 연못 물에서 노니는 비단잉어처럼 기민하게 데구루루 움직이는 눈동자를 똑똑히 목격했다.

더는 의심의 여지가 없었다!

악기가 연주되고, 까맣게 거리로 몰려나와 무릎을 꿇은 사람들의 환송을 받으며 어가가 멀어져 갔다. 소칠은 손에 쥐고 있던 꽃가지를 내던지고서 성큼성큼 왕부 밖으로 향했다. 같이 일하던 잡부의 당혹한 외침이 날아들었지만, 소칠의 귀에는 아무것도 들리지 않았다.

지금 그의 머릿속에 있는 목표는 오로지 하나였다. 조 공공을 찾아내 황궁에 들어가야 했다.

　　　　　　　　　　❀

　섭정왕부 앞에서 어가가 출발하던 그때, 국혼에 참석하기 위해 헌원국까지 달려온 대한 황제 일행은 곤경성 성문 앞에서 예부 소속 관원의 극진한 환대를 받는 중이었다.

　헌원국 측 관리는 최근에야 막 즉위한 대한 황제가 정신없이 바쁜 시기에 왜 굳이 남의 나라 국혼을 보러 온 건지 이해할 수 없었다. 하지만 겉보기엔 한결같은 미소를 지으며 깍듯이 제 의무를 다했다.

　한편 성문에 당도해 말을 멈춰 세운 전북야는 유창목처럼 무겁게 가라앉은 칠흑의 눈동자를 들어 노려봤다. 각양각색 꽃 무더기에 에워싸인 채 성 중심부에서 찬란하게 빛나고 있는 황궁을.

　눈빛 속에서 격렬하게 소용돌이치는 바람과 구름이 곧 닥쳐올 폭풍을 예고하고 있었다.

　"맹, 부, 요!"

혼란의 황후 책립식

소녕 12년 겨울, 헌원국 백성들은 새로운 황후마마를 맞이했다.

"……존귀한 황후는 짐과 한 몸을 이루어 종묘를 받들고 어진 어미의 마음으로 만백성을 품어야 할지니, 그 어찌 쉬운 자리라 하겠는가. 오직 우문가의 여식만이 천하에 제일가는 덕을 가져 그 소임을 다할 수 있을 것이기에, 금일 책봉서와 인장을 내려 황후로 책립하고 육궁六宮의 주인으로 삼노라."

백성들에게 있어 새 황후는 황제의 전교에서 언급됐듯이 '덕과 기품이 있고, 온화하고 정숙하며, 어진 인품을 갖추었을 뿐 아니라 현명함과 차분함, 올곧은 미덕을 지녔으며, 사리사욕이 없고 순수한 동시에 예의와 법도를 지킬 줄 아는' 국모였으나, 헌원국 황족들에게 있어 그녀는 항구적 재앙이었다. 물론 현시점의 헌원국 조정은 앞으로 닥칠 일을 전혀 모르는 채 경사스러운 분위기에 젖어 있었지만.

평소 황제가 조회를 보는 흠성궁欽聖宮에는 일찍부터 황후를 위한 의장이 꾸려져 있었다. 악부樂部에서는 전각 밖에 악기를 죽 늘어놓고 황후의 도착과 동시에 풍악을 울리고자 대기 중이었고, 예부와 홍려시鴻臚寺 소속 관원들은 전각 정중앙 남향, 왼편 서향, 오른편 동향에 각각 절안節案, 책안冊案, 옥안玉案[11]을 놓고, 용정龍亭[12]은 내각內閣 안에 두고, 향안香案 앞에 황후가 설 자리를 마련하고, 금책金冊, 금보金寶, 책문冊文, 보문寶文은 두 개의 용정 안에 나눠 넣어 이후 대학사大學士 둘과 상서尙書 둘이 황후에게 바칠 수 있도록 했다.

맹부요를 태운 어가는 아직 흠성궁 앞 흠성문에도 도착하기 전이었다. 그녀는 여의를 앞섶에 꽂고 앉아서 어가를 따라 흔들거리고 있었다. 반복적인 흔들림 때문인지 잠이 왔다.

한편, 손안에서는 사과 한 알이 유혹적인 향기를 발하는 중이었다. 새벽부터 일어나 제대로 밥도 못 얻어먹고 지금껏 고문만 당한 맹부요가 군침을 꼴깍꼴깍 삼키는데, 그녀보다 훨씬 더 탐욕스럽게 침을 삼키는 소리가 들려왔다.

맹부요가 한숨을 푹 내쉬고는 말했다.

"쥐 새끼, 배고프냐? 자, 나눠 먹자."

---

11 '안案'은 책상을 뜻한다. 셋 모두 의례에 쓰이는 탁자 형태의 기물이다.

12 황실 보배를 옮길 때 사용하는 일종의 가마.

그러자 품이 넉넉한 봉포 안에서 원보 대인이 홀쭉해진 배를 문지르며 기어 나왔다. 사과 반쪽을 건네받은 원보 대인은 사과를 그대로 들고서 빤히 쳐다보다가 맹부요가 가진 게 더 크다고 판단했는지 바꿔 달라며 앞발을 내밀었다.

발끈한 맹부요가 쏘아붙였다.

"실컷 주물럭거리던 걸 누구 먹으라고 들이밀어? 쥐한테 흑사병 옮기 싫거든?"

교환에 실패한 원보 대인은 뾰로통한 얼굴로 맹부요의 무릎에 앉아 그녀와 마주 보고 사과를 베어 먹기 시작했다.

아삭아삭, 서로 마주 앉아 열심히 과육을 씹어 삼키는 둘이 깔끔하게 무시해 준 사실이 하나 있었다. 자기들이 먹어 치우는 물건이 '모든 일이 뜻대로 평안히 이루어질 것'을 상징하는 황가의 고귀한 사과라는 점이었다…….

원보 대인의 사과가 약간의 찌꺼기만 남기고 사라지기까지는 그리 오랜 시간이 걸리지 않았다. 몹시 아쉬운 표정을 한 녀석은 사과 씨를 내버리기 위해 창틀로 기어 올라갔다. 밖을 힐끔 내다본 녀석이 '찍찍' 요란하게 울어 댔다.

화들짝 놀란 맹부요가 녀석의 꼬리를 잡아채며 으르렁거렸다.

"죽고 싶냐? 뭘 찍찍거리고 난리야, 그러다가 남들한테 들키면 어떡할 건데? 내려와! 아, 얼른 내려오라고!"

하지만 원보 대인은 그 손을 '탁' 쳐 내고는 그녀의 귓가에 길게 늘어져 있는 홍옥 귀걸이 끄트머리 수술을 인정사정없이 잡아당겼다. 맹부요가 '아얏.' 하면서 속절없이 창가로 끌려갔다.

그녀가 아프다고 불평하기도 전에 원보 대인이 창가에 처져 있
던 황금색 가리개를 단박에 걷었다. 얼떨결에 창가로 얼굴을
가져간 맹부요가 멍청히 물었다.

"뭔데? 뭔데?"

그러자 속이 터진다는 표정으로 그녀를 쳐다보던 원보 대인
이 뺨따귀를 한 대 매섭게 날리더니 펄쩍펄쩍 뛰고 찍찍거리고
난리를 피우면서 저 멀리 한쪽 구석을 가리켰다.

처음에는 그저 검은색 일직선인가 싶었다. 그러나 자세히 보
니 그것은 선이 아니라 검은 옷을 입은 기병 무리였다. 흑룡과
도 같은 자태, 타고 있는 말도 하나같이 최상급 준마들이었다.
상당한 거리가 있음에도 보통 사람에게서는 절대 나올 수 없을
무쇠 같은 기상이 피부로 느껴졌다. 흔들거리는 안장 위 그들
의 허리춤에는 진홍색 비단 끈이 묶여 있었다. 검은 옷과 대비
를 이루는 탓일까, 비단 끈의 색채는 선명함을 넘어 눈이 아플
만큼 강렬했다. 맹부요가 '히익' 하고 숨을 들이켰다.

흑풍기!

전북야를 제외하면, 흑풍기 특유의 살기에 세상 누구보다도
익숙한 사람은 바로 맹부요였다. 저들은 전북야 곁에만 모습을
드러내는 집단이 아니던가. 그렇다면…… 전북야가 근처에 와
있다는 뜻?

신이시여! 아무리 세상사 요지경이라지만 이 무슨…….

번개같이 창문 가리개를 내린 맹부요가 넋 빠진 표정으로 원
보 대인을 쳐다봤다.

"꼴 잘 돌아가는구나, 패왕께서 등판하셨다."

원보 대인이 너도 참 딱하다는 눈길을 보냈다.

운이 트여도 어찌 저리 트였을꼬. 차라리 우리 주인님이었으면 큰 문제는 안 일으켰을 텐데, 하필 저 칠푼이라니. 맹부요, 넌 끝났다, 끝났어.

맹부요는 썩은 동태 눈을 한 채로 앉아서 불안에 떨기 시작했다. 창문 가리개를 슬그머니 다시 걷어 올린 그녀는 뒤통수가 '뎅' 하고 울리는 느낌을 받았다.

헌원국 시위들로 이루어진 경계선 바로 뒤쪽까지 온 흑풍기가 지척에서 유유히 말을 몰고 있었다. 그들 무리의 정중앙에는 칠흑색 바탕에 붉은 파도 문양이 들어간 용린 금포를 걸치고 찬란하게 반짝이는 금관을 쓴 사내가 있었다.

말고삐를 손에 쥔 사내가 기습적으로 고개를 돌리더니 깊디깊은 눈으로 어가를 뚫어져라 바라보았다. 펄떡 제자리로 돌아가 벽에 등을 붙이고 앉은 맹부요가 울상을 했다.

"못산다, 여기는 왜 째려보는 거야? 하다 하다 이제는 벽 뚫고 투시도 되나?"

원보 대인이 수염을 쓸어내렸다.

전북야, 저 칠푼이가 오늘따라 신통하구먼…….

하지만 신통한 일은 거기서 끝이 아니었다. 맹부요의 말이 끝나기 무섭게 수레가 돌연 한쪽으로 기우뚱한 것이다.

커다란 돌부리에라도 걸린 것처럼 수레바퀴가 왼편으로 기울었다. 황가에서 엄격한 훈련을 받은 말 열여덟 필이 즉각 바퀴를 바로 세우기 위해 힘을 썼다. 그러다가 갑자기 정중앙에 있던 말이 길게 울부짖더니 휘청하면서 그대로 바닥에 주저앉았다. 한 마리가 고꾸라지면서 주변에 있던 말들도 함께 넘어뜨리고 말았다. 차체에 연결된 금사 밧줄이 위태롭게 요동치는 와중에 수레가 급격히 왼쪽으로 기울어졌다. 미처 대비할 새도 없이 들이닥친 횡액이었다.

맹부요는 널따란 수레 안에서 이리 구르고 저리 구르느라 머리가 빙빙 돌 지경이었다. 그렇다고 여기서 무공을 내보일 수도 없었다. 정신이 하나도 없는 판국에 그나마 사방으로 데굴데굴 굴러다니는 쥐 새끼를 가까스로 붙잡아 품에 밀어 넣은 게 천만다행이었다.

"황후마마를 보호하라!"

각을 맞춰 장엄하게 전진하던 행렬이 삽시간에 쑥대밭으로 변했다. 놀란 백성들이 비명을 질러 댔다. 주변 사람들이 모두 쓰러지고 있는 수레를 향해 다급하게 몰려들었다.

하지만 문제가 있었다. 어가 앞쪽과 옆쪽을 빙 둘러 의장대가 에워싸고 있었던 것이다.

와과[13], 용봉기龍鳳旗, 봉선[14], 비단 일산日傘을 세워 든 태감들과 금절[15], 향로, 향합, 의례용 병과 사발을 받쳐 든 궁녀들은

---

13 臥瓜. 꼭대기가 참외 모양으로 생긴 장대.

14 鳳扇. 긴 자루가 달린 부채로 봉황 도안이 들어간다.

15 金節. 깃대에 천을 두른 의장의 일종.

손에 있는 물건을 함부로 내팽개칠 처지가 못 되거니와 육중한 수레를 떠받칠 기력 자체도 없었다. 행렬 앞쪽에서 말 머리를 돌려 달려오려는 섭정왕에게 이들은 걸리적거리기만 했다.

이때 어가 지붕 위에 씌워진 황금색 봉황 문양 일산이 무게를 견디지 못하고 휘청거리다가 금방이라도 땅바닥에 처박힐 기세로 기우뚱 고개를 숙였다.

"황후마마를 보호하라!"

연주황색 그림자가 허공을 갈랐다. 인파를 뚫는 걸 포기한 섭정왕이 급기야 말을 버리고 몸을 날린 것이었다. 그는 유성처럼 어가를 향해 직선으로 쏘아져 나갔다. 하지만 이미 한발 늦었다는 것을 절감하고 있었다.

순간 검은 그림자가 공중을 스치는가 싶더니, 새빨간 불꽃을 품은 암흑이 짧고도 간결한 반원을 그리며 어가 옆으로 접근했다. 검은 그림자는 당황해 제정신이 아닌 태감의 손에서 자루가 기다란 치미선[16]을 빼앗아 손잡이가 위를 향하도록 돌려서 번개같이 수레 밑에 끼워 넣었다. 쓰러지기 직전의 수레가 즉각 멈춰 섰다. 가느다란 나무 막대에 아슬아슬하게 기댄 모습이었지만.

민첩한 동작, 능란한 힘 조절, 예리한 눈치…… . 모든 요소가 완벽했다. 주변에 있던 백성들은 비록 무공의 'ㅁ' 자도 몰랐지만, 그 깔끔하고도 용감무쌍한 활약상에 일제히 환호성을 내질

---

16 雉尾扇. 꿩의 깃털로 만든 부채.

렀다. 그러나 고작 나무로 만들어진 부채 따위가 황금이며 옥석을 주렁주렁 두른 어가의 무게를 무슨 수로 견뎌 내겠는가? 부채 손잡이가 '우두둑' 소리를 내며 부러질 판이었다.

검은 옷의 사내가 팔을 뻗어 수레를 맨손으로 떠받쳤다. 지켜보던 이들은 일제히 '헉' 하고 숨을 들이켰다. 무시무시한 괴력에 놀라 얼음이 되어 버린 사람들이 수두룩했다.

준수한 이목구비에 흑단 같은 머리카락을 가진 검은 옷의 사내가 비스듬히 고개를 숙였다. 사내가 서 있는 위치가 창문 바로 앞이었던 덕에 주변 사람들에게는 창문 안이 전혀 보이지 않았다. 창문은 수레가 기울 때의 충격으로 쩍쩍 갈라진 상태였다. 금빛 가리개도 조금 전 사내의 손에 뜯겨 나간 뒤였다.

수레 안에는 화려한 차림새의 여인이 바닥에 엎드리다시피 한 자세로 널브러져 있었다. 사내를 발견한 여인이 당혹한 표정으로 눈을 커다랗게 부릅떴다.

얼굴도, 눈빛도, 낯선 모습을 하고 있었음에도 전북야는 확신에 찬 미소를 지으며 여인을 향해 손을 뻗었다. 부축을 위한 동작 같았으나 다음 순간 그의 손끝이 향한 곳은 여인의 얼굴이었다.

"무엄하다!"

분개한 여인이 날카롭게 소리쳤다. 전북야는 그 냉랭하고도 오만한 목소리에 일순 움찔했지만, 가면을 벗기려는 시도를 멈추지는 않았다.

돌연 여인이 고개를 숙여 전북야의 손가락에 뾰족한 이를 박아 넣었다. 무는 힘이 꽤 매서웠던지라 손가락에는 곧바로 깊은 상처가 나고 피가 흐르기 시작했다.

"한낱 무뢰한 따위가 감히 본 궁을 능멸하려느냐?"

노기 어린 외침을 쏘아 낸 후, 여인은 입 안에 남은 핏물을 '퉤' 하고 뱉었다.

거만한 말투, 상대를 우습게 보는 자세. 여인의 음성은 경박과 허영이라는 단어를 떠올리게 하면서도 한편으로는 고귀하고 차가운 느낌을 줬다. 여인을 응시하는 전북야의 눈빛이 싸늘하게 식어 갔다. 그가 천천히 손을 거둬들였다.

정녕 부요가 아니란 말인가?

저토록 허영에 찬 눈빛, 저토록 날이 선 말투, 저토록 매몰찬 목소리, 저토록 낯선…… 표정. 맹부요가 연기의 달인이기는 해도 그를 바라볼 때의 눈빛만은 시종일관 밝고, 솔직하고, 따스했었다. 그런데 지금 저 눈빛은…… 너무나도 생소했다.

두 사람이 일시적인 대치 상태에 빠진 그때, 한발 늦게 당도한 헌원성이 기울어진 수레 아래쪽을 비집고 들어왔다. 전북야는 그 즉시 손을 소맷자락 속으로 감췄다. 그런 그를 힐끔 훑어본 헌원성은 이내 인파 사이를 뚫고 허겁지겁 등장한 관복 차림의 인물에게로 눈을 옮겼다. 금일 주변국 귀빈을 마중 나갔던 예부 관원이었다.

수레를 붙잡고 있는 사내의 신분을 단박에 유추해 낸 헌원성이 허리를 살짝 숙이며 말했다.

"황후마마를 위해 두 팔 걷어붙이고 나서 주신 분이 대한의 황제 폐하이셨을 줄이야, 황송하고 감사할 따름입니다."

전북야도 가볍게 알은체를 했지만, 대단히 고상한 모양새를 한 섭정왕이 영 눈에 거슬렸다. 길게 말을 섞고 싶은 마음이 없어 그는 무성의한 한마디로 대답을 때웠다.

"천만의 말씀을, 대단한 일도 아니오."

전북야는 다시 수레 안의 여인에게로 눈을 돌렸다. 여인의 오만한 눈은 여전히 분노에 차 있었다.

안색이 어둡게 가라앉은 전북야가 곧 어가 옆에서 물러났다. 하지만 그냥 물러나기만 한 게 아니라 수레를 떠받치고 있던 부채를 뽑아 버렸다. 실로 악의적인 행동이라 아니할 수가 없었다.

어안이 벙벙한 얼굴의 태감에게 엉망으로 뒤틀리고 휘어진 부채를 덥석 쥐여 준 그가 말했다.

"잘 들고 있어라! 하나라도 빠지면 황후를 위한 의장에 오점이 남지 않겠느냐."

저걸 훌떡 빼 갈 줄 누가 상상이나 했을까. 아슬아슬하게 기울어져 있던 수레는 버팀목을 잃는 즉시 우당탕 옆으로 넘어갔다. 맹부요는 또 한 번 천장을 향해 둥실 떠오르는 과정에서 수레 벽면에 머리통을 과격하게 처박았고, 정신이 가물가물 희뜩거리는 와중에 속으로 쌍욕을 갈겼다.

'전북야, 너 이 XX를 XX해 버릴 놈아!'

오늘따라 유독 재수에 옴이 붙은 어가가 결국 불운을 피하지 못하고 흙바닥에 내리꽂히는 중이었다. 헌원성이 우렁찬 기합을 내지르며 팔을 뻗더니 금강석으로 만들어진 양 단단한 다섯 손가락으로 수레를 턱 붙들었다.

"하압!"

소리와 함께 힘을 쓰자 육중한 수레가 느릿느릿 들려 올라가기 시작했다. 백성들 사이에서 또다시 경악과 환호가 섞인 소리가 터져 나왔다. 이번에는 아까보다 반응이 한층 격했으니, 같은 헌원국 사람으로서 섭정왕이 나라 체면을 세워 줬다고 생각해서였다.

이때 뒤를 돌아보며 눈을 번뜩 빛낸 전북야가 돌연 호탕하게 웃어 젖혔다.

"무공이 대단하시구려! 감탄했소이다!"

그러고는 팔을 뻗어 섭정왕의 어깨를 힘 있게 두드렸다.

"언젠가 기회가 되거든 가르침을 청해야겠소!"

전북야의 손이 닿는 찰나, 헌원성은 온몸을 움찔 굳혔다. 어깨를 통해 무언가 뜨거운 기운이 흘러들어 오더니 그가 끌어올렸던 진력 대부분을 순식간에 흩어 버린 것이다.

타고난 괴력의 소유자는 아닌 헌원성이 순간적으로 폭발적인 힘을 발휘할 수 있었던 건 웅혼한 진력 덕분이었다. 그런데 하필 전력을 끌어올린 그 시점에 전북야가 교묘하게 어깨를 때렸고, 그 결과 손에서 힘이 쭉 빠져 버리고 말았다. 이 상황에서 입을 열었다가는 진기가 바람 빠지듯 전부 새어 나갈 판이었다. 그렇다고 대한 황제가 말을 걸었는데 그냥 무시할 수도 없었다. 결국 그는 쓰디쓴 웃음을 지으며 대꾸를 내놨다.

"과분한 말씀이십니다……."

콰앙!

비운의 어가와 그 안에 탄 비운의 맹부요는 수차례 아슬아슬하게 반복된 위기 끝에, 종국에는 심보 고약한 어느 인사의 희생양이 되어 땅바닥과 친밀한 접촉을 나누고야 말았다.

전하는 말에 따르면, 후대의 역사학자들은 헌원국 정변의 발단을 국혼일에 대로변에서 벌어진 이 불길한 사건에서 찾았다고 한다. 경사스러운 날에 어가는 거꾸러지고 황후마마 면상은 곤죽이 났으니, 그게 나라에 부정이 탔다는 의미가 아니면 무엇이겠냐면서.

물론 현실은 본인 성질머리를 이기지 못한 한 사내의 행패에 불과했지만…….

어찌 됐든 우르르 몰려온 시위들이 힘을 합쳐 가까스로 일으켜 세운 어가는 다시금 덜컹덜컹 굴러가기 시작했다. 그 안에 웅크려 앉은 맹부요 대왕은 납작하게 눌린 원보 대인을 앞에 놓고 이를 부득부득 갈았다.

"세상에 쥐 새끼만큼 골치 아픈 게 있다면 바로 성질 더러운 황제 놈이렷다……."

의장 행렬은 큰길 끄트머리에 이르러 느닷없이 방향을 틀었다. 본래는 장안문 근처 큰길 두 구간을 더 돈 뒤 흠성문을 통과할 계획이었으나, 조금 전 변고를 겪은 맹부요가 노선을 바꿔 최대한 빨리 궐에 들라는 지시를 내린 것이다. 전북야가 또 무슨 짓을 벌일지 모르니 서둘러 혼례를 마쳐야 한다는 게 그녀의 생각이었다.

헌원성 쪽도 전북야와의 일로 신경이 날카로워져 있기는 마찬가지였다. 대한 황제는 듣던 대로 괴팍하고 우악스러운 작자였다. 현재 헌원국은 내부 사정만도 복잡한 상황이었다. 밖으로 병력을 내돌릴 여유가 없는 지금은 마찰의 여지를 사전에 차단하는 게 최선이었다.

하여, 헌원성은 맹부요의 의견에 흔쾌히 동의했을 뿐 아니라, 한발 더 나아가 원래는 각국 귀빈들을 책립식에 참석시키려 했던 계획을 수정했다. 자체적으로 의식을 마친 뒤 승명전에 따로 연회석을 마련해 그곳에서 귀빈들을 접대하고, 황제와 황후의 합방은 연회가 끝난 후 치르기로 했다.

급작스러운 계획 변경이 예부를 발칵 뒤집어 놓은 그때, 전북야는 큰길 한가운데에 말을 멈춰 세우고서 멀어져 가는 행렬 끄트머리를 조용히 바라보고 있었다. 그의 가슴속 의혹의 잔재는 여전히 지워지지 않은 채였다.

사실 헌원국 황후와 맹부요가 동일 인물이라는 추측은 순전히 그와 기우의 직감에서 비롯된 것이지, 애초에 이렇다 할 증거 같은 건 존재하지 않았다.

이제 어찌해야 하는가. 책립식을 보러 가? 아니면 성안을 돌아다니면서 정보를 좀 더 캐 봐?

이때 꼬맹이 하나가 말 옆을 지나가면서 손에 든 과일 꼬치를 '앙' 하고 깨물었다. 과일 꼬치에 또렷하게 남은 잇자국을 본 전북야는 정신이 번쩍 들어 황급히 자기 손가락을 살폈다. 손가락에는 앞니 세 개가 박혔던 자국이 깊게 새겨져 있었다. 양쪽 두 개에 비해 가운데 잇자국은 다소 희미한 모습.

우렁찬 웃음소리가 터져 나와 대로변을 쩌렁쩌렁하게 울렸다. 급작스럽게 큰 소리가 나자 깜짝 놀란 사람들이 그를 힐끔거렸다. 아까 그 꼬마는 소스라쳐서 과일 꼬치를 흙바닥에 떨어뜨리고는 울음을 터뜨린 참이었다.

전북야가 아이에게 묵직한 금화를 던져 주며 껄껄 웃었다.

"고맙구나, 정말 고마워! 보답으로 10년 치 과일 꼬치를 사주마!"

그가 검은 장포를 휘날리며 말을 달리자 흑풍기가 먹구름처럼 뒤를 따라붙었다. 거리에 남겨진 건 예부 사관이 허우적허우적 말 꽁무니를 쫓아가며 내지르는 외침뿐이었다.

"폐하, 책립식 참관은 취소입니다! 일단 역궁驛宮으로 가셔야 하는데……."

우연찮은 계기로 의치를 확인한 전북야가 궁문을 향해 질주하는 그때, 빠른 노선을 택한 맹부요는 벌써 흠성궁에 당도한 뒤였다.

흠성궁 앞에는 황후가 금병을 안고 넘어야 할 화로가 준비되어 있었다. 사례감이 큰 소리로 의장 행렬의 접근을 알리자 조용히 대기 중이던 문무백관이 일사불란하게 무릎을 꿇었다. 그와 동시에 두 명의 궁녀가 앞으로 나섰으니, 하나는 맹부요에게서 여의와 사과를 넘겨받는 역할이요, 다른 하나는 '귀하고 연약하신' 황후마마가 수레에서 내리는 걸 돕는 역할이었다.

그러나 가리개를 손수 젖히고 나온 황후마마께서는 궁녀가 내민 손을 거들떠보지도 않고서 용맹하게, 민첩하게, 시원한 보폭으로 수레에서 내리더니 여의와 사과를 기다리던 궁녀에게는 정체불명의 물건 한 뭉치를 척 쥐어 줬다. 손을 펴 본 궁녀가 발견한 것은 씨만 남은 사과와 산산이 조각난 옥석 잔해였다. 궁녀의 등줄기에 식은땀이 흘렀다.

불이 활활 타오르는 화로 양쪽에도 궁녀들이 황후마마를 부축해 드리기 위해 대기 중이었다. 하지만 건네받은 금병을 겨드랑이 밑에 끼운 맹부요는 치맛자락을 홀랑 추켜잡고서 화로 위를 성큼 지나 버렸다. 그러다가 궁녀 하나를 어깨로 쳐 넘어뜨릴 뻔하기까지 했다. 궁녀의 등줄기가 식은땀으로 흠뻑 젖었다.

맹부요의 머릿속에는 오로지 혼례를 후딱 해치워야 한다는 생각뿐이었다.

전북야, 그 정신 나간 작자가 쫓아와서 또 무슨 짓을 할지 모르는데 지금 꾸물거릴 시간이 어디 있나!

다행히 섭정왕은 봉영례가 마무리되자마자 타국 귀빈들을 챙기러 갔다. 지금 의식을 주관하는 인물은 예부상서였다. 나머지 문무백관은 바닥에 엎드려 머리를 숙이고 있었다. 예식 진행을 맡은 태감과 궁녀 몇몇을 제외하고는 그 누구도 황후마마의 거침없는 행보를 눈치채지 못했다.

전북야는 궁성 성문 앞에 서 있었다. 궐 안에서는 섭정왕이 지시한 변동 사항이 빠르게 전달되고 있었으나, 문지기 시위들은 아직 어떠한 전갈도 받지 못한 상황이었다. 그래서 시위는 황후 책립식에 참석하러 왔음이 분명한 대한국 황제를 공손히 문안으로 맞아들였다.

황궁 내에서 말을 달리는 것은 금기였으나 전북야는 아랑곳하지 않고 금사 섞인 채찍을 내리쳤다. 준마가 바람처럼 앞으로 달려 나가자 성문을 지키던 시위와 마중을 나왔던 태감이 허둥지둥 뒤를 쫓으며 소리쳤다.

"폐하, 황후 책립식이 거행 중인 궁 안에서 말을 달리시는 것은……."

"짐은 한평생 황궁 안을 두 발로 걸어 본 적이 없느니라. 어느 나라 황궁이든 마찬가지다!"

전북야는 뒤도 돌아보지 않고 광란의 질주를 이어 갔다. 시위의 이마에 식은땀이 송골송골 맺혔다.

그때 맹부요는 천이백 칸에 달하는 한백옥 층계를 눈앞에 두고 있었다. 눈부신 태양 아래, 천상으로 이어진 다리인 양 빛나는 계단이 상징하는 것은 하늘처럼 드높은 황가의 존엄이었다. 어머니의 자애로움으로 만백성을 품어야 할, 존귀한 황후로서 이 기나긴 길을 걷는 것은 지극히 영광된 일이었다. 그렇기에 긍지에 젖어 차분하고 기품 있게 걸음을 옮김이 응당할 것이요, 한 발자국을 내디딜 때마다 잠깐씩 멈춰 서는 것이 법도였다.

그러나 맹부요는 통상 한 시진이 걸리는 '등계登階' 의식을 거의 축지법에 가까운 속도로 소화해 내며 반 각 만에 끝장을 봐 버렸다.

전북야가 악기 소리를 따라 흠성궁 앞에 당도했을 즈음, 막

계단 꼭대기에 올라선 맹부요는 거대한 전각 안으로 걸어 들어가고 있었다. 고개를 쭉 뺀 문무백관의 눈길이 모두 전각 입구에 집중된 것을 보고 전북야 역시 그들을 따라 고개를 돌렸다. 그러나 때는 이미 늦어 버린 뒤였다. 저 높은 곳에 어렴풋이 보이는 맹부요의 가녀린 뒷모습은 이미 사라지는 중이었다.

다음 순간, 급히 말에서 뛰어내린 전북야를 부르는 목소리가 있었다.

"폐하."

흠성궁 궁문 밖에 도열해 있던 의장 행렬 중 수레 한 대의 가리개가 쓱 걷혀 올라가더니 어여쁜 여인이 모습을 드러냈다. 하지만 피가 바짝바짝 말라 가는 전북야에게 낯선 여인과 말을 섞을 마음의 여유 따위가 어디 있겠는가? 상대가 어떻게 자신의 신분을 알고 있는지는 의아했으나 지금은 부요에게 가는 게 먼저였다.

"지금 저길 뛰어 들어가시면 그녀가 이루려는 대사를 그르치게 됩니다."

"음?"

걸음을 옮기려던 전북야가 마침내 뒤를 돌아봤다.

"부요가 또 뭔가 쓸데없는 일에 끼어든 것인가?"

여인의 정체는 두말할 것도 없이 암매였다. 전북야를 빤히 응시하던 암매가 잠시 후 입을 열었다.

"폐하를 도왔던 때와 같은 일일 테지요."

짙은 눈썹을 찌푸린 전북야가 차갑게 물었다.

"너는 누구지?"

"제가 누구인지는 중요하지 않습니다. 그걸 물으시기보다는 본인에게 먼저 질문을 하시지요. 정녕 이렇게 강압적으로 나가셔야겠는지."

암매가 복잡한 눈으로 계단 꼭대기를 올려다봤다.

"어디로 튈지 모르는 미인의 마음을 잡는 일이 어찌 쉽겠습니까. 그녀는 폐하께서 앞을 막아서고 붙들어 두려 할수록 분노하고 괴로워할 여인입니다. 저도 드리고 싶지 않은 말이었으나 어렵게 입을 연 것이니 부디 흘려듣지 말아 주십시오."

"막지 않으면, 다른 놈의 황후가 되는 걸 보고만 있으라는 게냐?"

전북야가 코웃음을 쳤다.

"어차피 허울에 지나지 않습니다. 금책과 인장은 다른 사람 이름일 것이요, 황가의 혼례에서는 천지신명께 부부가 되었음을 고하는 절조차 올리지 않습니다. 초야는 대신 치러 줄 이를 준비시켜 놓았으니, 그녀가 원치 않는다면 신방에 들 필요도 없습니다."

"그래서 뭐?"

팔짱을 끼고서 이야기를 듣는 동안 눈빛이 점점 어두워지던 전북야가 싸늘하게 말했다.

"잘 들거라. 설령 전부 가짜라고 해도 부요가 다른 사내와 부부랍시고 나란히 서 있는 꼴은 못 보느니라! 맹부요는 짐의 황후가 될 여자니까!"

소매를 떨치며 돌아선 전북야는 암매에게 더 이상 눈길을 주지 않고 저벅저벅 걸음을 옮겼다.

그의 단호한 뒷모습을 지켜보는 사이 암매의 눈 안에서는 물결이 일렁였다. 그리고 잠시 후, 수레 벽면에 몸을 기댄 암매가 중얼거렸다.

"그래, 정 가고 싶다면 가라지. 나 또한 가끔은 그만두게 하고 싶을 때가 있으니……."

맹부요는 향안 앞에 서 있었다. 이제 예부상서가 조서를 낭독할 차례였다.

이 단계에서 낭독되는 조서는 출생부터 혼인 시점에 이르기까지 황후의 지난 삶 전체를 찬양하는 내용으로 채워지는 게 관례였다. 수천 자에 달하는 미사여구를 늙다리 예부상서가 제 흥에 취해 한 자 한 자 음미하며 읽어 내려가다 보면 완독에 한 시진 가량이 소요되는 건 예삿일이었다.

그런데 예부상서 늙은이가 막 운을 떼자마자 맹부요가 손에 쥐고 있던 무언가를 톡 튕겨 보내지 않았겠는가. 선뜩한 물체가 입을 통해 들어와 꿀꺽 목구멍으로 넘어가는 걸 느낀 늙은이는 순간 당혹해서 입을 쩍 벌렸다가, 누군가 귓가에 속삭이는 소리를 들었다.

— 빨랑빨랑 읽으시지. 딱 반 각 주겠다! 그 안에 못 끝내면

뱃가죽 속 천산독빙잠天山毒氷蠶한테 심장부터 폐까지 깡그리 갉아 먹히게 될 테니 서둘러!

맹부요 대왕의 활약에 힘입어 헌원국 문무백관은 황후 책립식에서 역대급 조서 낭독 속도를 체험해 보는 행운을 누렸다.

"이 자리에서 장녕부의 우문 씨를…… 육궁의 주인으로 삼노라. 이상!"

상기 스물다섯 자를 제외한 나머지 단어는 워낙 초고속으로 혓바닥 위를 굴러 사라져 버린지라 무슨 소리인지 알아들은 이가 없었다. 맹부요는 속으로 진심 어린 존경을 표했다. 예부상서가 현대로 넘어간다면 아마 힙합계를 누비는 별이 되리라.

그녀는 조서 낭독을 끝낸 예부상서에게 다시 한번 전음을 날렸다.

— 도장, 빨리!

☙

전북야는 궁문 앞에서 시위통령에게 출입을 저지당한 참이었다.

"현재 황후 책립식을 거행 중입니다. 돌아가 주십시오!"

"그걸 보러 왔느니라!"

전북야의 진한 눈썹이 꿈틀 곤두섰다.

"분명 책립식에 참석해 달라며 짐에게 초청장을 보내지 않았더냐!"

입장이 난처해진 시위통령이 식은땀을 훔치며 말했다.

"조금 전에 일정이 바뀌었습니다. 참관은 취소되었으니 일단 역궁에 가 계시면 섭정왕께서 직접 사과를 드릴……."

"여기까지 온 사람을 그냥 돌려보내겠다니, 헌원국에서는 이웃 나라 황제를 이런 식으로 대접하는가 보지?"

눈썹을 비스듬히 치켜세운 전북야가 절대적인 위압감을 풍기며 상대방을 위아래로 훑어봤다.

"우리 대한이 신생국이라고 헌원 땅에서 말 타고 다니는 꼴은 못 봐 주겠다는 건가."

당황한 시위통령이 뒷걸음질을 치면서 연신 허리를 굽신거렸다.

"아닙니다! 제가 어찌 감히……."

한낱 시위통령 신분으로 두 나라 사이에 전쟁을 일으킬 수는 없는 노릇 아닌가.

"그럼 비켜라!"

전북야가 상대를 밀어제쳤다.

"짐은 한번 하기로 마음먹은 일은 절대로 번복하지 않는다!"

궐 안까지 따라온 흑풍기 병사 둘을 대동한 그가 궁문 안으로 저벅저벅 걸어 들어가기 시작했다. 계단 아래에 무릎을 꿇고 앉아 있던 문무백관이 질겁한 표정으로 뒤를 돌아봤다. 개중에는 침입자를 저지하겠다고 달려드는 자도 있었다. 하지만 가까이 접근하기도 전에 전북야가 뿜어내는 진기에 밀려 보기 좋게 나동그라졌다.

— 대한 황제께서는 해도 너무하시는 것이 아닙니까!

날 선 으르렁거림이 허공을 가르고 날아들었다. 그러나 전북야는 일순 멈칫한 게 고작, 아무것도 못 들은 셈 치고 계단을 마저 올랐다.

"멈추십시오!"

이번에는 목소리와 목소리의 주인이 함께 들이닥쳤으니, 연주황색 형체가 새처럼 날아들어 전북야 앞을 가로막았다.

전북야가 천천히 고개를 들어 헌원성을 노려봤다.

"폐하, 헌원에서 황후 책립식이 거행되는 것은 10여 년 만의 일입니다. 그 존엄한 현장은 누구도 어지럽힐 수 없는바, 행동에 신중을 기해 주십시오!"

상대를 쏘아보던 전북야가 돌연 웃음을 흘렸다.

"귀국 황후의 함자가 우문자 맞소?"

그리 큰 성량이 아님에도 전북야의 목소리는 전각 안팎 구석구석까지 전달됐다.

"짐의 기억이 정확하다면, 7년 전 갈아사막에서 마라족 기병대와 전투를 치를 때였소. 첩자의 농간에 당해 놈들에게 패하고 부상당한 몸으로 귀국 북방 장녕부에 위치한 장라산長羅山까지 흘러 들어갔었지. 그 최악의 상황을 무사히 넘길 수 있었던 건 산사에 들렀다가 우연히 짐을 발견한 어느 권문세가 출신 소저의 덕이었소. 그때 받은 보살핌에는 지금껏 줄곧 감사한 마음이었으나 당시 그녀는 이름을 밝히지 않았고, 짐은 생명의 은인을 백방으로 찾아 헤맨 끝에 최근에야 비로소 그 신분을 알아냈으니……."

전북야가 계단 꼭대기를 가리켰다.

"바로 오늘의 황후, 우문 씨였던 것이오!"

헌원성이 흠칫하는 걸 슬쩍 쳐다본 전북야가 목소리를 높였다.

"당초 예정과 달리 귀빈들을 안에 들여보내지 않기로 했다는 것은 알겠소. 하지만 오로지 황후를 만나기 위해 천 리 길도 마다하지 않고 달려온 짐까지 막아서야겠소? 은인의 일생에서 가장 빛나는 순간을 곁에서 함께하고 싶다는 짐에게 그 정도 아량도 베풀어 줄 수 없느냐는 말이오!"

그의 말이 이어졌다.

"예와 덕을 중히 여기는 군자의 나라라면서 은혜를 갚겠다는 일념으로 먼 길을 달려온 타국 황제를 이런 식으로 대하겠다는 거요?"

쩌렁쩌렁한 음성이 드넓은 광장과 전각 상공을 맴돌았다. 감히 토를 다는 이는 아무도 없었다.

전북야가 명분을 선점해 버리고 나자 의식 거행에 임박해 돌연 참관을 취소한 헌원성 쪽은 뭐라 내놓을 말이 없는 처지에 몰리고 말았다. 전각 안에서 그 소리를 다 듣고 있던 맹부요는 대번에 낯빛이 시커멓게 죽었다.

빌어먹을, 그냥 미친놈인 줄로만 알았지 저렇게 음흉한 구석이 있었을 줄이야.

고개를 든 그녀가 밖에서 난 사달에 얼음이 된 예부상서를 노려보며 으름장을 놨다.

"얼른 가서 용정에 있는 인장 꺼내 오래도!"

호랑이 같은 윗분들 사이에 끼어 영혼이 탈탈 털린 지 오래
인 예부상서 노인네는 멍하니 있다가.

"예에……."

하고는 걸음을 옮겼다. 그 걸음이 어찌나 비틀비틀 느려 터
졌는지 맹부요는 당장 궁둥이를 걷어차서 용정 앞까지 날려 보
내고 싶은 충동을 애써 억눌렀다.

전각 아래 계단에서는 전북야의 힐문으로 인해 궁지에 몰린
헌원성이 진땀을 빼고 있었다.

다른 것도 아니고 은혜를 갚고자 왔다는 사람을 이 자리에서
기어코 끌어낸다면 온 천하가 보는 앞에서 대한의 국격을 짓밟
는 모양새가 될 터였다. 하물며 거친 싸움꾼으로 소문난 상대
는 미리 국경 부근에 병력을 소집해 두기까지 한 상태였다. 성
질 건드리면 확 뭉개 버리겠다는 뜻이 아니면 뭐겠는가.

대한 황제는 본래가 천하에 이름난 명장으로, 고작 반년 만
에 기존의 천살국을 싹 밀어 버리고 그 땅에 새 나라를 세운 사
내였다. 당시 온 세상을 놀라게 했던 그 파죽지세의 진격 속도
를 생각하면 저자는 현재 헌원국이 감당할 수 있는 적수가 절
대 아니었다.

그렇다고 순순히 들여보내자니, 저 오만방자한 인사가 안에
서 무슨 무례한 짓을 벌일 줄 알고!

헌원성은 미간을 찌푸렸다.

역시 날을 잘못 잡은 것인가.

이번 황후 책립식은 두고두고 주변국의 웃음거리가 될 운명이었다. 고심 끝에 그는 결국 한숨을 뱉으며 약간 옆으로 비켜섰다. 하지만 길을 완전히 터 주기 전에 한마디 하는 것을 잊지 않았다.

"정 그러시다면야 제가 폐하를 모시고 함께 들어가겠습니다."

눈썹을 치키며 씩 웃은 전북야는 그 즉시 헌원성을 제치고 앞장서서 옷자락을 휘날리며 전각 안으로 향했다. 저런 막무가내를 헌원성이 어디 가서 구경이나 해 봤으랴마는, 조용히 뒤를 따르는 것 말고 그가 달리 할 수 있는 일은 없었다.

그사이 예부상서가 가지러 갔던 인장은 마침내 맹부요의 눈앞에 와 있었다. 이제 인장만 넘겨받으면 책립식은 완료였다.

맹부요가 냉큼 팔을 뻗으며 말했다.

"이리 내!"

"잠깐!"

벽력과도 같은 외침이 실내를 뒤흔들었다. 남들은 귀가 먹먹해 정신을 못 차릴 고함이었다. 하지만 맹부요는 그 와중에도 인장을 낚아챌 생각뿐이었다.

"그때 내 검을 그대에게 주었던 것을 기억하오?"

전북야가 돌연 낮게 가라앉은 목소리로 내뱉은 말에 맹부요가 멈칫 굳었다.

"그대가 받아 줄 날을 오랫동안 기다려 왔소."

하늘이 맺어 준 한 쌍

장내가 발칵 뒤집혔다.

정……, 정……, 정녕…… 황후를 빼앗으러 온 것이란 말인가…….

콰당!

심장 떨리는 풍파의 연속을 감당하지 못한 예부상서 노인네가 혼절하는 소리였다. 얼굴색이 급변한 헌원성이 일갈했다.

"폐하, 이건 도가 지나치지 않습니까!"

팔짱을 낀 채로 서 있던 전북야는 주변에서 일어난 난리를 피식 웃어넘겼다. 자신을 성토하는 목소리로 실내가 온통 아수라장이 되든 말든, 그의 활활 타오르는 눈은 오직 맹부요만을 응시하고 있었다.

질겁한 신료들의 눈길이 전북야를 떠나 옥좌 위의 헌원민에게로 향했다. 아무 말 없이 교태롭게 웃고만 있는 헌원민을 확인한 그들은 이어서 사태의 핵심, 두 황제가 서로 못 가져서 안달인 맹부요 대왕에게로 눈을 돌렸다.

무수한 호기심, 의문, 충격, 불안의 눈길 속에서 그녀의 가녀린 뒷모습은 미동도 없이 원래 자리를 지키고 있었다. 그녀가 인장을 향해 뻗었던 손은 허공에 멈춘 채였다. 좌중의 눈과 연결된 무형의 실들을 팽팽히 그러쥐고 있는 듯한, 그 가늘고 우아한 손이야말로 이 순간 장내를 지배하고 있는 긴장감의 중심이었다.

잠시 후 느릿느릿 아래로 향한 섬섬옥수가 인장을 거머쥐는 대신 탁자 위를 짚었다. 그 모습에 전북야는 눈을 빛냈고, 문무백관은 사색이 됐으며, 헌원성은 표정을 굳혔고, 헌원민은 갑자기 소매로 입가를 가리고서 쿨럭거리기 시작했다. 각양각색의 반응이 쏟아지는 가운데, 마침내 사뿐하게 돌아선 맹부요가 생긋 눈웃음을 치며 말했다.

"그때 그분이 바로 폐하셨군요. 그런데 어쩌죠, 무공 수련에는 정말 관심이 없는데……."

어, 음……?

벙찐 좌중은 말뜻을 재깍 알아듣지 못했지만, 전북야의 눈에는 순간 이채가 돌았다. 그의 귓가에 가시 돋친 속삭임이 들려왔다.

— 적당히 하죠? 순순히 말 안 맞춰 봐요, 평생 나랑 원수지고 살아야 될 거니까!

온화한 표정과 달리 눈에는 독기가 바짝 오른 맹부요를 쳐다보며, 전북야가 표정 변화 없이 전음을 보냈다.

— 지난 일은 깨끗이 없던 셈 쳐 주는 건가?

맹부요가 눈에서 칼을 파바밧 내쏘며 대꾸했다.

— 알았어요.

그러자 새카만 눈동자를 굴리던 전북야가 시원스럽게 웃음을 터뜨렸다.

"아아, 그때나 지금이나 황후께서는 여전하시구려."

뒤쪽에 놓여 있던 의자에 가서 세상 느긋한 자세로 앉은 그가 아직 충격에서 헤어나지 못한 문무백관을 향해 태연하게 어깨를 으쓱해 보이며 말했다.

"황후를 다시 보니 문득, 과거 장라산에서의 일이 떠오르질 않겠소. 은혜에 보답할 방도가 없어 난처하던 참에 마침 황후의 골격이 무공을 익히기에 딱 좋아 보이기에 호신용 검법을 가르쳐 주겠다 했었지. 그때는 황후가 검을 건네받는 것조차 거절하는 통에 아쉬움을 안고 돌아설 수밖에 없었소. 하지만 은혜를 입고도 갚지 아니함은 사나이 대장부의 도리가 아닌지라 줄곧 마음의 빚이 남아 있었소. 그러다가 오늘 이렇게 예전 그대로인 황후의 모습을 보니 지난 일이 생생하게 떠오르는 통에 나도 모르게 그만……."

전북야가 웃었다. 거리낌 없이, 아무렇지 않게, 양심의 가책 따위는 조금도 느끼지 않는 양.

"장난이 치고 싶어지더군."

가련한 예부상서는 옆 사람한테 꼬집혀 정신을 차리자마자 전북야의 마지막 한마디를 듣고는 눈을 허옇게 까뒤집으면서 도로 졸도했다. 맹부요는 닭살이 오스스 돋은 팔뚝을 남몰래 문질렀다.

저, 저, 또라이. 징그러운 소리 한번 잘한다. 그나저나 괘씸하게 이 몸을 상대로 잔머리를 굴려?

애초부터 전북야의 목적은 혼례를 망치는 게 아니었다. 지난번 강제 입맞춤 사건도 그렇고 이후에 소칠이 친 사고까지 더해져서 자기한테 단단히 화가 나 있을 것 같으니까, '용서한다.'라는 말이 듣고 싶어서 그렇게나 끈질기게 쫓아다니며 용서 안 해 주고는 못 배길 상황을 만들어 낸 것이다.

고작 그거 한마디 듣자고 남의 나라 국혼에, 저 많은 신료들 심장에, 양국 관계까지 통째로 들었다 놨다 하다니.

아까 지난 잘못은 묻지 않겠다고 했기에 망정이지, 안 그랬으면 전북야는 여기 한복판에서 대놓고 사랑 고백을 하고도 남았을 위인이었다.

체념 섞인 실소를 흘린 맹부요가 눈을 들어 헌원민의 눈치를 살폈다. 층계 위쪽에 앉아 장내 모든 인물의 눈빛을 똑똑히 지켜봤을 헌원민은 누구보다도 차분한 표정이었다. 처음부터 끝까지 입 한 번을 뻥끗 안 하더니 전혀 화가 난 것 같지도, 놀란 것 같지도 않았다.

전북야의 눈이 이성을 잃은 사람의 것이 아님을 곧바로 눈치챈 걸까?

이렇게 되고 보니 제일 억울한 사람은 맹부요 본인이었다. 자꾸 따라붙으니까 이놈의 결혼, 후딱 해치워야겠구나 싶은 위기감에 혼자 발바닥에 땀 나도록 뛰어다니고, 다시 만나면 전북야를 쥐 잡듯이 한번 잡아야지 단단히 벼르고 있었는데 이제 그것도 물 건너가…….

가증스러운 작자 같으니!

눈길을 돌린 맹부요는 꿀꿀함을 단번에 날려 줄 광경을 발견했다. 한쪽에 서서 씩씩거리고 있는 헌원성이 눈에 들어온 것이다. 붉으락푸르락한 얼굴, 부들부들 떨리는 옷소매, 칙칙하게 가라앉은 눈빛…….

하하, 나만 당한 건 아니었구나! 저쪽도 형편이 별로구먼.

맹부요는 헌원성을 보고 싱글싱글 웃으며 다시 생각했다. 좀 막 가는 구석이 있긴 해도 전북야 정도면 사람이 참 괜찮다고. 만약 이 자리에 나타난 게 어느 태자분이셨다면 과연 무슨 사태가 벌어졌을지…….

헌원성은 한참 숨을 고른 끝에 가까스로 분을 가라앉혔다. 어쩌겠는가, 기적적으로 사태가 급반전됐으니 이 기회를 살려야지. 여기서 시비를 걸었다가 또 무슨 사달이 날 줄 알고.

그가 팔을 크게 내저으며 말했다.

"예부시랑께서 마저 진행해 주시오!"

이에 여유롭게 돌아선 맹부요가 발발 떨리는 시랑의 손에서 인장을 받아 들었다. 이어서 옥좌를 향해 절을 올림으로써 황후 책립식은 모두 마무리되었다.

절을 마친 그녀가 사뿐하게 몸을 일으키자 대신들은 일제히 긴 안도의 한숨을 내쉬었다. 일부는 눈물을 쏟을 뻔하기까지 했다. 황후 하나 책립하기가 이렇게 힘들어서야…….

전북야는 맹부요의 뒷모습을 지긋이 바라보며 생각에 빠져 있었다.

저 여인이 대한의 황후가 되기 위해 봉황관을 쓰고 봉포를 입어 줄 날은 언제쯤이나 올지…….

드높은 하늘로 눈을 돌린 대한 황제의 입에서도 긴 한숨이 새어 나왔다.

가야 할 길 아득히도 멀지니, 꽃 같은 임은 구름 너머에나 있는가 하노라![17]

오시에는 흠성궁 전전前殿에서 연회가 열렸다. 각국 귀빈들이 착석하고 나자 한결 간소한 평복으로 갈아입은 황후가 황제와 함께 연회장에 등장했다.

전북야는 치난날의 은혜라는 포석을 미리 깔아 둔 덕에 아주 자연스럽게 황후에게 잔을 권할 수 있었다. 황제와 황후가 여유로운 걸음으로 다가오자 빙긋이 웃으며 황금 술잔을 들어 올

---

17 앞부분은 굴원屈原의 〈이소離騷〉, 뒷부분은 이백의 〈장상사長相思〉에서 따온 문장이다.

린 그는 남들처럼 백년해로하길 바란다느니, 천생연분이라느니 하는 소리 대신 다른 말을 했다.

"앞서 소란을 피운 점은 사과드리겠습니다. 그나저나 아직 생명의 은인에게 감사 인사를 못 드렸는지라 헌원 황제께 양해를 구해야 할 것 같군요. 사과와 감사를 겸해 황후께만 먼저 술 한 잔 올려도 되겠습니까?"

그러자 입가에 미소를 건 헌원민이 옆으로 비켜서면서 흔쾌히 답했다.

"그야 물론입니다. 편히 하시지요."

말을 마친 헌원민은 술잔을 들고서 상연국 충용공 연렬이 앉아 있는 옆자리로 옮겨 갔다.

맹부요는 생긋 웃으며 전북야를 향해 술잔을 들어 올리다가 넓은 옷소매에 얼굴이 가려지는 순간을 노려 한마디를 씹어뱉었다.

"전북야, 작작 좀 하죠?"

한데, 돌아온 대답이란 것이 엉뚱했다.

"그간 얼마나 찾아 헤맸는데!"

순간 흠칫한 맹부요는 그제야 전북야가 몇 달 못 본 사이에 부쩍 핼쑥해졌다는 걸 깨달았다. 눈 밑에는 그늘이 졌고 흰자에는 핏줄이 빽빽했으며 광대뼈도 도드라진 데다가 눈빛은 피로에 절어 있었다.

지난 일을 돌이켜 본 맹부요는 자기가 살짝 너무했다는 결론을 얻었다. 아무리 화가 난 채로 급하게 길을 나서는 상황이었어도 편지 한 통은 남겨 놓을 수 있는 거였는데. 야속한 엇갈림이 겹치고 겹쳐 애꿎은 사람 하나를 잡은 꼴이었다.

길바닥 한복판에서 어가를 쓰러뜨린 것도, 일국의 황제로서 엄청난 위험을 감수하고 타국 황궁에 쳐들어온 것도, 남의 나라 문무백관을 손바닥 위에 올려놓고 농락하는 모험을 한 것도, 그녀가 걱정되어 어떻게든 행방을 알아내고자 했던 게 발단이었을 터였다. 사실 그렇게까지 애쓰지 않았어도 저 초췌한 얼굴을 앞에 두고 화를 내지는 못했으련만.

한숨을 푹 내쉰 그녀는 술잔을 조금 더 높게 들어 보였다. 잔을 들고 마주 서서 도란도란 담소를 나누는 두 사람은 언뜻 지난날을 추억 중인 것처럼 보였지만, 실상 오고 가는 이야기는 전혀 그렇지가 않았다.

전북야가 물었다.

"소칠은 만났나? 널 찾아가라고 했다만."

움찔한 맹부요가 되물었다.

"아뇨, 소칠 혼자요?"

전북야가 짙은 눈썹을 찌푸렸다.

"잘못을 했으면 대가를 치러야지."

소칠이 당초 무슨 생각으로 그런 짓을 저질렀는지 설명을 듣고 난 맹부요가 인상을 쓰면서 전북야를 타박했다.

"어린애한테 꼭 그렇게까지 해야 직성이 풀려요? 무슨 일이라도 생겼으면 어떡하냐고요, 아오!"

장소가 장소인지라 둘은 술잔을 들어 올리는 사이에 간단한 현황 보고 정도만 빠르게 교환했다. 줄곧 무표정을 유지하던 전북야가 도중에 딱 한 번 미간을 구긴 건 암매 이야기가 나왔을 때였다. 대화 말미에 이르러 전북야가 말했다.

"사람 하나 빼내자고 굳이 가짜 황후까지 할 필요가 있나? 꼭 그렇게……. 하아!"

맹부요 대왕의 표정을 보고서 말을 중간에 삼킨 그가 화제를 돌렸다.

"헌원민 편에 서서 헌원성을 거꾸러뜨리는 건 결국 남 좋은 일 시켜 주는 꼴밖에 안 될 공산이 커. 종월에게는 반가운 상황이 아닐 수 있다고."

"내가 설마 그 꼴이 나게 두겠어요?"

맹부요가 코웃음을 쳤다.

"두고 보라고요!"

곧이어 '쨍' 소리가 나게 잔을 맞부딪친 둘은 각자 반대 방향으로 비켜섰다. 다시 귀빈 접대를 이어 가기 시작한 맹부요가 연렬 앞에 이르러 웃으며 말을 붙였다.

"상연 연씨 가문이야 온 천하에 명성이 자자하지요. 특히 그댁 영식은 약관의 나이에 벌써 현원종 장문인 자리에 올랐다지요? 구석진 북부 변경 지역이 고향인 본 궁도 영식의 활약상은 일찍부터 들어 보았답니다."

일순 눈빛이 어두워진 연렬이 허리를 살짝 굽혔다.

"하찮은 이름이 황후마마의 귀에까지 들어갔다니, 황송할 따름입니다."

잔에 든 것을 입 안에 왈칵 들이붓는 그의 모습은 술을 마신다기보다는 쓰디쓴 무언가를 억지로 삼키는 것처럼 보였다.

그를 흘깃 쳐다본 맹부요는 잠시 생각에 잠겼다.

근래 이래저래 바빴던지라 연경진의 소식을 못 들은 지도 한참이었다. 아내에 이어 스승까지 그녀의 손에 잃고 난 연씨 가문 영식은 과연 어떻게 지내고 있을지. 아비 표정을 보아 하니 형편이 그다지 좋을 것 같지는 않다만.

옆자리는 선기국에서 온 손님들이었다. 예상 밖에 그중 한 명은 진무대회에서 보아 일면식이 있는 인물, 바로 운흔과의 대전에서 패배했던 성안군왕 화언이었다. 곁에 앉아 있는 부인은 선기국 팔공주 봉옥초鳳玉初였다.

맹부요는 '선기국 공주'라는 말에 반사적으로 확 들이받아 버리고 싶은 충동을 느꼈지만, 다행히 팔공주는 사람이 꽤 멀쩡한 편이었다. 불련이랑 비교하면 세상에 멀쩡하지 않은 사람이 누가 있겠냐마는.

부군보다 지위가 높은 팔공주가 먼저 자리에서 일어나 헌원민과 맹부요에게 술을 권하면서 송구스럽다는 듯 말했다.

"국주께서는 기체 미령하신 연유로 제가 대신 축하 인사를 전하러 오게 되었습니다."

그 동네 늙은이, 어디 아픈가? 불련 죽었다는 소식에 충격받아서? 에효, 아들딸 안 가리고 황위 계승권이 있는 선기국에서 제일 유력한 후계자 후보가 사라졌으니, 서로들 박 터지게 싸우고 있겠구먼, 쯧쯧! 팔공주는 이 중요한 시기에 밖에 나와 있는 걸 보면 벌써 탈락이시고?

맹부요는 빙긋이 미소하며 잔을 비웠다.

"감사합니다, 기쁨은 나눌수록 커진다지요."

술잔이 한 바퀴 돌고 난 다음은 각국 귀빈들이 선물을 내놓을 차례였다. 대부분의 나라에서 준비해 온 것은 금은보석이었다. 양은 많이, 알은 크게, 성의는 보이되, 정성은 없이.

그런가 하면 대륙 최강국인 대한은 양심 없게도 웬 금부처 하나를 대뜸 들어다 놨다. 크기는 컸으나 마감이 징글맞게 조잡한 것이, 어디 허름하게 가내 수공업을 하는 데서 만들어 온 모양이었다.

맹부요는 불상을 한 번 흘겨보고 나서 썩은 표정으로 술잔을 비웠다. 그러나 누구든 옆에 와서 얼쩡거리면 가만 안 두겠다는 분위기를 팍팍 풍기고 있는 전북야의 생각은 좀 달랐다.

이 와중에 뭐라도 내놓는 것 자체가 대단하지 않나. 나 얼굴 상한 것 좀 봐라.

마지막 선물이 등장하자 좌중의 눈이 한곳으로 집중됐다. 바로 무극국에서 보낸 물건이었다.

헌원과 무극은 그다지 우호적인 관계가 아니었으므로 오늘 무극국에서 축하 사절을 보내지 않은 것은 지극히 정상적인 일이었고, 헌원국 쪽에서도 아예 초청장조차 전달하지 않은 상황이었다. 그래서 상연국이 대신 가져온 무극국의 선물은 더욱 사람들의 이목을 끌었다.

야명주가 발하는 광채 아래, 연보라색 비단에 겹겹이 쌓인

상자에는 반지르르한 광택이 흘렀다. 맹부요는 그 색깔을 보는 순간 가슴이 제멋대로 쿵쾅쿵쾅 뛰는 걸 느꼈다.

드디어 상자를 감싼 비단 보자기가 벗겨지기 시작했다. 한 겹, 또 한 겹, 한 겹, 또 한 겹, 보자기를 풀던 연렬의 낯빛이 어두워졌다.

국경 근처에서 무극국 사자를 만나 물건을 부탁받을 때만 해도 이렇게 꽁꽁 싸매 놨다는 이야기는 없었건만…….

맹부요는 요성에서 장손무극의 생일을 기념해 무도회를 열었던 날 원보 대인이 준비했던 선물을 떠올리고 있었다. 그때 그 상자가 딱 저랬다. 한 겹, 또 한 겹…….

우연의 일치인지 아니면 의도된 연출인지 모를 광경이 그녀의 입가에 미소를 피워 냈다.

그러나 미소는 오래가지 못했다. 곧바로 인상을 팍 쓴 그녀가 소매 안쪽에 있는 괘씸한 녀석을 와락 움켜잡았다.

장손무극은 분명 한동안 그녀 소식을 듣지 못할 거라고 했었다. 하지만 저게 어디 근황 모르는 사람이 할 수 있는 일인가. 그렇다면 어떻게 정보를 얻었겠나? 망할 쥐 새끼 짓이렷다!

쥐 새끼는 소매 안에 웅크리고 앉아 눈을 뛰룩뛰룩 굴리며 생각했다.

나는 뭐 쉬운 줄 알아? 나는 안 힘들겠냐고! 연적에 대한 적개심과 천기신서의 특성인 맹목적 독점욕을 극복하고 주인님한테 연통을 넣기까지, 내가 얼마나 고통스러운 내적 갈등을 겪었는지 알지도 못하면서! 게다가 신호도 잘 안 터지는 그 머나먼 산맥까지 대용량 서신을 전달하자면 중간에 통신은 또 얼마나 뚝뚝 끊기는데…….

눈이 빠지게 상자를 지켜보던 이들의 눈알이 정말 쑥 빠지기 직전까지 갔을 무렵, 마침내 상자가 열리고 자그마한 연보라색 비단 주머니가 모습을 드러냈다. 한눈에 보기에도 만듦새가 정교한 주머니는 야광주 아래에서 자못 찬란한 은빛 광택을 뽐냈으나, 열어 보니 그 안은 텅 비어 있었다. 모두 할 말을 잃었다.

이때, 헌원민이 생긋 웃으며 입을 열었다.

"무극국 소후 태자는 워낙 탁월한 자질을 타고난지라 행실도 남다르다더니, 과연 남다르기가 참…….."

연회객들이 한목소리로 껄껄 웃었다.

"남다르네요, 남달라…….."

듣고 있던 맹부요가 도끼눈을 떴다. 은근슬쩍 장손무극을 비꼬는 헌원민의 말투에 비위가 상해서였다. 장손무극은 아마 남들한테 보여 주고 싶은 생각이 없었을 테고, 그녀도 원래는 혼자만 알고 넘어가려 했지만, 이렇게 된 이상 가만히 있을 수가 없었다.

상자가 옆으로 치워지기 직전 손을 쑥 뻗어 비단 주머니를 다시 집어 든 그녀가 입구에 끼워진 끈을 빼내고 주머니를 뒤집자, 각진 형태가 풀리면서 주머니가 손수건으로 변했다.

그녀의 손에 들린 천은 씨줄과 날줄이 하나하나 구분될 정도로 결이 선명했지만, 그것이 표면에 그려진 도안의 아름다움을 해치지는 않았다. 아니, 오히려 도안에 몽환적인 깊이감을 더

해 주고 있었다.

가까이서는 눈에 잘 들어오지 않는 도안을 좌중 모두에게 똑똑히 보여 주기 위해 맹부요는 일부러 팔을 멀찍이 쭉 빼고서 손수건을 펼쳤다.

"오오……!"

모두가 찬탄을 터뜨렸다.

손수건에 그려진 것은 황족으로 보이는 한 쌍의 남녀가 드높은 궁궐 층계 꼭대기에서 난간에 기대 바다를 바라보는 모습이었다. 도안 속 하늘과 바다는 한 빛깔로 물들어 있고, 주위에는 찬란한 꽃구름이 떠다니고 있었다. 노을빛 아래 궁궐 역시 마치 구름 속에 있는 듯, 맵시 좋은 처마와 지붕 받침 사이로 연무가 빙빙 감돌며 피어오르는 모습이었다.

화려하고도 웅장한 전각들을 발아래 두고 있는 남자는 한없이 우아했고 그 곁의 여자에게서는 고귀한 기품이 느껴졌다. 미소 띤 표정으로 서로의 어깨에 다정히 기댄 두 사람이 바라보는 곳은 저 멀리 하늘과 바다가 만나는 수평선. 남자는 팔을 뻗어 그 수평선을 가리키고 있고 여자는 선이 섬세한 턱을 살짝 들고서 그가 가리키는 곳을 그윽이 응시하고 있었다. 동작이라고는 그게 전부이건만, 도안에는 둘 사이에 흐르는 봄바람 같은 분위기가 고스란히 녹아들어 있었다.

사람들은 너 나 할 것 없이 같은 표현을 떠올렸다.

하늘이 맺어 준 한 쌍.

그것 말고는 두 남녀의 완벽한 조화를 형용할 말이 없었다.

모두가 멍하니 넋을 잃은 가운데, 가장 먼저 정신을 차린 연렬이 흐뭇하게 웃으며 말했다.

"하늘이 맺어 준 한 쌍이군요. 황제 폐하와 황후마마의 결합을 기가 막히게 표현한 작품입니다!"

그제야 퍼뜩 정신이 돌아온 사람들이 너도나도 맞장구를 쳤다. 하지만 개중 눈치가 빠른 이들은 좀 이상하다는 생각을 하고 있었다.

이목구비야 어차피 공백이라 치고, 체형이나 차림새는 얼추 비슷한 것 같긴 한데……. 내륙 국가인 헌원에 바다가 어디 있다고 도안에 바다를 넣었단 말인가?

맹부요는 남들과 달리 손수건의 재질에 주목하고 있었다. 수건의 재질은 무극국 은금 중에서도 무척 진귀한 종류로, 과거 천살 황궁에서 불련의 콧대를 꺾어 준 이후에 장손무극이 언급하는 걸 들어 본 적이 있는, 이름하여 천사금千絲錦이었다. 뚜렷한 결을 이루며 얽혀 있는 실이 천 가닥이라 하여 천사라 부른다던가.

그가 보내온 천사千絲는 곧 천사千思, 천 번의 그리움일지니. 씨실도 그리움이요, 날실도 그리움이라.

맹부요는 손안의 수건을 가만히 감아쥐었다. 겉보기에는 짜임이 성긴 것 같으나 실상 천사금의 감촉은 반드럽기 그지없었고, 그녀의 눈동자에는 도안 속 몽롱한 안개보다도 더 어렴풋한 웃음기가 스쳤다.

장손무극, 당신이란 남자 정말……. 새신랑 앞에서 '네 마누

라하고 나하고 이렇게나 잘 어울린다'고 자랑하고도 고맙다는 소리 들을 능력자가 세상천지에 당신 말고 또 있을까.

헌원국에 온 이후로 거듭된 위기와 혼란한 주변 정세 탓에 줄곧 마음이 착잡했건만, 그 우중충하던 마음이 어쩐지 한결 밝아지는 느낌이었다.

축하품 전달이 모두 끝난 뒤, 가벼워진 기분으로 입가에 미소를 머금은 맹부요는 헌원민과 함께 연회장을 돌며 손님들에게 술을 대접하기 시작했다. 환한 등불이 넘실대는 가운데 소악韶樂의 장엄한 음률이 용봉 문양으로 화려하게 장식된 궁형 천장까지 울려 퍼지고, 저마다 호화롭게 차려입은 귀빈들 사이로 그림처럼 잘 어울리는 황제와 황후가 유유히 걸음을 옮기니, 그 자태가 실로 눈이 부시도록 찬란했다.

날이 저문 후에는 어화원 물가 정자에 불꽃놀이가 준비됐다. 황금 꽃다발 열두 개가 검푸른 밤하늘로 솟구쳐 올랐다가 광택 나는 수술이 차르륵 펼쳐지듯 만개하면서 진보라, 다홍, 청록, 파랑, 밝은 노랑, 짙은 남색 등 다채로운 색의 향연을 선사했다. 하늘에 활짝 핀 수국, 모란, 작약, 납매, 한란, 영춘화, 국화, 복사꽃, 살구꽃, 자두꽃은 달빛 어른거리는 호수의 맑은 수면에도 꽃 그림자를 던졌고, 무지갯빛으로 아롱진 잔물결 위에서는 사람 그림자와 꽃 그림자가 어우러져 어지러이 일렁였다.

불꽃놀이는 밤늦도록 이어졌으니, 황제와 황후는 나란히 정자 난간에 기대어 웃음 지으면서 근방 천 리를 환하게 밝히는 그 장관을 감상했다.

화려하게 치장한 채 하늘을 올려다보는 여인의 날렵한 턱 선 위로 빨, 주, 노, 초, 파, 남, 보, 선명하고도 다채로운 광채가 쏟아져 내렸으나 제아무리 찬란한 반짝임인들 그녀의 눈 안에 감도는 영채 앞에서는 빛을 잃을 수밖에 없었다. 그녀의 눈길은 꽃불을 향해 있었지만, 실상 바라보고 있는 것은 꽃불 뒤편 아득히 먼 어딘가였다.

정자 한쪽 구석에서는 검은색 비단 장포 차림의 사내가 홀로 뚝 떨어져 뒷짐을 지고 있었다. 반석같이 굳건한 모양새로 서 있는 그는 현란한 불꽃의 향연에 전혀 관심이 없는 양 그저 여인의 가냘픈 뒷모습만을 뚫어져라 바라보고 있을 뿐이었다.

그리고 더 멀리 황궁 모처에서는 여장으로 본모습을 감춘 사내가 묵묵히 하늘을 올려다보는 중이었다. 사내의 유리알 같은 눈동자 안에서는 복잡다단한 심사가 소용돌이치고 있었다.

소녕 12년 겨울, 마지막 불꽃이 재로 화하며 남긴 것은 극치의 화려함이었다.

❋

궁 안에서는 꽃불을 터뜨리며 풍류를 즐기던 그날, 소칠은 인력 시장에서 눈이 빠지도록 조 공공을 기다리고 있었다. 온종일 먹지도 마시지도 않고 자리만 지키는 몰골을 도저히 두고 볼 수가 없었는지, 옆 사람이 한마디를 건넸다.

"황후 책립식 때문에 오늘은 조 공공이 많이 바쁘실 게야. 그

와중에 여기 나올 틈이 어디 있겠나. 오늘은 그만 들어가고 내일 다시 와 보지그래."

소칠은 고개를 끄덕하고서도 그대로 자리에 앉아 있었다. 어차피 따로 갈 곳이 없는 까닭이었다. 저녁 무렵에 궁중에서 사람 하나가 나오기는 했지만, 조 공공이 아니라 수라간에서 부릴 말단 환관을 구하러 온 이李 공공이었다.

외전에서 허드렛일을 돕는 잡역부와 달리 수라간 말단 환관은 양물을 달고 들어갈 수가 없었기에 하겠다는 사람을 찾기가 쉽지 않았다. 이 공공으로서는 골치가 아픈 상황이었다.

보통 환관들 힘으로는 도저히 감당이 안 되는 일이라서 사지 멀쩡한 장정을 구하러 인력 시장까지 온 것인데, 저렇게 다들 질색을 하니 이제 어쩌면 좋단 말인가.

이때, 담벼락 모퉁이에 멍하니 앉아 있는 소칠이 이 공공의 눈에 들어왔다.

좀 어려 보이기는 해도 체격 하나는 떡 벌어지지 않았나.

이 공공은 순간 눈앞이 환해지는 기분에 얼른 담장 모퉁이로 달려갔다.

"잡역부를 구하는데, 생각 있느냐?"

그 소리에 소칠이 눈을 번뜩 빛냈다.

잡역부!

지난번에 조 공공도 잡역부를 시켜 준다고 했었다. 혹시 내시가 되라는 소리인가 싶어서 나중에 자세히 물어봤더니 내시는 아니고 그냥 궐 안에서 잡일을 하는 거라고 했다.

그렇다면야 망설일 이유가 뭔가!

그간의 유랑 생활을 통해 세상 물정이 얼마나 험한지 대충 맛을 본 소칠이 한 번 더 확인차 물었다.

"잡역부라고?"

"그래, 잡역부. 힘쓰는 일이니라."

이 공공이 답했다.

"하겠소!"

"잘 생각했다!"

이 공공의 입이 귀에 걸렸다.

"내가 지금은 좀 바쁜지라 일단 확인서를 한 장 써 주마. 내일 궁문 밖 철鐵씨 댁 저택 옆 골목에 있는 궁인사宮人司로 오거라. 와서 이 공공을 찾으면 되느니라."

고개를 주억거리며 쪽지를 받아 품에 넣은 소칠은 그길로 성큼성큼 인력 시장을 나섰다. 남은 문제는 오늘 밤 잘 곳이었다.

가만, 그러고 보니 호국사 근처에 바람을 피할 만한 다리가 있지 않던가. 그래, 오늘은 거기다!

현재 그는 빈털터리였다. 사흘이나 일을 해 놓고도 왕부에서 그냥 튀쳐나온 탓이었다. 솔직히 말해 이제 은자라는 물건이 어떻게 생겨 먹었는지도 가물가물했다.

그런 주머니 사정과는 별개로, 길게 뻗은 거리에 울려 퍼지는 그의 발걸음 소리는 기운찼다.

오늘 밤 비바람을 피할 곳도 찾았겠다, 내일이면 드디어 황궁에 가서 맹부요한테 벌을 받을 수도 있겠다, 어찌 기분이 들

뜨지 않겠나. 한바탕 채찍질을 당하고 나면 그때는 폐하께 돌아가도 될 것이다.

호국사에서 그리 멀지 않은 곳에는 역궁이 있었고, 지금 소칠이 걷는 길은 황궁에서 역궁으로 건너가려면 반드시 지나야 하는 구간이기도 했다.

❖

거리는 한산했다. 어스름한 등불을 반사하는 흑청색 지면은 흡사 깊이를 가늠할 수 없는 연못의 수면처럼 보였다. 길 양편에 설치된 꽃 장식은 낮에만 해도 안간힘을 다해 화려함을 뽐냈지만, 지금은 종일 휘몰아친 겨울바람에 축 늘어져 있었다.

빨갛고 노란 꽃잎들이 가장자리가 누렇게 시든 채 팔랑팔랑 가지에서 떨어져 내렸다. 찬 바람에 파르르 떨다가 결국에는 행인의 발에 짓밟히고야 마는 꽃잎의 모습에서 떠들썩한 한때가 지난 후 그 자리에 덩그러니 남겨진 초라함이 묻어났다.

황궁에서 나온 전북야는 내내 꽃잎을 밟으며 말을 몰고 있었으나 주위에 그윽하게 떠도는 꽃향기 따위는 그와 하등의 상관이 없었다. 지금 심기가 적잖이 불편한 상태였으므로.

그 뒤를 따르는 흑풍기는 숨 쉬는 것조차 눈치를 보고 있었다. 오늘 하루 겉으로야 태연한 척, 아무렇지 않은 척 하셨지만, 폐하의 기분이 좋을 리 없다는 걸 빤히 아는 까닭이었다. 한왕의 계획을 망치지 않으려고 참았을 뿐이지, 사랑하는 여자가 다른 사내 옆에 서서 혼인을 축하받는 꼴을 보고 속이 뒤틀리지 않을 사람이 세상에 어디 있으랴. 설사 그게 전부 연극일지라도 말이다. 헌원국 조정을 발칵 뒤집어 놨던 그 물음을 던질 때도 폐하께서는 내심 다른 대답을 기대하셨을 것이다.

흑풍기 병사들은 묵묵히 말을 몰며 생각했다.

소칠은 쫓겨나고, 몸이 성치 못한 기우 통령은 멀리 장한으로 가 버렸고. 든든하던 왼팔, 오른팔이 모두 한왕으로 말미암아 곁을 떠났으니 폐하께서는 지금 얼마나 쓸쓸하실까…….

그러나 말 위에 꼿꼿하게 앉은 전북야는 아무 말 없이 그저 채찍만 무심하게 휘두르고 있을 뿐이었다.

이때 고개를 푹 수그린 행인 하나가 빠른 걸음으로 그의 말 옆을 스쳐 갔다. 남루한 옷차림에 흙먼지가 덕지덕지 앉은 얼굴. 전북야의 채찍이 일순 허공에 멈췄다.

어딘지 소칠과 닮지 않았는가?

그가 피식 웃음을 흘렸다. 소칠은 어떤 상황에서도 고개를 숙이는 법이 없었다. 하도 뻣뻣하게 굴기에 그 목은 금강석으로 만든 거냐고 우스갯소리를 한 적도 있을 정도로. 차라리 부러질지언정 굽히지는 않을, 소칠은 그렇게 고집 센 녀석이었다.

이때 돌연 후줄근한 옷차림의 인물이 고개를 떨군 채 곁을 지나치다 말고 목을 옆으로 기울여 자기 어깨에다 비비적거렸다. 전북야는 벼락을 맞은 기분이었다.

기구한 운명을 타고나 늑대에게 길러진 소년. 인간 세상에서 오랜 세월을 지냈어도 뼛속 깊이 새겨진 야수의 습관을 완전히 떨쳐 버리지 못한 녀석은 목이 가려울 때면 자기한테 손이 있다는 걸 깜빡하고 동물들처럼 목덜미를 몸에 비벼 대곤 했다.

소칠!

전북야는 팔을 뻗어 소년의 어깨를 와락 붙들었다. 딴생각 중에 기습적으로 어깨를 붙잡힌 소칠은 화를 내려고 뒤를 돌아봤다가 전북야의 얼굴이 눈에 들어오자.

"으아아!"

하면서 말을 향해 달려들었다. 거의 마체를 들이받아 전북야를 낙마시킬 기세였다.

일순 휘청한 전북야는 급하게 균형을 잡은 뒤 허리를 숙여 소칠을 끌어안았다. 말에서 내리고 싶었지만, 소칠이 그의 다리를 부여안고 허벅지에 얼굴을 묻은 채 꼼짝도 안 하는 통에 내려갈 수가 없었다.

잠시 후, 전북야는 소칠의 얼굴과 맞닿아 있는 바짓단이 축축하게 젖는 걸 느꼈다. 시간이 갈수록 짙어지는 물기가 이내 옷감을 투과해 피부에 스며들더니 마지막에는 그의 가슴속까지 이르렀다.

전북야가 고개를 숙여 소년을 내려다봤다. 말없이 자신의 다리를 부여잡고 있는 소년은 울음을 억누르려 안간힘을 다하는 모습이었지만, 그 어깨는 가늘게 떨리고 있었다.

흙먼지가 부옇게 앉은 머리, 넝마가 다 된 데다가 지금 계절과는 맞지도 않는 두 달여 전의 그 옷, 익숙하지 않은 공구를 잡고 처음 해 보는 일들을 하느라 온통 상처며 굳은살투성이가 된 손이 차례로 눈에 들어왔다.

모든 것이 떠나기 전과는 전혀 딴판이건만, 등에 메고 있는 채찍만은 미세한 위치조차 달라지지 않은 모습이었다.

두 달이 넘는 시간이었다. 이미 버림받아 본 경험이 있는, 주군과 흑풍기 말고는 아무것도 가진 게 없었던 소년은 무정한 주군에게 내쳐진 후로 얼마나 고되고 처량한 시간을 보냈을까.

묵묵히 그 광경을 지켜보며 눈시울을 적시던 흑풍기 병사들이 하나둘 고개를 반대편으로 틀었다. 전북야는 하늘을 올려다봤다. 단 한 번도 비바람에 꺾여 본 적 없는 대한 황제의 강인한 얼굴 위로 겨울날의 창백한 달빛이 쏟아졌다.

그리고 한참이 지나, 눈가를 따라 물방울이 굽이굽이 흘러내렸다. 수척한 얼굴을 적시던 물방울은 곧 도랑을 이루었고, 느릿느릿 아래로 아래로 향해 소리 죽여 오열하고 있는 소년의 흐트러진 머리카락 사이로 떨어졌다. 극에 달한 아픔 앞에서는 그 어떠한 말도 의미를 잃고 말지니.

이날 밤, 두 사람은 타국 땅 낙엽 흩날리는 거리에서 오래도록 마주 안고 눈물을 흘렸다. 그러다가 소년이 얇은 옷 사이로 파고드는 찬 바람을 이기지 못하고 부르르 떨자, 전북야가 재빨리 외투를 벗어 어깨에 걸쳐 주며 물었다.

"어디서 지내고 있는 것이냐?"

순간 움찔한 소칠이 바로 대답을 내놓지 못하자 사정을 눈치챈 전북야가 아까보다 한층 더 짙은 자책이 실린 탄식을 뱉었다.

"함께 역궁으로 가자."

소칠이 고개를 가로저었다. 소년의 손가락은 소매 안에 넣어둔 이 공공의 확인서를 만지작거리고 있었다. 그에게는 아직 마치지 못한 일이 있었다. 우선은 황궁부터 들어갔다 와야 했다.

전북야가 소칠의 손을 흘깃 쳐다보고는 물었다.

"소매 안에 든 건 뭐지?"

소칠이 답했다.

"섭정왕부에서 알게 된 어른이 하나 있는데, 사람이 참 좋아요. 그분 심부름으로 전당포에 다녀오는 길이라 지금 제 수중에 있는 은자하고 전당표부터 가져다줘야 할 것 같습니다. 가서 작별 인사도 하고, 그러고 오겠습니다."

거짓말이 술술 잘도 나왔다. 며칠 전 왕부에서 어떤 일꾼이 똑같은 핑계로 내빼는 걸 본 덕분이었다.

전북야는 소칠이 유랑 생활 두 달 만에 그야말로 환골탈태해 거짓말까지 배웠으리라고는 상상도 못 한 채 고개를 끄덕였다.

"꼭 와야 한다."

옆에 있던 시위에게 명해 말을 내어 주게 한 그는 은자까지 챙겨 주고서야 소칠을 놓아줬다. 그러고는 흑풍기를 이끌고 다시 길을 재촉하다가 몇 걸음 못 가 금방 뒤를 돌아봤다.

은자를 두 손에 모아 쥔 채 큰길 한복판에 덩그러니 서서 그의 뒷모습을 뚫어져라 바라보고 있는 소년, 그 곁으로는 달빛에 비친 그림자가 흑청색 지면 위에 길게 드리워 있었다.

코끝이 시큰해진 전북야는 다시 앞을 보면서 생각했다. 그간 고생이 많았던 게 틀림없다고. 돌아오면 고생한 만큼 잘해 줘야겠다고…….

하지만 소칠은 역궁에 나타나지 않았다. 기우가 소칠에게 붙여 둔 밀정 역시 잠깐 한눈을 판 사이에 행적을 놓쳤다고 했다.

길모퉁이를 돌 때마다 운명의 안배를 맞닥뜨리게 되는 것이 인생이라.

＊

다음 날, 어떤 재앙이 자신을 기다리고 있는지 까맣게 모르는 소칠이 이 공공의 확인서를 챙겨 궁인사로 향했다.

한편, 헌원국 새 황후 '우문자'는 입궁 이래 첫 번째 중요 행사를 앞둔 참이었다. 바로 여타 비빈들의 문안 인사였다.

안 그래도 짜증이 나 있던 맹부요는 헌원민의 여자들을 속전속결로 처리하기로 마음먹고 닭 잡을 칼을 갈기 시작했다. 닭잡아 원숭이 겁준다는 말이 있지 않나.

헌원민은 비빈 중에 누구 하나 골라잡아 나머지 여자들 기를 꺾으려는구나 했지만, 맹부요는 '쓰읍' 하고 숨을 들이켜고는 무섭도록 새하얀 송곳니를 드러내며 웃었다.

"일벌백계? 그딴 게 어디 있어. 원숭이도 고분고분한 것들한테나 시켜 주는 거지. 알아서 안 기면…….”

한 자, 한 자, 살벌한 소리가 이어졌다.

"싹 다 닭 되는 거야!”

용맹한 황후

이날 황궁 안 비빈 대부분은 이른 새벽부터 잠자리에서 일어났다. 여기서 말하는 '이른 새벽'이란 일러도 보통 이른 시각이 아니었으니, 축시[18]를 막 넘기기 직전이었던 것이다.

황후마마의 명이 떨어진 걸 어찌하겠는가.

본인은 인시[19]에 일어나 운동을 나갈 생각이고, 운동을 마친 후에는 아마 목욕하고 휴식을 취하지 싶은데, 그 휴식 시간이 하필 딱 진시[20], 즉 일반적인 아침 문안 시간이라는 것이다.

그렇다고 본인이 휴식을 포기하는 건 아니 될 일인 고로 너

---

18 새벽 1시에서 3시 사이.

19 새벽 3시에서 5시 사이.

20 오전 7시에서 9시 사이.

희 후궁들이 잠을 포기하라는 지시였다. 늦잠이야 황후 자리가 비어 있던 시절에 실컷 자지 않았느냐며.

그리하여 해가 중천에 떠야 기상하는 게 몸에 밴 비빈들은 고통에 몸부림치며 축시에 잠자리에서 일어났다. 몸단장에 한 시진이 걸릴 터이니 그야말로 날밤을 까는 거나 다름없는 상황이었다.

물론 어느 시대에나 꼴통과 반동분자는 존재하는 관계로 헌원 황궁에도 주변 흐름을 거슬러 시대를 선도하는 입지전적 인물이 있었으니, 바로 새 황후가 입궁하기 전까지 헌원민의 총애를 독차지했던 현비였다.

현비 고 씨는 개국 공신 집안 출신으로, 그녀의 아비는 황족은 아니나 서평군왕西平郡王이라는 왕작을 부여받은 인물이었다. 서평군왕은 본래 문의 태자의 최측근이었다. 그랬던 그가 섭정왕의 심복으로 거듭난 것은 태자 휘하에서 맡아 보던 주요 사무를 하루아침에 헌원성에게 팔아넘긴 덕이었다. 이는 그에게 '고매한 통찰력의 소유자'라는 명성을 안겨 주기도 했다.

그러니 섭정왕이 고씨 집안을 어여삐하는 것은 당연한 일이었다. 덩달아 현비까지 암묵적인 육궁의 주인 노릇을 하면서 온갖 위세를 부려 왔던 것이다.

현비에게는 본인 주변 궁인들을 주기적으로 부추 베듯 썩둑 썩둑 잘라 내는 버릇이 있었다. 그녀의 궁에서 쫓겨난 궁인들은 목이 달아나거나 아니면 궐내 빨랫감을 도맡는 완의사浣衣司처럼 고된 일터로 좌천당해야만 했다.

그 결과 이제는 궁녀들이고 태감들이고 본인 자리가 경춘전 景春殿으로 옮겨졌다는 소리를 들으면 흡사 사약이라도 받은 것 같은 얼굴로 평소 친분이 깊었던 지인들에게 달려가 두 손 맞 잡고 눈물을 글썽이며 이승에서의 작별 인사를 고하는 실정이 었다.

현비의 횡포에 신물이 난 궁중 사람들은 새 황후가 입궁하자 마자 기다렸다는 듯이 그 행태를 속닥속닥 일러바쳤다. 성깔이 대단하다고 소문난 황후가 본때를 한번 보여 주기를 기대하면 서. 그러나 가물가물 졸면서 이야기를 다 듣고 난 황후는 심드 렁하게 한마디만 했을 뿐이었다.

"오."

주변인들은 실망을 금치 못했다.

결국은 이것도 속 빈 강정이었구나.

황후에게 드리는 첫 문안은 걸을 힘이 없으면 기어서라도 와 야 할 중대사이건만, 현비는 전날 궁녀를 보내 몸이 좋지 않으 니 나중에 따로 인사를 하겠다는 말만 달랑 전해 왔다.

그 소리를 들은 맹부요가 피식 웃음을 흘렸다.

"병이 났으면 고쳐야지. 가서 그리 전하여라."

궁녀가 경춘전으로 돌아가 들은 말을 그대로 고하던 때, 화 려하게 치장한 현비는 창가에 느긋이 서서 꽃을 감상하는 중이 었다.

그녀의 궁에는 특별히 온실이 마련되어 있었고, 그 안의 꽃 나무는 나라에서 최고로 꼽히는 원예사가 매일같이 입궐해 관리했다.

계절을 모르는 꽃들은 매미 날개처럼 얇은 연분홍 비단 창호지 앞에서도 수시로 봉오리를 터뜨려 실내의 호화로운 견직물들과 아름다움을 겨루곤 했기에, 현비마마께서는 잠자리에서 일어날 것도 없이 침전 안에 들어앉은 채로 이 엄동설한에 어디서도 찾아볼 수 없을 온갖 꽃내음을 마음껏 즐기실 수가 있었다.

하지만 오늘 그녀는 심기가 그다지 편치 못했다. 그녀가 가장 아끼는 모란꽃을 피워 내지 못한 원예사 탓이었다. 홧김에 그 자리에서 원예사를 거름으로 만들어 버리고 태감에게 새로 쓸 만한 자를 찾아서 오라는 명을 내린 참이었다.

궁녀로부터 황후의 전언을 들은 현비는 입꼬리를 싸늘하게 말아 올리면서, 청옥 호갑투가 끼워진 손가락을 뻗어 어렵게 키워 낸 녹색 국화 한 송이를 똑 꺾어 들었다. 그 진귀한 꽃송이를 손안에 놓고 꽃잎을 한 장 한 장 뜯어내 결국 심만 남긴 후, 그녀가 건조하게 말했다.

"그래도 눈치는 있구나."

말을 마친 그녀는 침상으로 향했다. 내일 아침에도 평소처럼 진시 끝머리에 일어나야겠다고 생각하며.

첫 문안 인사 당일, 비빈들은 축시 말미가 되기 전에 모두 황후의 침전인 숭흥궁崇興宮에 집결해 있었다. 귀빈 이상은 외전에 앉을 자리가 마련되었지만, 빈 이하는 앞뜰과 뒤뜰을 연결하는 통로 겸 대청에 꿇어앉아 있어야 하는 신세였다.

아직 해도 뜨지 않은 겨울날, 하늘은 금방이라도 눈을 뿌릴 것 같고 앞뒤가 뻥 뚫린 대청에는 칼바람이 휙휙 지나니, 호강이 몸에 밴 비빈들은 바람에 휩쓸린 풀대처럼 온몸을 발발 떨었다.

그런가 하면 외전의 경우는 한기가 스미지 못하도록 초피나무 열매를 섞어 마감한 벽과 숯불이 담긴 화로 덕에 추위 걱정은 없었다. 하지만 맹부요가 어디 마마님들을 편히 둘 위인이던가, 이쪽은 이쪽대로 다른 고문을 당하고 있었다.

지체 높은 여인들이 저마다 뻣뻣하게 굳어 자리를 지키고 있는 가운데, 유독 바늘방석에 앉은 모양새로 고개를 들지 못하는 한 사람이 있었으니, 바로 옥비 간설이었다. 그녀를 곤혹스럽게 만든 것은 몹시도 근본 없는 자리 배치였다.

좌측 첫 번째는 귀비 당이광, 우측 첫 번째는 덕비 화지용, 좌측 두 번째는 본인, 우측 두 번째는 숙비 사도임운司徒霖雲.

이건 그야말로…… 난장판이었다.

귀, 숙, 현, 덕의 순서에 비추어 볼 때 지금 제대로 된 자리에 앉은 사람은 당이광 하나뿐이었다. 간설이 원래 있어야 할 곳은 좌측 세 번째, 지금 그녀가 꿰찬 자리는 현비의 것이었다.

이 상황이 현비 귀에 들어가기라도 하는 날에는 대판 난리가 날 터인데.

간설은 속으로 신음을 흘렸다.

누가 새 황후 보고 만만하다는 소리를 지껄이는가. 황후 본인은 아직 등장하지도 않은 시점에 자리 배치만으로도 자신과 화지용을 다른 여자들의 공적으로 만들어 버린 데다가, 자신은 심지어 현비의 먹잇감으로 내던져지지 않았나.

온 방 안의 비빈들이 하나같이 그녀를 향해 묘한 눈길을 보내고 있었다. 간설은 온몸에 삐죽삐죽 가시가 돋친 기분에 내내 좌불안석이었다. 그 와중에도 태평하기만 한 화지용과 소매에 숨겨 온 간식을 빼 먹느라 바쁜 당이광이 눈에 들어오자, 그녀는 남몰래 냉소를 흘렸다.

상황 파악 안 되는 멍청이들 같으니!

그러다가 문득, 우문자에게 약재를 선물한 직후 간택식에서 이유 없이 재채기가 터지는 바람에 황후 자리며 귀비와 덕비 자리까지 모조리 놓쳐 버린 게 떠올랐다.

설마…… 그 역시 우연이 아니었단 말인가?

생각이 여기까지 닿자 부르르 진저리가 쳐졌다.

이때 숙비의 웃음 섞인 목소리가 들려왔다.

"동생, 추워서 그래? 엄동설한에 한기 안 들게 조심해야지."

고개를 든 간설이 마지못해 웃어 보였다.

"염려해 주셔서 감사해요. 숙비께서도 옥체 보중하셔요."

숙비가 잘 다듬어진 손톱을 등불에 무심히 비춰 보며 말했다.

"본 궁은 막 자라서 워낙 튼튼하거든. 진짜 옥석으로 만들어져서 찬 바람 한 줄기도 못 이기는 옥비 동생하고는 다르게. 듣자 하니 간택식 날도 풍한에 시달렸다지?"

간설의 얼굴색이 급변했다. 간택식에서의 재채기 사건은 그녀에게 일생일대의 치욕이었다.

역시나 그걸 후벼 파야만 직성이 풀리겠다는 건가.

"옥비는 참 섬세하기도 하지. 폐하께서 애지중지하실 만도 하네. 손바닥에 콧물을 한 바가지나 쏟았는데도 역정을 안 내셨다더니."

자리에 있던 귀빈 하나가 입을 가리고 킥킥거렸다.

"옥비야 성품, 용모, 말솜씨, 처신, 뭐 하나 빠지는 게 없으니 폐하께서도 어여쁘다 하시는 게지, 한물간 우리가 그랬어 봐. 콧물이 아니라 이야기하다가 앞니만 살짝 내보였어도 흉이 잡혔을걸."

"……콧물 황비도 아무나 하는 게 아니네……."

"……."

너도나도 질세라 한마디씩 보태기 시작하더니 실로 화기애애한 대화 분위기가 조성됐다.

궐 안 비빈들은 본래가 세상에서 시간이 제일 남아도는 족속들이었다. 기껏 하는 일이라고 해 봐야 어떻게 하면 본인을 더 아리땁게 가꿀 수 있을까, 혹은 어떻게 하면 경쟁자한테 더한 망신을 줄 수 있을까 궁리하는 게 고작. 그들의 말은 상냥함을 가장한 칼이요, 가슴을 찌르는 가시였으며, 그 모든 칼날과 가시가 집요하게 노리는 것은 적의 몸에서 가장 약한 급소였다.

집중포화의 중심에 놓인 간설은 홍수처럼 밀려드는 조롱을 고스란히 뒤집어쓰면서도 그저 분에 받쳐 부들부들 떠는 것밖에는 할 수 있는 일이 없었다. 싸늘한 눈으로 구경만 하고 있는 화지용과 분위기 파악 못 하고 간식이나 쩝쩝거리는 당이광을 보면서, 그녀는 피를 토하고픈 심정이었다.

셋이서 같이 황후의 함정에 걸려들었는데 나머지 둘은 도와줄 생각은커녕 아예 자각조차 없이 혼자만 적군 사이에서 고군분투하는 신세라니. 이 어찌 억울하지 않겠는가!

적의로 가득 찬 주변 풍경과 두 미련퉁이 입궁 동기의 얼굴 위로 황후의 모습이 겹쳐진 찰나, 간설은 가슴 한구석이 선뜩해지는 걸 느꼈다.

자리 배치만으로도 간단히 자신을 곤경에 몰아넣어 놓고 정작 본인은 아직 등장조차 하지 않은 황후.

순간, 남다른 교양과 통찰력을 갖춘 조모께서 입궁 전에 해주신 충고가 뇌리를 스쳤다.

'후궁들 사이의 암투에 끼는 어리석은 짓은 하지 말려무나. 헌원국의 궁중 암투는 다른 어느 나라보다도 무시무시하단다. 여인들의 단순한 총애 경쟁이 아니라 일국의 황권과 관계된 싸움이기 때문이야. 근래 시국이 뒤숭숭하구나. 폐하께서는 결코 네가 상상하는 것처럼 고립무원의 지경에 계신 분이 아니다. 비빈 한 사람 한 사람의 뒤에는 그들의 가문이 있단다. 영욕은 한때에 불과하니 상황은 언제든 뒤집힐 수 있는 법. 그들과 싸우려 들지 말아라. 단, 싸움에 휘말리는 것을 도저히 피할 수 없는 순간이 닥치거든 개중 제일 독한 사람을 따르도록 하려무나!'

제일 독한 사람……

간설은 단번에 마음을 정했다. 느긋하게 고개를 든 그녀가 미소 지으며 말했다.

"제 입으로 말하자니 민망하지만, 사실 그날 일은 일부러 벌인 것이었습니다."

"뭐라?"

의자에서 일어난 그녀가 비어 있는 황후의 자리를 향해 숙연하게 허리를 굽혔다.

"수녀로 궁에 들어와 황후마마를 뵙자마자 그 기품과 위엄이 넘치는 모습에 '아, 이분이야말로 어머니의 마음으로 천하 만백성을 품을 분이시구나.' 하였지요. 그런 분과 어찌 감히 경쟁을 벌이겠습니까. 하여, 자발적으로 물러난 것입니다."

그녀의 말투는 진지함을 넘어 경건하기까지 했지만, 다른 비빈들은 웃기지도 않는다는 표정들이었다.

하! 아부를 해도 저렇게 뻔뻔하게 하는 경우는 또 처음 보네.

간설은 다시 자리에 앉으면서 태연자약하게 미소 지었다.

너희 들으라고 한 소리가 아니란다.

외전 안이 치열한 물밑 견제와 인신공격이 난무하는 전장이라면, 바깥 대청의 분위기는 또 달랐다.

추위에 떠느라 입 놀릴 기운이고 뭐고 없는 여인들이 꼼짝 못 하고 꿇어앉아 있은 지도 벌써 한참, 살살 눈치를 보던 귀인貴人, 충용充容, 수원修媛, 미인美人들은 마침내 지켜보는 눈이 없다는 걸 확인하고서 꼬물꼬물 몸을 움직이기 시작했다. 간이 작은 사람은 두 손으로 바닥 깔개를 짚고 다리를 바꾸거나 앉은 위치를 슬쩍슬쩍 옮겼고, 간이 큰 사람은 아예 벽을 짚고 일어나서 '아이고고!' 하며 제자리걸음을 걸었으니, 대청 안은 금세 발 구르는 소리로 가득 찼다.

"엄동설한에 이게 무슨 고문이람!"

"최소한 화로는 놔 줘야 할 거 아니야!"

"기대할 걸 기대해! 딱 보니까 아주 작정을 했구먼, 화로는 무슨."

"원래 장녕부에서는 찬밥 신세였다며? 자기가 어려서 맨날 이러고 살았으니까 너희도 한번 당해 보라 이건가."

"동생, 그런 거면 차라리 다행이게? 내가 보기에는 화로가 어떻게 생긴 물건인지 아예 개념도 없을 것 같은데. 궁중에서 일상적으로 쓰는 물건들 놓고 여태껏 뭐가 뭔지 몰라서 어리둥절해 있을지도, 호호……."

"오호호……."

"하하."

낯선 목소리 하나가 퍽 흥미진진하다는 투로 대화에 끼어들었다.

"화로라, 북방에서는 화로 말고 구들을 쓴다던데."

"맞네!"

맞장구를 친 사람은 아까부터 제일 신이 나 있는 유劉 빈이었다. 그녀의 아비는 병부 무고청리사武庫清吏司 시랑으로 있으면서 무기고를 관리하는 인물로, 벼슬은 높지 않아도 손아귀에 실권이 있었고, 섭정왕이 가장 신뢰하는 관원 축에 들었다. 유 빈의 목소리가 큰 건 바로 그런 아비를 둔 덕이었다.

유 빈은 눈을 감은 채로 벽에 기대 허리를 주무르며, 별생각

없이 말을 이었다.

"북방은 구들장을 통짜로 커다랗게 만든다지. 그렇게 해 놓고 잘 때는 한 방에서 남자고 여자고 다 같이 뒹군다는 거야."

"와아, 진짜? 그러고 잔다고?"

상대가 아까만큼이나 흥미진진한 투로 물었다.

"그렇다니까."

유 빈이 경멸스럽다는 식으로 입을 삐죽거렸다.

"과연 우리 황후마마 주무시던 구들장에는 또 누가 있었으려나? 오라버니, 남동생, 숙부? 호호호."

그녀는 신나게 웃어 젖히느라 주변이 조용해지는 걸 눈치채지 못했다. 조금 전까지 종알거리던 목소리들은 그새 전부 종적을 감추었고, 다소 기묘한 적막이 공기를 짓누르고 있었다.

"남동생하고 같이 자는 거야 상관없지만, 숙부는 좀 아닌 것 같은데."

상대가 진지하게 본인 의견을 피력했다.

"모르면 말을 마셔."

유 빈이 고 가벼운 주둥이를 샐쭉하니 비틀었다.

"숙부? 숙부는 그래도 양반이지. 며느리 이불 들추는 시아버지도 있는걸. 뭐, 우리 부모님 세대 때 장녕부 우문씨 집안 셋째 도련님이 그거 때문에 자결한 거 몰라? 가정 교육 무시 못한다니까, 오호호!"

허리를 주무르던 손을 내려놓은 그녀가 생긋 웃으면서 뒤를 돌아봤다.

"동생, 어쩜 그렇게 순진하고 귀엽……."

말이 목구멍에 턱 걸리는 동시에 유 빈의 눈이 커다랗게 벌어졌다. 언제 제자리로 돌아갔는지 모를 후궁들이 다들 얌전히 꿇어앉아 있는 가운데, 화장기 없는 얼굴에 머리를 하나로 높이 올려 묶고, 편해 보이기는 하는데 어딘지 괴상하게 생긴 옷을 걸친 인물이 뒷짐을 지고 서 있었던 것이다.

빙긋이 웃고 있는 인물의 머리 위로는 김이 모락모락 오르고 있었다. 유 빈이 고개를 돌리는 걸 본 상대가 빙긋 미소 지으며 말했다.

"마저 해! 왜 계속하지 않고? 어째 꿀 먹은 벙어리가 됐네?"

유 빈은 입술을 달달 떨었다. 다른 후궁들의 눈빛도 그렇고, 저 허리춤에 매달린 장식도 그렇고, 누군지 단번에 짐작이 갔다.

그……, 그렇다면 조금 전까지 바람을 넣은 게 황후 본인이었다는 건데, 아까 내가 무슨 말을 지껄였더라?

조금 전에 떠벌렸던 소리를 곰곰이 돌이켜 본 유 빈은 다음 순간 벼락이라도 맞은 양 휘청 다리가 풀리면서 바닥에 주저앉고 말았다. 눈물 콧물 범벅이 된 그녀가 말했다.

"마마! 마마……. 소인이 멋모르고 헛소리를 지껄였습니다……. 요 주둥이, 요 주둥이를 그냥 확!"

유 빈은 마음을 독하게 먹고 제 손으로 제 뺨따귀를 때렸다. 살과 살이 맞부딪치면서 '철썩' 하는 소리가 울리자 꿇어앉아 있던 비빈들이 한층 더 납작하게 바닥에 엎드렸다.

파르르 몸을 떤 유 빈이 간절한 눈으로 맹부요를 올려다봤다. 뒷짐을 지고 서 있던 맹부요는 허리를 살짝 아래로 굽히면서 그녀를 향해 미소 지었을 뿐, 아무런 말도 하지 않았다.

유 빈은 하는 수 없이 한 번 더 제 뺨을 쳤다. 그러나 맹부요는 여전히 웃기만 하고 이렇다 할 말이 없었다.

그녀가 마침내 입을 연 건 유 빈의 얼굴이 시퍼렇게 퉁퉁 부어터진 뒤였다.

"동생, 뭘 그리 당황해? 나가서 한 바퀴 뛰고 온 직후라 숨 좀 고르고 있었더니, 그사이에 몇 대를 때린 거야. 굳이 그럴 필요 있나?"

"······."

바닥에 엎어져 눈물을 폭포수처럼 쏟고 있는 유 빈의 귓가에 상대가 양심도 없이 하는 소리가 들려왔다.

"어우, 이 보드라운 살결을 다 뭉개 놨으니, 보기 흉해서 어째······."

더 이상 울 힘도 남지 않은 유 빈은 엎드린 채로 남몰래 이를 갈았다.

곧이어 황후의 발소리가 뚜벅뚜벅 울리기에 드디어 뜰을 떠나는가 보다 하고 안심했는데 이게 웬걸, 뜰을 한 바퀴 돌고 다시 돌아온 황후가 그녀 앞에 멈춰 서는 게 아닌가.

"내 정신 좀 봐, 할 일은 하고 가야지."

비빈들이 어리둥절해하는 사이, 맹부요가 곁의 여관女官에게 하문했다.

"더러운 말로 국모를 능멸한 죄는 어찌 다스리느냐?"

여관이 꾸벅 허리를 굽혔다.

"마마, 본인은 스스로 목숨을 끊게 하고 친정에는 폄직 처분을 내립니다."

여관의 말투는 평온했지만, 듣던 비빈들은 부르르 몸서리를 쳤다. 폄직은 벼슬이 좌천되는 것을 가리키는 말이다.

유 빈이 번쩍 고개를 쳐들었다. 맹부요가 싱긋 웃으며 그녀와 눈을 맞추더니, 더없이 온화한 투로 말했다.

"그러게 뭘 그렇게 애를 썼어! 지은 죄야 어련히 궐 안 법도와 국법에 따라 다스릴까, 허겁지겁 따귀는 왜 때려? 이거 봐, 쓸데없는 짓이었잖아."

자결…….

비빈들의 얼굴에서 일제히 핏기가 싹 가셨다. 고작 몇 마디 말이 자기 목숨을 앗아 갈 줄은 꿈에도 생각 못 했던 유 빈은 완전히 겁에 질린 채 믿을 수 없다는 표정으로 맹부요를 올려다보았다.

유 빈은 그 차분하고도 싸늘한 눈빛을 마주하는 순간 가슴이 철렁 내려앉는 걸 느꼈다. 입이 허망하게 벌어지고, 몸이 부들부들 떨리기 시작했다. 사시나무가 떨듯, 바람에 깃발이 떨듯, 유 빈은 맹부요의 발치에서 발작적으로 온몸을 떨어 댔다.

맹부요는 그런 상대를 미소 띤 표정으로 내려다보고 있었다.

유 시랑이 몹시도 아끼는 딸이라 했던가. 원래는 궁에 들여보내는 것도 원치 않았다 들었는데, 과연 이 상황을 알면 무슨 생각을 하려나.

"안 돼!"

뒤늦게 정신 줄을 잡은 유 빈이 눈물을 줄줄 흘리며 기어 와 맹부요의 옷자락을 와락 붙들더니 '쿵쿵' 소리가 나도록 연신 머리를 조아렸다.

"마마, 마마! 잘못했어요! 살려 주세요! 목숨만은……."

"누가 죽인대?"

그 무심한 한마디에 유 빈은 또 한 번 멍해졌다. 맹부요의 손 아귀에서 몇 차례 쥐락펴락 주물리는 사이, 넋이고 기운이고 싹 다 빠져 버린 유 빈은 그저 멍청하게 바닥에 꿇어앉아 있었다.

이때 황후마마께서 가엾다는 투로 하시는 말씀이 들려왔다.

"선재로다, 생명을 아끼는 것은 하늘의 도리인바, 설사 대역 무도한 언사로 우리 가문을 모욕했다 한들 어찌 말 몇 마디를 이유 삼아 사람 목숨을 빼앗을 수 있을까. 안 될 일이지, 안 될 일이야……."

유 빈은 망연히 올려다보았을 뿐, 선뜻 기뻐하지 못했다.

저 입에서 바로 뒤이어 무슨 무서운 소리가 나올 줄 알고?

"하지만 그 입이 방정인 건 사실이지. 방정도 보통 방정이 아 니야. 평소 우스갯소리랍시고 외척들한테 궐 안 사정을 줄줄 읊고 다녔다던데?"

맹부요는 유 빈을 쳐다보는 대신 부르르 어깨를 떠는 다른 후궁들을 죽 훑어봤다.

"화는 입에서 나오는 법이라고 하잖아? 이대로 뒀다가는 언 젠가 말 때문에 목이 날아갈 날이 오고야 말 터인데, 동생이 스스로 못자리 파고 들어가는 꼴을 차마 지켜볼 자신이 없거든. 그러니 본 궁이…….”

맹부요가 나른하게 소맷자락을 떨치며 말했다.

“그 입을 꿰매 주도록 하지!”

정적이 흐르길 잠시, 간이 작은 후궁 하나가 겁을 집어먹은 나머지 울음을 터뜨렸다. 유 빈은 천천히 고개를 들었다가 미소 띤 얼굴로 자신을 응시하고 있는 맹부요를 보고는 휘청하면서 그대로 까무러쳐 버렸다.

유 빈의 몸뚱이를 한쪽으로 걷어찬 맹부요가 여자들을 죽 훑어보더니 그중 한 명을 향해 손짓을 보냈다.

“양楊 충용, 이리 나와.”

사색이 된 여자는 감히 일어서지도 못하고 무릎걸음으로 맹부요 앞까지 왔다. 그러고는 고개를 푹 떨군 채 기어들어 가는 목소리로 말했다.

“마마!”

“유 빈의 입 꿰매는 일을 맡아 줘야겠어.”

맹부요의 어투는 지극히 일상적이었다.

“둘이 우애가 각별하다니 신경 써서 잘해 주겠지. 아랫것들의 여물지 못한 손에 내맡겼다가 유 빈의 얼굴을 다 망쳐 놓기라도 하면 어째.”

유 빈보다 낯빛이 더 안 좋은 양 충용은 바닥에 엎드려 잠시 침묵하다가 겨우겨우 개미만 한 목소리를 짜냈다.

“……예.”

"저쪽 방에서 해. 다른 동생들 기겁할라."

흡족한 양 고개를 끄덕인 맹부요가 태감에게 두 여자를 끌고 가라는 눈짓을 줬다. 그러더니 잠깐 뭔가를 곰곰이 생각하다가 한마디를 덧붙였다.

"생살은 꿰매기 힘들 테니 인두로 지지고 나서 시작하는 게 좋겠어."

그녀가 팔을 내젓자 태감 하나가 벌겋게 달궈진 인두를 들고 방 안으로 향했다. 어두컴컴한 뜰을 배경으로 깜빡깜빡 선홍색 빛을 발하는 인두는 흡사 피에 굶주린 도깨비의 눈처럼 보였다.

비빈들은 너 나 할 것 없이 입술을 질끈 깨물었다. 눈앞의 무시무시한 물건이 본인들 입술을 짓이기고 있는 것 같은 기분이 들어서였다. 입술에서 시작된 작열감은 순식간에 가슴까지 번져 갔다. 불에 덴 심장이 형체 없이 문드러지는 느낌이었다.

여인들이 숨죽여 지켜보는 가운데, 태감이 방문을 닫았다. 그로부터 얼마 지나지 않아 유 빈의 목소리라고는 도저히 생각할 수 없을 만큼 처절한 비명이 울려 퍼졌다.

뜰 안은 쥐 죽은 듯 고요했다. 맹부요만이 아니라 숭흥궁 나인들 모두가 침묵을 지키는 중이었다. 완벽한 적막 속에서, 그들은 마치 감상이라도 하듯 비명에 귀를 기울이고 있었다. 이 순간의 피비린내 나는, 숨 막히는, 압박적인, 무거운 분위기는 지금껏 한 번도 누구에게 닦아세우는 걸 당해 본 적 없이 호사만을 누려 온 비빈들의 몫으로 남겨 둔 채.

바닥에 꿇어앉아 있는 비빈들은 하나같이 새파랗게 질려 찍소리도 내지 못했다. 몇몇은 아예 졸도하기도 했고, 일부 여자들의 엉덩이 아래로는 정체가 미심쩍은 물웅덩이가 번져 갔다.

쾅!

숨넘어가는 울부짖음이 새어 나오던 방문이 요란하게 열리더니 봉두난발에 눈에는 핏발이 벌겋게 선 양 충용이 흐트러진 옷매무새를 펄럭이며 뛰쳐나왔다.

"난 못 해! 못 해! 용서해 줘요! 살려 줘……."

양 충용은 황후에게 예를 올리는 것마저 빼먹었다. 그녀의 초점 없는 눈에는 주변 그 누구도 보이지 않는 듯했다. 미친 사람처럼, 오로지 도망쳐야 한다는 일념으로 뜰 출입문을 들이박고, 화분을 들이박고, 물 항아리를 들이박은 그녀는 얼굴에 시퍼렇게 피멍이 들고 온몸이 상처투성이가 되고서도 아무 감각이 없는 양, 기어이 비틀비틀 밖으로 나가려 했다.

그 모습을 뒷짐 지고 지켜보던 맹부요가 무심히 말했다.

"간덩이가 저리 작아서야. 처소로 데려다주어라. 앞으로는 거기서 나올 필요 없을 거다."

나머지 비빈들은 흙먼지 속에 고개를 처박고서 그 소리를 듣고 있었다.

귀빈 이하 후궁들 중에서 제일 힘 있는 친정을 등에 업고 단짝으로 지내던 두 여자가, 친정과 부지런히 왕래하면서 평소 폐하께도 누구보다 적극적으로 달라붙던 둘이 오늘에 이르러 한꺼번에 결딴난 것이다. 이를 통해 황후마마께서 하시고자 하는 말씀이 무엇인지는 너무나도 자명했다.

섬돌 위에 올라선 맹부요는 이성을 잃고 밖으로 뛰쳐나가는 양 충용을 보며 아무도 모르게 눈썹을 찌푸렸다.

진짜 입을 꿰맬 생각까지는 아니었다. 암매한테 상황 봐서 겁만 주라고 했는데, 설마하니 정말로 뭔가 끔찍한 일을 친 건 아니겠지?

그녀는 뜰을 한가득 채우고 있는 비빈들에게로 눈을 옮겼다.

그야말로 꽃밭이로구나, 꽃밭이야.

여자들은 하나같이 '후궁' 하면 떠오르는 그림에 딱 들어맞는 절색이었다. 그도 그럴 것이, 섭정왕이 당초 헌원민의 애첩을 뽑으면서 내건 조건은 단 하나, 미모였다. 황제의 정신을 쏙 빼놓을 만큼 아리따울 것.

따지고 보면 여기 모여 있는 여자들도 신세가 가련했다. 가문의 흥성을 위해 바쳐진 제물, 자식을 가질 수도 없는 처지. 그러니 낙이라고는 입방아질과 밀정 노릇이 전부일 수밖에.

헌원민이 협상 조건으로 가짜 황후 역할을 제시한 건 다른 인물이 황후 자리를 꿰차면 필시 본인의 운신을 제한하리라 생각해서였다. 그 밖의 부수적인 사항, 이를테면 궐 안 구석구석에 도사린 밀정이라 할 수 있는 비빈들의 발과 입을 단속하는 일이야 해 주면 좋고, 안 해 줘도 그만인 영역이었다.

맹부요 대왕이 어떤 분이신지 사전 지식이 부족한 그는 애초에 기대치가 그리 높지 않았으며, 그녀가 고분고분 이용만 당하고 있을 인사가 못 된다는 사실 역시 까맣게 모르고 있었다.

이에 대한 맹부요의 생각은 서로서로 등쳐 먹기로 대동단결

하여 마지막에는 누가 웃는지 한번 보자꾸나였다. 시의적절하게 굴러들어 온 황후 자리를 활용해 이 나라 정국을 한바탕 흔들어 놓겠다는 게 그녀의 심산이었다.

단, 흔들긴 흔들되 적정선은 지켜야 한다. 나중에 종월 손에 넘겨줬을 때 너무 엉망진창이면 곤란하니까.

이상, 오지랖 넓은 맹부요가 미간에 주름을 잔뜩 잡고서 한 생각이었다.

섬돌 아래를 내려다보며, 그녀가 나른하게 입을 열었다.

"동생들."

비빈들은 허겁지겁 머리를 조아렸다.

"무릇 궐 안의 여인이라면 천하에 모범을 보이고 폐하를 모시는 데에 정성을 다함이 응당할 터. 본 궁이 입궐하기 전에야 기강이 흐트러졌을 수 있겠지만, 이제부터는 법도를 바로 세워야지."

맹부요가 말했다.

"오늘부터 짝수 일마다 여기 와서 수도 놓고 천도 짜고 해 줘야겠어. 그 손으로 직접. 완성된 물건은 성총의 일환으로 공신들에게 하사할 터이니 그리 알고."

비빈들은 속으로 앓는 소리를 흘렸다.

직접 하라고? 그것도 무려 격일로? 자수야 그렇다 친대도 천을 짜?

조정 관원의 집안에서 태어나 애지중지 떠받들어 키워진 아가씨들이 언제 그런 험한 일을 해 봤겠는가. 하지만 명분이 너무 그럴듯해 도저히 싫다고 할 방도가 없었다. 설령 섭정왕을 불러온다 해도 내명부 일에는 이래라저래라 훈수를 두지 못할 것이다.

고분고분한 비빈들을 보며, 맹부요가 고개를 끄덕였다.

"그럼 다들 물러가 보도록!"

그러고는 방향을 틀어 건물 안으로 향했다. 지금쯤이면 안쪽 싸움도 얼추 끝났겠거니 하며.

바깥에서 벌어진 일을 실시간으로 목도한 귀빈급 이상 후궁들의 얼굴에 처음의 그 오만한 표정은 온데간데없었다. 황후의 잔혹함에 이미 질겁한 그들은 두려움에 찬 눈으로 맹부요를 쳐다보고 있었다. 하지만 그들의 예상과 달리 정작 맹부요의 태도는 봄바람처럼 온화했다.

잠시 후, 비빈들에게 하나하나 인사말을 건네며 자리로 향하던 그녀가 돌연 한 사람을 호명했다.

"화華 귀빈!"

아까 간설을 비꼴 때만 해도 그렇게나 의기양양할 수가 없더니, 이 순간의 화 귀빈은 호명만으로도 화들짝 소스라치면서 일어나 허둥지둥 허리를 숙였다.

"어제 폐하께 들으니 늦여름 남방에 물난리가 났을 때 호부에 계신 영존께서 구휼금 지급 건을 아주 신속하고 정확하게 처리해 주었다지. 나라의 동량을 격려하는 의미로 화 귀빈의 품계를 높여 주려 하는데."

맹부요의 입가에 미소가 어렸다.

"'비'로 승계하고 호는 '화'로 하지."

"감사합니다!"

화 귀빈이 기쁨을 이기지 못하고 연신 감사를 표하자 맹부요가 손을 살짝 들어 보이면서 웃음 섞인 투로 말했다.

"흔히들 후궁이 궐 안에서 어떤 위치냐에 따라 그 가문의 영욕이 결정된다고 하지만, 사실 가문이 나라에 공을 세우면 궐 안의 여식도 덕을 보는 법이거든. 다른 사람들도 다 조정 권신집안 출신이니 언젠가 기회가 올 게야."

다들 한목소리로 '예.' 하고 답하는 가운데, 요姚 귀빈의 얼굴에는 어두운 그림자가 스쳤다. 그녀의 부친은 대학사로, 화 귀빈의 부친과는 오래전부터 물과 기름 같은 사이였다. 그런 상황에서 화 귀빈은 하루아침에 비가 되었는데 본인은 여전히 빈에 머물러 있으니 분하지 않고 배기겠는가.

화 귀빈의 품계가 상승한 데 대해 나머지 비빈들이 보인 반응은 제각각이었다. 본래 알력 다툼으로 혼란하던 헌원 조정에서 섭정왕이 대세를 장악하기 위해 동원한 것은 두 적대 세력 간의 균형을 의도적으로 아슬아슬하게 유지하는 제왕술이었다. 그 결과 조정이 두 패로 나뉘어 서로 헐뜯고 공격하는 동안 섭정왕은 그들 머리 꼭대기에서 웃음 지으며 양쪽 모두를 손에 쥐고 흔들 수 있었다. 실정이 이러하다 보니 후궁으로 들어온 조정 신료의 딸과 손녀들도 자연히 편이 갈릴 수밖에 없었던 것이다.

아무 눈치도 없는 척 여유롭게 차를 음미하던 맹부요가 돌연

의아하다는 듯 말했다.

"현비는 왜 안 왔지?"

비빈들은 당혹했다.

어제 분명 못 온다고 기별을 했을 텐데, 그걸 하루 만에 잊어버렸다고?

개중 하나가 입을 열려는데, 간설이 재빨리 끼어들어 주위를 둘러보는 시늉을 하면서 말을 받았다.

"그러게나 말입니다. 어쩐지 한 명이 비는 것 같더라니 현비 마마가 안 오셨네요, 아마…… 깜빡한 게 아닐까요?"

그녀를 쓱 쳐다본 맹부요는.

'아.' 하고 한마디만 하고선 찻잔을 다시 입가로 가져갔다.

맹부요가 잔을 한쪽에 내려놓자 눈치 빠른 비빈들이 자리에서 일어나 인사를 고하고 물러갔다. 간설이 줄 맨 끝에서 유독 뭉그적거리는 걸 알면서도 맹부요는 그쪽으로 눈길을 주지 않고 자리에 앉아 느긋하게 차만 한 모금씩 넘기고 있었다.

그러다가 다른 여자들이 모두 밖으로 나간 찰나였다. 갑자기 뒤로 돌아선 간설이 맹부요의 발치에 와락 몸을 던졌다. 눈꺼풀을 내리깔고 간설을 내려다보길 잠시, 맹부요가 싱긋 웃음 지었다.

새 황후의 입궁과 동시에 황궁 내에서 벌어진 몇 가지 크고 작은 일들을 꼽자면, 우선은 유 빈과 양 충용을 쌍으로 처벌한 사건이 있었다. 유 빈은 그날 이후로 승흥궁에서 나오지 못하고 있었고, 양 충용은 실성해 버렸다. 그밖에도 새 황후는 화 귀빈의 품계를 높여 줬고, 후궁 전원에게 격일로 승흥궁에 와서 수를 놓고 천을 짜라는 명을 내렸으며, 현비 고 씨에게는 귀한 약재와 보석을 하사했다.

이러한 행적은 물론 섭정왕의 귀에도 들어갔다. 보고를 듣고 난 헌원성은 잠시 머리를 굴리다가 이렇게 말했다.

"참으로 독살스럽기 짝이 없군."

그러자 옆에 있던 막료가 한마디를 했다.

"그 또한 황제의 총애를 독점하기 위한 수단이겠지요."

헌원성도 이내 그 말이 맞는 것 같다는 쪽으로 생각이 기울었다.

일관성이라고는 눈 씻고 찾아봐도 없는 일련의 행위들만 가지고 황후의 목적을 파악하기란 사실 어려운 일이었다. 육궁의 기강을 세우려 한다기에는 개중에서도 제일 오만방자한 현비를 그냥 둔 게 이상하고, 총애를 독점하는 게 목적이라 하기에도 화 귀빈의 품계를 올려 준 점이 앞뒤가 맞질 않았다. 정치 놀음이라면 어디 가서 밀리지 않을 자신이 있는 헌원성이었지만, 여인의 심사는 아무리 생각해도 아리송할 따름이었다.

이때 곁의 막료가 웃으며 말했다.

"무얼 그리 염려하십니까? 따지고 보면 왕야와는 일가붙이고, 황후가 그렇게 경우 없는 부류도 아닌걸요. 하물며 궁중에 의지할 사람 하나 없는 처지인데 그런 황후가 무얼 할 수 있겠습니까?"

그 소리에 헌원성도 피식하면서 우려를 거두어들였다.

하기야 조정이고 궁중이고 모조리 이 손아귀 안에 있는 것을. 무려 10여 년의 세월을 들여 촘촘하게 심어 놓은 세력을 그까짓 어린 계집애 하나가 무슨 재주로 흔들려고. 게다가 만에 하나 우문자가 불손하게 나올 것을 대비해 마련해 둔 최후의 수단도 있지 않은가.

맹부요가 궁중에서 말 많은 촉새들을 손봐 주고 있던 그 시각, 확인서를 챙겨 궁문 밖 철씨 댁 저택 옆 골목에 당도한 소칠은 궁인사 문을 두드리고 있었다. 젊은 태감이 하품을 깨물면서 문을 열었다.

"아침 댓바람부터 웬……."

다짜고짜 짠소리를 쏘아붙이던 태감이 소칠을 보고는 순간 벙찐 눈이 됐다. 소칠이 확인서를 내밀자 태감은 더욱더 이해가 안 간다는 표정을 드러냈다.

소칠의 행색을 위아래로 훑어보던 눈길이 어깨에 걸쳐져 있는 전북야의 검은색 여우 털 외투에 잠시 머물렀다가 값비싼 외투 아래 남루하기 이를 데 없는 옷가지로 옮겨 갔다. 그가 씩 웃으면서 확인서를 탈탈 흔들었다.

"아항, 궁 안 잡역부? 그거 아무한테나 내주는 자리가 아닌데, 황궁에 들어가는 게 어디 쉽겠어?"

고개를 들었다가 외투를 힐끔거리는 상대의 눈빛을 발견한 소칠은 짧은 고민 끝에 말없이 외투를 벗어 태감의 손에 쥐어 줬다. 그러자 입이 귀에 걸린 태감이 소칠을 슬쩍 꼬집었다.

"머리가 잘 도는 동생이네. 앞으로 출세할 거야!"

소칠이 그 손을 가차 없이 쳐 냈는데도 태감은 전혀 기분 나쁜 기색 없이 새끼손가락을 나긋하게 세워 들고는 말했다.

"안에 가서 얘기하고 올게!"

그가 다시 돌아오기까지는 그리 긴 시간이 걸리지 않았다.

"이 공공께서 들어오래."

말을 마친 태감이 한쪽에 난 쪽문을 향해 소리쳤다.

"왕도자王刀子, 일어나. 일감이다!"

소칠이 안내를 따라 묵묵히 안으로 들어가자 이 공공이 반가운 표정으로 손을 잡아끌었다.

"자, 여기다가 이름부터 적어라."

그러나 소칠은 팔을 움츠리면서 우물거렸다.

"글을 쓸 줄 모르오."

그러고는 손으로 동그라미를 그려 보였다.

"항상 이걸로 했소."

장군 시절에도 문서에 서명 대신 동그라미를 그렸었다.

이 공공은 크게 개의치 않는 기색으로 문서를 정리해 넣고는 소칠에게 목욕부터 하라고 했다. 씻고 나오자 느슨한 도포를 하나 내밀었고, 소칠이 도포를 걸치자마자 아까 그 왕도자라는 인물이 이것저것 잡다한 물건을 잔뜩 어깨에 지고 들어오더니 그를 쓱 한 번 쳐다보고 말했다.

"따라오시오."

어깨 위의 흰 천, 나뭇재, 잡다한 병이며 상자를 본 소칠은 일하러 가자는 소리로 알아듣고 별말 없이 뒤를 따라나섰다.

왕도자를 따라 들어간 곳은 휑한 방이었다. 창문에는 바람 한 점 들지 못하게 창호지가 단단히 발려 있고, 방 한가운데에는 자그마한 침상이 놓여 있었다. 그 주변으로는 밧줄이 어지럽게 흩어져 있는 게 보였다.

왕도자가 탕약 한 그릇을 내밀었다.

"이것부터 마시구려."

시커먼 탕에서는 역한 냄새가 났다. 그간의 떠돌이 생활을 통해 배운 게 있는 소칠은 소매 안에서 은침을 꺼냈다. 아무리 형편이 팍팍해도 끝까지 팔아 치우지 않은 물건이었다.

은침을 조심스럽게 탕에 넣는 소칠을 보며 왕도자가 들으라는 듯이 코웃음을 쳤다.

"하! 대마탕에 은침 담그는 작자는 또 처음 보는군!"

독이 없는 것도 확인됐겠다, 마침 목이 마르기도 했겠다, 소칠이 탕을 꿀꺽꿀꺽 들이켰다. 국물이 들어가자 배 속이 뜨끈뜨끈해졌다. 이상한 냄새 때문에 속이 메슥거리는 것 같기도 하고 금방 또 괜찮은 것 같기도 하더니, 이내 몸이 두둥실 뜨는 느낌이 들었다. 머릿속이 어질어질하고 눈꺼풀이 무거워졌다.

힘이 풀린 손에서 추락한 사발을 왕도자가 숙련된 동작으로 낚아챘다. 어렴풋하게 문 열리는 소리가 들리는가 싶더니 몇 사람이 걸어 들어왔다.

포대 안에서 번뜩거리는 곡도를 꺼내 든 왕도자가 칼날을 촛불에 그슬면서 지시했다.

"침상에 올리고……."

소칠은 그쯤에서 의식을 잃었다.

❀

궁인사 대문이 '끼익' 하고 열렸다. 안에서 살금살금 모습을 드러낸 건 젊은 태감이었다. 겨드랑이 사이에 낀 불룩한 천 보따리 틈새로 윤기가 자르르 흐르는 모피가 삐져나와 있었다.

그는 뿌듯한 표정으로 외투를 만지작거리며 한몫 단단히 잡았다는 생각을 하는 중이었다. 전당포에 가져가면 노름 한 판 거하게 할 은자는 나올 것이다.

겨울 아침, 거리에는 행인이 뜸했고 길에는 얇은 살얼음이 끼어 있었다. 태감은 얼음 위를 디디지 않도록 조심하면서 궁성 외벽을 따라 걸었다. 그러나 앞코에 두 줄로 장식이 들어간 방한화는 밑창이 닳을 대로 닳아 몹시도 미끄러웠고, 결국 그는 걷다 말고 '쿵' 하고 자빠졌다. 보따리가 날아가면서 펄럭 펼쳐지는 바람에 외투가 바닥에 나뒹굴었다.

"아이고, 아이고!"

태감이 다급히 쫓아갔지만, 맞은편에서 불쑥 등장한 인물이 한발 빠르게 외투를 주워 들었다. 태감이 소리쳤다.

"총각, 그거 임자 있는 물건이야!"

"네 건가?"

상대가 고개를 들었다. 반듯한 이목구비에 몹시도 묘한 표정이 어려 있었다.

"네 거냐고 물었다."

"당연하지!"

그 즉시 주먹이 날아와 태감의 머리통을 후려갈겼다.

"한 번 더 본인 거라고 해 보시지!"

흡사 철퇴에 정통으로 가격당한 듯, 태감은 머릿속이 '뎅' 하고 울리는 소리를 들었다. 아마 머리통이 목 안으로 움푹 꺼져 들어갔지 싶은 와중에, 어젯밤에 본 별들이 단체로 눈앞을 날아다녔다.

"내……."

빡!

또다시 주먹이 작렬했다.

"한 번 더 지껄여 보겠나?"

태감은 울고 싶었다.

'내 거다.'가 아니라 '내 거라고 안 할게요.'라고 하려던 건데…….

외투를 몇 번이고 이리저리 살피던 사내가 짜증이 솟구친다는 듯 태감을 걷어찼다.

"말해, 어디서 났지?"

목을 잔뜩 움츠린 태감이 눈물을 머금고서 뒤편 궁인사를 가리켰다.

"환관으로 들어가 잡역부 일을 하고 싶다는 녀석이 잘 봐 달라고 줬습니다……."

"허튼소리!"

사내의 일갈에 태감은 오줌을 찔끔 지리고 말았다.

"그분이 어떤 분이신데 너 따위한테 뇌물을 줘!"

"어떤 분이신데요……?"

태감이 아연실색했다.

"그냥 거지꼴이던데, 뭐 대단한 사람입니까요?"

"거지꼴?"

사내가 납득이 안 간다는 듯 물었다.

"행색이 어땠길래?"

태감이 서럽게 훌쩍이면서 인상착의를 읊는 동안 얼굴색이 점점 안 좋아지던 사내가 잠시 후 중얼거렸다.

"소칠?"

그는 고개를 들어 뒤편 궁성에 눈길을 던졌다.

양심도 더럽게 없는 주군한테서 버려진 이후로 혼자 섭정왕부를 기웃거리기를 몇 날 며칠이던가, 어제야 비로소 주군이 남긴 기별을 접했다.

웬 황후질을 해 먹으러 궁에 들어간다나.

그래서 본인도 입궁할 방법을 찾던 차에 생각지도 못한 장소에서 전북야의 외투를 보게 된 것이다.

전북야의 의복에는 남들과 구분되는 특징이 있었다. 안쪽 면에 자리한 용 문양, 화염이 이글거리는 듯한 그 모양은 아무나 따라 하고 싶다고 따라 할 수 있는 것이 아니었다.

그런데 그게 애송이 태감 손에 있다니, 이상한 일이 아닐 수 없었다. 하여 어찌 된 영문인지를 물은 것인데, 몇 마디 묻고 답하는 사이에 경악스러운 사실을 알게 됐다.

소칠이 내시가 되려 한다고?

사내, 철성은 머릿속이 '웅' 하고 울리는 느낌을 받았다. 소칠이 전북야 휘하에서 쫓겨났다는 이야기는 들어서 알고 있었다. 그렇다면 궁에 들어가려는 이유가 무엇인지도 알 만했다.

하지만 소칠이 그런 방식으로 입궁한다면 결과는 참혹할 것이다. 전북야 쪽이야 차치하고서라도, 일단 자신의 주군은 평생 악몽에 시달릴 것이 틀림없었다.

미련한 자식! 이건 속죄가 아니라 민폐라고!

철성이 당장에 태감의 멱살을 틀어잡았다.

"지금 어디 있어? 안내해!"

❉

이 사달이 나기 열흘 전.

꽃송이 한들거리고 구름 휘감아 도는 산꼭대기에서 사제 간에 짧은 대화가 오고 간 때로부터 어느덧 사흘 밤낮이 흘렀다.

구불구불 길게 이어져 어디에서 와서 어디로 가는지 알 길이 없는 회랑 한중간, 더디고 자욱한 안개의 흐름 속에 새하얀 옷을 입은 사람이 조용히 꿇어앉아 있었다. 오래도록 일어날 줄 모르고, 그저 담담히.

문득 윤곽이 동글동글한 그림자 하나가 허공을 빠르게 스쳐 오더니 무릎 꿇은 이의 머리 위 대들보에 안착했다. 태연의 손끝에서 빨간빛 한 줄기가 쏘아져 나가 장손무극의 등을 때렸다.

"벌받는 주제에 졸아? 제자랍시고 스승님 말씀이 아주 우습지?"

움찔 고개를 든 장손무극이 입을 열려는 찰나, 갑자기 홱 돌아선 태연이 그대로 모습을 감춰 버렸다. 동시에 조금 전까지만 해도 전혀 인기척이 없던 운무 속에서 어슴푸레한 푸른빛 형체가 등장했다. 장손무극이 고개를 숙였다.

"무극, 아직도 생각이 안 바뀌었느냐?"

높은 관을 쓴 노인의 고고한 이목구비는 안개에 잠겨 흐릿했다. 표정에서는 여전히 아무런 감정이 드러나 보이지 않았다.

장손무극은 움직이지도, 말을 하지도 않았다. 넓게 펼쳐진 장포 아래로 그의 무릎 밑에는 눈이 쌓여 있었고, 눈썹에는 미세하게 서리꽃이 맺혀 있었다.

그런 그를 묵묵히 내려다보던 노인이 소리 없이 한숨을 내쉬더니 입을 열었다.

"예전에는 네 그 성정을 아꼈다만, 지금은……."

노인이 옆으로 돌아서면서 말했다.

"일어나라."

장손무극이 허리를 깊숙이 숙였다.

"감사합니다!"

하지만 그는 말을 마친 후에도 그대로 꿇어앉아 있었다.

노인은 굳이 제자를 돌아보지 않았다. 다리가 마음대로 움직여 주지 않으리라는 걸 알고 있었기에. 여기 설산 정상은 온 천하를 통틀어 가장 혹독한 추위가 휘몰아치는 곳이었다. 그 추위 속에서 사흘 밤낮을 꿇어앉아 있었으니……. 보통 사람이었다면 진작에 목숨이 다했을 것이다.

소맷자락을 펄럭 떨치면서 진기를 끌어올린 장손무극은 손으로 바닥을 짚고서 천천히 몸을 일으킨 다음 뒤편 기둥을 붙들었다.

"어째서냐?"

노인의 말투에서 희미한 피로감이 묻어났다.

"부황의 건강이 좋지 못합니다."

장손무극이 담담히 답했다.

"자식 된 도리로 부친의 병상 곁을 지키지 않을 수 없습니다."

"속세를 자유로이 드나들 수 있도록 장로들이 배려해 주지 않았더냐. 내 자리를 이어받는다고 해서 속세에서의 효를 다하지 못할 것은 없다. 장래 제위에 오르는 것 또한 간섭하지 않겠다는데 무얼 더 바라는 게야?"

"존사께서 아직 강건하시건만 제가 어찌 감히 그 자리를 넘보겠습니까."

"나는 이미 지선地仙의 경지에 들었느니라. 인세에서 마지막 겁을 겪고 나면 내가 가야 할 곳은 무진계無盡界다. 지난 수년간 태연을 비롯한 네 사숙 일맥이 방해만 하지 않았어도 진즉 네게 자리를 넘겨주었을 것이야. 쉽지 않은 과정을 거쳐 장로들의 동의도 얻어 냈건만, 네가 이리 고집을 부리니……. 무극, 네 정녕…… 스승의 염원을 이루어 준다 생각하고 자리를 넘겨받을 수는 없겠느냐?"

장손무극이 침묵 끝에 입을 열었다.

"존사님, 저는 그 자리를 이어받을 수 없습니다."

노인의 손끝이 가늘게 떨렸다. 장손무극을 향해 돌아선 그의 눈 안에서 금빛 이채가 폭발했다. 흡사 구름의 바다 위에 또하나의 태양이 뜬 듯, 눈부신 광휘가 주위를 압도했다. 그 빛의 강렬함은 장손무극의 가슴 밑바닥까지도 훤히 비출 수 있을 정도였다.

"무극……, 대체 무엇이 두려운 것이냐."

장손무극은 그 상황에서도 표정을 바꾸지 않았다.

"저로 인하여 사문에 화가 닥칠까 두렵습니다. 사문을 분열시키고 모두를 불안하게 만들어 천고의 죄인으로 남을까 두렵습니다."

"그러하더냐?"

그를 지긋이 바라보던 노인이 한숨을 내쉬었다.

"이번에는 반드시 결론을 낼 작정으로 폐관 중에 어렵사리 밖에 나왔건만, 마음 편히 떠나게 해 줄 생각은 없다는 게로구나……. 되었다, 가 보아라."

　제자에게서 눈길을 거둔 노인이 바닥에 가부좌를 틀고 앉아 다섯 손가락을 가볍게 털자 손바닥에서 투명한 기류가 가닥가닥 무수히 뿜어져 나왔다. 하늘을 가득 채웠던 운무와 흐드러지게 피었던 꽃들이 손바닥에서 뻗어 나온 진력에 붙들려 빙글빙글 회전하면서 손 쪽으로 모여들더니 이내 거대한 문을 이루었다. 천지와 운해를 겹겹 가림막 삼아 자취를 감추는 선인처럼, 그는 다시금 폐관에 들어갔다.

　조용히 안도의 한숨을 내쉰 장손무극은 팔다리에 힘이 풀리면서 그대로 뒤를 향해 허물어졌다. 이때 뒤쪽에서 누군가 그의 몸을 받쳐 줬다. 손가락의 감촉이 다소 서늘했다. 등 뒤의 인물 역시 깊은 탄식을 흘렸다. 아주 무거운 짐을 내려놓은 듯한, 그러면서도 유감 섞인 체념이 묻어나는 한숨이었다.

　등을 받쳐 주고 있는 손에 의지해 힘겹게 고개를 돌린 장손무극은 옥빛 성채와 홀로 우뚝한 산봉우리 아래, 저 멀리 아득한 곳을 바라보았다.

　……부요.

그가 돌아오다

곡도가 촛불에 그슬리면서 서슬 퍼런 번뜩임을 발했다. 침상에 결박당한 소칠의 허리춤에는 하얀 천이 묶여 있었고, 조수네 명이 팔다리를 옴짝달싹 못 하게 짓누르고 있었다. 대마탕에 취한 소칠은 뭔가 잘못되어 가고 있다는 걸 알면서도 지독한 현기증 탓에 아무것도 할 수가 없었다.

칼을 들고 다가온 왕도자가 군더더기 없는 동작으로 작업에 돌입했다. 뜨듯하게 데워진 도신이 살갗에 닿았다. 날은 뜨겁고 칼등은 싸늘했다. 날붙이 특유의 예기, 그리고 묵은 피비린내를 덮어쓴 쇳내가 소칠을 덮쳤다.

소칠에게는 무엇보다 익숙하고, 무엇보다 경계심을 자극하는 냄새였다. 유년기에는 화살이 그랬으며 소년기에는 칼이 그랬다. 봉화가 하늘 끝까지 치솟고 사방에서 피가 튀는 3천 리

정벌 길을 매 순간 칼과 함께했다. 칼날이 코앞까지 바싹 육박해 왔을 때 느껴지는 한기는 타인의 육신에 칼을 박아 넣는 순간의 그 섬찟한 손맛과 마찬가지로 한 번 뼛속에 새겨지면 절대 지워지지 않는 감각이었다.

칼날이 들어온다!

살갗에서 신호가 전달되자 머리가 즉각 지령을 내렸다.

반격하라!

소칠은 고개를 번쩍 쳐들면서 흡사 늑대가 울부짖듯 긴 포효를 터뜨렸다. 식겁한 왕도자가 손을 움찔하는 찰나 칼끝이 소칠의 피부를 얕게 스치면서 피를 몇 방울 냈다.

칼날, 포효, 핏방울. 삼박자가 합을 이루어 소칠의 몸속에 오랫동안 숨겨져 있던 야수의 거친 본능을 폭발시켰다. 하늘과 땅, 자연으로부터 온, 적을 물어뜯기 위해서라면 죽음도 불사하는 그 무시무시한 힘은 사람이 쓰는 약물 따위로 제압할 수 있는 것이 아니었다.

늑대 아이, 그의 육신은 타인의 침범을 허락지 않으니.

침상에 누워 있던 소칠이 순간 몸을 위쪽으로 펄떡 튀겨 올리면서 사지를 팽팽하게 곧추 펴자 팔다리에 감긴 밧줄과 허리에 묶여 있던 흰 천이 투두둑 끊어져 나갔다. 조수 넷은 '꽥' 하고 나가떨어졌고, 소칠은 허리를 축으로 몸을 돌리면서 침상에서 내려오는 동시에 팔꿈치로 왕도자의 칼을 박살 내 버렸다.

쾅!

누군가의 발에 기습적으로 걷어차인 문짝이 벽을 처박고 산산이 조각났다.

온몸에 싸늘한 기운을 두른 철성이 안으로 들어섰다. 철성의 눈에 들어온 것은 찢어진 천 쪼가리 반쪽만 아슬아슬하게 두른 소칠이 왕도자를 쫓아 사방팔방으로 뛰어다니는 광경이었다.

그 난장판 속에서도 소칠의 하체 부근에서 언뜻 핏자국을 확인한 철성은 머릿속을 뒤흔드는 천둥소리를 들었다. 끓어오르는 분을 이기지 못한 그는 마침 문간 쪽으로 허둥지둥 도망쳐 온 왕도자를 향해 칼을 내질렀다. 칼이 살갗을 찢고 들어가자 선혈이 무지개 같은 곡선을 그리며 뿜어져 나왔다.

거세라면야 지금껏 수백 수천 번도 더 해 본 일이건만. 오늘도 다른 날처럼 할 일을 하려던 것뿐인데 설마하니 그게 저승사자를 불러들일 줄이야.

눈을 허옇게 까뒤집은 왕도자는 비명조차 지르지 못하고 그 자리에서 절명했다.

아침잠을 마저 자러 들어갔다가 소리를 듣고 허우적허우적 달려 나온 이 공공은 눈도 못 감은 왕도자의 시신을 보자마자 벽에 기대 스르르 주저앉았다. 도끼눈을 뜬 철성이 피를 시뻘겋게 뒤집어쓰고 손에는 칼까지 든 모습으로 뒤를 돌아보자 기겁을 해서 온몸을 부르르 떤 그는 걸음아 날 살려라 줄행랑을 놨다. 하지만 철성의 손이 더 빨랐다.

이 공공의 멱살을 낚아챈 철성이 위협적으로 외쳤다.

"이놈의 늙다리가 멀쩡한 사람을……! 목을 따 주마!"

이때 소칠이 불쑥 끼어들었다.

"일."

약 기운이 가시기 전인 소칠은 여전히 눈이 풀려 있었다. 조금 전에는 싸움터에서 몸에 익힌 본능 덕분에 위기를 모면할 수 있었지만, 지금은 똑바로 서 있기조차 힘들었다.

그 와중에도 도포를 주워 입고 채찍을 찾아 다시 등에 멘 후, 그가 똑같은 말을 반복했다.

"일."

나머지는 전부 흐리멍덩한 안개 속이었다. 심지어 철성도 알아보지 못하는 상태. 아까 무슨 일이 있었는지도 정확하게 기억나지 않았고, 왕도자를 죽이려던 것도 그냥 왠지 그래야 할 것 같아서였다. 지금 그의 머릿속에는 '일' 말고는 아무것도 없었다.

소칠의 보석처럼 까만 눈동자를 응시하던 철성은 울컥 눈시울이 젖어 들었다.

우직하고 단단한 바위 같은 녀석. 세상의 때가 묻지 않아 순수하고 해맑기만 한, 제 모든 의지와 노력을 다해 오직 한 가지 목표만을 좇는 녀석. 그런 녀석에게 하늘은 어찌 이리도 가혹한 운명을 내리시는가!

철성이 머뭇머뭇 말했다.

"상……, 상처부터 살펴야 하지 않겠어?"

그러자 소칠이 어리둥절한 표정으로 고개를 가로저었다. 철성도 그 이야기를 더 입에 담기는 난처한지라 일단 몸을 돌려 이 공공을 우악스럽게 틀어잡았다.

"죽을래? 살래?"

그간 맹부요 대왕을 따라다니면서 이쪽 방면으로 배운 게 많은 철성이었다. 협박 시에 말은 무조건 짧게 할 것. 말이 길어지면 위세가 죽는다.

가엾은 이 공공은 닭발 같은 손가락을 파들파들 떨었다. 얼마 못 가 그가 울먹이는 소리로 답했다.

"살고 싶습니다요……."

"좋아!"

철성이 그를 바닥에 패대기쳤다.

"무슨 수를 써서든 우리 둘을 궁 안에 데려다 놔. 태감도 좋고……."

이 공공을 향해 얼굴을 바짝 들이민 철성은 무섭도록 새하얀 송곳니를 드러내며 최대한 주군과 비슷하게 음험, 교활, 뻔뻔, 악독한 웃음을 지어 보였다.

"……물론 가짜다, 알겠나?"

❀

요 며칠 궐 안은 어느 때보다도 조용했다. 그도 그럴 것이, 비빈들은 하루걸러 한 번씩 새벽같이 일어나 황후마마께 문안인사를 드려야 했고, 새벽 문안을 안 올리는 날은 온종일 천을 짜야 했으니, 나머지 시간은 부족한 잠을 보충하는 데 쓰기에만도 빠듯해 딴생각 같은 걸 아예 할 겨를이 없었던 것이다.

악랄하기 짝이 없는 맹부요는 거기에 그치지 않고 본인 궁 안에 텃밭을 만들어 수십 쪽으로 가른 뒤 비빈 개개인에게 할당하고 생산 책임제 시행을 천명했다. 밭뙈기마다 명패를 걸어 놓고서 경작 성과가 좋은 사람, 그리고 천을 어여쁘게 잘 짠 사람에게는 폐하를 하룻밤 사용할 자격을 주겠다는 것이었다.

헌원민이 소식을 전해 들은 건 허리 꺾기 연습 중의 일이었다. 그는 유연한 아치를 그릴 예정이던 허리를 된통 접질리고 말았다.

삐걱거리는 허리를 부여잡고서 잔뜩 화가 난 표정으로 숭흥궁에 간 그는 맹부요의 처사에 강한 불만을 표명했다.

채소 키우고 천 짜기고 그게 어디 하루아침에 결과물이 나오는 일인가. 평생을 손에 물 한 방울 안 묻혀 본 후궁들에게 효율 따위를 기대하는 건 사치일진대, 그럼 나는 긴긴밤을 홀로 어찌 보내라고?

어디 그뿐이랴, 근래 들어 몸도 고단하고 황후도 무섭다 보니 아예 잠자리 시중을 거부하는 후궁까지 등장한 실정이었다.

지난번 왕王 미인의 경우를 보자. 자기 명패가 선택되니까 그 즉시 반지를 주워 끼지 않았나. 분명 열흘 전에도 반지 낀 걸 봤건만, 무슨 놈의 달거리를 보름씩 한단 말인가.

그의 주제넘은 반항을 앞에 두고, 맹부요는 앞니 두 개와 의치 하나를 드러내며 완벽한 웃음을 지어 보이고는 자못 상냥하게 해결책을 일러 줬다.

"손으로 해!"

그러나 질기디질긴 광대 놈은 울먹이며 소맷자락을 붙들고 늘어졌다.

"기왕 도와주기로 한 김에 그것도 좀 도와주면……."

결국, 그는 귀싸대기를 올려붙이는 맹부요의 힘을 못 당하고 문밖으로 튕겨 나갔다.

잠시 후, 텃밭에 주저앉아 코를 '흥' 푼 광대 놈이 시무룩하게 중얼거렸다.

"처음에는 꽤 구미가 당겼는데, 지금 보니까 저 여자한테 관심 가지려면 강철 같은 맷집과 금강석 같은 의지, 바퀴벌레 같은 강인함, 그리고 고양이처럼 목숨 아홉 개 정도는 필요하겠어……."

마침 밭에 쪼그리고 앉아 큰일을 보는 중이던 원보 대인이 그 소리를 듣고 존경의 눈빛을 보냈다.

폐하, 깨달음을 얻으셨구려.

사실 원보 대인이 해 주고 싶은 말은 그게 다가 아니었다.

폐하, 지금 앉아 있는 그 자리, 내 아까 똥 싼 자리요…….

새끼손가락을 어여삐 치켜세우고서 눈물 섞인 한탄을 늘어놓던 광대 놈은 땅바닥에서 몸을 일으키고 나서야 청록색 바탕에 연분홍 파장화와 칠성무당벌레가 근사하게 수놓인 장포에 웬 누리끼리한 얼룩이 묻어 있음을 발견했다.

이때 호미를 들고 밭을 돌보러 온 빈 하나가 엉망으로 짓뭉개진 작물을 보고는 거의 부모님 초상 치르는 기세로 통곡을 했다. 그녀는 격한 오열 끝에 급기야 수차례 연속으로 경기까지 일으켰고, 이러지도 저러지도 못하고 엉거주춤하게 서 있던 광대 폐하께서는 어쩌면 숭흥궁 안의 저 여인을 황후 자리에 앉힌 게 본인 일생일대의 실수인지도 모른다는 생각을 하기에 이르렀다.

그가 총총히 안으로 달려 들어가 빈의 사정을 좀 봐주십사 부탁하자 창밖을 내다본 맹부요가 짠하다는 듯 말했다.

"울 만도 하네. 이제야 겨우 이파리 비슷한 걸 보는구나 했는데 그걸 통으로 뭉개 놨으니. 남은 거라고는 배추벌레밖에 없겠구먼."

"벌준다거나 그럴 건 아니지?"

텃밭 옆에 앉아 훌쩍거리는 빈을 지켜보는 사이 헌원민의 눈에도 눈물이 맺혔다.

"이런 일로 벌준 적 한 번도 없어."

맹부요가 닭 다리를 뜯으며 말했다.

"그냥 자기 밭에서 난 거 말고는 입에 넣을 생각도 말라고만 했지."

"……."

"쓸데없는 데 신경 *끄고*."

맹부요가 따귀를 한 대 후려쳐 하늘 밖에 가 있던 헌원민의 넋을 붙잡아 왔다.

"정확한 계획이 뭔지는 안 묻겠지만, 그래도 손발이 맞으려면 최소한의 정보는 줘야지. 헌원성은 대체 언제쯤 칠 생각인데?"

"한 달만 더 시간을 벌어 줘."

헌원민이 대답했다.

"한 달간의 자유는 충분히 보장해 줄 수 있지? 그것 말고 숙비와 현비도 처리해 줬으면 해, 그 여자들 가문까지 한꺼번에. 헌원성이 눈치채면 우리가 역으로 당할 수도 있으니 표시 나지 않게."

"지금 그게 현실성이 있는 소리라고 생각해?"

맹부요가 눈을 흘겼다.

"현비랑 숙비에, 두 사람 가문에까지 손을 대는데 섭정왕이 가만히 있을 리가 있겠어? 그쪽은 뭐 등신인 줄 아나."

"황후께서 타고난 총기와 따를 자 없는 재주를 십분 발휘해 주시는 수밖에."

헌원민은 은근슬쩍 맹부요한테 몸을 비비적거리고 있었다.

비비적, 비비적, 비비적비비적⋯⋯.

눈웃음을 살살 흘리시는 미모의 폐하를 한 방에 걷어차 날려 버린 맹부요는 뜯던 닭 다리를 마저 뜯으며 생각에 잠겼다. 생각에 푹 빠져 있는 동안에도 무아지경의 닭 다리 뜯기는 계속 이어졌다.

까득, 까득, 까드득⋯⋯.

살점은 한참 전에 깨끗이 발려 나가고 이제는 뼈다귀마저 잡아먹히고 있는 닭 다리를 보며, 뼈다귀와 어금니가 마찰하면서 나는 까득까득 소리를 들으며, 헌원민은 머리털이 쭈뼛 서는 걸 느꼈다.

참혹하도다, 저게 사람 손이라고 치면⋯⋯.

생각을 마친 맹부요가 손을 척 내밀자 헌원민이 빠릿빠릿하게 손수건을 건넸다. 맹부요는 그걸로 손을 닦았다. 닭 다리는 뼈째로 세상에서 사라진 지 오래였고, 그녀는 손에 닭 뼈가 있었다는 사실조차 잊은 뒤였다.

그녀가 대단히 진지하게 한마디를 뱉었다.

"목록."

"뭐?"

"네 손안에 있는 세력들의 목록 말이야. 궁 안, 궁 밖 다 포함해서."

눈썹을 꿈틀한 헌원민이 웃는 듯 마는 듯 한 표정을 한 채로 말했다.

"궁 안이라면야 이해가 가지만, 궁 밖 목록까지 달라는 건 몹시 이상한데."

"본 궁의 깊은 뜻을 네까짓 게 알 리가 없지."

맹부요는 태평하게 의자에 등을 기댔다.

"주기 싫으면 말고. 내일이면 네 황후는 이 세상 사람이 아닐 거란다."

"저쪽은 걱정 안 돼?"

헌원민이 입을 삐죽 내밀어 방 안쪽을 가리켰다.

"그건 네가 신경 쓸 바가 아니지."

맹부요가 음흉하게 웃었다. 전북야도 왔겠다, 무극국 은위들도 당도했겠다, 양쪽의 도움을 동시에 받는다면 황궁을 탈출하는 것쯤은 일도 아니었다. 지금은 나름의 생각이 있어서 잠시 남아 있는 것일 뿐.

그녀를 빤히 쳐다보던 헌원민이 평소 노래를 부를 때 소맷자락에 길게 덧붙이곤 하는 흰색 명주 천을 소매에서 뜯어냈다.

"백반 녹인 물에 담갔다가 촛불 가까이 대 봐."

맹부요가 감탄했다.

"폐하, 참으로 기발하십니다. 설마하니 이걸 날마다 몸에 지니고 다녔을 줄 누가 알았겠나이까. 남들 앞에 버젓이 드러내고서 말이지요."

"가끔은 궤짝이나 침상 위에 대충 던져 놓기도 했지."

헌원민이 약아빠진 웃음을 지었다.

"헌원성이 아무리 부지런히 첩자를 들여보낸들 그 바보들이 생각이나 했겠어?"

손에 들린 덧소매를 쓱 훑어본 맹부요는 한쪽 입꼬리를 희미하게 말아 올렸다.

궁 안이야 그렇다 치더라도 궁 밖의 원로대신들과 장수들이 헌원민에게 복종한다? 새파란 나이에 황위에 오른 변방 국경지대 출신, 곤경의 조정 대신들과는 과거에도 접점이 없었고 앞으로도 개인적으로 접촉할 기회가 거의 없을 황제에게?

눈이 마주친 두 사람은 각자 눈을 피했다. 둘 다 눈치가 빤한 인물들인지라 상대의 속내를 꿰뚫고 있기는 피차 마찬가지였으므로.

"헌원성이 가장 신임하는 문관으로는 승상 사도묵司徒墨과 대학사 요릉姚凌이, 무관으로는 경위지휘사 이원李元과 양위장군 겸 오군병마도독 당여송唐如松이 있어. 하나같이 난다 긴다 하는 세도가들이야. 저마다 독자적인 세력을 보유 중이고, 자기들끼리도 못 잡아먹어 안달이지."

헌원민이 손끝으로 허공 이곳저곳을 짚는 시늉을 했다.

"물론 군사권은 헌원성 한 명이 틀어쥐고 있어. 병부와 도독에게 허락된 권한은 군적, 정벌, 요충지 경비, 훈련 관련이 고작이고."

"엉."

맹부요는 명나라 때 군제와 비슷하다는 생각을 하고 있었다. 곰곰이 머리를 굴리던 끝에 쓸 만한 착상을 얻었다. 하지만 그녀가 웃음 지으며 뱉은 말은 딴소리였다.

"앞으로 한 달이 더 필요하다면 현비랑 숙비는 천천히 처리하는 게 낫겠네. 들을 얘기 다 들었으니까 이제 꺼져."

계속 엉겨 붙으려고 하는 광대 놈을 걷어차 내보낸 후, 내실로 향한 맹부요가 고개를 빼꼼 들이밀고는 물었다.

"좀 어때요?"

침상 위에 가부좌를 틀고 앉아 운기조식 중이던 암매가 눈을 떴다. 눈동자 안에 이채가 스친 직후, 그가 피식 웃으며 말했다.

"나쁘지 않아."

몸을 일으켜 텃밭을 쳐다보는 그의 눈빛에 엷은 웃음기가 번졌다.

"남 괴롭히는 재주 하나는 타고났군."

삐딱하게 고개를 기울인 채 암매를 바라보고 있던 맹부요는 그의 표정에서 미묘한 변화를 포착해 냈으나, 모른 척 말을 이었다.

"괜한 오지랖 부리는 거 아닌가 모르겠어요."

"그 오지랖 덕 보는 것도 복 많은 사람이나 가능하겠지."

까칠한 소리를 입에 달고 살던 암매지만, 오늘은 말투가 조금 달랐다. 복슬복슬한 털외투에 파묻힌 여인의 투명하게 빛나는 눈을 들여다보던 그가 홀연히 손을 뻗어 그녀의 입가에 묻은 양념 자국을 훔쳐 내면서 웃었다.

"밤에 먹으려고 남겨 둔 건가?"

예고 없이 다가온, 미풍처럼 부드러운 손길. 서늘한 손가락이 입가에 살짝 닿았다는 느낌과 함께 청신한 향기가 코끝을 스쳐 갔다. 다음 순간 어느새 손은 제자리로 돌아가 있었다.

맹부요의 눈이 그의 눈과 마주쳤다. 물결의 일렁임으로 희미하게 번진 수면, 그 거울 같은 눈동자를 한가득 채우고 있는 것이 자신의 모습임을 깨달은 그녀는 저도 모르게 한 걸음 뒤로 물러섰다.

그녀가 한 걸음 물러서자 암매는 한 걸음 다가섰다. 그녀가 또 한 걸음 물러서자 암매도 또 한 걸음 다가섰다. 누구도 말이 없는 가운데 느린 술래잡기가 이어졌다.

정적 속에 묘한 분위기가 흐르고 있었다. 연달아 세 걸음을 물러선 맹부요는 어느덧 창가에 서 있었다. 등에 벽이 닿았다. 더는 도망칠 곳이 없었다.

암매가 싱긋 웃으면서 손을 뻗었다. 맹부요도 고개를 들어 그를 향해 히죽 웃어 보였다.

그녀가 잽싸게 허리를 뒤로 꺾으면서 열려 있던 창문 밖으로 '타앗' 하고 재주넘기를 했다. 암매의 손이 멈칫 굳었다. 여인은 몇 번 연속 재주를 넘더니 벌써 텃밭까지 가 있었다.

몰래 방 안을 훔쳐보고 있던 까만색 털 뭉치를 붙잡아 뭐라 뭐라 타박을 주면서 멀어져 가는 그 모습을 지켜보길 잠시, 암 매는 허공에 굳어 있던 손을 천천히 내려 창틀을 가볍게 짚었다.

차가운 겨울바람이 머리카락을 휘말아 올렸다. 그는 턱을 살짝 들어 저 멀리 하늘 끝을 바라봤다. 아득히 광활한 하늘가 저 끝에서부터 먹구름이 소용돌이치며 다가오고 있었다.

그녀의 가슴은 만리강산과 삼천풍운, 정치판의 위선과 황궁 안의 풍파, 서로 속고 속이는 암투와 검광이 난무하는 혈투는 기꺼이 품으면서도, 흘러가는 나날 속의 절절한 진심만은 어째 서인지 밀어내려고만 했다.

눈보라를 품은 구름이 대기를 무겁게 짓누르고 있었다. 손 난로를 들고 정원에 서서 구름 낀 하늘을 올려다보던 맹부요가 분부를 내렸다.

"현비는 기력을 차렸다더냐? 지난번 서창西昌에서 진상한 화

216

삼화蔘을 조금 더 보내라."

"예. 마마, 경춘전 원예사가 그……, 면직을 당한지라, 궁인사 이 공공이 새 원예사를 구해 두었다는데, 관례에 따라 마마께서 먼저 보아 주셔야 합니다."

그러나 맹부요는 손을 휘휘 내저었다.

"곧장 경춘전으로 보내도록 하여라."

곧이어 안으로 들어가려나 싶던 그녀가 갑자기 우뚝 멈춰 서더니 말했다.

"아니, 한번 보자꾸나."

원예사가 불려 오자 그를 빤히 응시하던 맹부요가 이내 손을 내저어 주변 궁인들을 모두 물리고는 말했다.

"따라오너라. 분부할 것이 있으니."

원예사가 얌전히 뒤를 따라나섰다.

실내에 들어선 직후, 맹부요가 홱 돌아서서 원예사의 얼굴을 틀어잡더니 송곳니를 드러내고 웃었다.

"요 맹랑한 자식! 어떻게 불러들여야 하나 고민하고 있었더니만, 머리 한번 잘 썼구나!"

얼굴이 잔뜩 찌부러진 철성이 눈을 부라렸다.

"맨날 버리고 가는데 그럼 어떡해. 알아서 수를 내야지."

맹부요가 그의 뺨을 툭툭 치면서 기분 좋게 웃어 젖혔다.

"장하다! 그동안 따라다녔으면 당연히 보고 배운 게 있어야지. 조만간 하산해도 되겠어."

하지만 철성의 표정을 본 그녀는 곧 당황하고 말았다.

"뭐 기분 나쁜 거 있어?"

철성이 눈을 빠르게 끔뻑거리면서 대꾸했다.

"아니."

맹부요가 수상쩍다는 눈빛을 보내며 말했다.

"어떻게 들어왔는지 자세한 얘기는 아직 못 들었는데."

"궁인사에 이름 올려놨더니 이 공공이 원예사 자리가 났다더라고."

"그게 말이 되냐?"

맹부요가 철성과 정면으로 눈을 맞췄다.

"황궁 원예사는 아무나 하는 줄 알아? 증명서에, 보증인에, 온갖 조건이 수두룩하게 따라붙는데, 그 늙은이가 미쳤다고 뭐가 무슨 꽃인지도 잘 모르는 널 그 자리에 집어넣어? 철성!"

철성이 움찔 몸을 굳혔다.

"지금 주군 앞에서 거짓말을 하는 건가!"

맹부요가 굳은 표정으로 다그쳤다.

벼랑 끝에 몰린 철성은 꿀꺽 침을 삼켰다. 그의 주군은 영명하기로 천하에서 둘째가라면 서러운 인물이었다. 얕은 거짓말 따위에 넘어올 리가 없었다. 더구나 수라간 태감으로 들어온 소칠이 맹부요 눈에 띄는 건 시간문제였다. 자신이 숨긴다고 숨겨질 일이 아니었다.

'후' 하고 한숨을 내쉰 철성은 궁인사에서 소칠과 재회한 일을 바른대로 털어놨다.

조용히 듣고 있던 맹부요가 돌연 낯빛을 바꾼 건 거세 이야기가 나왔을 때였다. 철성을 덥석 움켜잡은 그녀가 말을 잇새로 뱉었다.

"잘랐어? 진짜 잘랐다고?"

철성이 우물쭈물 대꾸했다.

"내가 들어갔을 때는 어떤 놈 하나 잡아 죽이겠다고 뛰어다니는 중이었고, 그러다가 금방 옷을 입는 바람에 자세히는……. 어쨌든 피가 난 건 봤어!"

맹부요의 손에서 스르르 힘이 풀렸다. 철성을 확 밀쳐 낸 그녀는 곧장 뒤로 돌아 벽에 머리를 쿵쿵 처박았다.

"멍청이같이! 멍청이! 멍청이! 멍청이……."

누굴 두고 하는 말인지 모를 멍청이 소리가 몇 번이고 반복됐다. 입이 황망히 벌어진 철성은 벽에서 부스러기가 떨어지도록 머리를 박아 대는 맹부요를 그저 쳐다보고만 있었다. 속이 상해 죽을 지경이었지만, 감히 다가갈 엄두가 나질 않았다.

이때 내실 입구에 드리워져 있던 발이 촤라락 걷히더니 바람처럼 등장한 암매가 몸을 날려 벽 앞에 끼어들었다. 또 한 번 벽을 향해 달려들던 맹부요는 결과적으로 암매의 가슴팍을 들이받았다.

벽에 박을 때는 아프다는 소리 한 번이 없더니, 이번에는 맹부요의 입에서 신음 소리가 나왔다. 그녀가 고개를 들어 암매를 올려다봤다. 늑대처럼 날 선 눈빛으로, 그러나 눈시울은 발갛게 젖은 채.

그런 그녀를 내려다보는 암매의 눈 안에 저릿한 아픔이 스쳤다. 맹부요의 이마에 붙은 벽돌 부스러기를 조심스럽게 털어 주며, 그가 나지막한 목소리로 말했다.

"벽이 불쌍해서 못 봐 주겠으니 차라리 나를 들이받아."

맹부요가 '풉' 하고 웃음을 터뜨렸다. 그리고 그 웃음이 끝나는 동시에 눈물방울이 후드득 쏟아졌다. 그 자리에 서서 목을 꼿꼿이 세운 채로, 맹부요는 진주 같은 눈물을 알알이 떨궜다. 그중 일부는 뽀얀 뺨 위를 옥구슬처럼 굴러 내려갔고, 일부는 곧장 암매의 옷깃에 내려앉았다. 옷깃이 금세 촉촉하게 젖어 들었다. 이 순간의 심정처럼.

아픔에 눈물 흘리면서도 고집스럽게 고개를 세우고 있는, 무너지지 않으려 무던히도 애를 쓰는 여인.

그녀를 지켜보는 암매의 눈 안에 세찬 파도가 일었다. 하지만 암매는 그 모든 들끓는 감정을 억누르고 그저 가만히 맹부요의 어깨를 감싸 안았다.

"부탁인데 울려거든 그냥 소리 내 울어. 지금 그 모습은 지켜보는 사람이 더 괴로우니까."

맹부요는 밀어내려 했으나 암매는 팔을 풀지 않았다.

"내가 빌려주는 건 어깨뿐이야. 설마 마음까지 내어 주리라고 생각하는 건가?"

아까처럼 픽 웃어 버린 맹부요가 이내 한숨을 내쉬더니 그의 어깨에 얼굴을 묻었다. 암매는 그녀를 감싼 팔에 지나치게 힘이 들어가지 않도록 조심하며, 날렵한 턱을 비스듬히 들고서 바람과 구름이 소용돌이치는 하늘가를 하염없이 바라봤다. 우수에 잠긴 그의 눈동자에 가느다랗게 흩날리는 눈발이 비쳤다.

잠시 후, 어깨와 앞섶이 옷깃보다 더 많은 물기를 머금었을 즈음, 옷섶을 서슴없이 당겨다가 '팽' 하고 코를 푼 어느 분께서 웅얼거리는 소리가 들렸다.

"나 진짜 불운한 인생인데, 한편으로는 참 복이 많은 거 있죠……."

순간 흠칫한 암매가 비통한 눈으로 자신의 옷섶을 내려다본 후 장탄식을 흘렸다.

그래, 이렇게 만난 걸 보면 나도 참 복이 많다. 한편으로는 참…… 불운하고.

❀

새 원예사는 밭작물 재배에 밝다는 이유로 황후의 눈에 들어 숭흥궁에서 비빈들에게 농사일을 가르치는 역할을 맡게 되었고, 현비를 위해서는 따로 장인을 물색해 주라는 분부가 떨어졌다. 맹부요는 미리 철성의 입단속부터 해 뒀다.

"소칠 일은 전북야한테 알릴 거 없어."

철성은 굳은 표정으로 고개를 끄덕였다.

주군이 암매의 어깨에 기대 우는 장면을 본 이후로 그의 표정은 줄곧 굳어 있었다. 그를 힐끗 흘겨본 맹부요는 얼굴에 대문짝만 하게 적힌 말을 읽어 낼 수 있었다.

고새 또 하나 늘었구먼!

맹부요는 한숨을 내쉬었다. 지금은 해명하고 말고 할 기분이 아니었다.

그로부터 며칠 후, 식사 자리 도중에 맹부요가 밥상을 와장창 뒤엎었다. 함께 식사 중이던 비빈들은 기겁한 나머지 밥그릇이며 젓가락마저 내던지고 바닥에 철퍼덕 엎드려서 온몸을 벌벌 떨었다.

맹부요가 호통을 쳤다.

"배추제비집 요리가 이게 뭐야! 제비집은 아예 당면을 만들어 놓고, 배추는 청경채랑 분간이 안 가고!"

침묵이 흘렀다……. 곧이어 수라간 총관태감이 용서를 빌며 난처한 표정을 지었다.

저기, 제비집은 원래 당면처럼 생겼고 배추랑 청경채도 원래가 별반 차이 없는 모양새인데…….

"불도 약하고 물도 안 좋으니까 요리의 질이 떨어지는 게야!"

맹부요의 호통이 이어졌다.

"장작 누가 짊어지고 왔어? 불은 누가 땠고 물은 또 누가 길어 왔지? 이 요리의 핵심은 불 조절이거늘! 벽천산 오동 중에서도 수령이 10년 안팎인 나무로 만든 숯을 쓰고, 물은 응대천 것을 쓰되, 반드시 하류에서 길어 와야 한단 말이다. 왜냐, 상류 물은 목 넘김이 가벼워서 좋기는 하나, 차를 우린다면 몰라도 음식에는 안 맞으니까. 그래서 장작하고 물 담당이 누구냐고 묻질 않느냐? 입에 딱 대는 순간 잘못된 걸 알겠던데!"

수라간 태감은 식은땀을 훔쳤다.

참으로 본격적인 미식가 아니신가······.

"마마, 장작을 패 숯을 만드는 일과 궁 밖에서 물을 길어 오는 일 모두 새로 들어온 말단 태감 소칠이라는 자가 담당이옵니다. 소인이 제대로 가르치지 못한 탓이오니 부디 용서하여 주시옵소서!"

수라간 총관태감이 아랫것들을 돌아보며 소리쳤다.

"황후마마께 용서를 빌도록 소칠을 데려와라!"

'태감'이라는 두 글자에 가슴이 지끈 조여든 맹부요가 밥그릇을 '쾅' 소리 나게 내려놓고는 함께 식사 중이던 여자들에게 말했다.

"이 맛없는 걸 동생들한테 억지로 먹일 수야 없지. 끼니는 각자 처소로 돌아가 해결하도록!"

비빈들은 죽다 살아난 표정으로 저마다 청경채며 배추, 배추벌레가 들어 있는 그릇을 내려놓았다. 그러고는 연거푸 감사 인사를 올리면서 우르르 전각을 빠져나갔다.

잠시 후, 활짝 열린 출입문 앞에 길고 빼빼한 그림자가 드리우더니 소칠이 고개를 떨구고 허리를 구부정하게 숙인 채 안으로 들어섰다. 맹부요는 그 그림자를 노려보면서 무거운 이마를 짚었다.

보지 말아야 하는데. 봐 봤자 속만 상하는데.

전부 자신의 탓이었다.

왜 그렇게 철없는 짓을 했을까? 저 어린것을 상대로 어찌.

단순한 장난이었다 하기에는 결과가 너무나 참혹했다. 바닥을 따라 천천히 번져 오는 그림자가 눈길 끄트머리에 걸렸다.

지난 몇 달 동안 도대체 얼마나 많은 고초를 겪은 걸까?

그녀가 기억하는 소칠은 어떤 상황에서도 고개를 숙이지 않는, 항상 당당하게 걷고, 언제나 턱을 삐딱하게 틀고 주위를 하찮게 보는 소년이었다.

대체 무엇이, 전북야의 명령도 무시할 정도였던 녀석을 저렇게 구부정한 자세로 세상 사람들 앞에 허리를 낮추도록 만들었을까?

불순물 한 점 안 섞인 원석처럼 순수한 아이에게, 그 완전무결하게 반짝이던 내면에 세상사 모진 풍상의 자취를 새겨 넣은 사람이 대체 누구란 말인가.

짝!

따귀를 치는 소리가 울리자 궁인들이 화들짝 놀랐다. 눈물을 그렁그렁하게 매단 채로 고개를 든 맹부요가 우는 것보다 더 봐 주기 힘든 웃음을 짜냈다.

"엄동설한에 무슨 모기가 다 있는지 모르겠네."

철성은 아무 말 없이 고개를 반대쪽으로 틀었다.

곧이어 안자가 다른 사람들을 모두 내보낸 덕에 실내에는 맹부요와 소칠만이 남았다. 맹부요가 소칠을 쳐다보다 말고 코를 훌쩍거렸다. 그녀는 소칠의 걸음걸이를 집중적으로 살피고 있었다.

철성이 말하길, 방에 들어갔을 때 소칠은 이미 침상에서 벗어난 상태였고, 직전에 무슨 상황이 벌어졌었는지는 자기도 잘 모른다고 했다.

피가 났다는데, 대체 얼마나 상한 걸까? 걸음걸이에서는 전혀 티가 나질 않았다.

그렇다고 회복에 걸린 기간을 바탕으로 상처의 경중을 추측해 보기도 애매했다. 보통 사람이 양물을 잘렸으면 후유증에서 벗어나는 데 몇 달은 족히 걸릴 테지만, 늑대 무리에서 자라나 항상 상처를 몸에 달고 살았던 소칠은 아무리 심각한 부상을 입어도 일주일이면 자리를 털고 일어나곤 했으니까.

봐서는 전혀 모르겠고, 그렇다고 물어볼 수도 없고. 미치고 환장할 지경이었다. 이 상황에서 맹부요가 할 수 있는 일은 하늘에 기도하는 것뿐이었다.

"괘씸한 하늘 놈아, 날마다 집안 식구들까지 싸잡아서 욕먹기 싫으면 인심 좀 써라!"

그러나 쌍욕을 두려워하지 않는 하늘 놈은 끝까지 그녀에게 아무런 실마리도 제공해 주지 않았다.

소칠은 맹부요의 번뇌를 전혀 모르는 채 그녀 앞까지 걸어와서 묵묵히 눈길을 보내다가, 이내 겉옷을 벗고서 등에 메고 있던 물건을 끌러 냈다. 그러고는 한 걸음 앞으로 나서며 한쪽 무릎을 꿇더니 물건을 두 손으로 공손히 받쳐 맹부요의 앞에 내밀었다.

검고 기다란 물체. 먼지가 잔뜩 탔음에도 소칠의 손안에서는 여전히 은은하게 빛나고 있는 그것은, 채찍이었다.

순간 휘청한 맹부요는 천천히 손을 들어 올려 가슴을 지그시

누르면서 의자 등받이에 몸을 기댔다. 등 뒤에서는 정교한 자수가 놓인 비단 휘장과 열여덟 마리 봉황이 장식된 황금 병풍이 현란한 광채를 발하고 있었지만, 그 광채를 받으면서도 그녀의 안색은 백설처럼 창백하기만 했다.

잠시 후, 새하얀 얼굴 위로 눈물 두 줄기가 흘러내렸다. 야명주 불빛 아래서 물기가 자잘하게 반짝였다. 맹부요는 눈물을 닦는 대신 크게 심호흡을 하고는 의자 앞으로 한 걸음 나서서 채찍을 받아 들었다. 설령 지금이 숨이 끊어지기 직전이라 해도, 다리가 부러지고 목이 잘렸다 해도, 그녀는 기어서라도 그 채찍을 건네받으러 가야 했다.

지난 수개월 동안 죽을 각오로 그녀를 찾아 헤맨 소년이 목숨을 걸고 바친 채찍이었다. 어쭙잖은 사양이야말로 소년에게 미안한 일이다.

이걸 안 받으면 그야말로 개만도 못한 작자일 터.

소년의 다짐은 천금보다 무거웠고 그녀의 채찍질에는 망설임이 없었다.

그의 마음을 너무 잘 알기에.

짜악!

채찍이 결코 약하지 않은 힘으로 등을 때리자 굵직한 붉은색 선이 살갗 위로 부풀어 올랐다. 소칠은 휘청거리면서도 홀가분한 듯 미소 지었다. 드디어…… 그토록 간절하던 채찍질을 당한 것이다.

맹부요는 그 미소를 차마 볼 수가 없어 애써 눈을 다른 쪽에 둔 채로 채찍을 한 번 더 휘둘렀다. 방향을 바꿔 뻗어 나간 채찍이 휘감은 것은 소칠의 손목이었다.

흠칫 고개를 든 소칠은 차분한 표정으로 자신을 내려다보고 있는 맹부요를 발견했다. 그녀의 손가락이 채찍을 확 잡아 채더니 무언가 더운 기운이 거대한 강줄기의 흐름처럼 내달려 와 소칠의 단전으로 밀려들었다. 기운은 거센 바람이 휘몰아치듯, 해와 달이 찬란한 빛을 뿜어내듯, 지나는 길목마다 정체되어 있던 혈맥을 타통하면서 그의 몸속으로 거침없이 쏟아져 들어왔다.

소칠의 표정이 굳어졌다. 그 역시 무공을 익힌 몸이었다. 진력을 남에게 주입해 준다는 게 어떤 의미인지 모를 리가.

진력은 무인이 일생을 바쳐 빚어내는 고행의 결정체, 누구에게든 귀중할 수밖에 없는 보물이다. 그런데 지금 맹부요는 그가 10년은 수련해야 얻을 수 있는 양의 진력을 서슴없이 나누어 주고 있었다.

피식 웃으며 채찍을 내던진 맹부요가 다소 피로한 기색으로 의자를 향해 돌아섰다. 바로 눈앞에 보이던 파구소 6성 세 번째 경지를 그냥 두고 물러났으니, 그녀로서도 손실이 큰 셈이었다. 그만한 진력을 다시 채우려면 상당한 기일이 소요될 것이다.

파구소 6성은 일종의 분수령으로, 6성 전까지가 인간의 경지라면 6성을 넘은 후부터는 입신의 경지라 할 수 있다. 자연의 법칙을 지배하는 무학의 최정점에 오르고자 한다면 적어도 7성에는 접어들어야 하며, 6성에서 7성으로의 도약은 결정적인 차이를 만들어 내는 만큼 수련 전 과정을 통틀어 가장 어려운 고비다. 그 고비를 넘는다는 것은 곧 새로운 세계가 열린다는 의미. 그렇기에 오늘의 퇴보는 맹부요로서도 안타까울 수밖에 없는 일이었다.

그러나 후회하지는 않았다. 물론 이 세계에서 다시 태어난 이후 죽기 살기로 무공 수련에만 매달려 온 것은 사실이었다. 밥을 먹고 잠을 잘 때도 수련 생각뿐이었고, 조금이라도 더 빠르게 다음 단계의 성취를 이루기 위해 그야말로 평생의 모든 시간을 쏟아부었다. 하루빨리 실현해야 할 목표가 있기에, 언제나 다음 단계에 목이 마르고 피가 말랐다.

하지만 지금 이 순간, 그녀는 기꺼이 퇴보를 받아들이고자 했다. 잃는 것이 있어야 얻는 것도 있을 터, 인생사가 어디 번번이 얻기만 할 수 있는 것이던가.

등 뒤에서 소칠이 그녀의 소맷자락을 붙들었다. 맹부요는 뒤를 쳐다보며 싱긋 웃어 주었다.

"소칠, 신념을 지킬 줄 아는 이에게는 그만한 보상이 주어져야 하는 법이다."

황후가 궐에 들어온 지도 어느덧 보름, 음력 초하루를 맞이해 조정 신료의 배필로서 봉작을 받은 외명부와 황족 여인들이 관례대로 문안을 드리러 입궁했다. 손님맞이를 위해 새벽같이 일어난 맹부요가 품계 높은 비빈들의 모친을 대하는 태도는 극진하기가 이루 말할 수 없었다. 바닥에 엎드려 절하는 것을 면해 주었음은 물론이요, 안자에게 명해 '황후마마께서 지난 사흘간 머리를 싸매고 고뇌하신 끝에 완성한 최고 예우의 접대 계획 및 문안 절차'를 낭독시키기까지 했다. 비록 내용을 듣고 난 왕비와 외명부 일동은 입가에 경련을 일으켰지만.

빡빡하게 짜인 문안 절차는 무려 한나절 내내 이어졌다. 수예품 감상, 옷감 감상, 길쌈 작업장 참관, 텃밭 참관……. 문안을 마치면 각자 여식의 전각으로 흩어져 모녀간의 회포를 푸는 것이 보통이었지만, 친절의 적정선을 가뿐하게 넘어 버린 맹부요 대왕께서는 외명부 부인네들에게도 황은을 나누어 주고 싶다며, 참한 여식들이 키운 채소도 맛볼 겸 숭흥궁에서 다 같이 연회를 즐기자고 강권했다. 그러면서 비빈들에게 본인 밭에서 난 채소로 손수 요리를 한 가지씩 만들어 모친께 대접해 효를 다하라는 명을 내렸다.

나머지 비빈들이야 하면 할 수 있는 일이었지만, 광대 황제가 결딴내 버린 밭의 임자는 배추벌레밖에 안 남은 밭고랑에 주저앉아 눈물을 훔칠 수밖에 없었다.

결국에는 보다 못한 광대 황제가 나섰다. 그가 옆 밭에서 청경채 한 주먹을 훔쳐다 주자 감격한 여인이 눈물을 글썽이며 품으로 뛰어들더니 귓가에 속삭였다.

"폐하, 신첩이 그전에는 눈이 삐었었는가 봅니다! 이참에 긴히 드릴 말씀이 있사온데……."

무슨 말씀을 긴히 드렸는지는 아는 사람이 없었다. 주변인들이 들은 것은 잠시 후 여인을 잘 달래서 안으로 들여보낸 황제가 맹부요의 처소를 넋 놓고 쳐다보다가 혼자 중얼거린 말뿐이었다.

"요새는 농사도 그냥 푸성귀만 키우는 농사가 아니로고…….."

문안 행사는 늦은 오후 궁문이 닫히기 직전에 종료되었고, 손님들도 하직 인사를 올리고 물러갔다. 입궁 시점에서 출궁 시점까지, 부인네들이 한 일이라고는 남들이 환히 지켜보는 앞에서 딸들과 자수며 방직 기술에 관한 의견을 나누거나, 배춧속이 얼마나 찼는지를 논하거나, 또는 청경채 한 접시를 사이에 두고 서로 눈물이 그렁그렁한 채로 눈빛을 교환한 게 전부였으니, 단 한마디라도 사적인 이야기를 나눠 본 사람은 그 누구도 없었다.

마지막에 이르러 맹부요는 헌원운 한 사람만을 곁에 남겼다. 지금쯤이면 토깽이 군주도 나름의 입장이 섰으리라 생각하며.

내전 안은 바닥에 깔린 구들 덕에 훈훈했다. 손난로를 든 토깽이 군주의 뺨 주변을 옷깃에 달린 연분홍 모피가 부드럽게 감싸고 있는 모습은 활짝 핀 수국 송이만큼이나 아기자기하고 어여뻤다. 하지만 소녀답게 발그레하던 혈색은 어느덧 희미하게 바래 버린 뒤였다. 지난날의 군주를 '청초하다'와 '곱다'로 형용하자면, 지금은 청초함은 한결 더해졌으되 고움은 부쩍 사그라진 모습이었다.

"황후마마…….."

군주는 반 시진 가까이 한마디도 없이 넋을 놓고 앉아 있었다. 맹부요 쪽도 그런 군주를 흥미롭게 쳐다보면서 내내 입을 닫고 있었기는 마찬가지였다. 반 시진이 지난 후, 달나라 여행을 갔던 토끼가 마침내 지구로 돌아왔다.

"……저는 어찌하면 좋을까요."

그러게, 날이 갈수록 멍을 때려도 너무 심각하게 때리는 것 같은데 어쩌면 좋니.

"아무래도 부왕께서 아월 오라버니에게 나쁜 짓을 한 것 같아요……."

군주의 눈에 눈물이 차올랐다. 그간 가슴속에 꾹꾹 눌러 두었던 말이 규중에서 사귄 유일한 지기 앞에서는 결국 터져 나오고야 만 것이다.

"오라버니를 구해야 해요!"

맹부요가 군주를 쳐다보며 물었다.

"아월 오라버니가 대체 누구기에?"

"아월 오라버니는 아월 오라버니죠!"

맹부요는 속으로 '끙' 하고 신음을 흘렸다.

꼬마 아가씨 놓고 장난질 치는 건 이쯤에서 단념하자.

그녀가 군주의 어깨를 토닥여 주며 말했다.

"좌우지간 아월 오라버니를 구해야 한다? 그러려면 일단 뭐 아는 게 있어야지. 오라버니가 어디 붙잡혀 있는지는 알아요?"

토깽이 군주가 고개를 도리도리 저었다.

맹부요의 입에서 한숨이 나왔다.

"어떻게 구해 낼지 계획은 세워 놨고?"

토깽이 군주가 고개를 저었다…….

"구해 낸 다음에는, 무슨 결과가 닥칠지 알고 있어요?"

도리도리…….

맹부요가 짠하다는 듯 말했다.

"가여운 우리 조카, 보아하니 이 숙모님 힘이 꼭 필요하겠어."

토깽이 군주가 45도 각도로 순진무구하게 그녀를 올려다보면서 180도 범위의 아련아련 눈빛 공격을 시전했다.

음, 더할 나위 없이 사랑스러운 각도로군. 기억해 놨다가 필요할 때 고대로 써먹어야겠다.

"딱하게도, 그새 여윈 것 좀 봐. 이렇게 되면 본 궁이 나설 수밖에."

어금니를 꽉 깨문 맹부요가 발을 쿵 구르고는 말했다.

"일단 섭정왕부 안팎 지도와 경비 인원 배치도를 가져다줘야겠어. 아버지가 외부인과 접촉할 때 이용하는 장소며 왕부 내 핵심 시설의 위치도 알아 오고. 그걸 바탕으로 아월 오라버니가 갇혀 있을 만한 곳이 어딘지 같이 찾아보도록 하지."

헌원운도 백치는 아닌지라 머뭇머뭇 눈썹을 찌푸렸다.

"그걸…… 마마께요?"

"왜, 그걸로 섭정왕한테 몹쓸 짓이라도 할 것 같아서?"

맹부요가 깔깔거렸다.

"내가 무슨 밑천이 있어서 운이 네 아버지를 상대로 그런 짓을 할까. 한쪽은 수하라고 해 봐야 닭 잡을 기력도 없는 태감과

232

궁녀뿐인 허수아비 황후, 다른 쪽은 조정 전체를 장악 중인 데 다가 어마어마한 병력까지 거느린 섭정왕. 힘의 차이가 이 정 도인데 더 설명이 필요한가?"

우물쭈물하며 듣고 있던 토깽이 군주가 이내 얼굴이 빨갛게 달아올라서는 변명에 나섰다.

"아니, 황후마마, 그런 게 아니고……."

하지만 맹부요는 급자기 '비분강개하여' 소맷자락을 펄럭 떨 쳤다.

"마음 졸이는 모양새가 하도 가엾길래 연약한 여인의 몸으로 돕겠다고 나섰더니! 다 차치하고, 군주는 무공 고수인 반면 본 궁은 일개 힘없는 아녀자에 지나지 않으니 지켜보다가 수상하 다 싶거든 콱 목이라도 졸라 버리면 될 게 아닌가!"

"네? 목……, 목……, 목을……."

속이 시커먼 호랑이 대왕에게 순진한 토끼 군주 하나쯤 막 다른 골목으로 몰아넣는 건 일도 아니었다. 여리디여린 소녀는 '목을 조른다'는 끔찍한 말을 감히 입 밖으로 내뱉지도 못했다. 당황해서 얼굴은 새빨개지고 눈에는 눈물이 가득 고인 군주가 허둥지둥 자리에서 일어나 맹부요의 소매를 붙잡고 매달렸다.

"아니……, 아니에요……, 아니에요……."

그러자 맹부요가 '속이 무척 상한' 표정으로 군주의 소맷자락 을 마주 잡는가 싶더니 애초에 젖은 적도 없는 눈가를 훔쳐 내 며 탄식했다.

"여자로 산다는 건 얼마나 서러운 일인지……."

맥락이라고는 전혀 없으나 상대의 감정을 건드리려는 의도만큼은 뚜렷한 말.

그 소리에 밤마다 전전반측 애태우던 지난날들을 떠올린 소녀는 '으앙' 하고 울음을 터뜨리면서 맹부요의 품으로 뛰어들었다. 어깨에 기대 오열하며, 군주가 말했다.

"드릴게요! 드릴게요……."

맹부요가 등을 토닥여 주면서 온화하게 답했다.

"그래, 그래, 괜찮아. 아월 오라버니를 구해 내고 나면 외조부 댁에 가 있도록 해 줄게. 거기라면 섭정왕도 찾아내지 못할 테고, 눈에서 안 보이면 화도 점차 가라앉겠지……."

소녀가 어깨에 기대 눈물을 펑펑 쏟는 사이, 맹부요는 소녀를 토닥여 주면서 천천히 눈을 들어 내실 쪽을 쳐다봤다. 입구에 쳐진 발이 옆쪽으로 살짝 밀리면서 그 틈으로 늘씬한 사람 형체가 모습을 드러냈다. 그는 그 자리에서 아주 오래도록 맹부요와 군주를 응시했다. 유리알 같은 눈동자에 무어라 형용하기 어려운 광채가 어른거리고 있었다.

⁂

며칠 후, 황제와 황후는 함께 사냥에 나섰다. 그전까지는 사냥이라 하면 일부 왕공거경과 황가 시위들만이 따라가는 행사였으나, 금번에는 유독 '관대하고 자애로운' 황후가 '모두 함께 폐하의 빛나는 은택을 입어 보자'며 육궁의 비빈들에게도 수행을 명했다.

여인들은 환호했다. 좌우지간 수놓기, 천 짜기, 채소 키우기에서는 벗어날 수 있지 않나. 간만에 궁 밖에 나가 바람도 쐬고 할 생각에, 평소에는 운동 따위 시큰둥하던 이들도 하나같이 적극적인 참여 의지를 보였다.

맹부요가 이끄는 방대한 후궁 무리는 사내들과 경계를 나누어 나지막한 산비탈 하나를 사이에 두고 야영지를 잡았다. 울긋불긋한 막사로 가득 채워진 야영지 위쪽 비탈길에서, 맹부요는 위엄 넘치는 바람막이를 걸친 채 색색으로 넘실거리는 비빈 떼거리를 굽어보고 있었다.

발아래 풍경을 보고 느끼는 바가 있어 양팔을 크게 펼친 그녀가 시를 읊기 시작했다.

"흰 토끼 두 마리가 버섯을 따러 나왔다네. 독버섯이 지천이니 토끼 삶아 잡술 일만 남았구나……."

소맷부리 안에서는 비탄에 빠진 원보 대인이 그녀의 독보적인 시재에 절망감을 감추지 못하고 있었다.

주인님 따라다니면서 아악과 기악을 즐기고, 꽃 감상하고, 쌍륙놀이 하던 시절이 좋았지……. 아아, 이 격세지감…….

맹부요가 본인의 시적 재능에 흠뻑 취해 있던 그때, 등 뒤에서 웃음소리가 날아들었다.

"훌륭하군, 훌륭해!"

뒤를 돌아보자 광대 황제가 누구인지 모를 미인을 옆구리에 끼고서 새끼손가락을 어여삐 치켜들고 있는 게 눈에 들어왔다.

맹부요가 생긋 웃으며 말했다.

"과찬이십니다. 폐하와 엇비슷한 수준일 따름인걸요."

헌원민은 이마를 짚었고, 맹부요는 그사이 곁의 미인에게로 눈을 돌렸다.

"이쪽은 뉘신지?"

"현비 고 씨가 황후마마를 뵙습니다."

단정히 앞으로 나선 미인이 과하지도 덜하지도 않은 각도로 예를 올렸다. 품위가 뚝뚝 떨어지는 게, 황후 본인보다 더 황후 같았다.

"아, 현비……."

맹부요가 방실방실 웃으며 물었다.

"몸은 좀 나아졌나?"

"신경 써 주신 덕분에 부쩍 좋아졌습니다."

하! 어제만 해도 이부자리 걷고 일어나지도 못하겠다더니 오늘은 사냥을 다 나오셨어? 동네 개 새끼 건강 상태도 너보다는 일관성이 있겠다.

"현비."

맹부요가 여전히 웃는 얼굴로 말했다.

"조금 전에 옥비가 직접 자수를 놓은 승마복을 현비에게 선물하고 싶다 하였는데, 중간에 엇갈렸나 보지? 아아, 지금쯤 현비 막사에 가 있으려나?"

낯빛이 급변한 현비가 느닷없이 제 이마를 짚더니 헌원민에게 양해를 구했다.

"신첩은 갑자기 어지럼증이 온지라……."

"이런, 풍한이 든 게 아니오?"

헌원민이 속상해 죽겠다는 투로 태감에게 현비마마를 막사까지 부축해 드리라 명했다. 몸을 돌린 그는 웃는 건지 마는 건지 모호한 표정으로 뒷짐을 지고 서 있는 맹부요를 발견했다.

"방해꾼 쫓아 줬으니까 할 말 있으면 빨리해."

"나의 황후여, 그대는 대체 이름이 무엇이지?"

헌원민이 능글맞게 웃으며 맹부요의 소맷자락을 잡아당겼다.

"지난번에 요부姚芺라고 듣긴 했지만, 아무리 봐도 보통 사람한테서 나올 수 있는 악랄함이 아닌 것 같거든."

"고작 그딴 소리나 하려던 거였어?"

눈을 흘긴 맹부요가 주저 없이 걸음을 옮겼다.

"시간만 버렸네."

"어휴, 잠깐 있어 보라니까!"

한숨을 폭 내쉰 헌원민이 남들 눈에는 둘이 시시덕거리는 것처럼 보일 자세로 그녀의 귓가에 다가붙어 속닥였다.

"궐 안과 다르게 보는 눈들이 많아. 좋든 싫든 다정하게 좀 대해 달라고."

맹부요의 미간에 주름이 잡혔다. 자신과 헌원민을 줄기차게 감시하는 눈길쯤은 그녀도 느끼고 있었다. 하지만 그까짓 어중이떠중이들은 무시해 버리면 그만이었다.

진짜로 신경 쓰이는 건 또 다른 누군가의 눈길이었다. 알게 모르게 계속 그녀를 지켜보고 있는, 특히 헌원민이 가까이 다가붙을 때면 유독 더 짙어지는 눈길.

"말인지 방구인지 할 거 있으면 빨리하시지!"

교태로운 웃음을 입가에 건 맹부요가 헌원민의 귀에다 대고 다정하게 속삭였다.

"1각 지체할 때마다 이 손에 죽어나는 후궁이 한 명씩 줄어들 거야."

"살다 살다 그런 협박은 또 처음 들어 보네."

짧게 투덜거린 헌원민이 그녀의 허리에 살갑게 팔을 두르고는 목소리를 낮췄다.

"계획을 앞당겨야 할지도 모르겠어. 근래 도성에 정체불명의 인물들이 상당수 유입되었다더군. 헌원성이 눈치를 챈 건지는 확실하지 않지만, 어쨌든 조심할 필요가 있어."

"정체불명의 인물들이라……."

헌원민의 눈을 슬금슬금 피하고 맹부요가 배시시 웃었다. 순간적으로 그녀의 눈동자에 노을빛보다도 곱고 선명한 광채가 어리자, 멍하니 눈길을 빼앗긴 헌원민이 불쑥 말했다.

"황후, 그러고 보니 진짜 얼굴을 보여 준 적이 한 번도 없는 것 같은데……."

"모르는 편이 좋을걸."

맹부요가 손끝에서 날카로운 바람 줄기를 쏘아 보내 헌원민의 발칙한 손을 떼어 냈다. 이때, 앞쪽 수풀 사이로 사슴 한 마리가 스쳐 지나가는 게 보였다. 온통 새하얀 털빛. 그 귀하다는 백록이었다.

패권을 탐하는 자 백록을 쫓을지니, 천하의 영웅호걸이 모두 모여드는도다!

시끄러운 휘파람 소리와 함께 사방팔방에서 추격자들이 모습을 드러냈다. 덩달아 구미가 동한 맹부요도 픽 웃으며 안장 위로 훌쩍 뛰어올랐다.

"저건 내가 갖겠다!"

그녀가 긴 머리를 휘날리면서 등자로 말 몸체를 때리자 백마가 화살처럼 내달리기 시작했다. 백마는 자욱한 흙먼지만을 남긴 채 빠르게 헌원민의 눈에서 벗어났다.

헌원민은 그녀의 날렵하고 야무진 뒷모습이 우거진 숲속으로 사라지는 걸 빤히 지켜보다가 호위들에게 뒤를 따라붙으라는 수신호를 보냈다. 그러고는 가슴을 부여잡고 숲속을 향해 아련한 눈빛을 던지며 중얼거렸다.

"언젠가 진짜 황후가 되어 짐을 상대로도 '갖고 싶다.'라고 말해 준다면 얼마나 좋을까……."

그러자 뒤쪽에서 기척도 없이 불쑥 나타난 암매가 싸늘하게 쏘아붙였다.

"죽고 싶나?"

❀

맹부요는 말을 채찍질하면서 폭풍처럼 질주하고 있었다. 그녀의 기마술은 타의 추종을 불허하는 수준으로, 시위들은 아득히 멀리 뒤처진 지 오래였다.

천신이 휘두르는 거대한 깃발과도 같은 겨울바람이 흙먼지를 휘말아 올려 눈송이처럼 허공에 흩뿌려 댔다. 얼굴을 때리는 바람 탓에 잔머리가 흐트러지자 맹부요는 아예 머리 끈을 풀어 버렸고, 그와 동시에 검은색 비단 폭 같은 머릿결이 바람을 타고 넓게 펼쳐져 날아올랐다.

호탕하게 웃어 젖힌 맹부요는 살을 에는 찬 바람을 정면으로 맞으며 인적 없는 산속을 날듯이 달리고 또 달렸다. 속이 뻥 뚫리는 기분이었다.

황궁인지 나발인지에 들어앉아 있는 동안 온갖 기만과 술수가 난무하는 궁중 암투의 최전선을 누비면서 그쪽 방면에 천부적인 자질이 있다는 걸 재차 확인하긴 했지만, 그것도 오래되니 질리는 건 어쩔 수가 없었다. 그녀는 사방을 틀어막고 있는 담장도 싫고, 겉으로는 웃고 있으나 속에는 칼을 품은 여자들도 싫었다.

삶의 방식은 무수히도 많을진대 왜 굳이들 가식으로 범벅된 인생을 살려고 하는 걸까. 새삼 드는 생각이지만, 그녀를 황궁에 가둬 두는 건 솔개를 좁은 새장에 가둬 두는 거나 매한가지인 짓이었다. 그 얼마나 심각한 학대인가!

간만에 바람을 탄 솔개는 금빛 눈동자를 번뜩이며 흰 사슴을 찾고 있었다.

아아, 잡히면 껍질은 벗겨서 선물해야지. 근사한 사슴가죽 토시가 나오겠어.

누구한테 선물할 것이냐? 안 가르쳐 주지.

이때 시야 가장자리에 흰빛이 포착됐다. 아까 그 사슴이 짙푸른 상록수림 한복판을 번개처럼 스쳐 지나가고 있었다. 바닥을 박차고 도약하는 사슴의 자태는 미려함 그 자체였고, 매화나무 가지 같은 분홍빛 뿔 또한 생생히 눈에 들어왔다.

맹부요는 즉각 활을 잡고, 화살을 먹이고, 시위를 당겼다가 단번에 놓았다.

쐐액!

예리한 화살이 허공을 갈랐다. 일순 주변 대기가 뒤틀렸을 정도로 어마어마한 빠르기였다.

삽시간에 숲을 가로질러 간 화살이 노리는 것은 흰 사슴의 눈. 눈알을 꿰뚫으면 가죽에는 상처가 나지 않으리라.

슉!

숲 저편, 방향을 가늠할 수 없는 어딘가에서 또 다른 화살이 날아들었다. 발사 시점은 분명 한발 늦었을 텐데도 그 화살은 맹부요를 능가하는 속도로 쇄도해 와 그녀의 무지막지한 화살을 힘으로 쳐 냈다. 그러고는 허공에서 비상식적인 각도로 진로를 틀더니 흰 사슴의 두 눈을 꿰뚫었다.

맹부요는 대번에 뚜껑이 열렸다.

내 걸 빼앗겠다고?

흰 사슴은 분명 치명상을 입었을 텐데도 어찌 된 일인지 아직 숨이 붙어 있었다. 새된 울부짖음을 토한 사슴이 미친 듯이 내달리기 시작했다. 아까보다 몇 배는 빠른 속도였다.

조금 전 화살이 날아왔던 방향에서도 나뭇잎 바스락대는 소리가 났다. 상대가 추격에 나선 듯했다.

"이랴!"

맹부요가 질세라 말을 채찍질하자 백마가 요란한 발굽 소리를 뿌리며 사슴의 뒤를 쫓아 나섰다.

짙고 옅은 색이 뒤섞인 녹음 사이로 흰빛이 긴 명주 폭 같은 직선을 그리는 가운데, 흑색과 백색의 질풍이 그 뒤를 바짝 따르고 있었다. 맹부요는 우거진 나무 사이로 상대의 말이 검은색이라는 걸 어렴풋하게 확인했지만, 말을 모는 사람의 신형까지는 살피지 못했다.

두 사람의 사슴 추격전은 아득히 멀리까지 이어졌다. 한참 뒤 숲 가장자리를 벗어나자 나지막한 산이 하나 나타났다.

흰 사슴은 산꼭대기에 올라서야 마침내 기력이 다했는지 단말마의 비명과 함께 숨을 거뒀다. 앞쪽에서 달리던 흑마가 갑자기 우뚝 멈춰 서더니 말 위의 인물이 소맷자락을 나부끼면서 사슴을 향해 가볍게 손가락을 까딱했다.

그러자 사슴의 몸뚱이가 실에라도 매달린 양 두둥실 떠올랐다가 상대의 손에 안착하는 게 아닌가.

석양은 핏빛으로 타오르고 푸르른 산의 윤곽은 어슴푸레했다. 군청색 하늘에 그어진 한 줄기 저녁노을이 연지처럼 선명하고도 찬란한 그 광채로 상대의 뒷모습을 내리비추고 있었다.

그의 그림자는 곧고 늘씬했으며, 옆 선은 날렵하고 우아했다. 고요히 너울거리는 옷자락과 그 사이로 흐르는 비범한 기품. 금빛 후광에 에워싸인 구중천 천신의 모습이 저러할까.

맹부요는 말 고삐를 힘껏 틀어쥔 채, 그 뒷모습을 오래도록 응시하고 있었다.

드디어 상대가 미소 지으며 뒤로 돌아섰다.

세상 가장 아름다운 선물

뒤로 돌아선 상대방이 멀찍이서 그녀를 마주 응시했다. 짙푸른 숲에 뒤덮인 산꼭대기를 배경으로 그의 미끈하면서도 기품 넘치는 윤곽이 저녁노을에 비쳐 빛나고 있었다.

맹부요는 곧바로 온몸이 근질근질해졌다. 하여, 머리를 만지작댔다가, 옷자락을 만지작댔다가, 눈썹을 만지작댔다가, 온갖 잡다한 딴청을 한 번씩 다 부렸을 즈음……. 말을 몰아 가까이 다가온 상대방이 그녀를 바라보며 미소 지었다. 조금 어색하다 싶으면 손이 엉뚱한 데로 가는 건 그도 익히 아는 맹부요의 버릇이었다.

무게를 가늠하듯이 손에 들린 사슴을 가볍게 위아래로 올렸다 내렸다 해 본 그가 웃으며 말했다.

"중원의 사슴을 차지할 이, 오로지 황후마마뿐이십니다."

두 손으로 사슴을 공손히 봉헌하는 그의 자세에 머리털이 쭈뼛 곤두선 맹부요는 즉시 재회의 감격에서 벗어나 평상심으로 복귀했다.

　그래, 이자한테는 독이 있다. 게다가 앙심을 품고 찾아왔을 가능성이 농후하다. 적에게 성을 함락당하고 중군中軍 총사령관까지 잃지 않으려면 한시 빨리 퇴각하는 게 급선무다.

　"그 중원의 사슴, 삶아 먹으면 얼마나 맛있게요."

　맹부요는 살랑살랑 웃으면서 은근슬쩍 뒷걸음질을 치기 시작했다.

　"번거로우시겠지만, 태자께서 껍질을 벗겨 주시면 소인은 가서 장작을 해 옵지요."

　그대로 슬그머니 줄행랑을 치려는데, 맞은편의 상대가 손을 쓱 들어 올렸다. 그러자 나뭇가지 꺾이는 소리가 우둑우둑 울리더니 그녀의 등 뒤로 산더미처럼 많은 나무토막이 우르르 쏟아져 내려 퇴로를 완벽히 차단해 버렸다.

　"장작이라면 여기 있으니 번거롭게 돌아다니실 필요 없습니다."

　상대가 차분하고도 고상하게 웃으며 장작더미를 가리켜 보였다.

　"마음에 드는 것으로 고르시지요."

　맹부요가 탄식을 흘렸다.

　"굵기는 돼지 허리둘레 같고 높이는 코끼리 키만 하니, 가져가서 승명전 주랑 대들보로 삼으면 몰라도 고작 사슴 고기 굽는 데 쓰기에는 아깝지 싶습니다.”

“황후마마께서 나무토막을 친히 주워 불을 붙이시고, 그것으로 구운 사슴 고기가 마마의 배 속으로 들어간다면, 그 나무는 비할 데 없이 큰 복을 누리는 셈일 터. 궁궐 전각의 대들보로 쓰이는 것보다 훨씬 영광된 일일 것입니다.”

그러던 상대방이 갑자기 표정을 싹 굳혔다.

“어찌 되었든지 간에, 버림받는 것보다는 누가 주워 주는 편이 낫지 않겠습니까.”

“……”

말 속에 뼈가 있도다! 또 은근히 돌려 까시는구먼!

버림받긴 누가 버림을 받아? 나 떼어 놓고 간 사람은 자기면서! 방귀 뀐 놈이 성낸다고, 왜 번번이 자기가 억울한 척이야? 잠깐씩 떨어졌다가 다시 만날 때마다 왜 항상 켕기는 건 내 쪽이어야 하는데?

분개한 맹부요가 허리에 손을 딱 얹고, 고개를 팍 쳐들고, 소리를 빽 질렀다.

“나……!”

상대는 빙긋이 웃으며 그녀를 바라보고 있었다. 옥돌처럼 곱게 반짝이는 저 눈동자.

“……는 장작을 좀 주워 봐야겠네…….”

풀이 죽은 채 말에서 뛰어내린 맹부요가 미처 허리를 굽히기도 전이었다. 돌연 눈앞에 그늘이 지는 것 같더니, 다음 순간 그녀는 오랫동안 그리웠던 온기 어린 품 안에 끌려 들어가 있

246

었다.

언제나처럼 그에게서는 특유의 그윽한 향기가 났다. 다만, 오늘은 다른 때보다 조금 더 짙어진 듯한 향내 속에 흰 눈, 혹은 옥석의 온도 같은 서늘함이 배어 있었다.

긴 세월 빙해 밑바닥에 잠겨 있었던 용연향처럼 부지불식간에 가슴 깊숙이 스며드는 고귀한 내음. 향내에 담긴 서늘함과 달리 그의 품 안은 따스해서, 마치 삼춘 봄날에 집 안을 연노랑으로 한가득 채운 햇살 속에 있는 것 같았다.

한숨을 폭 내쉬며 그의 어깨를 감싸 쥔 맹부요가 가만히 어깨에 기댔다. 그렇게 아무 말 없이 있는데, 상대의 목소리가 들려왔다.

"언제쯤에나 얌전히 굴어 주겠소?"

맹부요가 철판을 깔고 대꾸했다.

"난 항상 얌전했거든요."

피식 웃어 버린 장손무극이 자기 이마를 맹부요의 이마에 가볍게 갖다 대더니, 가짜 얼굴의 감촉이 불만스러웠는지 손을 뻗어 인피면구를 벗겨 내고는 그제야 흡족한 기색으로 이마를 그녀의 이마에 느릿느릿 문질렀다.

이마를 맞댄 자세 탓에 상대의 긴 속눈썹이 눈썹꼬리를 간질간질 스쳤다. 웃음이 터지기 딱 좋은 상황이었지만, 그러기에는 이 순간의 따스한 평온이 아까웠다. 각자 눈을 감은 두 사람은 마주 안은 그대로 조용히, 서로의 희미한 숨결을 느끼고 있었다.

겨울날 석양 무렵의 바람이 이따금 숲 꼭대기를 스쳐 오면서 맹부요를 찾느라 떠들썩한 저 먼 곳의 소리를 실어다 주었고, 더러는 더 멀리 어딘가에서 날다 지친 새가 둥지로 돌아가며 즐거이 지저귀는 소리가 들려와 고운 노을빛을 한층 환하게 밝혀 주었다. 한참이 지나, 맹부요가 눈을 감은 채로 장손무극의 어깨뼈를 더듬어 보면서 투덜거렸다.

"안 그래도 부실한 몸이 어째 더 마른 것 같은데? 사부님이 밥 굶겼어요?"

"어디 굶기기만 했을까."

장손무극이 픽 웃었다.

"꿇어앉혀 놓고, 때리고……."

"진짜로요?"

맹부요가 눈을 번쩍 떴다. 눈빛에 당혹한 기색이 역력했다.

"농이오. 날이 갈수록 잘 속는군."

장손무극의 손끝이 황망히 벌어진 맹부요의 입술을 쓸었다. 한없이 부드럽게, 쉬이 떨어지고 싶지 않은 듯이.

"내가 어디 가서 벌받고 꿇어앉아 있을 사람처럼 보이나?"

"내 말이!"

안도의 한숨을 내쉰 맹부요는 이내 웃어 버렸다.

나 참, 거짓말을 해도 뭐 저렇게 숨 쉬듯이 술술 해, 괜한 사람 심장 떨리게.

하기야, 저리 약아빠져, 의뭉스러워, 거기다가 비상한 머리까지 타고났는데 세상 어느 스승이 애지중지하지 않고 배길까.

사문의 밝은 미래를 책임질 인재를 말이야, 어디 아까워서 털 끝 하나라도 상하게 할 수 있겠어?

그녀가 장손무극을 쏘아보며 말했다.

"어디서 뻥을! 에라, 파일 내려받을 때 맨날 99퍼센트에서 멈춰라!"

장손무극은 그 괴상한 소리가 무슨 뜻인지 굳이 묻지 않았다. 그저 빙긋이 웃으면서 그녀의 머리를 쓰다듬어 원래도 헝클어져 있던 머리카락을 더 흐트러뜨려 놓았을 뿐.

맹부요가 도끼눈을 떴지만, 그건 어디까지나 형식적인 반응에 불과했다. 사실 그녀는 아까부터 장손무극의 눈빛이 어딘가 이상하다는 생각을 하면서도, 뭐가 문제인지를 정확히 짚어 낼 수가 없어 갑갑한 참이었다.

문득 소매 안에서 무언가가 팔딱팔딱 용을 쓰는 걸 느낀 그녀는 뒤늦게야 까만 토끼 버전 원보 대인의 존재를 상기해 냈다.

어억……. 지금 꼬락서니 그대로 장손무극 앞에 내놓을 수는 절대 없는데. 애완동물이 당한 참상을 원래 주인한테 고스란히 보여 주는 건 너무 부도덕한 짓 아닐까?

맹부요는 원보 대인을 밀어 넣느라 기를 썼고, 원보 대인은 그 손을 밀치고 나오려고 용을 썼다.

"찍찍! 찍찍! 찍찍찍찍찍찍!"

불쑥, 장손무극이 말했다.

"다른 쪽."

"엥?"

맹부요가 어리둥절해 있는 사이, 쪼르르 몸을 타고 올라온 녀석이 옷깃 속에서 쏙 고개를 내밀더니 그녀의 목을 끌어안고 장손무극 쪽을 돌아보며 고혹적인 웃음을 흘렸다.

맹부요는 도포 안쪽에 받쳐 입은 옷을 더듬다가 식은땀을 흘렸다. 못된 짓만 배운 쥐 새끼 녀석이 이빨로 뻥 뚫어 놓은 구멍이 만져졌던 것이다.

경국지색 원보 대인이 맹부요의 어깨 위에서 앞다리를 한껏 벌리고 바람에 몸을 맡기자 새까만 털이 멋들어지게 흩날렸다. 영화 〈타이타닉〉의 명장면이 부럽지 않을 지경이었다.

누구세요, 묻고 싶은 수준으로 변신한 자기 애완동물을 물끄러미 쳐다보길 잠시, 장손무극이 입을 열었다.

"흑진주와 쌍둥이인 줄은 미처 몰랐구나."

원보 대인은 공황 상태에 빠졌다.

한평생 이토록 치욕적인 평가는 들어 본 적이 없건만…….

맹부요가 눈물로 억울함을 호소 중인 애완동물을 두 손으로 고이 받들어 본 주인에게 바치면서 계면쩍게 웃었다.

"저기, 요 녀석 능력을 남들한테 들키면 안 된다고 했던 것 같아서 역용을 살짝…….

장손무극이 탄식했다.

"참으로 치 떨리게 훌륭한 역용술이군."

원보 대인은 비탄을 이기지 못하고 사방팔방 물을 찾으러 다니기 시작했다.

타고나길 검은색이 찰떡이라더니! 같은 검은색이어도 부뚜

막에서 불 때다가 나온 언년이 같은 흑진주랑은 하늘과 땅 차이라더니! 애초에 검은색을 위해 태어났고, 흑야의 매혹과 순결한 기품을 동시에 갖추었으며, 색기가 흐르면서도 청순하고, 깜찍한 소녀와 성숙한 여왕님의 매력이 공존한다더니! 고결한 분위기와 발군의 몸매가 검은색의 신비로움, 고급스러움, 아찔함을 완벽히 표현해 낸다더니…….

원보 대인이 냉수 목욕을 하러 가는 걸 보면서도 전혀 찔리는 기색이 없던 맹부요가 산 아래를 내려다보더니 깜짝 놀랐다.

"으잉? 돌대가리들, 아직도 헤매고 앉았어? 아니, 그쪽으로는 왜 몰려가는데?"

장손무극이 그녀를 끌어안고 나뭇잎 더미 위에 편안하게 자리를 잡으면서 물었다.

"그렇게나 돌아가고 싶소? 황후 생활이 꽤 만족스러운가 보지?"

"퍽이나 만족스럽겠네요."

맹부요가 콧방귀를 뀌었다.

"세상에서 제일 재미없는 일이라고요."

"미리 예행연습을 해 보는 것도 좋겠지."

잠시 생각에 잠겼던 장손무극이 말을 이었다.

"헌원국 비빈들은 가엾지만."

"하!"

기가 막혀 웃어 버린 맹부요가 나뭇잎 더미 위에 벌렁 드러누워 팔을 뒤통수에 대고는 나른하게 말했다.

"서로 머리채 잡는 데 그 많은 정력을 허비하느니 기술이라도 배워 두는 게 나중에 먹고사는 데 도움이 되죠. 다 자기들 좋으라고 하는 일이에요."

"그대 손에 고통받는 것은 이 나라 비빈들이면 족하오."

주위를 세심하게 둘러보다가 풀잎 하나를 톡 딴 장손무극이 여문 손끝으로 한가롭게 무언가를 엮으면서 말했다.

"훗날 내 곁에서는 그럴 기회 자체가 없을 테지."

일순 멍해진 맹부요는 이내 그의 말뜻을 알아차렸다.

그녀를 황후로 맞이한다면 육궁에 다른 여인은 일절 들이지 않겠다는 소리 아닌가.

그러나 아직은 아득히 멀고 허황한 약속일 뿐, 못 들은 셈 치는 편이 낫지 싶었다.

이때 장손무극이 돌연 가까이 다가붙더니 부드럽되 서슴없는 손길로 그녀의 귀에서 귀걸이를 뺐다. 황금빛 봉황이 구슬을 물고 있는 형태의 귀걸이, 황후의 신분을 상징하는 물건이었다. 황후가 귀걸이를 안 하는 건 절대 용인 불가한 일이라길래 맹부요는 엄청난 희생정신을 발휘해 귀를 뚫었고, 다른 장신구는 훌떡훌떡 벗어 던지면서도 귀걸이는 끼었다 뺐다 하는 게 귀찮아서 그냥 달고 다니던 참이었다. 그런데 그게 어느 분의 눈길을 끈 모양이었다.

맹부요는 귀에서 뺀 귀걸이를 당연히 자기한테 건네줄 줄 알았건만, 웬걸, 장손무극은 손가락을 톡 튕겨서 귀걸이를 날려 보냈다. 값을 매길 수 없을 만큼 귀한 구슬을 품은 귀걸이는 허공에 붉은 포물선을 그리면서 튕겨 나가 어디론가 모습을 감춰 버렸다. 미처 손쓸 틈도 없이 일어난 일에 맹부요는 아쉬움을 감추지 못했다.

"아까워서 어쩌나, 저걸 어째! 일반 백성 10년 치 밥값은 될 텐데!"

장손무극이 눈썹을 까딱하며 웃더니, 느긋하게 말했다.

"본 태자가 손수 만든 귀걸이에 비하면 저까짓 것쯤이야."

그러고는 몸을 기울여 맹부요의 귓불을 살며시 잡았다. 섬세한 손놀림이었다.

맹부요는 무언가가 귀걸이 구멍 안으로 들어오는 듯한 느낌을 받았다. 연하고 가느다란 풀잎이 귓불을 살랑살랑 간질이자 그녀가 키득거리며 물었다.

"무슨 시답잖은 물건이에요?"

장손무극이 손바닥을 펼쳐 보였다. 깨끗한 손바닥 위에 나머지 나뭇잎 귀걸이 한 개가 놓여 있었다. 동그란 고리 모양으로 휘어 놓은 연녹색의 유연한 줄기와 그 끝부분에 줄지어 돋은 연둣빛 새순 세 개. 새순의 크기는 뒤로 갈수록 점점 커졌지만, 제일 큰 것이라고 해 봐야 진주알 정도에 지나지 않았다.

비취 같은 새순 한 장 한 장에는 바늘 끝으로 아주 복잡하고 정교한 무늬를 새겨 넣었는데, 어스레하게 비쳐 든 햇살이 여린 잎새에 새겨진 무늬를 투과하면서 금가루처럼 부서지고 있었다.

간결함 속에 깃든 고귀하고도 화려한 아름다움…….

새순의 잎자루 부분에는 그 솜씨 좋은 손끝으로 줄기를 살짝 긁어 나비 더듬이처럼 도르르 말린 모양을 만들어 놓았다. 모양과 길이가 모두 똑같은 새순 아래 거스러미들은 아름다운 곡선을 그리며 말린 채 바람 속에서 애처로이 떨고 있었다.

고리 부분은 연녹색, 새순은 연두색, 거스러미는 월백색. 옅고 짙은 색의 단계는 있으나 결국은 하나로 통하는 색채들이었다. 거기에 더하여 정교하면서도 자연적인 조형, 신기에 가까운 손재주와 놀라운 발상까지.

맹부요의 입에서 '억!' 소리가 나왔다.

진짜 인간이 맞기는 한 건가?

이쯤 되면 남들 자존감 박살 내려고 사는 인생이 분명하다.

아니 어떻게, 하다 하다 손재주까지 잘났을 수가 있지? 흔해 빠진 풀잎으로 귀걸이 하나 뚝딱 엮은 게 전생의 최정상급 보석 디자이너들을 죽고 싶게 만들 수준이라니.

과연, 이것이야말로 감히 가치를 매길 수 없는 보물이로다. 여기에 비하면 아까 그 호화로운 봉황 구슬 귀걸이는 그냥 내다 버리는 게 정답이다.

자연물 그대로이면서도 눈부시게 빛나는 귀걸이를 응시하고 있자니 맹부요 본인 귀에 매달려 유린당하기에는 너무 사랑스러운 물건이라는 생각이 들었다. 하여, 맹부요가 귀걸이를 빼려고 팔을 들어 올렸을 때였다.

장손무극이 빙긋 웃으며 그녀 쪽으로 몸을 기울여 손에 남아 있던 나뭇잎 귀걸이를 마저 귓불에 꽂아 주었다. 장손무극의 위치는 그녀의 오른쪽, 귀걸이가 들어가고 있는 귓불은 왼쪽인 관계로 그는 거의 상반신 전체를 그녀의 위로 기울이고 있었다.

스르르 쏟아져 내린 흑발이 그녀의 뺨을 간질였다. 예의 그 눈발 섞인 운무를 떠올리게 하는 향기가 느껴지는가 싶더니, 문득 입술에 온기가 와 닿았다. 귀걸이를 끼워 주고 나서 제자리로 돌아가던 장손무극의 입술이 그녀의 입술을 스친 것이다.

찰나의 접촉에 불과했으나 그 온기와 부드러움은 금세 가슴 속 깊숙이 스며들었고, 맹부요는 일순 전율했다. 장손무극이 그녀의 얼굴을 받쳐 들고서 양쪽에 걸린 귀걸이를 살펴보며 웃었다.

"이거야말로 그대에게 가장 잘 어울리는 색과 모양이지."

맹부요가 피식하면서 콧잔등을 찡그렸다.

"그놈의 자아도취! 재산 목록에 나라 하나쯤 있으면 적어도 황금이라든가 진주라든가 옥 같은 게 나와 줘야 하는 거 아니냐고요, 쩨쩨하기는!"

그런 그녀의 쇄골에 얼굴을 묻고 살냄새를 맡으며, 장손무극이 나지막이 답했다.

"세상에 둘도 없는 것을 주고 싶었소."

맹부요는 아무 대꾸도 하지 못했다.

몇 달 못 본 사이에 간지러운 소리 하는 데만 내공이 잔뜩 붙어서는.

이심환李尋歡의 비도처럼 결코 빗나가는 법 없이 날아드는 밀어 앞에서 그녀는 철저히 참패하고야 말 상관금홍上官金虹 신

세였다.[21]

그녀의 손이 다시금 귀걸이로 향했다. 손끝에 닿는 여리디여
린 감촉이 가슴속까지 전해지자 어디에선가 봄바람이 불어 버
들가지를 날리고 구슬 같은 물보라를 일으켰다. 그녀가 짐짓
숙연히, 장손무극의 머리카락을 매만지며 한숨지었다.

"짠한 것, 친구가 없으니 정에 굶주린 게지. 이 마마님께서
희생해 주는 수밖에……."

작게 웃음을 흘린 장손무극이 기습적으로 그녀를 덮쳤다.

"그 희생, 하는 김에 제대로 해 주시지요!"

하지만 맹부요는 잽싸게 굴러서 옆으로 비켜났다.

"여승이여, 노승은 절대 허락할 수 없소![22]"

그러자 장손무극이 눈썹을 꿈틀했다. 언젠가 부요가 원보 대
인에게 들려 주었던 우스갯소리의 한 대목이었다. 여승을 놓고
다투던 노승과 도사가 엉뚱하게 눈이 맞는 이야기.

장손무극이 태연하게 교태로운 목소리로 대꾸했다.

"도사의 미모가 저보다 낫더이까?"

맹부요는 깔깔 웃음이 터져 버렸다.

공사다망하신 태자 전하께서 저급한 농담을 다 기억하고 계
셨을 줄이야.

---

21 고룡의 무협 소설 《다정검객무정검多情劍客無情劍》에 등장하는 캐릭터로, 이심
    환은 주인공, 상관금홍은 그와 대척점에 서 있는 인물이다.
22 주지승, 비구니, 도사의 막장 삼각관계를 노골적으로 표현해 한때 인기를 끌었
    던 중국식 19금 유머가 바탕에 깔린 대화다.

원보 대인에게 들려 준 이야기였으므로 그녀가 그쪽을 바라보자, 원보 대인은 원한에 찬 눈빛을 보내는 중이었다. 바닥에 웅크리고 앉아 물을 뚝뚝 흘리고 있는 녀석을 보자니 뒤늦게 양심의 가책이 밀려들었다.

체온으로 털이라도 말려 줄 생각으로 옷 속에 품으려는데, 장손무극이 끼어들어 녀석을 넘겨받았다.

"내가 하지."

일어나 앉은 맹부요가 산 아래를 다시 한번 내려다보고는 의아하다는 투로 말했다.

"이상하네, 왜 자꾸 저쪽으로 가지?"

느긋하게 원보 대인의 털을 빗겨 주고 있던 장손무극이 무심히 답했다.

"이곳 사냥터는 영주산 일부 구획에 울타리를 쳐서 일반인의 출입을 금해 놓은 곳이오. 백성들이야 들어올 수도 없고 들어오면 안 된다는 것도 알지만, 곤경에 머무르고 있는 타국 군주며 사절들이 사냥을 나오거나 풍광을 즐기다가 부지불식간에 흘러들어오는 것은 가능한 일이지."

맹부요가 끔뻑끔뻑 그를 쳐다보다 말고 화들짝 내뱉었다.

"전북야?"

장손무극이 미소 지었다.

"그 유명한 찰거머리도 포함해서."

"주주도 왔어요?"

맹부요가 반색했다.

"패거리가 다 모였구먼!"

그러다가 역시 뭔가 이상하다 싶었는지 장손무극을 향해 눈을 부라렸다.

"또 무슨 수작 부린 거 아니에요? 나 빼돌릴 틈 만들려고 뒤쫓아오던 시위들을 의도적으로 전북야 쪽으로 유인했다든지."

굳이 부정하지 않고 웃기만 하던 장손무극이 저만치 먼 곳을 내다보며 말했다.

"대한 황제도 만만치 않군. 그 인원을 모두 아란주 쪽으로 돌려놓다니."

맹부요가 이마를 짚었다.

"불쌍한 주주……."

"나는 안 불쌍하오?"

장손무극이 그녀를 안으며 탄식했다.

"그대를 만나고부터 내 인생에 남은 것은 끝나지 않는 여로뿐이거늘."

맹부요가 그를 밀쳐 냈다.

"무극국에나 가 봐요. 안 간 지 오래됐잖아요."

"다녀왔소."

장손무극이 조용히 말했다.

"무극국에 들렀다가 헌원으로 넘어온 것이오. 미안하오, 부요. 내게는 완전히 내려놓을 수 없는 책임이 있소."

"그게 뭐 미안할 일이라고."

맹부요가 아무렇지 않게 대꾸했다.

"가족도, 나라도, 당연히 돌봐야 하는 건데. 무언가를 책임질 줄 아는 사내야말로 진짜 사내죠."

그녀를 응시하며 미소 짓던 장손무극이 한숨 쉬듯 말했다.

"부요, 가끔은 그대가 너무 감탄스러운 모습을 보여 주어서, 나는 벅차오르면서도 한편으로는 두려워지오……."

한없이 넓은 도량을 가진 여인. 창공을 자유로이 누비도록 태어난 그녀를 세상이 우러러볼 수 있게 날려 보낼 생각을 하면 가슴이 벅차오르지만……. 그녀가 너무 높이, 너무 멀리 날아 버리면 자석에 이끌리듯 뒤를 쫓는 추종자들이 더 늘어나지는 않을까 두렵기도 한 게 그의 심정이었다.

맹부요는 그저 웃었다. 세상에 진정으로 완벽한 사람은 없다. 우리는 단지 상대와 나의 마음이 더덜없이 꼭 맞아떨어질 때 그것을 완벽이라 느낄 뿐.

"이만 가 봐요, 곧 병사들이 오겠어."

그녀가 장손무극을 밀어냈다.

"여기까지 찾아온 거 보면 내가 이제부터 뭘 하려는지도 알고 있는 거죠? 돕든 물러나 있든 그건 당신 자유예요. 종월은 전북야하고는 다르니까, 종월이 원수를 처단하고 황위를 차지하는 게 과연 무극에 어떤 영향을 끼칠지는 나도 감히 뭐라고 장담 못 해요. 그 점 생각하고 철저하게 정치가의 입장에서 대처해요. 뭐든 나 때문에 주저하지 말고."

"그리리다."

장손무극이 일어서면서 그녀의 이마를 톡톡 쳤다.

"잊지 마오. 곤경 땅, 그대 바로 곁에 내가 있다는 것을."

피식 웃은 맹부요는 그대로 바닥에 앉아 그가 말을 몰아 멀어져 가는 모습을 지켜봤다. 빽빽하게 우거진 녹음 사이로 금가루처럼 쏟아져 내린 햇살이 뒤를 돌아보는 남자의 애틋한 눈동자에도 금빛 반짝임을 던지고 있었다.

그의 뒷모습이 황혼 녘 안개 사이로 완전히 사라진 후, 맹부요는 그제야 눈길을 거두고 손을 천천히 귓가로 가져가 나뭇잎 귀걸이를 뺐다. 그러고는 잎사귀에 새겨진 문양, 아니 글자를 조심스럽게 석양에 비춰 봤다. 정교해도 너무나 정교한 작품이었다.

눈에 잔뜩 힘을 주고서야 왼편 귀걸이의 새순 세 개에서는 '맹부요'라는 글자를, 오른편 세 개에서는 '원소후'를 알아볼 수 있었다. 황혼에 젖은 채 빙긋이 미소 지은 그녀는 보물을 다루듯 조심조심 귀걸이를 손안에 감싸 쥐었다.

❀

헌원국 시위들이 황후마마를 찾아냈을 때, 마마께서는 숲 한복판에 앉아 손수 사슴 가죽을 벗기시는 중이었다. 땀을 삐질삐질 흘리며 다가오는 시위들을 발견한 황후가 이마에 맺힌 땀방울을 쓱 닦더니 피가 시뻘겋게 묻은 칼을 세워 들고 말했다.

"사슴이 아주 실하구나. 오늘 저녁에는 다들 고기 좀 뜯겠어."

이어서 시위들 뒤쪽으로 헌원민이 비빈들을 우르르 이끌고 등장했다. 그러자 맹부요가 황제 폐하 옆에 엿가락처럼 찰싹 붙어 있는 현비의 면전에 사슴 피 한 바가지를 들이밀었다.

"기를 보해 주고 피부에도 좋은데, 현비도 한 모금 하지?"

고귀하신 현비마마께서는 바가지 가득한 핏물을 한 번, 얼굴에 피가 잔뜩 튄 채로 송곳니를 살벌하게 드러내고서 웃고 있는 맹부요를 한 번 쳐다보더니, 눈을 회까닥 까뒤집으면서 까무러쳐 버렸다. 이번에는 연기가 아닌 진짜로.

맹부요는 다른 비빈들에게도 눈치를 줬지만, 당이광과 간설이 각자 한 모금씩 받아 마신 걸 제외하고는 다들 질색을 하며 피하기에 바빴다. 맹부요가 말했다.

"현비의 상태가 좋지 못한 듯하니 옆 천막을 쓰는 옥비가 신경 써서 돌보아 주도록."

간설이 득달같이 대답하고는 직접 현비를 부축해 자리를 떴다. 헌원민이 채찍으로 앞쪽을 가리키며 신이 난 투로 말했다.

"황후, 영주산 깊은 숲속에는 기이한 짐승들이 많다고 하지. 그 흰 사슴도 그렇고. 북방 세가 출신인 만큼 말타기와 활쏘기에 퍽 능하다 들었는데, 어디, 짐과 한번 겨루어 보겠소?"

"못 할 게 뭐 있겠습니까?"

맹부요가 눈썹을 치켜세웠다.

"세 시진, 그 안에 더 많이 잡는 쪽이 이기는 겁니다!"

"좋소!"

오랜만에 호기가 오른 헌원민이 돌아서서 시위들에게 분부했다.

"소안과 춘매 말고는 따라오지 말라. 황후와 공정하게 승부를 볼 것이니라!"

시위들이 머뭇거리는 사이에 헌원민의 말이 먼저 땅을 박차고 출발했다. 맹부요도 곧장 뒤를 따랐고, 두 사람은 어마어마한 속도로 내달려 금세 시위들을 멀찌감치 따돌렸다.

맹부요가 말머리를 틀어 헌원민 쪽으로 다가붙으며 물었다.

"뭔데?"

"헌원성이 움직이기 시작했어!"

헌원민이 싸늘하게 웃음 지었다.

"어디서 구했는지는 몰라도 대단한 비방을 얻은 덕에 그 집 첩실이 회임을 했다더군."

"엉?"

맹부요는 당황했다. 헌원성이 종월의 계략에 당해 후사를 볼 수 없는 몸이 됐다는 건 헌원민한테 들어서 알고 있는 사실이었다.

그런데 첩실 배 속에 뜬금없이 애가 서다니?

"드디어 결심이 선 모양이지. 헌원운은 아무리 봐도 대업을 이을 가망이 없고, 다른 자식은 더 기다려 봐야 안 생길 것 같고. 아마 첩실이 아이를 가졌다는 건 눈속임에 불과할 거야. 열 달이 지나 해산할 때가 되면 문중에서 갓난애 하나를 골라 오겠지, 감쪽같이."

헌원민이 하얀 이로 아랫입술을 짓이기며 냉소했다.

"조금 전에 들어온 정보인데, 사촌 아우의 처도 때마침 아이를 가졌다는군."

맹부요는 조용히 생각했다.

헌원성, 꽤 오래 인내한다 했더니 마침내 최후의 수단이나마 동원하기로 한 건가. 남의 자식이라도 데려다가 대를 잇겠다는 건 황위를 차지할 결심이 그만큼 굳건하다는 뜻일 터.

"보아하니 오늘 사냥은 순탄하긴 글렀네."

맹부요가 채찍질을 하며 한숨을 쉬었다.

"황제와 황후가 쌍으로 변고를 당해 한꺼번에 초상을 치른다? 어쩐지, 왜 본인은 안 따라왔나 했다!"

"이 판국에 야영지는 머무를 곳이 못 돼. 사방이 적이니까. 그렇다고 아군에게 도움을 청하자니 그건 헌원성한테 누가 내 사람인지 알려 주는 꼴이고. 일단은 피해 있는 수밖에 없어."

"야영지 밖이라고 안전하다는 보장 있어? 호위도 없이 나왔는데, 무슨 일이 생겨도 이상하지 않을 상황이잖아?"

"산속 깊숙이에 외부와 곧바로 연결된 통로가 있어. 거기까지만 가면 도와줄 사람이 마중 나와 있을 거야."

헌원민이 말했다.

"헌원성이 어떤 식으로 암살을 시도할지 정확히는 모르지만, 그냥 자객만 매복시켜 두는 것처럼 단순한 방식은 아닐 거야."

맹부요는 이야기를 들으면서도 신경이 다른 데 가 있는 기색이었다. 저 멀리 산봉우리 너머에서 바람이 불어오는 소리에 귀를 기울이는 듯하던 그녀가 몸을 틀어 뒤에 있는 암매와 눈빛을 교환했다. 곧이어 헌원민도 미간을 찌푸렸다.

맹부요가 느릿하게 중얼거렸다.

"과연, 단순한 매복은 아니군."

그녀의 눈이 주위를 훑었다. 짙은 안개, 울창한 녹음. 일행의 뒤편으로는 병사 복장을 한 이들이 급하게 말을 달려오는 모습이 어렴풋이 보였으나, 말이 질주하는 기세가 무색하게도 양측 사이의 거리는 좀처럼 좁혀질 줄을 몰랐다.

진법. 그것도 일월산천 전체를 진으로 삼아 목표물을 부지불식간에 집어삼키는 절정의 진법이었다.

맹부요가 탄식을 섞어 읊조렸다.

"무은."

❀

산중 만물이 모두 진의 일부일지니.

여기서는 바위였던 것이 불현듯 나무로 변한다거나, 숲속을 날던 산새가 돌연 묵직한 돌덩이로 둔갑한다거나, 앞쪽에 넘어져 있던 고목이 느닷없이 함정으로 화할 수도 있었다. 함정 밑바닥으로 곤두박질치는 순간 실은 판판한 땅을 밟고 있다는 걸 깨닫지만, 그새 머리 위에는 불덩이가 이글이글 타오를 수 있었다. 하늘 높이 선명하게 걸린 달을 나침반 삼아 달빛이 이끄는 대로 걸음을 옮기노라면 그 종착지에는 깊이를 알 수 없는 심연이 입을 벌리고 있었으니, 그제야 다시 하늘을 올려다보면 달이 원래는 반대편에 걸려 있었음을 발견하게 되는 것이었다.

그쯤 되면 저쪽 달이라고 과연 믿을 만할까 싶어 재차 확인하게 되는 게 사람 심리, 다시 고개를 들었을 때 눈에 들어온 것은 동서남북 사방에 걸린 달이었다.

나무를 베어 내 나이테를 확인하고서 나이테가 촘촘한 쪽으로 가노라면 뱀 굴이, 성긴 쪽으로 가노라면 가시덤불이 나왔다. 그리고 그 빌어먹을 안개.

뭉텅이로 다니는 것도 아니고, 잘게 찢어 놓은 비단 조각처럼 생긴 안개가 결정적인 순간이면 어디선가 '샤샤샥' 나타나곤 했다. 예컨대 바로 한 걸음 앞이 낭떠러지라고 치자. 그럴 때면 망할 안개가 어김없이 몰려와 눈앞을 뒤덮었다. 그 상황에서 시야를 확보하려고 손을 내저으면, 그 찰나 그대로 무참하게 추락사할 수도 있는 것이다.

안자가 바로 그렇게 죽었다. 분명 평지를 걷고 있었건만, 한 걸음 앞이 갑자기 절벽으로 둔갑했다. 발을 내딛다가 뭔가 이상하다는 느낌에 본능적으로 걸음을 도로 물린 안자는 뒤에서 오던 헌원민과 부닥쳤고, 다급한 와중에 그를 붙들었다가 함께 벼랑 아래로 떨어지고 말았다. 그리고 잠시 후…… 헌원민 혼자만 벼랑 위로 올라왔다.

무슨 수로 올라왔는지 맹부요는 묻지 않았고 암매는 그저 무표정한 얼굴이었다. 안자가 스스로 희생을 택해 헌원민을 올려보냈든, 아니면 헌원민이 안자를 밟고 올라왔든, 이미 벌어진 일을 굳이 따지고 들 필요는 없었으므로.

그렇게 한 생명이 흔적 없이 스러졌다. 무슨 대단한 장소도 아닌, 고작 평범해 빠진 산비탈에서. 나지막한 산비탈이 무은 한 사람의 존재로 인하여 한순간에 지옥 아수라장으로 변한 것이다. 걸음걸음이 위기였고, 사방에 죽음이 도사리고 있었다.

안개 속에 잠긴 주변 사물들은 언뜻 평범해 보였지만, 그게 언제 치명적인 함정으로 둔갑할지는 알 수 없는 일이었다. 게다가 더 심각한 건, 지금 일행이 걸려든 진법에는 이렇다 할 규칙이랄 게 없다는 사실이었다. 진짜처럼 보이는 게 허구라면 반대로 허구처럼 보이는 건 진짜여야 하련만, 그조차 여기서는 통용되지 않았다.

맹부요도 초반에는 한동안 헤맨 결과, 규칙 비슷한 걸 찾아냈다고 생각했다. 그즈음 앞쪽에 초목으로 어설프게 가려진 함정이 나타났다. 딱 봐도 함정 티가 너무 나는지라 환상이 틀림없으리라 판단한 그녀는 그냥 지나가도 별문제 없겠거니 하고 걸음을 내디뎠다. 하지만 발밑은 허공이었다! 몸이 밑으로 쑥 꺼지는 찰나 누군가의 힘 있는 손이 그녀를 단단히 붙들었다.

고개를 든 맹부요는 암매의 유리알 같은 눈동자를 마주했다. 그는 줄곧 그녀 곁을 지키면서 헌원민을 의식적으로 그녀에게서 떨어뜨려 놓고 있었다. 그 이유는 맹부요 역시 알았다. 헌원민이 자신을 해치지야 않겠지만, 위기 상황에서 발판으로 쓸 가능성은 얼마든지 있기 때문이었다.

맹부요가 눈빛으로 고마움을 전하자 암매의 입꼬리가 살짝 휘어져 올라갔다. 비록 희미할지언정, 그 미소는 한밤중 숲을 자욱하게 채운 안개 속에서도 빛을 발했다.

"조심해."

모두가 몽롱한 얼굴인 이 밤, 오직 암매만이 흑요석 위에 선명하게 새겨진 그림처럼 또렷한 아름다움을 유지하고 있었다. 밤의 장막 아래에서 듣는 그의 목소리는 다른 때보다 훨씬 다정했다. 평소 암매의 음성은 다소 차갑고 까끌까끌했건만, 지금은 짧은 한마디 속에도 온기가 녹아 있었다.

맹부요가 마주 웃으며 대답했다.

"그쪽도요."

자정 무렵을 넘기도록 진 안을 헤매고 다닌 세 사람은 눈앞이 빙빙 돌 지경이었다. 대체 여기가 어딘지도 이제 확실치 않았다.

영주산은 규모가 그리 크지 않았다. 일행의 이동 속도를 고려해 볼 때 아무리 중간중간 위험 요소가 많았다고 해도 지금쯤이면 산을 벗어났어야 정상이었다. 하지만 세 사람은 계속 같은 곳을 맴도는 느낌을 받고 있었다.

맹부요가 허탈한 표정으로 땅바닥에 주저앉으면서 말했다.

"그만 갑시다, 차라리 한자리에 있는 게 덜 위험할 수도 있고."

"안 돼."

암매가 그녀를 일으켜 세웠다.

"무은이 모습을 드러내기 전에 빠져나가야만 해. 지금은 진법만 펼쳐 뒀을 뿐 직접 나서지는 않고 있지만, 틈을 봐서 공격을 시작하면 끝장이야. 환경 자체가 우리한테 너무 불리해."

"무공은 어떤데요?"

맹부요가 물었다.

"이 정도면 진법만으로도 천하를 발밑에 두겠는데, 거기다가 무공까지 훌륭하면 그야말로 당해 낼 자가 없는 거 아닌가? 왜 서열이 8위밖에 안 되죠?"

"태생적인 한계 탓이지."

암매가 말했다.

"무은은 헌원 출신으로 알려져 있어. 한집안 오누이 사이에서 난 자식이라고 하는데, 함부로 입에 올릴 만한 일은 아닌지라 정확한 속사정을 아는 사람은 거의 없고."

바람 소리에 귀를 기울이던 그가 덧붙였다.

"강기슭까지 온 것 같군."

맹부요도 바람 속에 희미하게 섞인 물 냄새를 맡은 참이었다. 그뿐 아니라, 어디선가 고성을 내지르며 싸우는 소리가 들리는 것 같았다. 한 군데에서 나는 게 아닌 듯, 소리는 멀어졌다 가까워지기를 반복하고 있었다.

움찔한 맹부요가 말했다.

"결투?"

이때 헌원민이 끼어들었다.

"웅대천? 그럼 사냥터 가장자리까지 왔다는 뜻인데?"

두 사람이 주목한 지점은 각기 달랐지만, 결론적으로는 둘 다 맞는 이야기였다. 말이 끝나기 무섭게 머리 위에서 은빛 섬광이 번쩍하더니 어렴풋이 사람 형상이 스쳐 지나갔다.

형상이 무시무시한 속도로 허공을 관통하면서 주변 대기를 휘저어 놓은 결과 사방을 짙게 채우고 있던 안개가 마치 칼로 가른 듯 양쪽으로 벌어졌다. 그때 맞은편 안개 속에서 누군가의 신형이 불쑥 튀어나왔다.

칠흑 같은 의복에 흑단 같은 머리, 옷자락에서 타오르는 불꽃 문양. 눈썹을 곧추세운 그가 칼을 내리치자 칼날 주변으로 맹렬한 돌풍이 일었다. 화려한 기교는 없으나 산을 통째로 쪼개고도 남을 위력이 실린 일격이었다.

깜짝 놀란 맹부요가 외쳤다.

"전북야!"

하지만 전북야에게는 그녀의 목소리가 들리지 않는 듯했다. 새하얀 명주 같은 칼날의 빛이 머리 위에서부터 그녀를 덮쳐왔다.

뼛속까지 파고드는 한기를 싣고, 해일처럼 쇄도하는 그 은빛 섬광. 번뜩이는 칼날이 곧 맹부요의 코앞까지 들이닥칠 기세였다. 마치 얼음이 닿은 듯 이마가 선뜩해지는 감각에 그녀는 몹시 다급히 몸을 뒤로 물렸다.

"위험해!"

이번에도 암매의 목소리였다. 제자리를 이탈하지 않은 채 손만 날렵하게 뻗은 그가 소맷자락의 순간적인 회전을 이용해 맹부요의 팔을 휘감았다. 허리가 휘청 뒤로 꺾였던 맹부요는 덕분에 곧바로 균형을 회복할 수 있었다.

신발 뒤축에 차인 돌멩이가 뒤쪽으로 데구루루 굴러가 어디 구멍 같은 곳으로 '텅' 하고 떨어지는 소리가 났다. 아마도 수직

동굴인 모양인데, 곧이어 그 안에서 '파드득' 하는 정체불명의
소리가 흘러나왔다. 무엇인지는 몰라도 상종해서 좋을 게 없는
존재가 들어앉아 있는 것만은 확실했다.

놀란 심장이 여전히 쿵쾅대는 와중에도 맹부요는 눈을 비비
고서 앞쪽을 확인했다. 그러나 안개가 도로 꽉 들어찬 그곳에
전북야의 모습은 없었다.

그녀가 멍하니 읊조렸다.

"허상?"

"아니, 반사야."

암매가 말했다.

"아마 가까운 곳에 있을 거야. 조금 전은 적을 향한 일격이었
을 테고. 무은의 진법이 그걸 반사해 네 앞으로 옮겨 놓은 거지."

"진짜 신기하네요."

맹부요가 중얼거렸다.

홀연 등 뒤에서 세찬 바람 소리가 나는가 싶더니 새 떼의 날
갯짓 소리가 온 천지를 뒤덮었다. 거대한 잿빛 괴조 무리가 안
개를 뚫고 등장해 지면에 낮게 붙어 날아오면서 길고 뾰족한
부리로 맹부요를 노렸다.

이에 기가 찬다는 듯 코웃음을 친 맹부요가 일갈했다.

"이제 별것들이 다 사람을 우습게 보고!"

신형이 회전하면서 옷소매가 크게 펄럭였다. 그즈음 그녀의
손에서는 이미 시천이 던져진 뒤였다. 새카만 비단 같은 칼날
의 빛이 새 떼를 한 바퀴 휘감는 동시에 그 궤적을 따라 깃털이

풀솜처럼 날리고 피가 구슬처럼 흩뿌려졌다.

새들의 깃털이 온 하늘을 뒤덮으며 날아내렸다. 날카로운 울부짖음이 이어지는 가운데, 칼을 피해 허둥지둥 날던 괴조들이 저들끼리 충돌하는 장면이 속출했다.

그사이에도 시천은 번갯불 같은 속도로 허공을 누비며 새들을 쫓고 있었다. 시천이 지나간 자리에는 어김없이 괴조의 사체가 우수수 떨어져 내렸다.

그 칼을 쳐다보고 있는 헌원민은 넋이 빠진 얼굴이었다. 맹부요가 본격적으로 무공을 쓰는 모습을 보기는 이번이 처음이었기에. 칼과 맹부요를 번갈아 보면서, 그는 생각이 많아지는 기색이었다.

맹부요는 헌원민의 반응에 개의치 않고 그저 피식 웃으며 시천을 회수할 준비를 하고 있었다. 그런데 새 떼가 깨끗이 처리된 공중 어디에도 시천이 보이질 않는 것이 아닌가. 그녀의 표정이 굳어졌다. 바로 다음 순간, 당혹감에 찬 외침이 들려왔다.

"부요!"

전북야의 목소리가 아닌가. 맹부요의 입에서 '헉' 소리가 나왔다. 아까 애먼 사람한테 칼질하더니, 그 업보를 참 빨리도 치르신 모양이었다. 아마 괴조 떼를 향한 일격이 저쪽으로 반사되어 가면서 칼까지 방향을 바꿔 전북야에게로 날아간 것 같았다.

가엾은 대한 황제. 암매처럼 든든한 아군이 곁에 있을 것 같지도 않고, 갑자기 나타난 내 모습에 적잖이 당황도 했을 텐데. 설마…… 그 칼 맞고 죽은 건 아니지?

근심이 이만저만이 아닌 맹부요가 전북야를 찾아 나서려는 데, 암매가 그녀를 말렸다.

"진법의 변화가 빨라졌어. 지금은 아무것도 건드리지 말고 제자리에 가만히 있는 게 최선이야. 눈앞에 뭐가 보이든 무시하고 차분히 기다려."

별수 없이 멈춰 선 맹부요가 땅에 떨어져 있던 괴조를 툭 걷어찼다. 새의 사체가 날아가면서 안개에 구멍이 뚫린 찰나, 그녀가 서 있는 곳 바로 아래쪽에 사람 형상이 보였다.

온몸에 알록달록 화려한 색채를 두른, 작고 어여쁜 얼굴의 소녀. 소녀는 맹부요가 딛고 있는 '바위'를 붙들고 어떻게든 위로 올라오려 안간힘을 쓰는 중이었다. 그 밑은 시커먼 암흑에 잠겨 밑바닥이 보이지 않는 낭떠러지였다.

기겁한 맹부요가 소리쳤다.

"주주!"

득달같이 아래로 손을 뻗었지만, 손아귀에 잡힌 것은 허공. 곧이어 뭔가 미끌미끌한 것이 손끝에 닿는가 싶더니 느닷없이 손가락을 칭칭 휘감았다. 맹부요는 즉시 손을 땅바닥에 패대기쳤다.

'까득' 하고 뼈가 빠개지는 소리와 함께 손에서 떨어져 나간 것은 뱀이었다. 서두른다고 서둘렀건만, 한발 늦은 모양인지 손목이 얼얼했다. 팔을 들어 올리자 손목 핏줄 근처에 작은 구멍 두 개가 눈에 띄었다.

"젠장!"

맹부요가 상소리를 뱉고 났을 때였다. 곁에 있던 암매가 그녀를 보고 얼굴색이 급변해서는 당장에 손목을 잡아챘다. 그러더니 소맷자락을 찢어 독이 더 퍼지지 못하도록 팔꿈치 부근을 단단히 묶은 후 일말의 망설임도 없이 고개를 숙이고 독을 빨아 내기 시작했다.

맹부요가 말했다.

"약 있어요!"

하지만 암매는 들은 체도 안 하고 연신 독을 빨아 뱉어 냈다. 그러다가 핏빛이 옅어진 걸 확인하고 나서야 품에서 약을 꺼내 상처 부위에 바르고, 녹색 환약 두 개를 맹부요와 하나씩 나누어 삼켰다.

어둠 속에서 얼핏 암매의 찢어진 입꼬리가 맹부요의 눈에 들어왔다. 정말 지독한 뱀독은 순식간에 입속 점막을 녹여 버리기도 한다던가.

맹부요가 걱정스럽게 물었다.

"입 헹궈 내게 물이라도 떠 와야 하지 않겠어요?"

암매가 고개를 가로저었다.

"움직일 상황이 못 돼. 진법에 무은의 심리가 반영되는 걸 생각하면 지금이 바로 가장 긴박한 순간이야."

그러나 맹부요는 여전히 걱정이었다. 이빨이 박히자마자 뱀을 떼어 낸 데다 암매가 곧바로 독을 빨아 내기까지 했는데도 지금 그녀는 약한 어지럼증을 느끼고 있었다. 뱀독이 그만큼 위력적이라는 뜻이었다. 그게 점막에 직접 닿았으니, 저대로 됐다가는 암매가 위험해질 수도 있었다.

졸졸거리는 소리를 들어서는 물가가 바로 지척인 것 같았다. 맹부요가 몸을 일으키자 암매가 매섭게 소리를 질렀다.

"그냥 있어!"

맹부요는 뒤도 돌아보지 않고 받아쳤다.

"헛소리 말아요!"

암매가 눈에서 불을 뿜었고, 그 옆에서는 헌원민이 묘한 표정으로 둘을 번갈아 곁눈질하고 있었다.

맹부요가 한 걸음을 더 내디뎠을 때였다. 품속이 꿈틀하더니 안에서 폴짝 뛰어나온 원보 대인이 하얀 잔영만을 남기고 어디론가 사라져 버렸다. 당혹한 맹부요가 소리쳤다.

"쥐 새끼! 쥐 새끼⋯⋯."

바로 뒤이어 그녀가 살핀 것은 헌원민의 얼굴이었다.

지금껏 헌원 황가 사람들 눈에 띄지 않도록 나름 조심해 왔건만, 녀석이 헌원민 앞에서 제 발로 기어 나올 줄이야.

아마 물을 구하러 간 모양이었다. 번개같이 튀어 나간 녀석은 눈 깜짝할 사이에 모습을 감춰 버린 뒤였다. 이렇게 된 이상 꼼짝 말고 기다리는 수밖에 없었다.

레이더 탐측기에 가까운 녀석이니 위험만 감지하는 게 아니라 진법 안에서도 제 앞가림은 하겠지?

맹부요는 희박한 가능성에 희망을 건 채로 제자리에 쪼그리고 앉으면서 한숨을 뱉었다. 문득 아까 본 아란주가 떠올랐다.

절벽에서 떨어진 것 같았는데, 지금 어디 있는 걸까? 구하러 갈 방도를 찾아야 하는데……. 그리고 전북야는, 그 칼 안 맞았으려나? 하아, 왜 다들 그렇게 재수가 없냐…….

돌연 하얀 잔영이 눈앞을 스쳤다. 원보 대인이 생각보다 훨씬 빨리 돌아와 준 것이다.

맹부요는 벌떡 일어나 쥐 새끼한테 달려갔다. 녀석의 앞발에는 물이 담긴 커다란 나뭇잎이 들려 있었다.

"장한 녀석!"

반색하며 외친 맹부요가 녀석에게서 나뭇잎을 넘겨받아 암매에게 건넸다.

"얼른 입부터 헹궈요."

그러나 암매는 나뭇잎을 보자마자 대뜸 눈썹을 찡그렸다. 맹부요도 오목한 잎사귀 안을 들여다본 결과, 어째 물이 좀 뿌옇다 싶기는 했다. 잎사귀의 녹색 때문에 빛깔을 명확히 알아볼 수는 없었지만, 맑은 물이 아닌 것만은 확실했다. 게다가 괴상한 냄새까지 나는 듯했다.

어디 썩은 진흙 구덩이에서 퍼 온 건가.

암매가 내키지 않아 하자 맹부요가 눈썹을 곤두세웠다.

"쥐 새끼가 아주 그냥 죽을 각오로다가 천신만고를 겪으면서 응, 빗발치는 총탄을 뚫고 적군 보루도 폭파하고 막, 사선을 넘어가서 그쪽을 위해 구해 온 귀하디귀한 물이라고요. 그런데 이걸 그냥 버리겠다고? 동지애가 이렇게 없나? 정의를 위해 목숨마저 초개같이 던진 전우들과 호국 영령들을 볼 낯은 있고요? 사람이 어쩜……."

고개를 휙 젖힌 암매는 두말하지 않고 물을 입에 털어 넣었다.

저 잔소리를 더 듣느니 차라리 구정물 쪽이 나으리라……

맹부요의 얼굴이 활짝 피었다.

"옳지! 그래야지, 사람이 큰일 하려면 고생도 좀 해 보고 말이야."

암매는 당장에 토할 것 같은 표정을 지었지만, 그래도 최선을 다해 입 안에서 물을 몇 번 굴리고는 오만상을 쓰면서 뒤돌아섰다. 그사이 맹부요가 어깨 위에 앉은 쥐 새끼에게 속닥속닥 물었다.

"대인, 물가에 다녀오기는 한 거야? 저거 대체 뭔데?"

그러나 원보 대인은 찍소리도 없이 앞니만 삐죽 내보였을 뿐이었다.

자세히는 알려고 들지 말고, 그냥 귀한 거라는 데까지만 알아 두려무나. 열 내리고 독 빼는 데는 저만한 게 없음이야!

새하얀 털이 바람결에 나부끼는 가운데, 녀석의 입가에 자못 음흉한 미소가 떠올랐다.

일행의 주변에서는 계속해서 정체불명의 소리가 들려오고 있었다. 저 멀리서 무은이 또 누군가와 싸움이 붙은 모양이었다.

살벌한 격전의 여파가 진법 내의 겹겹 장애물을 뚫고 일행이 있는 곳까지 전해져 왔다. 무심결에 위를 올려다본 맹부요의 눈에 하얗게 반짝이는 점들이 두꺼운 안개층 너머를 무리 지어 스쳐 가는 모습이 포착됐다. 달빛과 별빛을 모조리 덮어 버렸을 정도로 안개가 짙은 상황에서 저 백색광만은 흐릿하게나마

육안으로 확인이 가능하다는 건 실제 밝기가 어마어마하다는 뜻이었다. 언젠가 비슷한 광경을 봤던 듯도 한데, 정확히 언제였는지는 도통 기억이 나질 않았다.

이때 안개 한복판이 뻥 뚫리더니 전북야가 또 한 번 모습을 드러냈다. 아까와 마찬가지로 번뜩이는 칼날을 내리치면서.

그 광경에 장난기가 동한 맹부요가 팔을 휘저으면서 말했다.

"내 칼이나 내놔요!"

하지만 전북야는 눈 깜짝할 새에 사라져 버렸다. 뻗었던 팔을 도로 내리는데, 이번에는 아란주가 등장했다. 아란주는 여전히 힘겹게 절벽을 기어오르고 있었다.

다음 순간, 아란주가 오르고 있는 벼랑 꼭대기에 모종의 형체가 언뜻 나타났다가 금세 짙은 안개에 가려졌다. 맹부요가 미간을 찌푸렸다.

이건 뭐 주마등도 아니고, 사람 정신 산란하게 왜 자꾸 이거 보여 줬다 저거 보여 줬다 난리인지.

어쨌든 무은의 진법이 천하제일이라는 사실만은 확실히 알 것 같았다. 본인은 직접 나설 것도 없이 주변 자연물만으로도 적을 무력화하고 있지 않은가. 지금 여기 붙들린 사람 중에 고수 아닌 자가 누가 있나. 그런데도 고작 초목이며 바위 따위에 발이 묶여 실력 발휘 한 번을 못 해 보는 신세이니, 거참.

그녀는 암매에게 근방에 절벽 같은 게 있는지 물어보면서 아란주가 매달려 있는 곳 주변 풍경을 대략적으로나마 설명해 줬다. 이야기를 듣고 난 암매가 미간에 주름을 잡고 머릿속을 더

듬으며 말했다.

"비슷한 곳이 세 군데 있기는 한데, 우리 위치도 모르는 판국에 무슨 재주로 거길 찾아내겠다는 거지?"

괜히 심란해진 맹부요는 애꿎은 땅바닥을 걷어찼다. 그러고는 주주가 제발 무사히 절벽 꼭대기에 당도하기를 기도하다가, 생각이 흘러 흘러 십대 강자가 이토록 강력한 힘을 발휘하는 건 자연법칙을 꿰뚫어 보고 있기 때문이라는 데까지 이르렀다.

파구소 6성이면 무림에서는 이미 최고수 반열이라지만, 실상 그녀는 딱 한 끗 차이 때문에 번번이 얻어터지고 다니는 신세였다. 지금까지는 아무리 죽자 사자 수련에 매달려도 꼭 결정적인 순간에 진기의 흐름이 정체되는 현상이 발생하곤 했다. 만약 십대 강자와 같은 수준에 다다르지 못한다면, 속세에서 아무리 대단한 권세를 손아귀에 쥐고 끗발을 날린들 궁창 장청 신전 문턱은 영영 넘지 못할 터였다.

에라, 정 안 될 것 같으면 군대라도 몰고 쳐들어가든가!

생각하다 보니 피가 끓는지라 부지불식간에 주먹이 나갔다. 허공을 향해 내지른 주먹이 안개를 꿀렁, 흔들어 놓은 그 순간 갑자기 눈앞에 그림자 같은 게 드리웠다가 걷히더니, 전북야가 또 눈앞에 등장했다. 맹부요는 아무것도 안 뵈는 양, 그저 멀뚱히 있었다.

저건 가짜다.

반면 전북야는 그녀를 발견하자마자 눈을 번뜩 빛내면서 대뜸 팔을 뻗었다. 맹부요는 요지부동으로 일관했다.

가짜인데 뭐.

이때 곁에서 운기조식 중이던 암매가 번쩍 눈을 떴다. 그는 당장에 몸을 일으켰지만, 전북야 쪽이 한발 앞서 목표물을 낚아챘다. 맹부요는 강철 같은 손아귀에 팔을 붙들렸다. 큼지막한 손은 그녀를 영영 놓아주지 않을 것처럼 굳건했다. 허상으로는 절대 만들어 낼 수 없는 감각. 기겁한 그녀가 반사적으로 몸을 뒤로 물리려는 찰나, 눈앞의 안개가 빙그르르 소용돌이치더니 주변 풍경이 급변했다. 순식간에 전북야 쪽으로 끌려온 것이다. 짙은 안개와 세찬 바람 소리는 여전했지만, 아까 있던 그곳은 분명 아니었다.

맹부요가 벌레 씹은 표정으로 전북야를 쏘아봤다.

"어떻게 찾은 거예요? 나머지 두 사람도 마저 데려와요."

"불가능해."

전북야가 무거운 목소리로 말했다.

"내가 예전에도 한 번 무은과 맞붙은 적이 있다는 거, 기억 못 하나? 무극국 깊은 산중에 꽤 오랫동안 발이 묶여 있었지. 그때 거의 죽다 살아나서 안다만 이건 무은이 쓰는 진법 중에서도 특히 괴이한 종류다. 고대 헌원국의 주술 '경변鏡變'을 이용해 음양의 순환 과정에서 쉼 없는 변화를 만들어 내지. 저쪽에서 먼저 움직여 주지 않는 이상 나로서는 정확한 위치를 파악할 방도가 없어. 위치를 파악해서 손을 뻗는다고 해도 엉뚱하게 독사를 붙잡는 수가 있고."

맹부요가 찔끔해서 주섬주섬 소매를 내리는 걸 예리하게 포착한 전북야가 짙은 눈썹을 찌푸렸다.

"물렸나?"

상처를 살피려 허리를 숙이는 그를 맹부요가 냅다 밀쳤다.

"괜찮아요, 멀쩡해."

그런데 이때, 그의 팔뚝에 꽂힌 시천이 눈에 들어왔다. '헉' 소리를 뱉은 맹부요가 이내 머쓱하니 말했다.

"저기, 내 칼…… 돌려줄래요?"

본인 입으로 한 말이지만, 민망해서 진땀이 다 났다.

남의 팔뚝에 저렇게 버젓이 꽂혀 있는 칼을 내놓아라 마라 해도 되나. 아직 치료비 청구도 하기 전인데.

쓱 고개를 돌려 팔을 쳐다본 전북야가 아무렇지도 않게 칼을 뽑아냈다. 피가 튀고 난리인 와중에 그가 말했다.

"보통 물건이 아니더군. 영성이 깃들어 있어. 칼을 맞지 않았더라면 네 위치를 찾아내지도 못했을 거다."

팔뚝의 상처도, 안개 속에 도사리고 있는 위협도, 뭐 하나 안중에 없는 것 같은 전북야가 은근히 들뜬 기색으로 맹부요를 바라봤다.

"어쨌든 덕분에 둘만 이리 오붓하게……."

이때 귀를 쫑긋 세운 맹부요가 눈동자를 예리하게 빛내면서 말했다.

"비명 소리 못 들었어요?"

그러더니 용수철처럼 튀어 올라 어디론가 내달리기 시작했다.

"주주!"

봉황이 하늘 높이 날아오르다

소리는 지척에서 들려왔다. 바로 귓가에서, 옆자리에서, 발 아래에서 아란주가 위험에 빠져 비명을 내지르고 있는 것만 같았다. 맹부요는 거의 본능적으로 용수철처럼 튀어 올라 내달리려 했다. 그러나 전북야가 그녀를 재빨리 붙잡았다.

맹부요는 돌아보지도 않고 그의 손을 뿌리쳤다.

"놔요!"

전북야는 손을 놓기는커녕 무지막지한 힘으로 그녀를 끌어다가 원래 달려 나가려던 방향 반대쪽으로 밀어붙였다. 맹부요는 뒤로 끌려가 등을 석벽에 부딪히고 나서야 자신이 절벽 근처에 서 있었다는 걸 깨달았다.

전북야가 석벽 양쪽에 두 팔을 짚어 그녀를 꼼짝 못 하게 가뒀다. 그러고는 그녀의 머리 위에서 단단한 턱을 약간 위로 쳐

든 채, 새카만 눈을 묵직하게 내리떴다.

"부요, 잠깐이라도 좋으니 단둘이 이야기할 시간을 줄 수는 없겠나."

낮게 가라앉은 목소리. 미세한 물방울을 가득 안은 밤안개보다 더 짙은 저음이었다.

그의 이목구비는 여전히 뚜렷했지만 예전보다는 해쓱해져 있었다. 그를 보며 맹부요는 마음이 약해지는 걸 느꼈다. 하지만 지금이 어떤 상황인가. 다른 때였다면 하고 싶은 말이 있다는데 못 들어 줄 것도 없었겠지만, 머릿속이 온통 아란주 걱정인 지금은 마음의 여유도, 시간의 여유도 없었다.

고개를 쳐든 맹부요가 나지막이 말했다.

"남는 게 시간인데 왜 하필 지금이에요?"

"그 남는 시간, 언제 나한테 인심 써 본 적 있나?"

홀연 전북야가 웃었다. 하얀 이를 드러내고서, 새카만 눈으로 그녀를 보며.

"한순간만 눈을 떼도 사라져 버리곤 하지. 바닷속에 떨어진 바늘을 찾는 심정으로 어렵사리 찾아내고 나면 그 바늘은 내 손가락을 찌르더군."

맹부요도 마주 웃어 주었다.

"그럼 그 손 떼면 되겠네."

"아니!"

전북야가 단호히 쐐기를 박았다.

"바늘이 아니라 칼이라고 해도 놓지 않을 거다! 지금 네 곁에 있는 사람은 나고, 그렇다면 널 지킬 사람 역시 나야. 네 목숨의 임자는 네가 아니라 나다!"

"누가 지켜 달래요?"

전북야와 코가 맞닿을 정도로 고개를 바짝 쳐든 맹부요가 이글거리는 눈을 부릅떴다.

"내 목숨은 지금까지 쭉 내 거였어! 내 인생, 내 생각, 내 모든 것의 임자는 나라고!"

"그래, 관두자."

전북야가 숨을 깊게 들이마셨다. 맹부요와의 말다툼이라면 이제 지긋지긋했다. 만만치 않은 성질 둘이 맞닥뜨리면 결과는 항상 타오르는 불길이었다. 열정의 불꽃이 아닌, 온몸을 그슬고 가슴속까지 지져 대는 화마.

깃든 정이 아무리 두터운들 거듭되는 화마의 고문을 언제까지 버텨 낼 수 있겠는가.

그는 믿어 의심치 않았다. 자신이 필요로 할 때면 맹부요는 일생에 걸쳐 얼마든 도움의 손길을 내밀어 주리라는 걸. 다른 사람들에게도 마찬가지로 그러하듯이.

훗날 그녀가 다수의 군주를 황위에 올린 여인으로서 오주대륙 역사상 전무후무한 전설로 자리매김하리라는 것도 잘 알고 있었다. 자신이 도움을 받았고, 종월도 마찬가지로 도움을 받고 있는 것처럼.

그는 바로 그 마찬가지가 싫었다.

그래, 마찬가지. 누구한테나 마찬가지였다. 그녀는 어느 쪽으로도 치우치는 법 없이 누구를 위해서나 목숨을 걸고 싸우고, 누구한테건 조금의 차별도 두지 않았다.

그 또한 깊은 정이라 하겠으나, 남녀 간의 정과는 하등의 상관이 없는 영역이었다. 그가 피 끓는 단심을 바치면 그녀는 미소 지으며 건네받아 한쪽에 툭 밀어 놓는 게 전부였다.

일생 거절이란 것을 모르고 살았던 전북야에게 그녀는 유일한 예외였다. 애타게 뻗었던 손을 매번 허망하게 거둬들이고 나면 손아귀에 잡혀 있는 것은 차가운 달빛뿐이었다.

"부요……."

불꽃같은 그의 삶에 한숨을 가르쳐 준 여인. 전북야는 몸을 비스듬히 숙이면서 손을 뻗어 그녀의 어깨를 붙잡았다. 부드럽되 힘이 들어간 동작이었다.

자신이 무엇을 하고 싶은 건지는 그 역시 알지 못했다. 그저 가까이 다가가고 싶었다. 조금 더 가까이…….

이때 여인의 또렷한 말소리가 들려왔다.

"턱주가리 한 번 더 빠져 볼래요?"

움찔 굳은 전북야를 가차 없이 밀쳐 낸 맹부요가 그길로 성큼성큼 걸음을 옮겼다. 전북야가 몸을 날려 그녀 앞을 막아섰다.

"부요!"

분개한 그녀의 두 눈을 똑바로 응시하며, 그가 낮게 가라앉은 목소리로 말했다.

"부요, 섣불리 움직이지 마라."

"주주가 위험한데 나더러 가만히 있으라고요?"

맹부요가 벌컥 성을 냈다.

"다들 움직이지 마라, 움직이지 마라! 그럼 절벽에서 떨어지는 걸 보고만 있으라는 거야?"

"아란주가 위험하다고? 그걸 네가 어떻게 알지?"

전북야는 완전히 얼빠진 표정이었다.

"아까 그 비명 소리 못 들었어요?"

맹부요가 미심쩍다는 눈빛을 보냈다. 전북야가 고개를 가로젓자 미간에 주름이 잡힌 그녀가 그를 노려보며 다시 말했다.

"마음대로 못 돌아다니게 하려고 못 들은 척하는 거 아니고요?"

전북야의 짙은 눈썹이 찌푸려졌다. 새카만 눈동자에 서린 것은 오히려 자기 쪽이 못 믿겠다는 기색이었다.

그러나 맹부요는 본인 추측이 적중했음을 확신하고는 팔짱을 끼고 전북야를 싸늘하게 쏘아봤다.

"주주가 마음에 안 드는 거 알아요. 여지를 안 주려고 하는 것도 알고. 그래도 신경 좀 써 주면 안 돼요? 그냥 친구 사이 정도만 돼도 이렇게까지 냉정하게는 못 굴지 않나?"

그녀를 응시하는 전북야의 눈동자가 한층 더 검게 침잠했다. 짙은 먹물이 번져 가듯, 검은 자석 주위로 깊이를 가늠할 수 없는 소용돌이가 일듯, 점점 세를 넓혀 온 사방을 점령한 칠흑의 눈빛이 집채만 한 파도가 되어 맹부요를 집어삼킬 듯 몰아쳤다.

그렇게 온갖 복잡한 감정이 소용돌이치는 눈으로 맹부요를 바라보던 전북야가 별안간 아무런 말도 없이 돌아섰다. 그가 옷자락을 휘날리며 반대편으로 저벅저벅 걸어갔다. 전북야가 짙은 안개 속으로 사라지는 동시에 무언가 둔탁한 소리가 울리더니 이어서 '쿵' 하는 굉음이 대지를 뒤흔들었다.

가슴이 철렁 내려앉은 맹부요가 즉각 몸을 돌려 안개 속으로 뛰어들었다.

"전북야!"

소리가 난 방향으로 수 장 거리를 날아갔지만, 전북야의 모습은 보이지 않았다. 주주의 목소리가 들려오던 지점도 더는 어느 쪽인지 알 수가 없었다. 아까보다 뚜렷해진 것이 있다면 오직 하나, 암매와 있을 때 느꼈던 물가 특유의 습기뿐이었다.

그녀는 천막처럼 불투명한 안개 속으로 팔을 쑥 집어넣고서 전북야가 그랬듯 무어라도 잡아 보려 허우적거렸다. 독사가 걸린대도 상관없다는 각오로 허공을 더듬는데, 문득 누군가의 손이 잡혔다. 작지도 않고, 뼈마디가 가늘지도 않은 손.

맹부요의 얼굴에 화색이 돌았다.

"전북야, 어딜 갔었……."

그녀의 말을 끊고 바로 옆에서 누군가의 목소리가 들려왔다.

"남의 손은 왜 붙들고 난리야?"

낯선 목소리였다. 지극히 무미건조한 어투, 몹시 독특한…… 음색. 목소리만 들어서는 남자인지 여자인지 구분이 불가능했고, 음조에 전혀 기복이 없는 탓에 적의가 있는 건지 아닌 건지도 파악할 수가 없었다.

다른 사람이었다면 화들짝 손부터 놓고 봤을 테지만, 간을 배 밖에 내놓고 사는 맹부요에게는 해당이 안 되는 이야기였다. 현재 위치로 봤을 때 상대는 조금 전 전북야와 일 장씩을 주고받았던 인물일 가능성이 농후했다. 그런 자를 어떻게 그냥 놓아줄 수 있겠나.

맹부요는 손을 붙들고 있는 데 그치지 않고 상대를 대뜸 자기 쪽으로 끌어당기면서 웃음 지었다.

"거, 안개도 심하고 날도 어두운데 같이 있읍시다. 사람 많으면 든든하니까."

상대방이 의외로 순순히 끌려오면서 무심하게 대꾸했다.

"사람 많아 봐야 방해만 돼."

"뭐에 방해가 된다는 건지?"

맹부요가 궁금하다는 양 물었다.

상대방은 대답 대신 뒤로 돌아 맹부요를 쓱 한 번 쳐다봤다. 그 때문에 맹부요는 다시 한번 당혹감에 휩싸였다.

이거…… 도대체 여자야, 남자야?

남녀 구분이 딱히 안 되는 형태로 높이 틀어 올린 머리, 일자로 뚝 떨어지는 장포, 남자라고 해도 좋고 여자라고 해도 좋을 갸름한 얼굴형, 넓은 편이지만 떡 벌어지지는 않은 어깨, 굵다고도 가늘다고도 못 할 허리, 부리부리하게 빛나는 눈, 높고 곧은 콧대, 길고 짙게 뻗은 눈썹, 그와 상반되게 육감적이고도 선이 우아한 입술.

여인이라기에는 너무 늠름하게 멋지고, 사내라기에는 또 너무 섬세하게 수려했다. 쉽게 말해 중성미가 흐른달까. 지나치게 아름다운 까닭으로 성별 구분이 안 됐던 월백과는 또 다르게 이쪽은 분위기가 워낙 중성적인 탓에 남자인지 여자인지 헷갈리는 경우였다.

무은?

운혼과 월백이 38년 동안이나 사랑의 술래잡기를 벌이는 데 결정적 도화선이 된 염문설의 주인공이 설마 이러한 여인이었을 줄이야. 운혼은 바로 이 여인이 월백 곁에 서 있는 모습을 봤다는 이유로 38년이나 그를 피해 다닐 만큼 깊은 상심에 빠졌단 말인가.

피식 웃음이 새려고 했다.

말도 안 돼, 분위기 자체가 월백하고는 안 어울려도 너무 안 어울리는데?

그러나 그 웃음은 중간에 허리가 잘렸다.

가만, 안 어울리는 게 아니라 너무 잘 어울리잖아! 둘이 나란히 서 있으면 얼마나 이색적인 그림이 나올까. 양은 음에 가깝고, 음은 양에 가까울지라도 함께 서면 일단은 한 쌍의 재자가인才子佳人 아니겠나. 성별을 바꿔서 무은이 재자를 맡고 월백은 가인을 맡으면 될 일.

당시 운혼이 거울까지 깨뜨릴 만큼 낙심했던 이유를, 그길로 월백의 곁에서 도망쳐 버린 이유를 알 것도 같았다. 나란히 선 두 사람의 모습이 다시없이 잘 어울렸기 때문이었으리라.

묘한 눈길을 감지했는지, 무은이 고개를 살짝 틀어 맹부요를 쳐다보더니 픽 웃었다.

"아직 안 죽었네?"

"죽을 쪽은 너다!"

돌연한 외침과 함께 검은 섬광이 작렬했다. 지면보다 더 아래쪽에서 회오리바람처럼 등장한 전북야가 붕 떠오른 옷자락으로 안개를 가르면서, 손에 들린 금강저를 아래에서 위로 무섭게 쳐올렸다. 무은이 진한 눈썹을 꿈틀했다.

"또 네놈이로군!"

'좌앗' 하고 팔을 펼친 무은은 어느새 퍽 오래된 물건으로 보이는 거울 하나를 손에 들고 있었다. 거울이 번쩍 빛을 내자 주변 풍경이 요동쳤다.

순간 맹부요의 눈앞에 암매의 모습이 나타났다. 뒤쪽에는 헌원민도 있었다. 그녀를 찾아다니는 중인 것 같았다. 헌원민이 암매의 등을 향해 슬그머니 손을 뻗는 게 눈에 들어왔다.

뭘 하려는 거지? 이번에는 진짜일까? 아니면 이것도 가짜?

쿵!

진위 여부를 따질 때가 아니었다. 맹부요는 냅다 몸을 날려 어깨로 무은을 들이받았다. 어깨 아래쪽에 숨겨 뒀던 시천이 비할 데 없이 교묘한 각도로 튀어 나간 건 그녀와 무은이 충돌하기 이전이었다. 무은이 시천의 존재를 눈치챘을 즈음에는 새카만 도광이 벌써 거울 바로 앞에 이르러 있었다.

눈썹을 꿈틀한 무은이 소매를 휘둘러 맹부요를 떨쳐 냈다. 맹부요의 몸은 그 즉시 솜털처럼 사뿐하게 밀려났다.

그러나 시천은 자욱한 담백색 빛을 길게 끌면서 무은의 손목을 노리고 날아갔다. 그 하얀 광채를 본 무은은 역시나 낯빛부터가 확 바뀌었다. 무은이 으르렁거리듯 한마디를 내뱉었다.

"어떻게 네가 월백의 진기를……."

평정심을 잃은 그녀가 손목을 움찔하자 거울의 반사광이 번뜩였다. 각도가 돌아간 거울은 이제 전북야의 금강저와 일직선을 그리는 위치에 놓여 있었다.

"파破!"

전북야의 외침에 맞서 무은이 일갈했다.

"죽고 싶은 게냐!"

쩌적!

미세한 파열음과 함께 실금 한 줄기가 거울 표면을 빠르게 내달려 가더니, 거울 정중앙에 이르러 움직임을 뚝 그쳤다.

맹부요는 아쉬움에 탄식을 흘렸다.

무슨 거울이 저리 튼튼한지. 일부러 월백의 진력을 내보여 무은의 집중력을 흐트러뜨림으로써 얻어 낸 절호의 기회였건만. 둘이서 협공을 펼치고도 거울 하나를 못 깰 줄이야.

그래도 실금 덕분인지 안개가 다소 옅어지기는 했다. 안개 속에서 웬 웃음소리가 날아들었다.

"하마터면 못 빠져나올 뻔했는데 말이지!"

첫음절은 저 멀리 산봉우리 너머에서 들려왔지만, 마지막 음절이 울린 곳은 바로 지척이었다. 말이 끝나기에 앞서 세찬 바람 소리가 일었다. 누군가 소맷자락을 기세 좋게 휘두르는 듯한 소리였다.

돌연 머리 위쪽이 환해지는 느낌에 고개를 든 맹부요는 마침내 지긋지긋한 안개가 아닌, 다른 풍경을 목도할 수 있었다.

청명한 밤하늘, 어렴풋한 새벽달, 그리고 별빛.

온 하늘에 가득한 성휘.

꽃불만큼이나 찬란한 빛이 눈발처럼 흩날리고 있었다. 아득한 은하수로부터 10만 리를 달려온 별빛이 가없는 하늘을 가로질러, 층층 운무와 갈고리 같은 달을 지나, 비바람과 천둥 번개를 뚫고, 한 인물의 손끝으로 모여들었다. 그의 손끝에서 휘돌고 흩뿌려지는 별빛은 비록 올올이 가늘디가늘지언정 영원토록 시들지 않고 길 잃은 자의 앞을 밝혀 줄 광명이었다.

성휘성수, 방유묵.

맹부요가 한쪽 눈썹을 까딱 치켜세웠다.

이 시점에 방유묵의 등장이라니……. 이걸 행운이라 해야 할지 불운이라 해야 할지.

어쨌든 안개 속에서 무은과 결투를 벌이던 상대가 누구였는지는 확실해졌다. 방유묵 역시 무은이 전력을 다해 발동시킨 진법에 발이 묶였다가 방금 그녀와 전북야의 협공으로 거울에 금이 가면서 빠져나올 기회를 얻은 것이다.

이치대로라면 이쪽에 고마워해야 할 입장일 테지만…….

그녀는 지난번에 방유묵이 남기고 간 말을 기억하고 있었다.

한 번은 구해 주고, 한 번은 죽이리라 했던가. 그렇다면 이번 만남에서 방유묵은 과연 그녀를 구하려 할까, 아니면 죽이려 할까.

방유묵이 허공에서 고개를 틀어 그녀 쪽을 쳐다봤다. 인피면구를 쓰고 있는 맹부요를 지나쳐 전북야를 위아래로 훑어보고 난 눈길이 다시금 맹부요에게로 돌아왔다. 알 만하다는 기색을 띠고서.

방유묵이 피식하면서 소맷자락을 떨쳤다.

"너는 어째 번번이 절정 고수만 골라서 성질을 건드리는구나."

여전한 자태를 뽐내는 붉은 옷의 '남기男妓'를 응시하는 사이, 맹부요의 입가에 착잡한 웃음이 맺혔다.

"당신네 패거리랑 사주팔자가 상극인가 보지."

한 손으로 별빛을 부리며 무은을 상대하던 방유묵이 다른 쪽 손을 맹부요 쪽으로 겨눴다.

"내 너를 구해 주어야 하겠느냐, 아니면 죽여야 하겠느냐?"

맹부요는 대답 대신 헤실헤실 웃고만 있었다.

마음에도 없는 소리 하고 앉았네. 수정 모형까지 받아먹어 놓고 죽이기는 무슨. 나도 그때처럼 어수룩하지는 않거든?

전북야가 한 걸음 움직여 그녀 앞을 가로막고 섰다. 순간적인 정적 속에서 고개를 살짝 갸울이고 갈등하는가 싶던 방유묵이 곧 입을 열었다.

"일단은…… 죽이도록 할까!"

이와 동시에 무은이 기습적으로 소리쳤다.

"월백의 진기를 내놓아라!"

촤앗!

두 목소리가 하나로 합쳐지면서 양대 고수의 공격이 한꺼번에 맹부요를 향해 쇄도했다. 별빛이 폭발하고 안개가 솟구치더니, 은백색 별빛 무리와 검은색 안개가 한데 뒤섞여 해일처럼 밀려들었다. 그것은 마치 세차게 부서지는 물보라를 머리에 인 격랑이 성채처럼 우뚝 솟은 괴수로 화하여, 폭풍우에 휩쓸린 조각배를 향해 아가리를 쩍 벌리고서 달려드는 듯한 광경이었다.

한 척의 조각배. 지금 맹부요의 모습이 딱 그러했다.

폭풍처럼 몰아닥친 강기는 애초에 사람 힘으로 감당해 낼 수준이 아니었고, 맹부요는 아직 두 절정 고수가 동시에 퍼붓는 협공을 막아 낼 능력이 없었다. 강기 폭풍에 휘말린 그녀는 몸이 붕 떠서 날려 가는 걸 느꼈다.

그래도 전북야가 있어 다행이었다. 전북야는 두 고수의 입에서 공격 의사가 나오자마자 즉각 지면을 박차고 튀어 나가면서 금강저를 휘둘렀다. 방유묵의 별빛 못지않게 강렬한 금강저의 광채가 유성이 추락하는 듯한 기세로 안개 낀 밤하늘을 관통해 무은이 내뻗은 강철 같은 손을 향해 곧장 돌진했다.

쾅!

무은이 하얗게 질려 반보 뒤로 물러났다. 전북야는 비틀거리며 핏물을 억지로 삼켰다. 그가 손을 뻗어 허공으로 날려 가던 맹부요를 붙들었다. 맹부요가 그의 손아귀를 축으로 삼아 매처럼 날렵하게 방향을 바꿨다. 다음 순간 시천이 예리하게 번뜩이며 방유묵이 무차별적으로 발출하는 별빛의 허리를 썩둑 베어 냈다.

전북야가 무은에게 더 큰 타격을 줄 기회를 포기한 채 맹부요를 붙잡고, 맹부요가 별빛을 향해 칼을 휘두르던 바로 그 찰나, 무은이 손에 들린 거울을 재빠르게 뒤집었다. 그러자 전북야와 맹부요 발밑의 지면이 온데간데없이 사라졌다.

둘은 원래도 땅을 제대로 디디고 있지 못한 상태였다. 전북야는 맹부요를 붙잡느라 반쯤 뒤로 눕다시피 한 자세로 그녀가 칼을 휘두르는 힘까지 고스란히 감당해 내고 있었고, 맹부요는 공중에서 막 회전을 감행한 참이었으니 더욱이 의지할 곳이 마땅치 않았다.

주변이 휑해지는 느낌을 받은 즉시 그녀가 아래로 수직 낙하했다. 몸이 추락하는 동안 귓전을 때리는 칼바람 사이로 아래쪽에서 물결이 굽이치는 소리가 들려왔다.

응대하.

조금 전까지 그녀와 전북야는 강가 절벽에 있었던 것이다.

맹부요가 허공에서 팔을 뻗었다. 반 바퀴 돌아 수면을 때리면서 그 반동을 이용해 위로 올라갈 생각이었다. 그런데 이때 절벽 꼭대기에서 날카로운 빛살이 쏘아져 내려왔다.

빛살이 노리는 것은 그녀의 가슴이었다. 도저히 피할 여건이 안 되는 그녀는 맷집으로 때우려고 팔을 가슴 앞으로 가져갔다. 순간, 검은 그림자가 눈앞을 스쳤다. 무언가가 빠르게 회전하면서 날아와 빛살과 그녀 사이에 끼어든 것이다.

억눌린 신음 소리가 들리는가 싶더니 검은 그림자가 아래쪽으로 훅 꺼져 내려와 맹부요를 덮쳤다. 상대와 호되게 충돌한 맹부요는 눈앞이 핑 돌면서 목구멍으로 핏물이 넘어오는 걸 느졌다. 바로 그 직후, 첫 충돌 부위에 다시 한번 충격이 가해져 그녀의 의식을 송두리째 뒤흔들어 났다.

"전⋯⋯."

그 한마디를 채 맺지 못하고, 맹부요는 맥없이 이리 뒤집히고 저리 젖혀지면서 밑으로 곤두박질쳤다.

풍덩!

고공 낙하 후 온몸으로 수면을 들이받은 충격은 어마어마했다. 그러나 맹부요는 안간힘을 다해 의식의 끝자락을 붙들었다. 조금 전의 일격을 대신 맞아 준 전북야가 걱정이었다.

그런데 등이 수면에 닿는 찰나, 물속에서 누군가의 손이 올라오더니 그녀의 등에 손바닥을 착 갖다 붙였다. 위쪽과 아래쪽에서 각각 가해진 힘이 서로 교차했다. 맹부요는 가슴과 등, 양쪽에서 동시에 강력한 힘이 밀려들어 오는 걸 느꼈다.

힘의 흐름에 휩쓸린 그녀의 진기가 몸 안에서 충돌을 일으켰다. 그 순간 막혀 있던 어딘가가 탁 트이면서 환한 빛이 비쳤다. 어두컴컴한 천막집 지붕을 뚫고 무한한 광명이 쏟아져 들어오듯.

하지만 그녀는 빛을 제대로 느껴 볼 새도 없이, 통제 불능으로 날뛰는 진기에 치여 정신을 잃고 말았다. 그리고 느릿느릿, 아래로 가라앉기 시작했다.

응대하, 나라 전체를 길게 관통하는 헌원 최대의 물줄기.

엉길 '응凝'에 눈썹먹 '대黛'가 이름으로 붙은 것은 수심이 워낙 깊어 응축된 물빛이 마치 눈썹먹처럼 검푸르게 보이는 까닭이었다.

맹부요는 어디쯤인지 알 수 없는 강 밑바닥을 향해 침잠했다. 그녀 본인은 누운 자세로 미동조차 없었으나, 인피면구 아래 창백한 얼굴에는 어렴풋한 변화가 일어나는 중이었다.

물빛으로 인해 그리 보이는지 아니면 다른 이유 때문인지는 불명확해도, 피부가 극도로 투명해져 파르스름한 실핏줄이 고스란히 들여다보였다. 얼마 안 가 정상적인 피부색이 서서히 돌아와 투명도는 떨어졌지만, 살빛 자체가 그전보다 훨씬 밝아진 느낌이었다. 우유, 또는 백옥 같은 빛깔에 은근한 윤기가 도는 옥석 특유의 질감까지 더해져서 그녀는 흡사 옥으로 정교하게 빚어진 조각상처럼 보였다.

변화는 얼굴만이 아니라 전신에 걸쳐서 일어났다. 치아와 손톱까지도 옅은 우윳빛으로 변하면서 예전보다 훨씬 단단해졌다. 눈에 보이지 않는 단전 깊숙이에서는 진기가 전례 없는 속도로 순환하고 있었다. 단전을 나간 진기는 경맥을 타통하고, 기혈의 흐름을 촉진하고, 기경팔맥을 따라 쉼 없이 내달리면서 수용, 융합, 흡수, 전환을 이어 가던 끝에 거대한 급류로 불어났다.

급류는 월백의 진기가 고이 모셔져 있는 단전으로 되돌아왔다. 빙빙 돌면서 부침을 반복하던 은빛 광채의 결정은 급류에 휘감겨 한 겹 한 겹 깎여 나가다가 마침내 미세하게 반짝이는 가루로 화해 물살의 일부가 되었다.

이로 말미암아 눈부신 광휘를 얻은 물살이 단전을 중심으로 오장육부 전체에 그 빛을 비추자 상한 경맥이 회복되고, 잠복

해 있던 울혈이 제거되고, 약하던 체질이 탄탄히 다져졌다.

6성 너머, 진정 인간의 한계를 뛰어넘은 경지.

파구소 7성, '옥신玉身'.

밤낮을 가리지 않고 수련에 매진해 온 세월, 한꺼번에 몸 안으로 흘러든 절정 고수 둘의 진력, 더할 나위 없이 적절한 시점에 앞뒤에서 함께 이루어진 타격, 이렇게 세 요소가 교묘히 맞물려 맹부요의 정체된 경맥을 타통打通했다. 그리하여 9성으로 나뉘는 파구소의 수련 단계 중 가장 중요하기에 난이도 역시 가장 높은 6성에서 7성으로의 도약을 일거에 실현시킨 것이다.

6성까지가 그저 일류 고수의 범주에 지나지 않는다면 파구소 7성부터는 본격적으로 무학의 최고 경지에 접어들어 심오한 자연의 이치를 엿볼 수 있었다. 그 이치에 통달하면 거룩한 성취를 얻을 것이다.

그러나 지금껏 파구소를 수련했던 이들은 결정적인 고비를 넘지 못하고 일생을 7성 입신의 경지 문턱에서만 배회하다가 생을 마감한 경우가 대부분이었다.

바로 그 경지의 문이 오늘부로 마침내 맹부요 앞에 활짝 열렸건만. 정작 본인은 이 순간 자신에게 얼마나 결정적인 변화가 일어났는지 알지 못하는 채로 깊은 잠에 빠져 있었다. 그도 그럴 것이 7성 진입이라는 중대한 전환점을 지난 그녀에게 무엇보다 필요한 것은 바로 회복을 위한 수면이었다. 그리고 지금 주변에는 그녀의 잠을 방해할 사람이 없었다.

물속 깊은 곳, 하얀 바위 위에는 고요하고도 심원한 눈빛의 남자가 앉아 있었다. 느릿한 물결이 그의 옷자락을 싣고서 너울거리는 수초와 떼 지어 다니는 물고기들 사이를 노닐었다. 어스레한 빛의 파편으로 아롱진 물 밑에서, 남자는 깊게 잠든 여자를 지긋이 응시하고 있었다.

긴 흑발이 물의 흐름을 따라 흩날리는 가운데, 물기를 머금은 남자의 유려한 눈썹은 묵옥처럼 검었고 그 아래 눈동자는 물결이 반사하는 유광보다도 부드럽게 빛나고 있었다. 이제야 마음이 놓인다는 듯한 웃음기를 품고서.

여인의 피부색에 일어난 미세한 변화가 남자의 입가에 엷은 미소를 피워 낸 찰나, 미소 어린 입술 가장자리에서 한 줄기 선혈이 배어났다. 물속으로 구불구불 번져 나간 핏줄기는 희미한 분홍빛으로 희석되어 이내 물살에 쓸려 갔다.

낙차로 인한 충격력에 방유묵의 진력, 그리고 자신이 발출한 진기까지. 세 종류의 힘이 중첩된 상황에서 정체 부위를 단번에 짚어 내 경맥을 풀어 줘야만 했으니, 대라금선을 모셔다 놓았어도 쉽지 않았을 일이었다.

여하간…… 이로써 큰 근심 하나를 덜어 낸 것이다.

미소를 머금은 채 두둥실 떠오른 장손무극이 맹부요 곁으로 가서 내려앉았다. 그의 움직임에 따라 진주처럼 영롱한 공기 방울이 수중에 알알이 흩뿌려지자 은홍색 물고기가 살며시 다가와 주둥이로 '톡' 하고 방울을 터뜨렸다.

맹부요의 부드러운 머릿결을 가만가만 쓸어내리던 그가 이어서 손가락을 맥소에 얹어 보고는 흡족한 웃음과 다소 번민하는 기색을 동시에 내보였다. 홀연 허리를 숙여 그가 맹부요의 이마에 입술을 눌렀다. 깃털처럼 가벼운 입맞춤은 아래로, 아래로 이어졌다. 하얗고 가지런한 이를 지나 반쯤 열린 성문 안으로 들어서자 수정궁에 흐드러지게 피어난 꽃들이 꺾어 줄 손길을 기다리고 있었으니……. 여인의 호흡이 점차 가빠지고 반대로 진기의 흐름은 안정되는 걸 느끼고 나서야, 그는 아쉬움을 뒤로한 채 수정궁을 빠져나왔다. 마지막으로 이를 세워 살짝 무는 동작에 여인이 몸을 파르르 떨었다.

장손무극은 나지막하게 웃음을 흘린 후 시간을 계산해 보았다. 물속에 머문 지도 벌써 꽤 오래였다. 두 사람 모두 더 버티기는 어려울 듯했다.

맹부요를 품에 안은 그가 소맷자락을 크게 떨치면서 수면을 향해 일직선으로 솟구쳐 올랐다. 흡사 연보라색 물고기가 수중을 가르는 듯한 모습이었다.

수면이 '좌앗' 하고 산산이 조각나자 그와 동시에 맹부요가 눈을 떴다. 보이는 것이라고는 온통 출렁이는 물결뿐인 데다가 본인은 장손무극의 품에 안겨 있는 상태. 당황한 맹부요의 눈이 휘둥그레졌다.

"왜 당신이……."

장손무극이 눈썹을 까딱했다.

"나 말고 누구일 줄 알았길래?"

맹부요가 입꼬리를 씰룩였다.

뭐라는 거야. 전북야라도 기대했을까 봐? 잘못 짚어도 한참 잘못 짚으셨구먼. 아니, 재수 옴 붙은 대한 황제께서는?

그녀의 기억은 방유묵의 일격이 날아오던 장면에서 끊겨 있었다. 그걸 전북야가 대신 맞고는…… 장손무극으로 둔갑한 것이다.

어떻게 결정적인 순간마다 딱 맞춰서 나타나는 거지? 어째서 입술이 얼얼하고, 귓불은 또 왜 욱신거리는 거지?

어쩐지 재주는 항상 다른 사람이 넘고 돈은 자기가 다 챙기는 것 같다는 이 느낌은 뭐지?

입술을 만지작거리면서 장손무극을 향해 날 선 의심의 눈초리를 보내길 잠시, 상대의 안색이 좋지 못하다는 걸 깨닫고 문득 불안해진 그녀가 물었다.

"어떻게 된 거예요? 영양실조 걸린 사람 얼굴인데."

장손무극이 웃으며 말했다.

"사람을 너무 여럿 구해서일지도."

그러더니 보란 듯이 손가락을 꼽기 시작했다.

"한 명, 두 명, 세 명……."

"무슨 셋씩이나……."

불퉁하게 중얼거리던 맹부요가 다음 순간 표정을 환하게 밝혔다.

"주주도 구해 준 거예요?"

고개를 끄덕한 장손무극이 말했다.

"이미 영주산을 벗어난 후의 일이었소. 무심결에 하늘을 봤다가 방유묵의 별빛을 발견했지. 아무래도 이쪽에 무언가 변고가 생긴 듯하여 부랴부랴 길을 되밟아 왔으나 산에 당도했을 때는 벌써 진법이 발동된 상태였소. 물길을 타고 들어와 진을 파하려던 참에 아란주가 눈에 띄었는데, 절벽을 기어오르다가 매 둥지를 건드리는 바람에 아직 날 줄 모르는 새끼들이 둥지 밖으로 떨어지게 생겼더군. 어미가 곧 아란주의 눈을 향해 덤벼들 기세였소. 자기도 안 되겠다 싶었는지 절벽에서 손을 떼고 아래로 뛰어내리기에 일단 그쪽부터 받으러 갔지."

맹부요는 진법 안에서 본 아란주의 모습을 떠올렸다.

그때 절벽 위쪽에 무언가가 있더라니, 그게 매 둥지였을 줄이야.

그나저나 참 겁도 없지. 거기서 뛰어내릴 생각을 다 하고. 밑에서 받아 준 사람이 있었기에 망정이지 수면에 부딪치는 충격으로 정신이라도 잃었으면 이삼 분 안에 인생 종 쳤을 것.

"다음은 전북야였소."

장손무극이 미소 지었다.

"그즈음 되자 드는 생각이 있더군. 굳이 찾으러 다닐 필요도 없겠구나. 이렇게 하나하나 알아서 떨어져 주니 나는 받기만 하면 되겠다."

맹부요가 깔깔거렸다.

"둘은 지금 어디 있어요? 전북야는 괜찮아요? 빨리 그쪽에나 가 볼 것이지 왜 여기 둥둥 떠서 이러고 있는 거예요?"

"그야……."

장손무극이 그녀의 눈을 들여다보며 느릿느릿 답했다.

"첫째, 물에서는 퍽 가까이 붙어 있을 수 있는데 이는 흔치 않은 기회고, 둘째, 나는 단둘이 있는 편이 좋고, 셋째, 아란주 공주도 단둘이 있고 싶어 하는지라."

"……."

간사하기 짝이 없도다…….

홀딱 젖은 채로 사내 품에 안겨 있는 본인 처지에 대한 자각과 조금 전 장손무극의 발언이 합쳐진 결과, 바로 머리 꼭대기에서 김이 나기 시작한 맹부요가 쏘아붙였다.

"장손무극, 언제까지 이따위 수작질이나 하려고……."

장손무극이 고개를 숙여 그녀의 입을 막았다.

"그대가 나와 혼인해 줄 때까지."

'읍읍' 하던 맹부요를 다음 순간 휙 놓아준 장손무극이 좋다 싫다 대답은 듣지도 않고서 자기 혼자 중얼거렸다.

"가늘게 흐르는 물이 오래 이어지는 법. 오늘은 이쯤 해 둬야 겠군."

"뭐요?"

잔뜩 경계하는 표정으로 눈을 부릅뜨는 그녀를 뭍 쪽으로 살며시 밀며, 장손무극이 말했다.

"자, 올라갑시다."

"기슭까지 열 장 거리도 더 되겠구먼, 저길 한 번에 가라고요? 말이 되는 소리를 해야……."

타박을 놓으면서도 다리를 움직이던 맹부요는 다음 순간 '헉' 하고 말문이 막히고 말았다. 그냥 다리 한 번 살짝 들었을 뿐인

데, 어느새 뭍을 밟고 서 있지 않은가.

맹부요가 천천히 고개를 떨궈 자신의 두 다리를 살폈다. 로켓 추진기는 안 달려 있었다. 그녀는 시선을 슬금슬금 다시 위로 끌어왔다.

등에 날개가 돋친 것 같지도 않은데?

이번에는 손바닥을 펼쳐 자세히 뜯어봤다. 예전보다 약간 더 하얘진 손바닥에서 대단히 굳건한 느낌이 풍긴다는 것 말고는 딱히 특이점이라 할 부분이 없건만. 방금 거대한 파도처럼 솟구치는 진기를 타고 몸이 붕 뜨는 경험을 한 건 사실이었고, 열 장이 넘는 거리를 단숨에 건너온 것 역시 사실이었다.

설마 새 경지에 올라섰어?

몸의 변화를 봐서는 6성 후반부 단계를 훌쩍 뛰어넘어 곧바로 7성에 진입한 것 같았다. 하지만 얼마 전에 진력 일부를 소칠에게 주면서 한 단계 퇴보한 탓에 분명 6성 첫 단계에 발이 묶여 있지 않았나. 지금까지의 수련 속도를 생각해 보면…….

이건 기적이라 치기에도 너무 과한데?

이때 미소 띤 표정으로 다가온 장손무극이 사뿐하게 강기슭을 디디며 말했다.

"축하하오, 부요. 몸속에 있던 월백의 진기가 완벽히 흡수되었을 뿐 아니라 그대가 가진 본연의 진력이 그 힘을 한 번 더 정제한 결과, 이제 그대는 새로운 경지에 올라섰소."

맹부요가 얼떨떨해하며 고개를 들었다.

"방유묵의 일격 덕분에요?"

장손무극의 눈빛이 일순 흔들렸다.

"참으로 괴벽한 인물이오. 그대를 죽이기도 했고, 구하기도 했지. 죽이는 동시에 구했다고나 할까."

"그게 무슨?"

"본래 그가 펼친 것은 필살의 일격이었으나 전북야가 몸을 던져 막으면서 그 위력을 꺾고 진기의 성격을 바꾸어 준 덕분에 결과적으로는 그대의 정체된 경맥을 뚫는 작용을 했소."

"만약 중간에 전북야가 없었다면요?"

"운이 얼마나 따라 주느냐에 달려 있었지. 막아 냈다면 이룰 셀 수 없는 덕을 보았을 것이고, 감당치 못했다면 그대로 목숨을 잃었을 것이오."

맹부요가 입가를 씰룩거리며 내뱉었다.

"하여튼 변태 새끼라니까! 뭐가 이렇게 복잡해. 이를 갈아야 할지 고마워해야 할지, 사람 헷갈리게."

"내가 보기에는 그대가 이를 간다고 해서 신경 쓸 것 같지도 않고, 그렇다고 고마워하길 바랄 것 같지도 않군."

장손무극이 담담히 말했다.

"방유묵은 본래가 종잡을 수 없는 인물이오. 매사 마음 내키는 대로 행동할 뿐이지."

"그래도 갑자기 7성이라니, 아무리 생각해도 좀 이상해요……."

맹부요가 머릿속을 곰곰이 더듬으며 미간을 찌푸렸다.

"뭔가 더 있는 게 아닐까요?"

아무 말 없이 빙긋 웃은 장손무극이 그녀의 손을 잡았다.

"나머지 둘을 보러 갑시다."

절벽 하나를 끼고 돌자 바위 위에 누워 있는 전북야가 보였다. 달랑 속옷 한 장 차림으로, 의식이 없는 듯했다. 옆에서는 아란주가 모닥불을 피워 놓고 물에 젖은 그의 의복을 말리고 있었다. 불쑥 끼어들기도 참 애매한 그림이었다.

맹부요가 말 대신 손짓으로 장손무극에게 물었다.

'옷은 당신이 벗겼어요?'

장손무극은 고개를 가로저었고, 맹부요의 얼굴에는 '헐' 하는 표정이 떠올랐다.

주주, 존경한다!

그녀가 턱을 긁적이며 생각했다.

속옷도 젖었긴 마찬가지인데 과연 주주는 저것도 벗겨서 말려 줄 것인가? 주주, 조금만 더 용기를 내서 아예 확 잡아먹어 버리는 게 어떻겠니.

눈빛이 너무 음흉했던 것일까, 장손무극이 고개를 돌려 그녀를 쳐다보더니 귓가로 스윽 다가와 속삭였다.

"대단히 옳은 생각이오. 아쉽군, 나야말로 아까 그리할 것을."

"……."

맹부요에게 인정사정없이 꼬집히면서도 장손무극은 그저 웃고만 있었다. 곧 장손무극이 그녀의 손을 감아쥐고는 왔던 길을 되짚어 걸음을 옮겼다. 맹부요가 걱정스러운 눈으로 자꾸 바위 쪽을 돌아보자 그가 말했다.

"흑풍기에 이미 전북야의 행방을 알렸으니 곧 달려올 것이오."

그러더니 절벽 꼭대기를 가리켰다.

"부요, 새로이 얻은 힘이 어느 정도인지 시험해 보고 싶지 않소?"

그를 바라보고 있던 맹부요의 눈에 광채가 돌기 시작했다. 장손무극이 미소 지었다.

"지난 30년간 변동이 없었던 십대 강자 순위에 새 이름을 넣어 보는 것은 어떻소?"

'휘익' 하고 휘파람을 분 맹부요가 눈웃음을 살살 치면서 장손무극의 얼굴을 쓸어내렸다.

"나를 낳아 준 이 누구인지 몰라도, 나를 알아 주는 이는 장손무극뿐이로다."[23]

장손무극이 피식 웃고는 그녀를 떠밀었다.

"이기고 오면 마음껏 만지게 해 줄 터이니 다녀오시오."

이에 호탕하게 웃어 젖힌 맹부요가 긴 머리카락을 대충 올려 묶더니 단번에 절벽 꼭대기를 향해 내달렸다. 깎아지른 벼랑을 따라 날듯이 달리는 그녀는 흡사 평지를 가는 사람처럼 보였다. 축축하던 옷이 끓어오르는 진기 덕분에 금세 보송하게 말랐고, 그녀의 뒤쪽으로는 검푸른 색의 호쾌한 궤적이 그려졌다.

장손무극은 절벽을 순식간에 타고 넘어 멀어져 가는, 전장에

---

23 고사성어 '관포지교'의 주인공인 관중管仲이 포숙아鮑叔牙를 두고 한 말로, '나를 낳아 준 이는 부모지만, 나를 알아 준 이는 포숙이다.'를 변형한 문장이다.

나부끼는 깃발인 양 거침없이 창천을 향해 솟구치는 그녀의 뒷모습을 깊고도 아련한 눈으로 올려다보고 있었다. 그간 온 마음을 쏟아 돌보아 온 봉황이 마침내 날개를 오연히 펼치고 하늘 높이 비상하는 모습을 바라보듯.

드디어 봉황이 구름 꼭대기로 날아올랐으니, 그 울음소리는 크고 맑으며 그 기세는 창공을 꿰뚫는도다!

맹부요가 절벽 정상에 당도했을 때까지도 십대 강자의 결투는 여전히 현재 진행형이었다. 무은의 진법은 방유묵을 묶어놓는 데 실패한 뒤였고, 두 사람의 무공은 백중세를 이루고 있었다. 결투 장소는 무은이 정하고 시간은 방유묵이 정하는 게 두 사람이 오래전 싸움을 시작하면서 정한 규칙이었다.

오늘 일족의 청을 받아 헌원민과 맹부요를 제거하려던 무은은 난데없이 방유묵에게 발목이 잡힌 탓에 심기가 상당히 불편했다. 한창 싸움을 이어 가던 중에 갑자기 동작을 멈춘 그녀가 몇 걸음 뒤로 물러서며 말했다.

"고작 여덟 번째, 아홉 번째 자리가 뭐라고 몇 년째 이 짓인지 모르겠군. 내가 양보하면 될 게 아니냐!"

"양보? 우습지도 않군. 어차피 내 차지가 될 자리를 놓고 지금 양보를 운운하는 건가?"

난데없이 날아든 웃음소리에 무은과 방유묵이 일제히 고개를 돌렸다. 허세라면 어디 가서 지지 않는 맹부요가 절벽을 태연자약하게 걸어 올라오고 있었다.

그녀의 보법을 보고 대번에 눈을 가늘게 좁힌 방유묵이 웃음기 섞인 목소리로 말했다.

"운이 좋은 꼬맹이로군."

맹부요가 눈을 흘기면서 '흥' 하고 콧방귀를 뀌는데, 무은이 불쑥 끼어들었다.

"뭐야, 월백의 진기 정수는?"

맹부요가 싱글싱글 웃으며 본인 얼굴을 가리켰다.

"내 진기며 피, 근육, 살갗에 속속들이 스며들어 버려서 말이야. 이 몸뚱이를 칼로 한 점 한 점 저며 낼 능력이 된다 쳐도 돌려받긴 그르신 것 같은데."

당황한 기색으로 그녀를 훑어보고 난 무은이 짧은 궁리 끝에 입을 열었다.

"네가 월백을 직접 찾아가서 물어 줘. 30년 치 진력."

맹부요가 상대를 쏘아봤다.

"본인은 됐다는데 무슨 오지랖인지."

"월백을 위하는 일이니까."

대꾸는 단답형이었지만, 무은의 영준한 얼굴에는 절박함이 어려 있었다.

"애초에 남한테 줄 물건이 아니었어. 멀쩡하던 머리 색이 다 바래 버렸다고."

맹부요의 눈이 그녀를 빤히 응시했다. 눈앞의 여인은 운혼의 그 솔직하지 못한 성정과는 정반대의 대척점에 서 있었다.

나는 네가 좋으니 잘해 주련다, 네 생각은 내 알 바가 아니고, 뭐 그런 식의 명쾌하고 직설적인 성향.

좀처럼 돌아봐 주지 않는 상대 탓에 좌절감이 들 법도 하건만, 무은의 눈빛 속에는 전혀 그런 기색이 없었다. 이토록 단순하고 거리낌 없는 사랑법이라니.

맹부요에게 무은의 사랑법은 신선함 그 자체였다. 그녀는 숨기려 들지도, 거부를 두려워하지도 않았다. 그녀에게 사랑은 오로지 본인의 문제였다.

무은은 타인이 흠집 낼 수 없는 자신만의 완성된 세계를 가지고 있는 여인이었다. 인간 한계 이상의 완전무결한 진법을 구축해 낼 수 있는 까닭이 바로 거기에 있었다.

성향만 놓고 보자면 무은 쪽이 훨씬 월백과 잘 어울린다는 게 맹부요의 생각이었다. 하지만 누군가에게 가슴 설렌다는 일이 어디 성격만 맞는다고 가능하던가. 인세의 인연이란 그리 간단히 맺어지는 것이 아니거늘.

모든 것은 마음에 달렸음이라.

무은의 성정을 파악하고 난 맹부요는 상대가 자신을 죽이려 했다는 걸 기억하면서도 차마 모질어질 수가 없었다.

아아, 십대 강자 중에는 어찌 이리 재미있는 자들이 많은지, 하나같이 물건들 아닌가. 굳이 목숨까지 걸고 싸울 필요 뭐 있을까. 자리만 접수하고 말아도 될 일을.

피식 웃은 맹부요가 시천을 천천히 들어 무은의 미간을 향해 겨누고는 한 자 한 자 말했다.

"나한테 명령질 하려거든 실력부터 증명해 보시지!"

무은이 눈썹을 꿈틀하더니 다소 당황한 기색으로 맹부요를 쳐다봤다.

"도전인가?"

맹부요가 고개를 끄덕했다.

"그래, 도전이다!"

이때 한쪽으로 물러나 있던 방유묵이 피식 웃더니 한마디를 했다.

"근 30년간 십대 강자에게 도전장을 낸 자는 없었느니라."

"그럼 내가 일등 끊으면 되겠네."

맹부요가 시원스럽게 웃으며 말했다.

"성휘 대인께서 심판을 좀 봐 주셨으면 좋겠는데."

무은이 불쑥 끼어들었다.

"연살을 죽인 게 너 아니었나? 연살이 네 손에 부상을 당했을 때 우연히 마주쳤었어. 비무 관례대로라면 네가 그 자리를 대신 차지했어도 됐을 텐데."

맹부요가 대답했다.

"연살을 없앨 수 있었던 건 시기, 주변 환경, 정교한 기관 장치가 받쳐 준 덕분이었지. 오늘은 순수하게 무공만으로 당신을 꺾을 작정이야."

"조건은?"

맹부요가 웃었다.

"내가 지면 처분은 전적으로 그쪽에 맡길게. 잘게 다지든 빻든 해서 월백의 진기를 찾아봐도 좋고. 당신이 지면 지금 그 서열 나한테 양보하고, 앞으로 헌원 황가 일에는 일절 끼어들지 마."

눈을 내리깐 무은이 사내처럼 마디가 선명한 손가락에 힘을 줘 구리거울을 틀어쥐었다.

"좋아, 시작하지!"

무은은 일단 뒤로 한 걸음 물러섰다. 맹부요가 결코 만만치 않은 실력자라는 걸 아는 까닭이었다.

무은의 손안에서 거울이 춤을 추듯 현란하게 움직이자 하늘에서, 땅에서, 물에서, 나무에서, 자연 만물 일체에서 안개가 뭉텅이로 피어나더니 마치 두꺼운 장막처럼 펼쳐져 온 세상을 무겁게 내리덮었다.

맹부요는 물러서는 대신 앞쪽으로 몸을 날렸다. 동시에 시천으로부터 범상치 않은 광채가 치솟아 허공에 눈부신 순백의 반원을 그려 냈다.

아무런 기교가 섞이지 않은 만큼 더욱 묵직한 일격이 작렬하자 흡사 거대한 칼날 그 자체와도 같은 위력적인 바람이 휘몰아쳤다. 무려 한 장 밖의 꽃나무가 부러지고, 벼랑 위며 바위틈에 누렇게 쌓여 있던 낙엽들이 순식간에 가루가 되어 휩쓸려 갔다. 급기야는 바위 틈새마저 서서히 갈라지기 시작했다.

옷자락을 표표히 휘날리며 절벽 꼭대기에 앉아 여유를 부리던 방유묵이 그 광경을 보고 눈썹을 찌푸리더니, 손끝을 쓱 움직여 바위 틈새를 고정했다.

무은과 맹부요는 혼전을 펼치고 있었다.

무은은 맹부요 주변을 안개로 포위하고 그녀를 진법 한복판으로 끌어들이려 했지만, 이미 쓴맛을 본 적이 있는 맹부요는 그 수에 호락호락 당해 주지 않았다. 절벽 위 지형을 일찌감치 외워 놓은 그녀는 치밀하게 계산된 보법에 따라 빠르고 현란하게 움직이면서 탄력 있는 초식을 전개해 나갔다. 주변에 몰아치는 바람의 위세는 대단했으나 사실상 동작 자체는 좁은 범위 내에서 극도로 정교하게 이루어졌다.

절벽 정상부는 기껏해야 탁자 하나 정도 너비. 그녀는 웅혼한 진력과 절정의 치밀함을 자랑하는 초식을 무기로 삼아, 진법 안으로 자신을 끌어들이려는 무은의 시도를 완벽히 차단하는 동시에 오히려 무은을 차츰차츰 자신의 공격 범위 내로 몰아넣고 있었다.

스치고, 찌르고, 내뻗고, 거두어들이고. 초식이 하나하나 전개될 때마다 무은은 조금씩 원래 위치를 벗어나 맹부요의 진기가 지배하는 영역으로 끌려 들어갔다.

방유묵은 아찔하게 튀어나온 벼랑 끄트머리에 여유로운 모양새로 앉아 결투를 무심히 지켜보고 있었다. 맹부요의 공력이 급격히 상승했다는 것은 아까 눈치챘으나 솔직히 큰 기대까지는 없었다. 근 30년간 강호에 이름을 날려 온 십대 강자는 태산북두와 같은 존재로서, 그 지위의 절대적 공고성은 이미 진리로 자리매김한 뒤였으므로.

분명 그렇게 생각했건만, 그는 얼마 지나지 않아 놀란 눈이 되고 말았다.

과연 만날 때마다 괄목상대할 성장을 보여 주는 계집애였다. 공력을 얻은 지 얼마나 됐다고 그새 자연력 운용의 기본 법칙을 체득하다니. 벌써 독자적인 진력장眞力場을 구축해 싸움의 흐름을 주도하고 있지 않은가.

진정한 고수들끼리의 대결에서는 흐름을 장악하는 쪽이 곧 승자. 눈앞의 계집애는 태연자약하기 짝이 없는 얼굴로 상대를 차근차근 몰아붙이고 있었고, 무은은 행동반경을 제한당하고 있다는 걸 빤히 알면서도 벗어날 방도를 못 찾는 모양새였다.

방유묵이 감탄하는 데 정신이 팔린 사이 아래쪽에서는 바위 틈이 조금씩 더 벌어지고 있었다. 그가 앉아 있는 위치가 진력 장의 영향권에 들면서 일어난 일이었다. 그는 허둥지둥 손을 뻗어 아까처럼 바위를 고정시키고 나서야 가까스로 자세를 바로잡을 수 있었다.

세찬 바람이 울부짖고 안개가 소용돌이치는 절벽 위, 맹풍에 휩싸여 현란하게 움직이던 맹부요가 상체를 뒤로 꺾으면서 기합을 내질렀다.

"하압!"

흑색 섬광이 번뜩하는 동시에 시천이 일순 모습을 드러냈다가 곧바로 눈앞에서 사라지더니, 다음 순간 맹부요의 무릎 아래쪽에서 기습적으로 튀어나와 무은의 미간을 노리고 쏘아져 올라갔다.

쐐액!

날붙이가 무시무시한 속도로 허공을 가르면서 날카로운 파공음을 만들어 냈다. 하늘 가득 자욱하게 굽이치던 안개가 맹렬함의 극치를 달리는 일격을 버텨 내지 못하고 비단이 찢기듯 양쪽으로 급격히 밀려나 벼랑을 때렸다.

우르릉!

흐릿한 충돌음이 울렸다. 그 틈에 새벽빛이 비쳐 들어 무은의 신형을 만천하에 드러냈다.

검은색 칼의 위치는 이미 그녀의 미간 바로 앞이었다!

"받아라!"

또 한 번 짧고도 힘 있는 외침이 울렸다. 무은이 뒤집은 구리거울에서 새카만 빛살이 쏟아져 나와 시천과 정면충돌했다. 방향을 비스듬히 트는가 싶던 시천이 아예 거울 뒤쪽으로 돌아들어갔다. 거울에서 '쩡' 하고 갈라지는 소리가 났다. 거울에 가해진 충격이 얼마나 컸던지 무은의 몸 전체가 휘청했다.

"하압!"

기합 소리가 끝나기도 전에 맹부요의 주먹이 무은을 향해 쇄도했다. 지금까지의 모든 전개는 사소한 변수 하나까지도 맹부요가 사전에 계산한 그대로였다. 주먹이 뻗어 나가며 일으킨 것은 온 세상을 휩쓸고 모든 장애물을 초토화시키는 노대바람. 광풍에 휘말린 석 장 밖 거목이 '쿵' 하고 넘어가자 방유묵이 앉아 있던 바위가 일순 크게 기우뚱했다.

무은은 얼굴을 향해 맞바로 불어닥친 권풍 탓에 눈조차 제대로 뜰 수가 없었다. 머리카락이 뒤쪽으로 확 쏠리면서 몸까지 같은 방향으로 기울어지더니, 문득 등 뒤가 허전하다는 느낌이 들었다. 그와 동시에 무은이 아래로 곤두박질쳤다. 맹부요에게 내내 밀리던 끝에 결국 절벽에서 추락한 것이다.

방유묵이 벌떡 일어선 순간 검은 그림자가 그의 곁을 빠르게 스쳐 지났다. 맹부요였다.

진기를 절정까지 끌어올린 그녀는 전신이 옥석처럼 단단해진 상태였다. 흑백이 지극히도 분명한, 설옥과도 같은 그림자가 흡사 포탄이 떨어지는 듯한 기세로 낙하해 무은보다 먼저 수면 근처에 도달했다. 그녀가 매처럼 수면을 스쳐 날면서 손에 쥔 시천으로 강물을 할퀴자 거대한 파도의 벽이 '촤앗' 하고 솟구쳐 올랐다.

공중에서 몸을 회전시킨 무은은 막 거울을 들고 운공을 시도하려던 참이었다. 짙은 물안개를 이용해 맹부요의 발목을 잡겠다는 심산으로.

그런데 눈치 빠른 상대방이 이번에도 먼저 수를 쓰지 않았겠는가. 저 멀리서 솟아오르기 시작한 태양이 물결 일렁이는 응대하에 아침노을의 금빛 반짝임을 던지고 있었다.

시천이 일으킨 겹겹 파도로부터 미세한 물방울들이 튀어 올라 공중을 영롱한 구슬 꾸러미로 가득 채웠다. 한 가닥 한 가닥이 모여 흡사 봉황의 꼬리 깃털과도 같은 모습을 이룬 물방울 꾸러미에 오색찬란한 노을빛이 덧씌워지자 감히 똑바로 응시할 수도 없을 만큼 화려한 색채가 폭발했다.

무은은 수면에 닿기가 무섭게 몸을 멀찍이 물렸지만, 요란하게 튀어 오른 물방울이 이미 거울을 흠뻑 적셔 버린 뒤였다.

해가 뜨면 안개는 걷히는 법. 파도의 벽에 부닥쳐 물러나면서 매서운 포효를 내지른 무은이 검푸른 벼랑을 배경으로 마치

역풍에 부푼 깃발처럼 팔다리를 활짝 펼쳤다.

무은의 손동작 한 번에 바람과 구름이 돌연 역방향으로 휘몰아치는가 싶더니, 중량감마저 느껴질 만큼 짙은 검은빛을 띤 안개가 폭풍우가 으르렁대는 듯한 소리를 끌며 아래쪽에 있는 맹부요를 덮쳤다. 이번에는 정말로 화가 머리끝까지 치민 것이다.

맹부요는 코웃음을 치면서 검은색 칼날을 눕혀 허공을 때렸다. 산등성이 사이로 갓 솟아오른 태양을 일거에 압도해 버릴 만큼 밝게 빛나는 강기가 빙빙 소용돌이치면서 천신의 거대한 금강저를 연상시키는 형태로 뭉치더니 질풍처럼 위쪽으로 뻗어 올라갔다.

두 사람의 공격이 공중에서 한 치의 양보도 없이 맞부딪쳤다.

쾌과광!

아침노을에 난만히 물든 하늘에서 무서운 기세로 충돌한 직후, 일순 주춤하면서 각기 위아래로 밀리는가 싶던 흑과 백의 장막이 곧 광범위한 폭발을 일으켰다. 먹물 같은 흑색과 옥석 같은 백색이 뚜렷한 대비를 이루는 한편 서로를 집어삼키고자 치열하게 다투었다. 하얀 섬광 내부로부터 월백색 중심핵이 길게 뻗쳐 나와 거친 강물의 흐름처럼 펼쳐지더니 흑색 광채를 단숨에 휩쓸어 삼키면서 하늘 높이 솟구쳐 올랐다. 붉은 노을빛, 검은 안개, 백옥 같은 흰색이 한데 섞여 삼색 무지개로 화하는 순간이었다.

무지개 바로 아래쪽에서 홍색 의복의 사내가 아연실색한 얼굴로 위를 올려다봤다. 강기슭에서는 연보라색 비단 장포를 걸친 남자가 뒷짐을 지고 서서 멀찍이 옥 같은 신형을 바라보고 있었다.

나의 여신.

그의 입가에 엷은 미소 한 가닥이 번졌다.

더 멀리 모닥불 곁에서는 불을 쬐던 소녀가 흠칫 고개를 돌렸고, 정신을 잃고 누워 있다가 굉음에 놀라 깨어난 사내 역시 같은 방향으로 고개를 틀었다. 그의 눈에서 강렬한 광채가 뿜어져 나왔다. 놀라움으로 읽힐 수도, 혹은 기쁨으로 읽힐 수도 있을 눈빛이었다.

더 멀리 있는 영주산 모처에서는 안개가 갑작스레 걷히는 것을 느끼고 우뚝 걸음을 멈춘 남자가 광활한 하늘 한복판을 올려다봤다. 유리알 같은 눈동자에 삼색 무지개가 맺혀 은하수처럼 찬란한 반짝임을 발했다.

번화한 성안에 우뚝 솟은 누각에서는 창턱을 짚고 선 헌원성이 소용돌이치는 먹구름을 담은 눈으로 저 멀리 영주산 방향을 응시하고 있었다.

곤경성 전체를 통틀어 가장 높은 누각에서 내려다보이는 근방 100리 안에도 깜짝 놀라 창문을 열어젖히고 무지개를 보며 수군거리는 사람들이 부지기수였다. 영주산 꼭대기에 대체 어떤 절정 고수가 나타났기에 풍운을 휘저어 저토록 신비한 이적을 행하는지 모를 일이라며.

영주산 절벽 근처의 격전은 아직 진행 중이었으나 대세는 이미 한쪽으로 기운 뒤였다. 활짝 펼쳐졌던 깃발이 체적을 줄이면서 절벽 꼭대기로 쏘아져 올라가자 금강저 모양의 강기도 서 릿발 같은 광휘를 거둬들이면서 뒤를 바짝 따라붙었다.

두 사람이 차례로 지면에 내려섰다.

광풍이 잦아든 벼랑 꼭대기에는 격전의 흔적이 고스란히 남 아 있었다. 무은은 장포 자락을 축 늘어뜨린 채 맹부요를 등지 고 서 있었다. 등에 멘 거울, 지금껏 무적의 위력을 자랑해 온 그 보배로운 물건의 표면에는 깊은 균열 두 줄기가 선명했다.

하나는 앞서 맹부요와 전북야의 협공이 남긴 것이요, 다른 하나는 맹부요가 벼랑 위에서 마지막으로 내지른 일격이 새겨 넣은 것이었다.

뒷짐을 지고 서 있는 여인의 등허리는 변함없이 꼿꼿했지만, 한숨에서는 세월에 꺾인 영웅의 쓸쓸함이 배어났다.

화려하던 시절은 지고 연회는 막을 내렸으니, 어느덧 가을바 람에 풀벌레 소리 실려 오매 미인의 자태는 간 곳이 없구나.

무은이 천천히 입을 열었다.

"패배를 인정한다."

패배를 인정한다.

의복의 붉은빛과 머리카락의 검은색마저 다소 희미하게 바 랜 듯한 모습으로 멍하니 서 있던 방유묵이 뒤늦게 한 음절 한 음절 말했다.

"그래, 무은의 패배다."

지난 세월 그 누구도 감히 넘보지 못했던 무학의 최정점, 그 곳을 30년간 지켜 온 십대 강자에게 '패배'란 한 번도 들어 본

적 없는 낯선 단어였다. 방유묵은 이번 생에 자신이 패배라는 말을 입 밖에 낼 날이 오리라고는 상상조차 해 본 적이 없었다. 그 단어를 본인 입으로 내뱉는 순간, 방유묵 또한 무은이 그랬듯 쓰라린 상실감에 사로잡혔다.

오늘의 패배를 어찌 무은 한 사람만의 것이라 하겠는가.

그는 긴 한숨을 토해 냈다. 앉아서 좀 쉬어야겠다 싶었다.

십대 강자도 이제 늙은이들이 다 되었는지도.

털썩 주저앉은 그의 몸을 받아 낸 것은 바위가 아니라 허공이었다. 넋 놓고 있느라 바위가 갈라지는 것에 신경을 못 쓰는 사이 맹부요의 무지막지한 진력이 돌 틈을 후벼 파다 못해 아예 절벽 끄트머리를 통째로 날려 버린 것이다.

앉을 곳마저 잃어버린 그는 조금 전의 초연함과 고상함을 더는 유지할 재간이 없었다.

역시, 패배로구나.

오늘의 대결이 낳은 패자는 두 명이었고, 결과는 두 명 모두를 깨끗이 승복시키기에 부족함이 없었다. 방유묵은 비스듬히 고개를 들어 채운이 감도는 하늘가를 올려다봤다. 문득, 연살이 죽었을 때 월백이 했던 말이 떠올랐다. 당시에는 그저 웃어 넘겼건만, 지금에 이르러 보니 그게 얼마나 정확한 판단이었는지 뼈저리게 알 것 같았다.

십대 강자의 시대는 이미 저물었으니 오주에는 새로운 주인이 탄생하리라.

방유묵의 눈이 맹부요에게로 옮겨 갔다.

절벽 꼭대기를 딛고 오연히 서 있는 소녀는 옥으로 빚어 놓은 듯한 모습이었다. 눈부신 태양이 소녀의 머리 위에서 금빛 찬란한 면류관처럼 빛나는 한편, 그 섬세한 얼굴 윤곽에는 아득한 하늘가에서부터 바람과 구름을 몰고 달려온 아침노을이 덧씌워져 있었다. 10만 리 아침노을을 휩쓸어 그 붉음이 갑옷을 흠뻑 물들였으니, 이것이 바로 18년의 험난한 혈투로 다져진 강자의 모습이어라!

나이 열여덟에 십대 강자의 일원이 된 소녀에게 감탄 어린 눈빛을 보내던 방유묵이 한참 만에야 물었다.

"이제 십대 강자 중 여덟 번째 자리는 네 것이다. 명호는 무엇으로 하겠느냐?"

피식 웃은 맹부요가 고개를 들었다. 아침 해를 마주한 눈이 일순 가늘어지면서 햇살보다도 따스하고 찬란하게 반짝였다.

잠시 후, 돌아서서 성큼성큼 걸음을 옮기기 시작한 그녀의 입에서 흡사 검이 칼집을 빠져나오는 소리와도 같은 두 음절이 나왔다.

"구소!"[24]

---

24 九霄. 하늘 가장 높은 곳을 가리키는 단어다.

핏빛 곤경

헌원 소녕 12년 12월 16일.

천하에 이름을 날려 온 30년 세월 동안 단 한 차례도 변동이 없었던 십대 강자의 서열에 마침내 변화가 생겼다. 헌원국 곤경 영주산에서 무은에게 도전장을 낸 정체불명의 여인이 단번에 무은을 서열 8위의 옥좌에서 밀어낸 것이다.

당시 한자리에 있으면서 깨끗이 패배를 인정한 성휘성수가 명호를 무엇으로 할지 묻자 여인은 하늘 가장 높은 곳을 가리키는 '구소'라 답했다.

구소!

구소의 봉황이 울매 그 청음이 만 리를 나아가 사해를 뒤흔들고 오주를 무릎 꿇리는도다.

십대 강자 전원을 통틀어 가장 패기만만한 그 명호만으로도 여인이 가진 야망의 크기를 능히 짐작하고도 남음이 있었다.

무은의 패배와 구소의 등장.

절대 무너지지 않을 줄 알았던 성루가 일순간에 산산이 허물어져 오주대륙을 들이덮친 격이었다.

뒤숭숭한 격랑이 오주 무림의 고수들을 휩쓸고 지나갔다. 그로부터 상당 시일 동안 무인들의 이야깃거리는 오로지 신비의 인물 '구소'였다.

무려 30년 세월이었다.

그사이에 십대 강자는 신적인 존재로 자리매김했고, 무림인들은 도전장은 고사하고 안 보는 데서 불경한 소리 한마디 지껄일 엄두조차 내지 못했다. 그런데 어느 스산한 겨울날, 그 신화가 무너졌다는 소식이 들려온 것이다.

무림인들은 그제야 새삼스레 깨달았다. 십대 강자 역시 얼마든 패배할 수 있는 존재이며, 신이라고 해서 영원히 신단을 내려오지 않는 것이 아님을.

오주는 실로 기나긴 세월을 십대 강자의 지배하에 보냈다. 수십 년의 시간 동안 그들을 넘어설 실력자가 진정 단 한 명도 존재하지 않았다고 어찌 장담할 수 있을까. 그보다는 감히 그 아성을 뛰어넘을 생각을 해 본 자가 존재하지 않았던 것이리라.

마침내 신화에 도전장을 낸 자가 나왔다. 월백이 말한 것처럼 십대 강자의 시대는 저물고 이제 오주 정치 판도의 변화와 함께 새로운 전설이 탄생할 때가 되었음이었다.

새로운 절대 강자의 탄생은 곧 오주대륙 무인들이 받들 큰어

른이 늘었다는 뜻이었다.

각국은 구소에게 바칠 영패 제작에 돌입했다. 그녀가 왕림했을 때 영패라도 내밀면서 연줄을 대 보겠다는 심산이었다.

누가 아는가, 운 좋게 호국국사라든지 그 비슷한 자리에 모실 수 있을지.

물론 한곳에 묶이는 걸 싫어하는 십대 강자가 그런 자리를 수락한 전례는 극히 드물었다. 그래도 어쨌든 절정 고수와 좋은 관계를 유지해서 손해 볼 건 없지 않나.

그러나 아쉽게도, 화제의 주인공은 영주산에서 일전을 치른 직후 온데간데없이 종적을 감춰 버렸다. 이름 석 자조차 남기지 않고서.

알려진 것은 새파랗게 젊은 여인이라는 사실뿐.

하지만 근래 오주대륙에서 명성을 날리고 있는 여인들을 하나하나 다 따져 봐도 도무지 구소와 아귀가 맞아떨어지는 인물을 찾을 수가 없었다. 급기야는 아란주를 의심하는 목소리까지 등장한바, 이를 전해 들은 공주는 땋은 머리가 짤랑짤랑 요동치도록 깔깔거렸다.

"아이고야, 별 해괴한 소리를 다 듣네. 나더러 구소래! 내가 구소라니……."

그러더니 소문의 진위를 확인하러 온 인물 곁으로 짐짓 의미심장하게 다가붙어서는 귓속말을 속닥거렸다.

"있지, 사실 구소는……."

상대가 귀를 쫑긋 세우면서 눈을 빛냈다.

"……나도 누군지 몰라."

"……."

***

　짧고도 찬란했던 등장을 뒤로하고, 베일에 싸인 구소 대인은 이제 헌원 황제 곁에 쭈그리고 앉아 구조대를 기다리고 있었다.

　무은과의 대결에서 승리한 그녀는 일단 전북야에게로 향했다. 그새 의식을 되찾은 전북야는 운기조식 중이었고, 곁에서는 아란주가 살뜰하게 시중을 들고 있었다.

　방해하지 말아야겠다는 생각에 발길을 돌린 그녀는 곧장 장손무극을 만나 향후 계획을 상의한 다음 헌원민과 암매를 찾아 산을 올랐다. 산길에서 서로를 맞닥뜨린 순간, 암매는 긴 안도의 한숨을 내쉬었다. 그의 눈빛에서는 미처 가시지 않은 초조함이 읽혔고, 이마 가장자리는 추운 겨울 날씨와 어울리지 않게도 땀으로 젖어 있었다. 밤새 위험 속을 동분서주하며 얼마나 애를 태웠을지 짐작이 갔다.

　헌원민 쪽은 원보 대인에게만 관심이 있었다. 녀석을 손바닥에 앉혀 놓고 말똥말똥 눈을 맞추며, 헌원민이 흥미롭다는 양 물었다.

　"너 내 말 알아듣지? 맞지? 말 좀 해 봐, 뭐라고 좀 해 보라니까?"

　원보 대인은 진절머리를 내면서 귓구멍을 틀어막았다.

썩을 광대 놈, 어지간한 할망구 잔소리 저리 가라네. 어떻게 똑같은 질문을 밤새 하냐. 알아듣는다니까! 알아듣는다고 몇 번을 말해! 네놈은 왜 그걸 못 알아듣는데!

옆에서 맹부요가 원보 대인을 낚아채 소매 안에 집어넣으면서 광대 황제에게 엄포를 놨다.

"못 본 거야! 얘 못 본 거다! 명심해, 넌 아무것도 못 봤어!"

원보 대인은 팔짱을 끼고서 어처구니없다는 표정을 지었다.

장난해? 이 옥골선풍의 자태, 발군의 품격, 남다른 능력, 우아한 미모가 광대 놈한테 얼마나 강렬한 인상을 남겼겠어. 그런데 그 기억을 통째로 삭제하라니, 퍽도 그게 되겠다!

이때 암매가 조용히 손을 뻗어 맹부요의 맥을 짚어 보더니 진심에서 우러나오는 기쁨을 드러내며 입 모양으로 축하 인사를 전했다. 맹부요가 생긋 웃자 그 꽃처럼 아리따운 미소가 암매의 유리알 같은 눈동자 안에 만개했다.

곧이어 한 무리의 인마가 접근해 오는 것을 발견한 세 사람은 일제히 표정 관리에 돌입했다. 셋은 각자 연약한 황제, 무공을 못하는 황후, 충실한 시녀의 모습으로 돌아가 천연덕스레 구조대를 맞이했다.

일행은 그길로 급히 말을 달려 환궁했다. 육궁에 접어들어 헌원민과 갈라진 맹부요는 거침없이 본인 처소로 향하면서 주변의 당혹한 눈길들을 눈여겨 봐 두었다.

처소에 들어선 그녀는 자리에 앉기도 전에 궁중에 남아 있던 태감에게 질문부터 던졌다.

"마마님들은 돌아오셨느냐?"

태감이 깍듯이 아뢰었다.

"귀비마마와 숙비마마, 그리고 요 귀빈께서는 지난밤에 먼저 돌아오셨고 다른 분들은 아직 영주산 어원에 계시옵나이다."

"음."

맹부요는 탁자에 놓여 있던 찻주전자를 집어 들었다. 한참 걸어왔더니 목이 말라서였다.

차를 한 잔 따라서 입으로 가져가다가 말고, 문득 동작을 멈춘 그녀가 말했다.

"쌀쌀하구나. 모피를 내오너라."

"예."

태감이 물러갔다. 그 역시 헌원민이 붙여 준 인물로, 안자가 황제와 황후를 지근거리에서 수행하는 일을 했다면 그는 궁 안 일상 사무를 관리하고 있었다. 말수가 적고 믿음직한 인물이라는 게 평소 인상이었다.

얼마 지나지 않아 모피를 들고 돌아온 태감이 웃는 낯으로 말했다.

"마마, 어느 것으로 하시겠나이까. 이쪽 검은 여우 털도 좋고 아니면 여기 은색 너구리 털도 좋습니다."

모피를 내미는 태감의 손을 빤히 쳐다보던 맹부요가 싱긋 웃으며 입을 열었다.

"은색 너구리 털로 하자꾸나."

외투를 향해 손을 가져가던 그녀는 다음 순간 팔을 더 길게 쑥 뻗어 태감의 손목을 잡아챘다. 그러고는 태감의 몸뚱이를 통째로 들어 내동댕이쳤다.

상대는 비명을 꽥 지르면서 날아가 벽에 처박혔고, 허공에 떴던 모피 외투 두 벌은 이내 넓게 펼쳐져 바닥으로 내려앉았다. 상대가 겁에 질린 눈으로 맹부요를 올려다봤다. 눈빛마저도 바들바들 떨면서.

피식 웃고 난 맹부요가 느긋하게, 한 걸음 한 걸음 벽 쪽으로 다가갔다. 모피를 아무렇지도 않게 짓밟으며, 그리고 그 김에 모피 아래의 손까지 짓이기면서.

딱히 힘을 줘서 밟은 것도 아니건만, 모피 밑에서 뼈가 박살 나는 소리가 울렸다. 그녀는 이제 생각만으로도 진기를 자유자재로 운용할 수 있는 경지였다. 이쯤 되면 온몸이 무기나 다름없었다. 무공을 전혀 익히지 않은 태감 하나쯤이야 사실 발을 놀릴 것도 없이 입김만으로도 죽여 버릴 수 있었다.

태감은 통증을 못 참고 경련하면서도 이를 악문 채 신음 한 번 내지 않았다. 맹부요가 자세를 낮춰 그를 쳐다보며 건조하게 말했다.

"헌원민 옆에 이중 첩자가 있는 것 같다는 생각을 꽤 오래전부터 했었는데, 드디어 하나가 걸렸군. 자, 불어. 너 말고 몇 명이 더 있지? 다른 비빈들 옆에도 섭정왕이 첩자를 붙여 뒀겠지? 좋아, 하나씩 읊어 봐."

상대가 쉰 목소리로 외쳤다.

"마마! 마마……. 무슨 말씀이신지……. 소인은 도통…… 알아들을 수가…….”

“상관없어, 너는 몰라도 나는 아니까. 누가 찻주전자에 독약을 탄 모양이던데, 애석하게도 거기 미리 약물을 넣어 뒀거든. 주전자 안에 든 물에 손을 대면 손톱 색이 변하도록. 독약 타고 나서 손가락으로 저었지?”

맹부요가 무심히 말을 이었다.

“잘 들어. 내 앞에서는 거짓말, 연극, 애걸복걸, 의지의 사나이 흉내, 다 안 통해. 고분고분히 구는 게 제일 현명한 선택이야.”

태감 역시 말뿐인 겁박이 아니라는 걸 잘 아는 눈치였다. 태감은 온몸을 사시나무 떨듯 떨기 시작했지만, 그러면서도 입 밖으로는 한 마디도 내지 않았다. 맹부요가 미소 지었다.

“네놈 몸뚱이에 손끝 하나 안 대고도 술술 불게 만들 방법이 있다면, 믿겠어?”

경악과 불신이 교차하는 상대의 눈동자를 보며, 그녀가 웃었다.

“내일부터 너를 숭흥궁 총관태감으로 쓰면 그만이야. 금은보석 좀 하사하고, 총애 좀 베풀어 주고. 흐음, 나는 아무 일 없이 멀쩡하고 너는 나날이 출세 가도를 걷는 꼴을 보면 섭정왕은 너를 뭐라고 생각하려나. 삼중 첩자? 하하하!”

얼굴에서 핏기가 싹 가신 상대방이 아연실색한 표정으로 눈을 부릅떴다.

나태하고, 성미 고약하고, 머리를 잘 쓰는 것 같지도 않아 보이던 황후가 실상은 이토록 노련하고 악랄한 수완가였을 줄

이야!

　정말로 총관태감 자리에 덜컥 앉혀졌다가는 섭정왕이 절대로 그를 살려 두지 않을 터였다. 상상할 수 있는 한계보다 훨씬 더 참혹한 죽음이 그를 기다리고 있으리라.

　맹부요는 빙그레 웃으며 상대방을 내려다보고 있었다.

　번거롭게 고문까지 하면서 기력 낭비할 필요 뭐가 있나. 환관이라는 족속들의 충성도란 어차피 그 한계가 명확한 것을.

　눈길을 슬금슬금 피하던 상대방이 얼마 못 가 그녀의 발치에 털썩 엎어졌다.

　"이실직고하겠습니다! 전부 말씀드리겠습니다……."

　맹부요가 싱긋 웃었다.

　이야기를 다 듣고 난 그녀가 몇 마디 지시를 내리자 태감은 비록 벌레 씹은 표정이 됐을지언정 찍소리 못 하고 밖으로 물러갔다. 가진 정보란 정보를 다 팔아먹은 마당에 이제 와서 무슨 수로 반항을 하겠는가.

　철성을 호출한 맹부요가 말했다.

　"소칠한테 연락해. 해 줄 일이 있다고."

　철성이 명령을 받고 나간 후, 방 안에 홀로 남은 맹부요는 차랑거리는 진주 주렴을 응시하며 엷은 미소 한 가닥을 머금었다.

　후계자도 배 속에 들어앉았겠다, 이제 제거해야 할 대상들을 본격적으로 제거하려 들겠지.

　이번에 실패했다고 어디 끝이랴, 분명 다음 시도가 있을 터. 가만히 앉아서 목에 칼이 들어오길 기다릴 줄 알았나? 아니, 이쪽에서 먼저 움직여 주마.

헌원 황가 최후의 일전. 그녀는 더 이상 싸움의 흐름을 두 형제 손에 맡겨 둘 마음이 없었다.

이제부터 주도권은 내가 갖는다! 지금은 폭풍 전야일 뿐, 머지않아 거친 풍운이 휘몰아치리라.

이때 등 뒤에 희미하게 음영이 지는가 싶더니 그림자 하나가 조용히 실내로 흘러들었다. 바닥에 드리운 그림자는 작달막했고, 걸음걸이는 고양이처럼 사뿐했다.

맹부요는 자리에 그대로 앉아 무심히 차를 마시고 있었다. 살금살금 안쪽으로 들어온 인물이 주렴을 소리 없이 걷고서 맹부요의 등을 향해 한 걸음 한 걸음 접근했다.

맹부요는 눈을 내리깐 채 요지부동이었다. 찻잔 안에서는 열기가 모락모락 피어오르고 있었지만, 그녀의 눈동자는 얼음처럼 맑고 서늘했다.

기습? 죽을 자리를 찾아왔군!

홀연, 보들보들 따스한 손바닥이 눈을 덮었다. 맹부요의 어깨가 살짝 들썩하는 동시에 허리에 차고 있던 시천이 소매를 타고 미끄러져 나왔다.

전신의 진력을 단숨에 끌어올리면서 몸을 날리려던 그때.

"누구게요?"

기분 좋은, 앳된 티가 채 가시지 않은 음성이 웃음소리와 함께 귓가로 흘러들었다. 천진난만한 장난기가 뚝뚝 떨어지는 말투였다.

맹부요는 황급히 제동을 걸었다. 순간적으로 칼을 집어넣고, 어깨를 움츠리고, 끓어오르는 진기를 억눌렀다. 폭발 직전에 아슬아슬하게 고삐를 당긴 그녀는 과히 맹렬한 힘을 급박하게 동원한 탓에 온몸이 땀으로 흠뻑 젖었다.

위험했다. 한발만 늦었어도 무공이 탄로 났을 것이다.

맹부요가 깊게 숨을 들이마시고 뒤를 돌아봤다. 그러고는 너를 어쩌면 좋겠냐는 눈으로 '도라에몽' 귀비를 응시하며 미간에 주름을 잡았다.

"이광, 들어올 거면 들어온다고 말을 해야지. 어째 점점 더 버르장머리가 없어져!"

당이광이 배시시 웃으며 손을 뻗어 탁자 위 간식 산핵도[25]를 집어 들었다.

"숭흥궁 산핵도가 자꾸 생각나서요."

한숨을 폭 내쉰 맹부요가 당이광을 수납장 앞으로 데려가 새로 산핵도 한 상자를 꺼내 주며 말했다.

"밖에 나와 있던 거 말고 이거 먹어."

당이광은 먹을 것만 쥐여 주면 만사 불만이 없었다. 헤벌쭉 웃으며 상자를 받아 든 소녀가 뒤늦게 예를 올리려는 걸 맹부요가 곤혹스러운 얼굴로 사양했다.

"앞으로 내 침전에 들어오기 전에는 미리 말부터 하는 거야, 알았지?"

---

25 피칸.

'아.' 하고 소녀가 대답했다.

맹부요는 본래가 어린 여자애들한테 약하기도 했거니와, 실질 지능이 네 살밖에 안 되는 꼬맹이를 상대로 살심을 먹는다는 건 말이 안 되는 일이었다. 그녀는 손수 산핵도 껍데기를 깨서 당이광에게 건네주기 시작했다.

알맹이를 받아먹으며 딱 서너 살짜리 모양새로 부스러기를 줄줄 흘리는 당이광을 보고 있자니 문득 헌원민에게서 들은 이야기가 떠올랐다.

말에서 떨어져 머리를 다치는 바람에 저리되었다고 했던가.

호기심이 동한 맹부요가 물었다.

"이광, 어떻게 네 살밖에 안 됐을 때부터 말을 탔던 거야? 부친께서 가르쳐 주셨어?"

양 볼에 빵빵하게 들어찬 산핵도를 우물거리며, 당이광이 불분명한 발음으로 답했다.

"……오라버니가요."

무슨 오라버니라는 건지.

맹부요는 맨 앞 단어를 제대로 듣지 못했으나 그냥 그런가 보다 하고는, 실컷 배를 채우고 난 당이광을 바깥까지 배웅했다. 다시 실내로 돌아와서 앞으로의 계획을 곰곰이 되새기고 있는데, 등 뒤에서 문발이 젖혀지는가 싶더니 특유의 운율을 가진 발소리가 들려왔다. 암매였다.

맹부요는 돌아볼 것도 없이 툭 한마디를 던졌다.

"뱀독은 별문제 없었죠?"

"그래."

등 뒤로 다가온 암매가 그녀의 어깨에 손을 얹었다. 맹부요가 반사적으로 비켜서자 암매가 말했다.

"뼈마디를 풀어 주려는 것뿐이야. 공력이 상승하면서 골격 곳곳에 수축이 일어났을 터, 곧바로 풀어 주는 편이 좋아."

잠시 망설이던 맹부요가 대꾸했다.

"됐어요, 이대로도 괜찮아요."

등 뒤에서 암매가 조용히 한숨을 흘렸다. 서리 앉은 숲 꼭대기를 스쳐 가는 가을바람과도 같이 희미하고 서늘하며, 굴곡진 세월에 마모된 소리였다. 그가 말을 이었다.

"나더러 평생 빚을 지고 살라는 건가, 이대로 죽는 날까지?"

흠칫한 맹부요가 뒤로 돌아섰다.

"무슨 말이 그래요? 누가 누구한테 빚지고, 얼마나 빚지고, 그런 거 하나하나 따지는 게 친구 사이예요?"

유리알 같은 광채가 암매의 눈동자 안을 맴돌고 있었다. 맹부요의 말에 기꺼워하기는커녕 오히려 한층 더 짙어진 스산함을 내비치길 잠시, 그가 웃음 지었다.

"그래도 관절 풀어 주는 것 정도는 허락해 줄 수 있겠지?"

에라 모르겠다, 하고 터벅터벅 평상으로 간 맹부요가 베개 위에 풀썩 엎어졌다.

"혹시 잠들면 구경하지 마요. 추하거든요. 원보 대인 꼬락서니보다 살짝 나은 수준?"

베개 위에 앉아 있던 원보 대인이 꼴같잖다는 눈길을 보냈다.

나는 최소한 침은 안 흘리거든?

맹부요는 평상에 엎드린 채로 다음 작전, 다다음 작전을 궁리하느라 머릿속이 복잡했다. 그러다가 문득, 무언가 부드러운 감촉이 느껴지더니 암매의 손가락이 등에 얹혔다. 기다란 손가락이 성긴 나뭇가지처럼 펼쳐져 등에 닿는 동시에 뜨거운 기운이 샘물 흐르듯 전신 구석구석으로 흘러들어 왔다. 암매의 고명하고도 우아한 손놀림에 따라 관절이 경쾌한 소리를 냈다.

짚고, 밀고, 치고, 넓히고, 바람결이 스치듯 기분 좋게 부드럽되 강물이 굽이치듯 묵직한 힘이 실린 손동작. 맹부요는 줄곧 팽팽하게 당겨져 있던 긴장의 끈이 차츰차츰 느슨해지는 걸 느꼈다. 몸이 두둥실 떠오를 것처럼 가뿐해지는 통에 하마터면 이상한 소리를 낼 뻔한 그녀는 허둥지둥 베갯잇을 입에 물었다. 위쪽에서 암매의 차분한 목소리가 들려왔다.

"긴장이 심한 것 같군. 몸 전체가 경직되어 있어."

맹부요는 땀을 삐질삐질 흘리며 어허허 웃었다.

솔직히 그쪽이 군자인지 확신이 없어서 긴장 중이오만.

피식 웃고 난 암매가 화제를 바꿔 속삭이듯 말했다.

"이대로 영영 헌원에 남아 줄 수는 없는 건가?"

맹부요는 가슴이 덜컥 내려앉는 기분이었다. 가장 피하고 싶었던 이야기가 결국 나와 버린 것이다.

헌원에 남으라고? 그럴 수는 없다.

누구를 위해서가 됐든, 그녀는 중도에 멈춰 설 수 없는 운명이었다. 발걸음이 향하는 곳과 마음이 향하는 곳이 정반대일 때도 많았지만, 그래도 이를 악물고 앞으로 나아가야만 했다. 태연, 무극, 대한, 헌원…… 길은 항상 앞쪽을 가리키고 있었다.

그녀의 입에서 아무런 말이 나오지 않자 등에 닿아 있던 손가락도 움직임을 멈췄다. 청신한 향내가 훅 끼쳐 왔다. 암매가 그녀 위로 몸을 기울인 모양이었다.

맹부요는 흠칫 굳고 말았다. 굴러서 도망치고 싶어도 지금 그녀는 한 사람 너비밖에 안 되는 평상 위에 있었다. 침상에서는 분위기가 묘해질 것 같아 나름 신경 써서 택한 장소였다. 하지만 비좁은 것만도 모자라 한쪽 면은 벽에 가로막혀 있었다. 여기서 자세를 바꿨다가는 곧장 암매의 품으로 뛰어들게 되거나, 아니면 몹시 난감하게 얼굴을 마주 대해야 할 것이다.

그녀가 머뭇거리는 사이, 귓가 근처까지 몸을 비스듬히 기울인 암매가 손을 뻗어 귓불을 살며시 어루만졌다. 그의 손가락은 부드럽고 따스했다. 얼마 전까지만 해도 손끝에 돌던 냉기는 이미 사라진 뒤였다.

두 사람은 비단결 같은 서로의 감촉에 일순간 전율을 공유했다. 맹부요가 고개를 피하기도 전에 한발 앞서 손을 뗀 암매가 담담히 말했다.

"……결국은 남을 수 없다? 뭐, 아직 생각할 시간은 얼마든지 있으니 괜찮겠지. 부요, 이걸 봐. 그 어떤 흔적도 남기고 싶지 않다 우기던 네가 처음으로 원칙을 깨고 나를 위해 귀를 뚫었어. 언젠가 나로 인하여 더 많은 원칙을 깰 날이 오기를, 기다리고 있도록 하지."

짧은 침묵 끝에 맹부요가 입을 열었다.

"양보는 어디까지나 내가 무방하다고 생각하는 범위 안에서만이에요."

"알아."

암매가 희미하게 웃었다. 탄식과도 같은 그의 웃음소리는 겨울날의 찬 바람보다 쓸쓸했고 끊어 내지 못할 정념의 실보다도 길었다.

"설사 이번이 처음이자 마지막 양보라 해도 아예 없었던 것보다는 나을 테지."

몸을 일으키면서 작은 상자 하나를 건넨 그는 이내 발걸음을 틀어 출구 쪽으로 향했다. 그러더니 방을 나서기 직전 문틀을 짚고 멈춰 서서는 시선을 앞쪽에 둔 채로 한마디를 남겼다.

"그 귓불, 부디 막히게 두지 말아 줬으면 좋겠군."

맹부요는 입술을 꾹 다물고서 상자 뚜껑을 열었다. 안에서 나온 것은 새하얀 환약이었다. 크기는 엄지손가락 정도로, 그윽한 향기가 물씬 풍겼다. 냄새만 가지고는 재료가 무엇인지 파악하기 어려웠지만, 대단히 귀한 물건일 거라는 감이 왔다.

암매가 사라진 방향에 눈길을 던졌다가 이내 자기 귓불로 손을 가져간 맹부요는 한참이 지나 조용히 한숨지었다.

헌원 소녕 12월 21일.

방울져 떨어진 낙숫물이 그대로 얼어붙을 만큼 혹독한 추위가 휘몰아치는 날이었다. 헌원과 대한을 가르는 변경 지대, 그 광활한 대지 위에서는 아득하게 긴 산맥이 흰 눈을 덮어쓴 채로 묵묵히 웅크리고 앉아 경비 삼엄한 두 나라 국경선을 굽어보고 있었다.

올겨울은 유난히도 추웠다. 게다가 간밤에는 한바탕 폭설까지 쏟아진 뒤인지라 족히 한 뼘 반 깊이는 될 눈이 온 천지를 은백색으로 뒤덮고 있었다. 집집마다 문을 닫아걸고 온 식구가 화로 앞에 모여 앉은 까닭에, 그 누구의 발길도 닿은 적 없는 순백의 눈밭은 담비 털을 깔아 놓은 양 매끈했다.

새벽녘, 아직은 어슴푸레한 아침노을이 은백색 설원을 고운 붉은빛으로 물들여 가며 절제된 화려함을 보여 주는 가운데, 저 멀리서부터 뿌드득뿌드득 힘겹게 눈밭을 헤치며 걸음을 내딛는 소리가 전해져 왔다. 왁자지껄한 말소리가 가까워짐에 따라 설원에는 구불구불한 발자국의 행렬 몇 줄기가 선명하게 새겨지고 있었다.

"우라질, 이 날씨에 순찰은 무슨 얼어 죽을 놈의 순찰을 돌라고!"

"건너편 대한 군대가 난동을 피울지도 모른다는 건데, 솔직히 입으로는 큰소리를 쳐도 그게 가당키나 하겠어? 자기네 황제가 우리 땅에 있는데!"

"날씨 꼬락서니를 보라고. 걔들도 막사에 틀어박혀서 불이나 쬐고 있겠구먼, 이 상황에 싸움이 되겠나?"

"정鄭 호군 그치도 말이지, 우리는 아주 그냥 사람 취급도 안
한다니까!"

어수선한 말소리가 눈 내린 후의 텅 빈 적막을 깨뜨렸다. 도
검을 헐렁하게 차고 낑낑거리며 걸음을 옮기고 있는 이들은 헌
원국 동북쪽 국경 지대를 지키는 장책長策 수비군 소속으로, 금
일 국경선 순찰을 맡은 소대였다. 온화한 날씨에 익숙한 장책
군에게 혹한은 견디기 힘든 고문이었다. 오늘 어쩔 수 없이 순
찰에 나선 이들은 하나같이 두꺼운 옷을 곰처럼 껴입고 있었
다. 군에서 급히 배급해 준 솜저고리는 어찌나 투박한지, 걸치
면 팔 두 짝이 무슨 무 두 덩어리처럼 몸통 양쪽에 뻣뻣하니 매
달린 모양새가 됐다. 그 상태로는 칼을 뽑는 건 고사하고 본인
엉덩이에도 손이 안 닿았다.

맨 앞에서 행렬을 이끌던 소대장이 높지막한 언덕 위로 꿈지
럭꿈지럭 올라가더니 폭이 그다지 넓지 않은 강 건너편, 적막
에 잠긴 한군 진영을 쓱 내다보고는 말했다.

"내가 뭐랬나. 이 날씨에 누가 밖에 나돌아 다니냐고! 끽소
리도 안 나는구먼. 우리도 그만 들어가자!"

"예!"

다들 신나게 돌아서서 걸음을 옮기는데, 행렬 맨 끄트머리에
있던 병사가 갑자기 뒤를 돌아봤다.

"엥, 무슨 소리지?"

병사가 철조망 너머 얼어붙은 수면을 쳐다보고 있는 사이, 말
발굽 소리가 가까워지는가 싶더니 맞은편 강기슭에 불꽃 같은

진홍색 갑주의 위병 무리가 등장했다. 활을 들고 설원을 어슬렁 어슬렁 돌아다니는 그들의 모습을 확인한 병사가 피식했다.

"하, 눈이 이렇게 쌓였는데 웬 멍청이들이 사냥을 다 나왔대?"

옆 사람들까지 다 같이 낄낄거리는 와중에 소대장이 말했다.

"으응? 어디 소속이지. 한군 갑옷은 검은색인데?"

"알 게 뭡니까. 어차피 우리랑은 상관없는 거."

장책군이 가던 길을 마저 가려는 찰나, 맞은편 무리 맨 앞의 장정이 활을 들어 올리는 게 눈에 들어왔다. 이어 그가 탄 말 앞으로 토끼 한 마리가 지나갔다. 얼어붙은 강 위를 직선으로 가로지른 토끼는 금방 철조망을 통과해 장책군 쪽으로 달려왔다.

흥미가 동한 소대장이 껄껄 웃었다.

"저놈 통통한 거 봐라! 기왕 굴러들어 온 거, 잡아가서 몸보신이나 해야겠다!"

소대장이 시위에 화살을 먹였다. 날아간 화살은 정확히 토끼에게 명중했다. 부하들이 한목소리로 대단하다 추켜세워 주자 소대장이 의기양양하게 말했다.

"고작 토끼 한 마리가 뭐라고. 내가 왕년에 정하定河 전투에서는 말이지……."

그가 말을 멈추는 동시에 주변의 웃음소리도 뚝 그쳤다. 병사들의 경악에 찬 눈이 일제히 한 지점에 몰렸다.

그들의 부릅뜬 눈에 비친 것은 별안간 가슴에 새빨간 화살이 꽂힌 소대장의 모습이었다. 소대장 역시 느릿느릿 고개를 숙여 자기 가슴 한복판에 꽂힌 화살을 내려다봤다. 붉은 깃이 찬 바람을 맞으며 소리 없이 떨고 있었다. 화살은 차가웠지만, 촉 끝에서 쏟아져 나오는 피는 뜨거웠다. 그것은 한 생명이 마지막으로 뿜어내는 열기. 소대장은 곧 발밑의 눈밭과 마찬가지로 싸늘하게 식어 버릴 운명이었다.

몸뚱이가 '쿵' 하고 허물어졌다. 눈조차 감지 못한 채였다.

아침노을에 물든 설원 위로 노을빛보다 붉은 선혈이 흩뿌려졌다. 시야가 급속히 밑으로 곤두박질치는 가운데, 그는 기적적으로 맞은편에서 화살을 쏜 자의 얼굴을 확인할 수 있었다.

수려한 이목구비, 차갑게 가라앉은 눈동자, 한쪽 손에는 쇠뇌를 들었으나 다른 쪽 소매는 축 늘어져 있는 모습.

상대가 얼음장 같은 목소리로 한 자 한 자 내뱉는 말이 들려왔다.

"네놈이…… 우리 한왕 전하의…… 토끼를 죽였다."

❀

"네놈이 한왕의 토끼를 죽였다!"

오주대륙 역사를 통틀어 가장 공격적이고, 파렴치하며, 황당무계한 개전 선언이었다. 이 개전 선언은 순식간에 오주 전역을 휩쓸었고, 본래도 천하에 이름을 날리고 있던 전설의 한왕은 본인과 본인의 토끼로 말미암아 다시 한번 그 명성을 각국에 널리 떨치기에 이르렀다. '토끼를 죽였다.'는 그로부터 오랜 세월이 흐르도록 선전 포고의 대명사로 명맥을 이어 갔다.

넌 좀 맞아야겠다! 왜냐고? 네놈이 내 토끼를 죽였으니까!

개전 선언을 받아 든 헌원국은 몹시 난감하고도 기가 차는 상황에 직면해 있었다.

폭설을 무릅쓰고 '사냥'을 나온 대한국 한왕의 시위들이 자기네 토끼를 죽였다는 이유로 국경 수비대를 서슴없이 사살한 후, 헌원국 장책군 역시 즉각 반격에 나서려 했다. 그러나 이게 웬걸, 순식간에 살벌한 진용을 갖춘 한왕군에 더하여 그 뒤쪽으로는 원래 변경에 주둔 중이던 대한국 정규군까지 갑옷을 완비하고서 등장하질 않았겠는가.

실질적인 공격은 없었다. 그들은 다만 절대적으로 우세한 병력과 전장에서 벼려진 살기로 중무장한 채, 마지막 출정이 언제였는지도 까마득한 데다가 주둔지가 바뀐 지도 얼마 안 되어 지형에 익숙하지 못한 장책군을 숨 막히게 압박했을 뿐이었다.

거대 병력의 압도적인 위용과 칼날이 내뿜는 한기. 태산과도 같은 먹구름이 장책군의 가슴을 무겁게 짓눌러 왔다.

장책군은 부랴부랴 곤경으로 소식을 전했다. 섭정왕은 장장 하루 내내 대책 회의를 주재했다. 조정 신료들은 한왕의 파렴치한 행각을 두고 서글피 탄식하며 손바닥에 얼굴을 묻었다.

한왕의 영지가 헌원과 대한의 국경선 근처라는 것은 어디까지나 거시적인 관점에서 하는 이야기일 뿐이었다. 사실 그 사이에는 수백 리에 달하는 거리가 가로놓여 있었다.

세상에 어느 누가 그까짓 사냥 좀 하자고 폭설을 뚫고 수백 리를 뛰어다니며, 고작 토끼 한 마리 때문에 남의 나라 군대를 때려잡는단 말인가.

그건 사냥이 아니라 강도질이지!

한왕이 대한 황제보다도 더 대차게 헌원국의 면상을 짓밟은 것이다. 면상을 짓밟힌 헌원국은 눈탱이가 밤탱이가 된 채로 머리를 모은 끝에, 아직 곤경에 체류 중인 대한 황제를 찾아가 보자는 기막힌 대책을 뽑아냈다.

그러나 조정에서 보낸 사자가 당도했을 때 역궁은 텅 비어 있었다. 밀정을 붙여 줄곧 대한 황제의 행적을 감시해 온 헌원 성조차도 모르는 사이에 벌어진 일이었다.

헌원성은 최후의 수단으로 휘하에서 가장 유능한 장수인 오 군병마도독 당여송에게 10만 대군을 줘 변경으로 향할 것을 명했다. 출병 당일, 친히 전송을 나온 섭정왕이 단상 위에서 황금 빛 술잔을 하사하자 당여송은 잔을 단숨에 비운 뒤 땅에 내던지면서 우렁찬 목청으로 맹세했다.

"기필코 맹부요의 수급을 베어서 돌아올 것입니다!"

당여송의 호기로운 맹세는 황궁 심처까지 전해졌다. 황후 우문씨는 기다란 호갑투로 화류목 탁자를 톡톡 두드리며 어여쁘게 미소 지었다.

"님아, 그 방향이 아닐 텐데요."

그 미소가 지나치게 섬뜩했던 탓일까, 멀찍이서 걸어오던 헌원민이 부르르 진저리를 쳤다. 그를 발견한 맹부요가 가까이 오라며 까딱까딱 손짓을 보내자 광대 황제는 쪼르르 달려와 알랑알랑 여왕 폐하의 다리를 두드려 드리기 시작했다.

그러나 헌원민의 때 낀 손톱에 눈길이 닿은 맹부요가 더럽다는 표정으로 그를 걷어차며 말했다.

　"또 이 밭 배추 뽑아다가 저 밭 주인 주고 왔냐?"

　헌원민이 정색을 하고 답했다.

　"아니, 날이 추워서 채소가 안 크길래 아랫것들 시켜서 바깥 시장에서 사다가 밭에 심어 줬지."

　맹부요가 이마를 짚었다.

　대단한 사랑꾼 나셨네!

　헌원민이 해죽 웃으며 그녀의 무릎께에 달라붙었다.

　"일단 당여송은 치웠지만, 아직도 셋이 남았어. 팔다리를 싹 다 잘라 내야 돼."

　"정치란 섬세한 거란다. 나긋한 면사를 씌워 행해야 할 일을 그리 끔찍하게 표현하면 쓰나."

　맹부요가 상대를 쿡 찔렀다.

　"걱정하지 마, 다 해결할 방법이 있으니까."

　그녀를 올려다보던 광대가 불쑥 물었다.

　"최종 제거 대상 목록에 혹시 나도 있어?"

　고개를 느릿느릿 내려뜨려 상대와 눈을 맞춘 그녀가 싱긋 웃었다.

　"어떨 것 같은데?"

　말없이 웃고 난 광대가 화제를 돌렸다.

　"네 정체, 한번 맞춰 볼까?"

　맹부요가 호두 한 알을 집어 서슴없이 그의 입에 욱여넣었다.

"하지 마."

그러자 몹시 서럽다는 양 소매로 얼굴을 가린 광대가 노랫가락을 흥얼거렸다.

"미앙궁 하늘에는 은하수 찬란한데 신첩은 홀로 촛불 앞만 지키옵나이다. 폐하, 또 어느 불여우한테 홀리셨나이까……."

"폐하께서는 여우 사냥을 가시련다."

맹부요가 그를 걷어찼다.

"그러니까 꺼져!"

'폐하의 애첩'이 몹시도 미련이 많은 기색으로 허리를 배배 꼬며 퇴장한 후에도 희미한 노랫소리는 한참을 더 이어졌다.

"예끼! 네놈이…… 내 토끼를…… 죽였구나……."

❁

헌원 소녕 12년 12월 23일.

헌원국은 건국 이래 최악의 내우외환을 겪고 있었다. 한왕의 토끼가 죽임당한 사건으로 인해 대한과 첨예하게 대치 중인 시점에, 그간 무난한 관계를 유지해 왔던 상연이 돌연 헌원국을 힐책하고 나섰다.

상연 국주 제심의의 모후가 과거 의문의 이유로 세상을 떠난 배경에 당시의 태연 태자비이자 이후에는 태연 황후를 지낸 헌원 씨가 있는 것으로 의심된다며. 황후는 이미 승하했으니 대신 헌원국에 과거사의 책임을 묻겠다, 상연 국주가 자식 된 도리를 다할 수 있도록 당시 암살을 사주한 흉수를 자기들한테 넘겨주고 납득할 만한 입장 표명을 해 달라, 여기까지가 그들의 논리였다.

벌써 20년이나 지난 일을 난데없이, 그것도 하필 대한과 팽팽히 대치 중인 지금 들먹이면서, 사건이 일어난 장소인 태연은 가만히 놔두고 굳이 헌원을 지목하다니. 이 또한 한왕의 고귀한 인품을 계승한 날강도라 아니할 수 없었다.

상연으로부터 국서를 전달받은 헌원성은 그 자리에서 주먹으로 책상을 두 동강 냈다. 질겁한 문무백관이 바람에 들풀 눕듯 꿇어앉은 그때, 끝까지 대쪽같이 곧은 자세를 고수한 몇몇 원로대신들이 있었다. 그들이 기다렸다는 듯이 꺼내 든 것은 미리 준비해 둔 상소문이었다.

원로대신은 모골이 송연해질 만큼 원색적인 비난으로 채워진 상소문을 차분하게 읽어 내려가기 시작했다.

섭정왕이 탈취한 정권으로 압제를 행하고 있으며, 정사를 처리함에 있어 부적절한 과오가 적지 않다는 것이 골자로, 결국 상소의 목적은 오늘날 헌원이 당면한 난국은 순전히 섭정왕의 작품임을 넌지시 고발하는 것이었다.

그밖에 상소문에는 섭정왕이 선제의 핏줄을 모살했고, 그의 충복과 어린 아들을 암살코자 했으며, 임금을 기만하여 정권을 장악했고, 인간으로서 차마 못 할 행각들을 벌이며 사적인 친분이 있는 자들을 마구잡이로 관직에 앉혔다는 등 도합 열여덟 가지 죄상이 낱낱이 열거되어 있었다.

탄핵 상소 낭독을 주도한 인물은 두명竇銘, 섭정왕의 장인이
자 세상을 떠난 왕비의 부친 되는 현직 문화학사로, 무수한 문
하생을 거느리고 선비들의 숭상을 받는 대학자였다. 당사자 앞
에서 이만치 신랄한 비난을 퍼부었으면 더운 피가 도는 사람이
아니라 진흙 인형이라 해도 부아가 치밀기 마련. 더군다나 두
명이 열거한 죄목은 제아무리 헌원성이라 해도 감히 감당해 낼
수 있는 성질의 것이 아니었다.

헌원성은 부득이하게 두명을 그 자리에서 끌어내 하옥시킬
수밖에 없었다. 그래도 나름 이성적으로 대처한다고 고문을 명
하거나 극형을 내리지는 않았다.

그러나 백발이 성성한 원로대신은 관모가 벗겨지고 얼굴은
눈물범벅이 된 채 끌려 나가며 부르짖었다.

"태자의 영령이 이 늙은이의 성심을 굽어보고 있으리라!"

그 부르짖음에 족히 절반이 두명의 문하생 출신인 문관들은
섭정왕을 보는 눈빛 자체가 달라졌다.

뒤이어 벌어진 일은 더 심각했다. 두명이 옥에 갇혀 오늘내
일한다는 소식을 듣고 격분한 유생들이 주변 친우들을 불러 모
아 패거리를 결성, 곤경 성안 과거 시험장이며 형옥 관련 사무
를 맡아 보는 삼사 등에 우르르 들이닥친 것이다. 특히 도찰원
은 억울함을 호소하는 유생들의 아우성으로 난장판이 따로 없
었다.

그러나 각 유관기관 소속 관원 대부분은 소동에 방임으로 일
관했으며, 섭정왕이 조사를 위해 파견한 인력이 찾아오면 문을

열고 나가서 휘휘 쫓아 보내고는, 금방 다시 화롯불이 발갛게 타오르는 관서 안에 들어앉아 차나 홀짝이곤 했다.

시국이 혼돈에 빠진 와중에도 상연의 독촉장은 쉬지 않고 날 아들었다. 상연은 국경 지대에 병력을 소집할 기미를 보이는 한편, 당장 입장 표명을 하지 않으면 토끼 사냥을 벌일 수밖에 없노라 으름장을 놨다.

헌원성은 약소국 상연이 난데없이 거품을 물고 발광하는 이유를 알아보고자 세작을 파견했다. 입장 표명은 무슨, 기왕 이렇게 된 거 그냥 양쪽으로 군사를 보내 우물에 빠진 사람한테 돌 던지는 두 집단을 동시에 박살 내 주겠다는 게 헌원성의 생각이었다.

어디서 감히 헌원을 만만하게 보고!

그러나 그의 야망은 세작으로부터 정황 보고를 받는 순간 차게 식어 버리고 말았다. 알고 보니 상연은 최근 내부 문제로 골치를 앓고 있었다. 태연에서 떨어져 나올 당시, 무극국이 줄곧 영유권 분쟁이 끊이지 않던 변경 지대 남강 부족 거주지를 상연에 덥석 안겨 주자 제심의는 감격을 주체하지 못했다. 그게 자신을 두고두고 괴롭힐 원격조종형 폭탄인 줄도 모르고.

거친 이민족을 무릎 꿇릴 수단은 오직 장손무극의 철권통치 뿐이었다. 제심의로서는 도저히 그들을 감당해 낼 재간이 없었다. 걸핏하면 일어나는 무장봉기 탓에 백성들은 혹사당하고 국고는 텅텅 비어 가고, 제심의 본인은 뒷수습에 매달리느라 기진맥진이었다. 견디다 못한 그는 급기야 태자 전하께 땅을 도로 가져가 주십사 사정사정하기에 이르렀다.

그런데 받을 때는 쉽게 받았던 게 돌려주자니 애를 먹일 줄이야.

위대한 무극태자께서는 사심 없고 경우 바른 분답게 다음과 같은 반응을 내놓으셨다.

"한번 손을 떠난 선물을 다시 가져오라니, 무극국 입장에서는 제 체면 깎아 먹기 아닙니까? 아니 될 말씀, 아니 될 말씀입니다! 그보다, 흔쾌히 받을 때는 언제고 이제 와서 말을 바꾸시는 것은 혹여 우리 무극국의 성의가 마뜩잖아서인지요? 하면, 융족 땅도 보태어 드리리까?"

입가에 냉소를 머금은 무극국 사자가 대단히 정중한 위협조로 전하는 말을 들으며, 제심의는 공황 일보 직전에 내몰렸다. 땅 한 톨 더 먹겠다고 죽자 사자 덤비는 자들은 많이 봤어도 자기 땅을 남한테 떠안기지 못해 안달이 나서는, 돌려준대도 싫다는 경우는 또 처음이었다. 제심의는 그제야 자신이 장손무극의 악질적인 올가미에 걸려들었음을 깨달았다.

과연 장손무극이 주는 물건은 덥석덥석 받을 게 아니었음이라.

제심의가 사자의 소맷자락에 매달려 애걸복걸을 하고 나서야 마침내 장손무극으로부터 그다지 내키지는 않으나 일단은 반환을 받겠노라는 회신이 왔다. 단, 조건을 수락할 경우에 한하여.

조건이라면?

숨이 꼴깍 넘어가기 직전의 제심의가 최후의 몸부림을 치며 물었다. 무극국 사자가 느긋하게 기밀문서의 봉인을 뜯더니 자못 은밀한 어조로 말했다.

"오래전에 돌아가신 모친의 복수를 할 때입니다."

"……."

이리하여 상연이 뜬금없는 복수에 나서게 된 것이다.

헌원은 국경 양측에서 동시에 전쟁을 벌일 처지가 됐고, 무극은 줬던 땅을 고스란히 돌려받는 김에 증정품까지 챙겼으며, 장손무극은 군사 한 명 동원하지 않고도 어느 분께 힘을 보태줄 수 있었다.

인심 쓰는 척 안겨 준 물건을 상대방이 자발적으로 다시 내놓게 만든 뒤 짐짓 떨떠름한 기색으로 조건까지 붙여 돌려받는, 이것이 바로 손 안 대고 코 풀기의 최고 경지라 하겠다.

가엾도다, 상연이여. 가엾도다, 헌원이여…….

❀

전후곡절을 보고 받은 헌원성은 머릿속이 새하얘졌다. 상연 뒤에 무극이라는 속이 시키면 거물이 있다니. 그렇다면 전쟁은 절대로 해서는 안 될 일이었다. 제심의가 발끈해 길이라도 터주는 날에는 장손무극이 기다렸다는 듯이 쳐들어와 헌원을 집어삼킬 것이 자명하기에.

이렇게 되면 또다시 유능한 최측근 하나를 멀리 파견하는 수밖에 달리 선택의 여지가 없었다. 헌원성은 본인 휘하 문관들의 우두머리인 승상 사도묵을 상연과의 접경 지대로 보내 '상연 국주 모친 살해 사건에 관한 조사와 협의'를 진행토록 했다.

소식을 들은 광대 황제는 턱을 괴고서 한참이나 맹부요를 빤히 쳐다봤고, 맹부요는 그런 그의 머리를 다정하게 쓰다듬어 주며 말했다.

"까불면 못쓴다."

착잡하게 웃고 난 광대 황제는 새끼손가락을 어여삐 치켜세우고 살랑살랑 밖으로 향하면서 노랫가락을 흥얼거렸다.

"어허! 모친의…… 복수를…… 하셔야지요……."

❀

헌원성의 나머지 수족을 자르는 작업은 육궁 내에서 이루어졌다. 모든 과정은 맹부요가 일찌감치 세워 둔 계획대로였다. 바깥에 난리를 피워 헌원성을 궁지로 몰아넣은 뒤 육궁에 신경쓸 여력이 없는 틈을 노려 본격적으로 움직일 것. 헌원성의 감시와 반격을 피해 육궁에서 일을 벌이려면 그게 유일한 방책이었다.

음력 12월 24일, 작은설[26]은 궁중에서도 중요한 명절이었다. 맹부요는 이날 특별히 후궁들의 길쌈과 밭일을 면해 주고 식사는 수라간에서 음식을 가져가거나 본인 전각에 딸린 주방에서

---

26 소년小年. 본격적인 새해를 앞두고 조왕신에게 제사를 올리는 날.

각자 해결할 수 있도록 했다. 경사가 난 비빈들은 전원 역귀 같은 황후로부터 도망쳐 자기 처소에서 명절을 쇠는 쪽을 택했다.

옥비 간설은 지난번 사냥터에서 황후로부터 현비를 살뜰히 보살피라는 명을 받고도 책무를 소홀히 하여 현비를 충격의 여파에 시달리게 한바, 그 벌로 본래 쓰던 전각에서 쫓겨나 현비의 경춘전과 이웃한 취운헌에서 지내고 있었다.

옥비가 명절을 함께 쇠자고 청하자, 현비는 평소 아니꼽게 굴던 옥비가 황후에게 찬밥 취급을 당하고 있구나 하는 생각에 급격히 기분이 좋아져서, 잘 한번 구워삶아 자기편으로 만들어 볼 마음을 먹었다. 그리하여 두 사람은 경춘전에서 화기애애하게 식사를 즐기게 되었다.

간설이 직접 음식 장만에 나서자 분위기를 탄 현비도 요리 몇 가지를 만들었다. 중간에 소금이 떨어지는 사소한 문제가 발생했으나 그 정도는 수라간에서 조금 빌려 오면 그만이었다. 밥상 분위기는 참으로 훈훈했다. 두 사람이 사이좋게 서로 음식을 집어 주던 중, 간설이 실두부가 들어간 닭고기 요리를 보며 숙비가 제일 좋아하는 음식이니 성의 표시로 한 그릇 가져다 주면 어떻겠냐는 제안을 했다. 현비는 대번에 입을 삐죽거렸다.

"내가 보낸 음식을 입에나 대겠어?"

"못 댈 것은 또 무언가요."

옥비가 방긋 웃더니 현비의 귓가에 속닥였다.

"황후의 횡포가 도를 넘었음은 궁 안 사람 모두가 아는 사실이에요. 그 횡포에 대등하게 맞설 수 있는 인물은 황후 바로 아래 위치인 언니뿐이시고요. 하지만 폐하의 총애가 아무리 깊은들 홀로 황후를 상대하기란 고단한 일일 터, 다른 후궁들과도 두루두루 왕래하셔야 해요. 가진 지위와 집안 배경은 이미 남다르시니, 주변에 사람만 늘면 '후'와 '비'의 격차 정도야 바로 메꿔지지 않겠어요?"

눈빛이 흔들린 현비가 마지못해 호응하자 옥비가 자리에서 일어나며 생긋 웃어 보였다.

"제가 가져다 드리고 올게요."

본인이 직접 가겠다며 나서는 옥비의 모습에 불안감을 내려놓은 현비도 이내 웃음 지었다.

"그럼 동생이 수고해 줘."

경춘전에서는 명절 상을 앞에 둔 '자매'가 웃음꽃을 피우고 있던 그 시각, 숭홍궁 분위기는 완전히 딴판이었다. 근래 맹부요는 오로지 정국을 흔들어 헌원성의 숨통을 한 단계 한 단계 조여 갈 생각으로만 머릿속이 가득 찬 관계로, 명절 같은 건 아예 관심 밖이었다. 헌원민과 함께 있다가 해가 진 뒤에야 숭명전에서 돌아온 그녀는 숭홍궁 뜰 안으로 접어들자마자 흠칫 몸을 굳혔다.

뭐가 이렇게 어둡지? 등불 하나가 없다니?

그간 온갖 위기를 온몸으로 헤쳐 온 그녀에게 의심스러운 상황에서의 후퇴는 곧 본능이었다. 그런데 채 두어 걸음도 물러나지 않아 등 뒤에서 뜰 출입문이 소리 없이 닫혀 버리는 게 아닌가. 맹부요는 그 자리에 멈춰 서서 진기를 끌어올렸다. 얼굴색이 백옥처럼 빛나기 시작하자 싱긋 웃음을 지은 그녀는 안쪽을 향해 한 발짝 한 발짝 걸음을 옮겼다.

전각 꼭대기에서 등롱 하나가 유유히 날아내렸다. 새빨간 덮개, 정교한 만듦새, 나풀거리는 금색 띠 장식과 마노 수술. 궁중에서 새해맞이에 쓰는 궁등의 형태에 완벽히 부합하면서도 그보다 훨씬 아름다운 등롱이었다. 붉은 등롱이 암흑에 잠긴 궁전을 배경으로 한들한들 날아내리면서 다홍빛 광채를 드리우는 광경은 황홀하기야 무척 황홀했으나, 등장 시점이 워낙 기묘하여 불안감을 불러일으키는 것 또한 사실이었다.

맹부요는 등롱에서 한순간도 눈을 떼지 않았다. 거리가 점차 좁혀짐에 따라 무언가 작고, 동그랗고, 새까만 그림자 같은 것이 등롱 덮개에 붙어서 '비천무'를 추는 모습이 눈에 들어왔다. 힐끔, 또 한 번 힐끔, 그림자를 훑어보고 난 맹부요는 피식 웃어버렸다.

비천무 좋아한다, 그냥 공중에 뜬 똥돼지구먼.

등롱이 느릿느릿 맹부요의 손바닥에 내려앉는 동시에 금빛 명주 띠 두 개가 스르르 풀어져 내렸다. 거기에는 다음과 같은 글귀가 적혀 있었다.

봄을 부축하여 맞아들이니, 산천은 영원토록 변치 않으리.
겨울을 요원히 떠나보내니, 일월은 언제나 처음과 같으리.

그녀의 이름과 동일한 음을 첫 구절에 하나씩 넣어 만든 대련. 글씨체 또한 대단히 아름다웠다. 장손무극의 고상한 필치나 전북야의 호방함과는 또 다른, 골조가 수려하며 부드러움 속에 힘이 깃든 글자체라 할까.

맹부요는 빙긋이 미소 지으면서 명주 띠를 손안에 감아쥐었다. 등롱에 손을 넣어 '하늘을 나는 똥돼지'를 끄집어낸 그녀가 의외라는 양 말했다.

"통구이 됐을 줄 알았더니?"

가만 보니 촛대 위에 얇은 옥으로 된 원통형 관이 씌워져 있었다. 그래서 불빛이 유독 몽롱한 느낌이었던 것이다.

빨간 장포를 걸치고, 새하얀 앞니를 뽐내며, 원보 대인은 본인의 강렬하고도 우아한 등장에 무척 만족하는 중이었다. 그런데 춤사위의 여흥에서 미처 헤어나지 못한 대인의 뒷덜미를 덥석 붙잡는 손이 있었다. 대인은 그 손에 붙들려 어두컴컴한 구석탱이에 처박히고 말았다.

써먹을 만큼 써먹었으니 남은 것은 토사구팽이라.

맹부요가 눈을 반짝반짝 빛내며 웃음 지었다.

"이런 것도 할 줄 아는 사람이었어요?"

그녀의 맞은편에는 어느새 한 남자가 서 있었다. 붉은 등롱 불빛을 받아 윤택하게 빛나는 백옥색 피부, 평소보다 더욱 선명해 보이는 입술, 눈부시게 찬란한 광채가 도는 유리알 같은 눈동자. 남자가 엷게 웃으며 맹부요의 소맷자락을 끌어당겼다.

"새해니까."

손을 옷소매 안으로 집어넣은 맹부요가 금방이라도 눈발을 뿌릴 듯 찌푸린 하늘을 올려다보면서 한탄처럼 중얼거렸다.

"그러게요. 한 살 더 늙었네."

암매가 픽 웃었다.

"네가 늙었으면 우리는 뭐, 산송장들인가?"

그러더니 맹부요의 소매를 붙들고 안쪽으로 향했다.

"직접 음식 준비를 하는 날이라 먹을 복 터진 줄 알라고."

"웬 먹을 복? 안 그래도 끼니 걱정인데……."

마지못해 끌려가던 맹부요가 우뚝 걸음을 멈췄다.

"어어어, 맛있는 거 있어요? 헛, 직접 만든?"

암매에게서 대꾸가 없자 맹부요는 콧잔등을 찡그리면서 그의 뒷모습을 흘겨봤다.

저치가 부엌일을 해? 호강에 겨워 평생 손에 물 한 방울 묻혀 본 적이 없을 텐데. 밥 짓는 연기조차도 못 견뎌하면서? 어설픈 소꿉장난이나 쳐 놓은 거 아니야?

따뜻한 실내로 들어서자 등불이 차례대로 켜지면서 순식간에 어둠을 몰아냈다. 정교한 무늬로 장식된 금동화로가 방 안을 훈훈하게 데우고 있는 가운데, 비단 식탁보가 깔린 원탁 위에는 때깔도 화려한 요리들이 먹음직스러운 냄새를 물씬 풍기고 있었다.

약재 섞인 향기로 한층 더 군침을 돋우는, 장식으로 곁들인 무 조각 하나마저 모란꽃을 본떠 깎아 놓았을 정도로 모양과 빛깔 모두 완벽한 진수성찬을 멍하니 쳐다보던 맹부요가 한참 만에야 숨을 쿵 들이쉬면서 말했다.

"현실감 없다, 정말⋯⋯."

암매가 젓가락으로 복령병 하나를 집어 줬다.

"이걸로 급한 허기는 채우고 시작해. 이성 잃고 달려들 것 같아서 그러니까."

복령병을 몇 입 베어 물던 맹부요가 괘씸하다는 투로 내뱉었다.

"뭐야, 이렇게 잘하면서⋯⋯."

암매는 대답 대신 그저 미소 지으며 음식을 하나하나 그녀에게 집어 줬고, 소맷자락을 잡아당기는 원보 대인에게는 복령병 한 접시를 아예 통째로 안겨 줬다. 그걸로 방해꾼을 쫓아 버린 암매가 맹부요를 향해 말했다.

"이런 날을 둘이서 다 보내 보는군."

등불 아래에서 생각이 많은 얼굴로 음식을 우물거리던 맹부요가 곧 젓가락을 내려놓고는 느릿느릿 중얼댔다.

"예전에는 정말 시끌벅적하게 새해맞이를 했었어요. 정말 시끌벅적하게⋯⋯."

암매가 그녀의 잔에 술을 따랐다.

"식구가 많았나?"

순간 움찔한 맹부요가 이내 고개를 가로저으며 얼떨떨한 기색을 내비쳤다.

"으음, 그때도 둘이었는데 왜 그렇게 북적북적한 것처럼 느껴졌지."

아주 오래전, 형광등 불빛이 침침한 집은 지금 이 웅장하고 화려한 궁실과는 비교도 안 되게 좁았고, 식탁에 올라온 음식은 지금 이 비단 식탁보 위를 가득 채운 산해진미와는 비교도 안 되게 조촐했으며, 집 안 장식은 황금향로와 금동화로가 뿜어내는 열기로 훈훈한 이곳과는 비교도 안 되게 초라했었다. 전골냄비에서 올라오는 김 속에서 둘이 머리를 맞대고 서로서로 음식을 집어 주다가 발갛게 익은 얼굴로 배시시 마주 웃던…… 기억 속에서 죽어 버린, 세상 가장 따스했던 한때.

옆자리에서 손을 멈칫 굳힌 암매가 고개를 틀어 그녀를 응시했다. 눈동자 속에서 복잡한 감정이 일렁이길 잠시, 그가 입을 열었다.

"그리 말하면 내가 섭하지."

그 소리에 퍼뜩 정신이 든 맹부요가 겸연쩍은 웃음을 지어 보였다.

"미안해요. 나이 먹으니까 자꾸 옛날 생각만 느네."

못 말리겠다는 양 고개를 절레절레 저은 암매는 더 이상 말을 붙이지 않았고, 마주 앉은 두 사람은 조용히 식사를 이어 갔다. 맹부요는 이 순간의 고요가 참 편안하다고 생각했다. 맞은편에 앉아 있는 남자는 부산함이나 떠들썩함과는 거리가 먼, 세상으로부터 동떨어진 고적한 분위기의 소유자였다. 하지만 그 고적함 가운데에도 다정다감한 배려는 있었다.

오직 그녀 한 사람에게만 허락된 배려.

암매가 다시금 대화의 물꼬를 텄다.

"새해 소원은?"

맹부요는 젓가락 끄트머리를 입에 문 채 고민에 빠졌다. 흑백이 분명한 눈이 불빛 아래에서 흑과 백, 두 가지 색상의 마노처럼 또렷한 경계로 나뉘어 반짝였다.

"내가 사랑하는 사람들이 다들 오래오래 잘 살았으면 좋겠어요."

눈을 내리깐 암매가 탕을 천천히 한 모금 넘겼다. 이번에는 맹부요가 물었다.

"그쪽은요?"

암매는 대답을 주지 않았고, 맹부요도 재차 묻지 않았다. 괜히 캐물었다가 무슨 간지러운 소리라도 나오면 곤란하니까.

식사를 마친 후, 맹부요가 싱긋 웃으며 말했다.

"잠깐 눈이라도 붙이려면 바로 가서 누워야 해요. 오늘 밤은 꽤 시끄러울 거라서."

그녀는 볼록 나온 배 때문에 꼼짝도 못 하는 원보 대인을 안아 들고 식탁 앞을 벗어났다. 문간 즈음 갔을까, 문득 암매의 낮게 잠긴 목소리가 귓가에 감겨들었다.

"세세연년, 누군가가 네 곁에서 함께 새해를 맞이해 주길."

세세연년, 누군가가 네 곁에서 함께 새해를 맞이해 주길.

그 누군가가 대체 누구람?

원보 대인을 안고 어둠 속에 누운 맹부요는 졸린 기색은커녕 눈동자가 말똥말똥하기만 했다. 아까 그 말을 듣고 뒤를 돌아 봤을 때 부드러움과 맹렬함, 두 개의 상반된 속성이 공존하는 남자는 등롱이며 오색천으로 장식된 헌원 황성의 정경을 하염 없이 바라보고 있었다.

본인 생의 시작점인 동시에 종착점이 될 황성을 보며, 그 순간 그는 무슨 생각을 하고 있었을까?

맹부요의 한숨이 눈기운 싸늘한 밤바람 속으로 흩어졌다. 시각은 어느덧 한밤중.

"급보이옵니다!."

어지러운 발소리와 다급한 외침이 황성의 고요한 밤을 깨뜨 렸다. 승명전과 숭흥궁 쪽으로 무수한 사람들이 몰려들고 있었 다. 어디선가는 충격에 빠진 이들이 목 놓아 우는 소리도 어렴 풋이 들려왔다.

맹부요는 어둠 속에서 입꼬리를 말아 올렸다. 문을 열고 나 가 계단 꼭대기에 서서 아래를 쓱 훑어보자 땀범벅이 되어 땅 바닥에 무릎을 꿇고 있는 태감 하나가 눈에 들어왔다. 숙비의 처소인 금운궁 소속 총관태감이었다.

맹부요의 입에서 냉랭한 호통이 터져 나왔다.

"이 밤중에 무슨 소란인 게야!"

"마마."

사색이 된 태감이 목소리를 겨우겨우 쥐어짰다.

"숙비마마께서, 숙비마마께서…… 변을 당하셨습니다!"

맹부요가 미간을 좁혔다.

"당장 채비하라, 금운궁으로 가야겠다!"

금운궁은 사람들로 발 디딜 틈이 없었다. 헌원민을 비롯해 비빈 전원이 집결한 것은 물론이고 궁실 바닥에는 태의원 소속 의원들이 떼거리로 무릎을 꿇고 있었다. 맹부요가 당도했을 때 숙비의 시신은 벌써 싸늘하게 식은 뒤였다. 대낮처럼 불이 밝혀진 내전 안으로 황급히 들어서던 맹부요는 헌원민과 눈이 마주치자 즉각 눈을 피했다. 상대편의 반응도 마찬가지였다.

그녀가 날 선 목소리로 말했다.

"오늘 밤 숙비의 시중을 든 자들이 누구더냐? 모조리 끌어내 숨이 끊어질 때까지 장을 쳐라!"

"마마, 살려 주십시오!"

항상 지근거리에서 숙비의 수발을 들던 궁녀 향결아香結兒의 외침이었다. 향결아는 궁녀복이 벗겨지고 봉두난발이 된 채로 태감들에게 붙들려 맨바닥에 꿇어앉아 있었다. 눈물 콧물을 줄줄 쏟으며 무릎걸음으로 바르작바르작 맹부요 앞까지 온 그녀가 읍소했다.

"마마, 쇤네가 한 일이 아니옵니다. 옥비마마께서 가져오신 닭고기 요리를 드시고부터 배가 아프다 하시더니……."

맹부요가 홱 고개를 틀어 옥비 간설을 노려봤다. 간설 또한 머리 장식이 다 뽑힌 모습이었지만, 당황한 기색은 조금도 없었다.

단정하게 꿇어앉아 있던 간설이 말했다.

"예, 소첩이 가져온 것은 맞사옵니다. 하오나 그 요리를 직접 만든 사람은 현비마마이십니다."

"옥비!"

얼굴이 새파래진 현비가 노성을 터뜨렸다. 거의 동시에, 맹부요도 호통을 쳤다.

"옥비, 급하다고 아무나 모함인가!"

흠칫한 현비가 의아하다는 눈길을 보내는 사이, 맹부요가 헌원민을 향해 허리를 굽혔다.

"판단은 폐하께서 내려 주시지요."

"육궁의 주인은 황후가 아니오."

헌원민이 말했다.

"짐은 상심이 크오! 가서 사랑하는 숙비의 얼굴이나 한 번 더 보아야겠소. 아아……. 나의 숙비……."

광대 황제는 명주 덧소매를 휘날리며 숙비의 시신을 향해 달려들어 열연을 펼치기 시작했고, 부득이하게 사태 수습을 떠맡게 된 맹부요가 말했다.

"옥비는 종정시宗正寺에 넘겨 심문하고, 현비 역시 혐의가 있으니 확실한 정황이 드러나기 전까지는 금족령을 내린다."

"왜 제가 금족령을 받습니까?"

현비가 도끼눈을 떴다.

"지금 소첩을 의심하시는 것입니까?"

"하면, 당장 이 자리에서 결백을 증명할 방도가 있나?"

맹부요가 상대를 비스듬히 쏘아봤다.

"공평무사할뿐더러 배려심 또한 충분히 발휘한 조처라 생각하는데. 더 할 말이 있거든 종정시에 가서 하든가."

"흥!"

맹부요를 향해 눈을 부라리던 현비는 헌원민 쪽으로 잠시 눈길을 돌렸다. 헌원민은 그때껏 송장을 부둥켜안고 꺼이꺼이 통곡 중이었다.

부아가 치민 현비가 맹부요에게 독설을 쏘아붙였다.

"황후랍시고 겁도 없이 날뛰는데 내 언젠가 기필코……."

맹부요가 미소 지었다.

"언젠가, 뭐?"

현비는 입을 뻐끔거리다가 아무래도 안 되겠는지 말을 도로 삼키더니, 쿵쿵거리며 출입구로 향해 문을 있는 대로 힘줘서 '쾅' 닫고 나갔다.

맹부요는 그저 빙긋이 웃으며 한마디를 했을 뿐이었다.

"성깔 한번 대단하시네그려."

나머지 비빈들이 찍소리도 못 하자, 맹부요의 말이 이어졌다.

"화비가 남아서 폐하를 극진히 위로해 드리도록 해. 상심이 과하여 옥체라도 상하시면 큰일이니."

"예."

화비는 좋아서 어쩔 줄 모르며 냉큼 대답을 했다. 하지만 한쪽에 있던 요 귀빈의 낯빛은 어둡게 가라앉았다.

오늘 밤 헌원민의 잠자리 시중은 본래 요 귀빈이 들기로 되어 있었다. 일이 터진 건 폐하가 막 그녀의 속살에 손을 댄 직후였다. 살결이 어쩌면 이리 하얗고 보드랍냐며 마치 눈송이로

빗어 놓은 인형과도 같으니 눈 설雪을 봉호로 내려 '설비雪妃'로 삼아 주겠노라는 약속을 받아 낸 참이었건만, 여기서 이렇게 초를 칠 줄이야. 약속은 이미 물거품이 된 거나 다름없었다.

폐하의 눈에 들 기회를 화비가 음으로 양으로 가로채 간 게 이번 달 들어서만 벌써 몇 번째인가.

뽀얗게 분칠된 요 귀빈의 얼굴이 피가 몰리면서 벌겋게 달아올랐다. 호흡은 거칠어지고, 꽉 감아쥔 주먹 안에서는 손톱이 손바닥을 파고들고, 몸이 부들부들 떨림에 따라 올림머리에 꽂힌 주옥들이 짤그랑짤그랑 서로 부딪치는 소리를 냈다.

맹부요는 알면서도 못 본 척, 숙비의 주검을 수습하라는 명을 내리고 궁 밖에도 소식을 알려 장례를 준비하도록 했다.

"이만 돌아들 가도록."

공손히 허리를 숙인 비빈들과 나인이며 환관 무리를 뒤로하고 한 걸음 한 걸음 금운궁을 빠져나온 그녀는 이내 눈을 들어 짙은 암흑이 드리운 하늘가를 올려다봤다. 때마침 눈발이 하나둘 흩날리기 시작했다.

이 눈 아래에는 과연 얼마나 많은 시체가 묻히게 될 것인가.

❋

사흘 뒤. 황궁에서 또다시 괴변이 일어나 나라 전체를 충격에 빠뜨렸다.

발단은 우연히 마주친 요 귀빈과 화비 사이의 말다툼이었다.

말싸움은 곧 몸싸움으로 번졌고, 서로 밀치락달치락 실랑이를 하던 중에 화비가 그만 요 귀빈에게 밀려 연못에 빠지고 말았다. 가냘픈 후궁의 몸이 뼛속까지 파고드는 한겨울 연못 물의 한기를 무슨 수로 견뎌 내랴.

물에서 건져 냈을 때 화비는 이미 숨이 끊어진 뒤였다. 헌원민은 이번에도 송장 붙들고 통곡하느라 바빴고, 황후 우문 씨는 두말없이 화비의 가족들을 궁으로 불러들였다. 화비의 부친 호부상서 화홍희華洪熙는 슬하에 많은 자식을 두었으나 그중 여식은 딱 하나였다. 화홍희의 부인은 오열 끝에 실신 직전까지 갔다가 맹부요의 위로에 기대 가까스로 정신 줄을 붙잡았다. 부인이 딸의 억울함을 풀어 달라 무릎을 꿇고 호소하자 맹부요는 난처하다는 반응을 보였다.

"날이 추워서 근처에 지나는 사람도 없었다 합니다. 몇몇 시녀들이 요 귀빈을 지목한 것이 고작인데, 그 아이들 말에 무슨 힘이 있어 증좌로 삼겠습니까. 일단은 요 귀빈 본인이 딱 잡아떼는 데다가······."

맹부요가 부인의 귓가에 속삭였다.

"요 귀빈의 아비, 대학사 요릉이 벌써 몇 번이나 입궁해서 자기 목숨을 걸고 결백을 주장하였답니다. 부인, 대학사 요릉으로 말할 것 같으면 섭정왕이 애지중지하는 심복 아니겠습니까. 그러니 참, 본 궁도 중간에서 입장이······."

부인의 눈썹이 대번에 곧추섰다.

"요릉 이놈! 믿는 구석이 있으니 사람 목숨이 하찮더냐!"

벌떡 몸을 일으킨 그녀는 황후에게 인사도 올리지 않고 그 길로 친정에 달려가 남동생 이원을 만났다. 경위지휘사 이원은 곤경성 주둔 병력을 손아귀에 쥔 실권자 중 하나로, 요릉과는 둘 다 섭정왕 밑에 있으면서도 물과 불처럼 극렬히 대립하는 관계였다.

질녀의 억울한 죽음에 분개한 이원은 그 즉시 본인 휘하 병마 삼천을 소집해 요릉의 저택으로 쳐들어갔다. 날벼락을 맞은 요릉이 당황하는 사이에 칼 찬 군사들을 이끌고 갑주를 절걱거리며 들이닥친 이원이 대뜸 요릉의 멱살을 틀어잡고는 으르렁거렸다.

"백번 죽여도 시원치 않을 늙다리 같으니!"

번뜩, 하얗게 빛나면서 생살을 가르고 들어간 칼날이 붉게 물든 채 빠져나왔다. 변경 지대 장수 출신의 우악스러운 사내는 내친김에 저택 안 가솔 전원을 몰살한 후, 신발 밑창에 엉겨 붙은 핏물을 바닥에 쓱쓱 문질러 닦고서 아무 일도 없었다는 양 저벅저벅 자리를 떴다.

요씨 집안 멸문 사건이 조정에 던진 충격파는 어마어마했다. 요릉은 승상 사도묵 일파에 속한 인물이었고, 같은 파벌 내의 고위관료 대부분이 혼인 관계로 얽혀 있는 만큼, 요릉의 처와 며느리들은 사도묵 일파 중신들의 여식이기도 했다.

이원 쪽에서 먼저 벌집을 들쑤셔 놓았는데 사도묵 일파라고 어찌 당하고만 있겠는가. 그들 중에도 도성 수비 병력 일부를 틀어쥔 경위지휘사사京衛指揮使司 소속 지휘사나 참장들은 존재했다.

눈에는 눈, 이에는 이. 이번에는 그들이 이씨 가문과 화씨 가문을 덮쳤다. 그 판국에 이씨 일파라고 가만히 있었겠나. 양측이 뒤엉켜 싸우기 시작함에 따라 신료들의 전쟁터가 되어 버린 곤경에는 피바람이 휘몰아쳤다.

한 후궁의 죽음, 그리고 누군가의 다분히 의도적인 부추김이 불붙인 양대 숙적 간의 싸움은 헌원 조정 전체로 걷잡을 수 없이 번져 나갔다. 관계된 사람은 무려 조정 신료 8할에 육박했다. 급기야는 상대 진영이 고용한 자객의 칼에 맞아 길바닥에서 비명횡사한 관원까지 나왔다.

입퇴조 길의 안전마저도 보장받을 수 없게 되자 병을 핑계로 조회에 들지 않는 중신들이 속출했다. 여기에 문의 태자에게 충성을 맹세한 원로들의 부채질까지 더해진 결과, 국정이 거의 마비되다시피 하는 사태가 초래됐다.

혼란 국면이 정리되기까지 곤경에서만 백 명 이상의 조정 관원이 유명을 달리했으니, 그 품계는 핵심 기관 소속 말단 관리에서부터 1품 고관까지 제각각이었다.

곤경은 피를 뒤집어쓴 채 비바람에 위태롭게 휘청이고 있었다.

소녕昭寧 12년의 헌원은 시체가 아무렇게나 널브러져 있는 대로변 풍경에서 알 수 있듯이, '밝을 소昭'나 '편안할 녕寧'과는 거리가 먼 세상이었다.

두 파벌 간의 질기고도 무자비한 싸움이 백성들에게 넌지시 보여 준 것이 있다면, 그것은 아마 한때는 무소불위의 권력을 과시했으나 이제는 추락만을 앞둔 섭정왕 시대의 종말이었으리라.

얼핏 맥락 없는 돌발 사태로 보일지 몰라도 사실 치밀한 계산의 결과물인 소녕 12년의 폭동은 후대 역사가들에 의해 '곤경 핏빛의 난'이라 이름 지어졌다.

헌원성은 이 사건을 겪으면서, 그간 권력의 저울추를 가지고 장난을 쳐 온 대가를 톡톡히 치러야만 했다. 두 파벌이 작은 불씨 하나만으로도 폭발을 일으킬 정도로 첨예하게 대립하게 된 것은 헌원성이 그들을 그렇게 키워 냈기 때문이었다.

곤경 수비 병력을 양쪽이 나누어 관리하도록 안배하면서 표면적으로 내세운 명분은 '상호 간의 화합을 도모하기 위하여'였으나, 실질적인 목적은 쌍방 감시였다. 양측이 본격적으로 맞붙은 지금, 비록 각 병영에 엄명을 내려 다툼에 가담하는 것을 막기는 했지만 병영 분위기가 얼마나 뒤숭숭한지 빤히 아는 그는 하루하루 살얼음판을 걷는 기분이었다.

누구보다 믿을 만하고, 사태 수습에 누구보다 큰 힘을 발휘해줄 양대 파벌의 핵심 인사들은 하필 둘 다 머나먼 변경에 나가 있었다.

홀로 신료들의 난동을 진압하랴, 문의 태자 사건을 재조사해 달라는 원로대신과 장군들의 요구에 대응하랴, 최근 그의 안면을 대차게 짓밟은 바 있는 대한 한왕의 움직임에 시시각각 촉각을 곤두세우랴. 이쪽저쪽에서 꼬리에 꼬리를 물고 터지는 문제들 탓에 눈코 뜰 새가 없는 헌원성은 육궁에 심상치 않은 기류가 흐른다는 걸 알면서도 부득이하게 방치 중이었다.

육궁 가장 높은 곳에 뒷짐을 지고 서서 본인이 만든 아수라장을 내려다보며 미소 짓고 있던 여인은 슬슬 계획의 최종 단계를 실행에 옮기기로 마음먹은 참이었다.

목표물은 섭정왕의 마지막 충복, 현비 고 씨의 아비 서평군왕과 그 일가였다. 그러려면 우선 현비로 하여금 황후를 '시해'하도록 만드는 게 먼저이리라.

❀

소녕 12년 12월 27일, 눈 내린 후의 쾌청한 날이었다.

미소 띤 얼굴의 맹부요가 시종들을 이끌고 경춘전 안으로 들어서자 현비가 다소 불안한 기색으로 달려 나와 냉큼 물었다.

"마마, 금족령을 풀어 주시는 것입니까?"

맹부요는 그저 빙긋이 웃으며 눈길만 빤히 보내다가 현비가 제풀에 주춤주춤 꿇어앉고 나서야 고개를 끄덕이고는 시종에게 조령을 낭독하라 명했다.

바깥이 시끄러운 틈을 타 헌원민이 궐 안 인력을 대상으로 대대적인 숙청을 진행한 덕분에 현재 남아 있는 시종들은 모두 믿을 만한 자들이었다. 내용을 들은 현비는 대번에 얼굴색이 변했다. 조령에는 그녀가 입궁 직후부터 저지른 온갖 비위와 부덕이 낱낱이 열거되어 있었다.

투기가 심하고 현숙하지 못하며, 살인을 함부로 자행하고, 정궁에게 불경하고, 여타 후궁들을 핍박하고…….

"아니야! 그런 적 없어!"

낭독이 중반에 이르렀을 즈음, 노성을 내지르며 바닥을 박차고 일어난 현비가 조령을 찢어발기겠다고 달려들었다.

"이건 모함이야! 모함이라고!"

"정궁에게 불경한 바가 없다?"

맹부요가 피식했다.

"하면, 본 궁이 갓 입궁했을 당시 문안 인사에서는 왜 빠졌지?"

"궁녀를 시켜서 미리 못 간다고 했어!"

"호오?"

맹부요가 느긋하게 소맷단을 정돈하며 물었다.

"그때 본 궁이 무어라 답했는지는 기억하나?"

그걸 아직껏 기억하고 있을 리가.

맹부요가 친절하게 일러 줬다.

"병이 났으면 치료해야지."

"맞아, 맞아, 그거였어! 병이 났으면 치료하라고."

"그건 그런데."

맹부요가 생글생글 웃으며 말했다.

"내가 언제 안 와도 된다고 했었나?"

"……"

"그리고, 함부로 살인을 자행했다는 항목은…….."

맹부요가 미소 지었다.

"여봐라. 현비마마의 기억력이 영 신통치 않아 보이니 어여쁜 뼛조각들을 대령토록 하라!"

냉궁에 묻혀 있던 원예사들의 희읍스름한 유골이 그 끔찍한 몰골에 불그스레한 진흙을 덕지덕지 매단 채로 현비의 눈앞에 디밀어졌다. 피비린내 섞인 진흙 냄새와 시체 특유의 고약한 썩은 내가 혹 끼쳐오자 현비는 날카로운 비명을 내지르더니 눈자위를 까뒤집으며 휘청했다.

지금 기절이라니, 안 될 말씀. 아직 할 일이 남았건만.

성큼 앞으로 나선 맹부요가 현비를 토닥토닥 두드렸다. 가까스로 정신 줄을 잡은 현비의 눈에 코앞까지 다가온 맹부요의 얼굴이 가득 들어찼다. 생글생글 웃고 있는, 마귀 같은 얼굴.

문득, 그녀의 살짝 벌어진 옷섶 밖으로 길게 빠져나와 있는 명주 끈과, 그 끄트머리에 묶여 있는 자그마한 황금 가위가 눈에 들어왔다.

가위…….

현비는 맹부요의 눈동자 안을 들여다봤다. 찬란한 광채가 넘실넘실 소용돌이치고 있었다. 아득하게 반짝이는 그 눈은 마치 그녀에게 무슨 말인가를 속삭이고 있는 것만 같았다.

뭐라고 하는 거지?

머릿속이 어질어질했다. 희뿌연 안개가 한 겹, 또 한 겹 피어오르고, 퍼져 나가고, 가라앉다가, 두둥실 떠올라 흘러갔다. 현비는 자신도 함께 두둥실 떠올라 흘러가는 기분이었다. 가루가 되어, 안개가 되어, 연기가 되어, 하늘과 땅 사이를 자유로이 넘노니는 절대자가 되어.

그다음은……, 그다음은 어찌 된 건지 알 수가 없었다.

어렴풋이 의식이 돌아오기 시작했을 때 그녀가 목도한 것은 온몸에 피 칠갑을 한 채 쓰러져 있는 태감들과 군졸들, 그리고 황후였다. 그 곁에서는 폐하가 언제나처럼 송장을 부둥켜안고 꺼이꺼이 통곡을 하고 있었다. 손바닥이 서늘하니 찐득한 느낌이 들어 아래를 내려다보자 피로 시뻘겋게 물든 손아귀와 그 안에 쥐어진 가위가 눈에 들어왔다.

황제가 잔뜩 화가 난 기색으로 걸어오더니 그녀의 얼굴에다 대고 삿대질을 하면서 무슨 말인가를 퍼부어 댔다. 주변에 있는 병사들한테도 한마디를 하자 그 불결한 천것들이 성큼성큼 다가와 그녀를 우악스럽게 붙들어 잡았다. 머리가 풀어져 산발이 되고, 옷이 짓밟혀 찢겨 나가고, 값비싼 장신구가 아무렇게나 땅바닥에 내던져졌다.

그녀는 저항하지 않았다. 그저 망연히 폐하를 올려다보고 있었을 뿐. 밤이면 밤마다 베갯머리에서 밀어를 속삭이던, 그녀를 보배라고, 귀염둥이라고, 어린 양이라고, 작은 토끼라고 부르던, 황제로서 가진 총애 전부를 그녀에게만 쏟아붓겠노라 맹세하던 폐하를.

하지만 폐하는 그녀를 구해 주지 않았다. 불을 뿜는 두 눈으로 그녀를 내려다보고 있는 게 전부였다. 그토록 서슬 퍼런 눈빛으로 무정하게, 그토록 낯설고 차갑게, 가증스럽다는 듯이.

이제야 알겠구나…….

현비의 입가에 엷은 웃음기가 번졌다.

"나도 참······."

이것이 육궁에서 가장 큰 총애를 누리던 현비가 세상에 남긴 마지막 말이었다.

✿

도성 전체를 발칵 뒤집어 놓은 황후 시해 사건이 현비의 소행이라는 데는 의심의 여지가 없었다. 물증이 확실할뿐더러 다른 비빈들이 모두 지켜보는 앞에서 황후에게 보복을 다짐했던 이력도 있으므로. 사람들은 평소 황후가 현비에게 얼마나 너그러웠는지를 되새기며, 은혜를 칼로 갚은 현비를 개돼지만도 못한 종자라 욕했다.

현비가 냉궁에 유폐된 후에도 조정 대소 신료들은 황후 시해범을 엄한 벌로 다스려 달라 입을 모았다. 결국 서평군왕이 섭정왕을 찾아가 간곡히 도움을 청했고, 안 그래도 안팎으로 궁지에 몰린 섭정왕은 다소 고뇌스러운 기색을 내보였으나 결국에는 알겠노라 답을 주었다.

하지만 그가 미처 손을 쓰기도 전인 당일 밤, 현비는 냉궁에서 스스로 목숨을 끊었다. 그녀를 죽인 것은 음모의 거미줄이 아니라 무참히 꺾여 버린 사랑이었다.

물론 한 걸음 한 걸음 치밀한 복선을 심으면서 여기까지 온 정객에게 현비의 죽음은 그저 섭정왕의 마지막 보호벽을 향해 쏘아 보낸 화살에 지나지 않았다.

현비의 죽음은 분명 자살이었건만, 서평군왕이 딸을 잃은 비통함에 사무쳐 황궁에 들었을 때 황제가 그에게 내민 것은 현비가 교살당했다는 증거였다. 헌원민은 심지어 흉수까지 잡아서 인계했다.

흉수는 서평군왕과도 면식이 있는 자, 섭정왕의 명에 따라 황제와 황후를 감시하고자 그가 직접 육궁에 들여보낸 이중첩자 중 하나였다.

이 판국에 무슨 설명이 더 필요할까. 마지못해 구해 주마 약속은 해 놓고 막상 방법이 없자 섭정왕 그 작자가 차라리 현비를 죽여 없애고 자결로 위장하는 쪽을 택한 것이리라.

헌원민이 눈물을 쏟으며 절절히 하소연했다.

"솔직히 짐의 마음속 으뜸은 항상 현비였다오. 냉궁으로 내친 것도 조정 여론이 잠잠해질 때까지 현비를 보호하기 위함이었거늘, 이 무슨……. 하아! 토사구팽이며 조진궁장이라는 말이 무엇 하나 틀린 것이 없더이다…….."

서평군왕이 눈물 젖은 눈가를 거칠게 훔쳐 내고서 왕부로 돌아간 그날 밤, 세 차례의 포성이 곤경을 뒤흔들었다. 반란. 서평군왕이 조정에 반기를 든 것이다. 한때는 태산처럼 웅대했으나 근래 들어 나날이 힘이 빠져 가던 섭정왕 세력은 서평군왕의 배반으로 말미암아 마침내 철저한 붕괴를 맞이했다.

그날 밤 도성 근교 모처에서 벽력처럼 터져 나온 포성은 곤경 구석구석을 빠짐없이 휩쓸었고, 황궁 역시 그 범위에서 예외는 아니었다. 궐 안 사람들은 저마다 전각 출입문을 닫아걸고서 두려움에 질린 채 어둠 속에 조용히 몸을 숨겼다. 핏빛 하늘이 다른 색채로 거듭날 때를 기다리며.

그 시각, 폐쇄된 숭흥궁 경내에서는 유령 같은 그림자 하나가 전각 한복판을 유유히 돌아다니고 있었다. 적막한 바람이 맹부요의 긴 머리카락을 휘말아 올렸다. 그녀는 뒷짐을 진 채 주변을 서성거리며, 지난 두 달을 보냈던 황궁을 천천히 둘러보는 중이었다. 눈빛이 무어라 형언하기 어렵게 복잡했다.

마침내 헌원성의 마지막이 도래했으니 그녀가 할 일은 모두 끝난 셈이었다. 오늘 그녀는 비할 데 없이 완벽한 방식으로 황후로서의 여정에 종지부를 찍었다. 이제 세상에 우문자는 존재하지 않는다.

권세란 칼날과도 같아서 세상 모든 저항을 단숨에 베어 버리는가 하면 태산 같은 성채를 한 꺼풀 한 꺼풀 깎아 내기도 한다. 또한, 종잡을 수 없는 사람의 마음이란 세상사 그 어떠한 풍운도 뒤엎어 버릴 수 있는 역량이어서 위업을 창건하는가 하면 그것을 파괴하고 무너뜨리기도 한다.

사태가 예까지 이르러 가장 치열했던 순간들이 모두 지나고 보니, 새삼 피로감과 함께 허허로움이 밀려들었다.

도성의 변란과 황궁의 난리에 휩쓸려 목숨을 잃은 자들의 수가 얼마던가. 세어 본 적은 없었다. 감히 세어 볼 엄두가 나질 않았다. 고작 장수 하나가 공을 세우는 데도 병졸 수천수만의 희생이 따른다는데, 일국의 제위를 도모하는 일이야 말해 무엇

할까.

천천히 두 손을 펼치자 어둠 속에서도 백옥처럼 하얗게 빛나는 손바닥이 눈에 들어왔다. 그녀는 손바닥에 멍하니 눈을 고정한 채로 생각했다.

이 손에는 대체 얼마나 많은 피가 묻어 있는 것인가.

손바닥 위로 미세한 부스러기가 바스스 떨어져 내렸다. 맹부요는 대번에 눈매를 부드럽게 휘면서, 웃음 지었다.

근래 아무리 바빴기로서니 어떻게 요 녀석을 깜빡할 수가 있었을까?

조만간 또 하나의 큰 변란이 헌원을 덮칠 터, 궁을 떠나는 김에 데리고 나가서 당씨 가문에 넘겨주도록 하자. 아직 어린것을 이곳의 암흑에 매장시킬 수야 없으니.

맹부요가 팔을 펼치며 말했다.

"아광, 내려와. 언니랑 집에 가자."

"응."

머리 위쪽에서 나른하게 대답하는 소리가 들리더니, 자그마한 소녀가 뛰어내렸다. 달콤한 꽃내음과 폭신한 과자 냄새를 몰고서, 그 냄새로 상대방까지 덩달아 달달하고 보드라운 감상에 젖도록 만들면서.

소녀의 따뜻한 몸을 끌어안자 딱딱하게 굳었던 심장이 조금이나마 말랑해지는 것 같았다. 당이광의 머리카락을 어루만지며, 맹부요가 조용히 읊조렸다.

"오래 안 걸릴……."

목소리가 끊긴 것은 눈동자에 얼핏 스친 반사광 탓이었다. 다음 순간, 당이광의 손아귀에서 달빛처럼 싸늘하게 번뜩이는 비수가 튀어나왔다.

〈부요황후〉 8권에서 계속